Retrouvailles

Larry Mc Murtry

Retrouvailles

Libre Expression

Presses de la Cité

Données de catalogage avant publication (Canada)

McMurtry, Larry
Retrouvailles
Traduction de: Some can whistle.
ISBN 2-89111-608-9
I. Titre.

PS3563.A319S5814 1994   813'.54   C94-940515-9

Titre original :
Some Can Whistle

Traduit par :
François Dupuis

© Presses de la Cité, 1990,
pour la traduction française

Maquette de la couverture
FRANCE LAFOND
Photographie de la couverture
QUATRE PAR CINQ INC.

© Éditions Libre Expression
2016, rue Saint-Hubert
Montréal, Qc H2L 3Z5

Dépôt légal :
1er trimestre 1994

ISBN 2-89111-608-9

PREMIÈRE PARTIE

1

— Monsieur Deck, c'est bien vous mon salaud de papa ?
D'après la voix au téléphone, la femme devait être jeune et très en colère.

Je n'aurais pas été plus paniqué si, contemplant le ciel bleu du Texas, j'avais aperçu une bombe atomique arrivant droit sur moi. J'étais juste en train de prendre mon petit déjeuner avec Godwin dans mon patio exposé au sud, et j'admirais la luminosité qui montait crescendo sur la prairie en ce petit matin d'été. J'avais pensé que l'appel venait de mon agent littéraire qui était alors à Paris et qui allait bientôt franchir quelques méridiens dans l'espoir de conclure quelques contrats.

— Je ne crois pas que je sois un salaud, répondis-je poliment.

Cette réponse arracha Godwin à la contemplation de ses céréales.

— Eh bien moi, quelqu'un qui ne m'a pas dit un mot depuis que je suis née, qui m'a laissée toute seule et complètement fauchée me débrouiller avec deux gosses, j'appelle ça un salaud, rétorquait la jeune femme de plus en plus en colère. J'ai lu dans *Parade* que vous étiez l'écrivain le plus riche du monde. C'est vrai ou c'est pas vrai ?

— Je suis sans doute parmi les plus riches, mais je ne suis

pas tout à fait un écrivain, répondis-je d'une voix que j'essayais de rendre suave.

Manifestement l'ambiguïté de ma carrière ne semblait guère intéresser la jeune furie à l'autre bout du fil.

— Je n'en ai rien à foutre de ce que vous êtes, répliqua-t-elle. Si vous êtes riche et que moi, avec deux mômes, je dois bosser dans ce *Mr. Burger,* j'espère bien que Jésus va vous envoyer là où vous devriez être, en enfer.

J'entendis un enfant piailler et puis un petit déclic. Elle avait raccroché.

2

Godwin avait contemplé patiemment ses six derniers corn flakes flottant à la surface du lait. En vieillissant, il se piquait de mysticisme. Il prétendait tirer quelques présages de la façon dont ses flocons s'étalaient à la surface du bol. Certains jours, il se rendait à Dallas dans sa vieille Volkswagen pétaradante à seule fin de se procurer des laits exotiques (chèvre, chameau, et même, prétendait-il, yak) pour y faire flotter ses flocons.

La sonnerie du téléphone retentit à nouveau. Le dernier appel avait été si bref, si violent, si surréaliste que je pensais presque l'avoir rêvé. Celui-ci allait peut-être remettre de l'ordre dans mes idées. Sans doute était-ce mon agent qui avait fini de déjeuner dans un de ces bistrots trois-étoiles qu'il fréquentait des deux côtés de l'Atlantique, et qui allait m'annoncer qu'il avait le contrat européen en poche.

Je décrochai le téléphone avec une certaine appréhension sous le regard intéressé de Godwin.

— Ce mari que j'ai épousé me fait un peu peur, dit Nema. Mais, d'un autre côté, c'est vraiment un mec. T'es pas d'accord?

— Oui, oui, bien sûr, répondis-je prudemment.

Au fil des ans, j'avais appris à tenir ma langue quand Nema s'interrogeait sur ses nombreux maris et sur ses — plus nombreux encore — amants. Elle m'utilisait comme balance pour peser ses conflits internes. Un nouveau jules pouvait faire osciller l'aiguille du pèse-cœur pendant une heure ou deux alors que Nema — un tout petit bout de femme super-électrique — évaluait les pour et les contre.

— Même si on divorce, on pourra toujours baiser un max, mais je ne le laisserai plus aller dans la cuisine, vaticinait-elle. Il n'a jamais été foutu de passer le mixeur sous le robinet.

— Oui, c'est pas très sérieux de sa part...

J'avais répondu ça, faute de mieux, souhaitant que Nema raccroche et que ma fille en colère — si toutefois c'était elle — rappelle.

— Qu'est-ce qui ne va pas ? s'enquit Nema, un peu déçue. Tu n'écoutes rien de ce que je dis.

Ceux qui imaginent que les stars de la télé sont des pétasses solides comme un roc devraient faire l'expérience de quelques années d'appels téléphoniques de Nema Remington. Ça demandait de la concentration, même si elle était simplement en train de peser le pour et le contre d'une autre saison avec l'élu de l'année avant de le remiser au vestiaire.

Je n'avais dit que quelques mots, mais le fait qu'ils eussent été dépourvus de la chaleur que j'aurais dû y mettre avait été perçu dans le cerveau de Nema comme l'évidence d'une *froideur* (en français dans le texte) alarmante.

— Tu es tombé amoureux ou quoi, Danny ?

— Mais non, calme-toi. Je pense que la personne qui vient de m'appeler, c'est ma fille.

— Ta fille ?

Elle paraissait surprise. Et avec quelque raison. Je n'avais jamais vu ma fille. Pas plus qu'aucun de mes vieux amis, d'ailleurs.

— Et elle va bien ? s'enquit Nema. Où est-elle ?

Je dus admettre que je ne savais pas.

— Elle s'est mise en rogne et elle a raccroché. Mais on devrait peut-être libérer la ligne au cas où elle changerait d'avis et me rappellerait.

— J'espère qu'elle le fera, dit Nema. C'est formidable, non ? Rappelle-moi. Je veux savoir où tu en es.

— Promis, dis-je.

— Salut, conclut Nema.

3

— Comme j'étais en train de dire, dit Godwin.

— Tu n'étais pas en train de dire, répliquai-je. Tu n'as même pas prononcé une syllabe.

— Faux, insista-t-il, son regard fixé sur ses céréales qui, bien que gorgées de lait, continuaient à flotter à la surface. Je reprenais simplement la conversation à l'endroit où nous l'avions laissée hier. On parlait de la première phrase d'un roman, non?

— Godwin, ma fille vient juste d'appeler, dis-je. Alors, la façon dont débute un roman... C'était ma fille, tu comprends... Sa voix me rappelait celle de Sally.

Le simple fait de prononcer le mot « fille » me bouleversait comme je ne l'avais jamais été depuis des années — peut-être comme je ne l'avais jamais été. J'essayais, pour comparer, de me rappeler la voix de Sally que je n'avais pas entendue depuis près de vingt ans. Je voulais me souvenir d'un timbre ou d'une intonation qui correspondraient aux tons juvéniles et déchirés que je venais d'entendre.

Je n'y arrivais pas. Et pourtant je faisais beaucoup plus d'efforts que je n'en avais fait pendant des semaines pour débattre avec Godwin de la façon dont il fallait débuter un roman.

La discussion avait démarré parce que — pour la première fois depuis des années — je m'étais décidé à écrire un roman et j'hésitais sur la première phrase.

— Ce que je me tue à te dire très patiemment, dit Godwin avec une certaine irritation, c'est que tu mises trop sur cette première phrase. Penses-y comme à quelque chose d'analogue à un bon breakfast campagnard, quelque chose de simple, mais qui nourrisse l'imagination. Oublie la philosophie. Oublie les adjectifs. Tiens-t'en au sujet, au verbe, avec peut-être un ou deux adverbes, mais diététiques et sans prétention.

— J'espère que le téléphone va se mettre à sonner, dis-je. J'espère qu'elle va rappeler. Je suis presque certain que c'était ma fille.

Quand le téléphone sonna, je l'empoignai. Mais ce n'était pas ma fille. Ce fut la voix guillerette de Jeanie Vertus, une actrice de cinéma, que j'entendis au bout du fil.

— Allô, c'est Jeanie, annonça-t-elle comme si je ne le savais pas.

En dépit de ses deux Oscars, Jeanie n'avait jamais fait preuve de beaucoup d'assurance.

— Eh, vous n'êtes pas la fille avec un nom bizarre ? dis-je.

— C'est toi qui l'as trouvé, Danny. Et tu le sais, répliqua Jeanie sur un ton à la fois perplexe et réprobateur.

J'avais découvert le nom « Des Vertus » dans un livre sur l'histoire du corset, et j'avais persuadé Jeanie de s'emparer de la deuxième partie du nom pour jouer dans un film que j'avais produit. Jusque-là, elle avait été tout bonnement Jeanie Clark, une gentille fille d'Altadena, qui donnait surtout dans les spots publicitaires, les tournées de province et les doublures. Le film eut un succès modeste, mais Jeanie décrocha un Oscar et devint alors Jeanie Vertus, bien qu'elle ne se sentît pas très à l'aise avec la connotation du mot, la vertu étant la dernière chose qu'elle aurait revendiquée.

Je la taquinais assez souvent à ce sujet, mais je continuais à penser que ce nom avait été un trait de génie. Jeanie l'assumait d'une façon équivoque qui ajoutait à son charme. L'effort qu'elle avait dû faire pour se sentir à l'aise avec son nom de scène avait sans doute contribué à faire d'elle la grande star qu'elle était devenue.

— Vous avez du soleil, là-bas ? demanda-t-elle. Ici, à New York, c'est sinistre.

Nous avions en commun, entre autres choses, ce besoin de soleil.

— Devine. Ma fille vient juste d'appeler, dis-je.

— C'est pour ça que ta voix était si joyeuse ?

— Parce que ma voix était joyeuse ?

— Je ne t'ai jamais entendu parler d'une voix aussi enthousiaste, Danny, dit-elle. C'est comme si le soleil s'était mis à briller. Comment s'appelle-t-elle ?

Je dus admettre que je ne le savais pas.

— Elle ne m'a pas laissé le temps de le lui demander. Mais j'espère qu'elle va rappeler.

13

— Bon, alors je ferais mieux de raccrocher, dit Jeanie.
Elle raccrocha.

4

C'est à ce moment-là que Gladys arriva pour débarrasser la table. Godwin commençait à dire quelque chose — sans doute voulait-il poursuivre sa théorie sur la manière d'attaquer un roman — mais, apercevant Gladys, il préféra la boucler.

Gladys et Godwin étaient de la même taille — petite — et leurs cheveux étaient devenus blancs. Mais là s'arrêtaient les similitudes. Godwin était anglais, Gladys texane, ce qui expliquait sans doute l'ambiguïté de leurs relations.

— Le téléphone n'a pas arrêté de sonner. Vos petites amies sont toutes enceintes ou quoi? demanda Gladys.

Elle se tenait à côté de la chaise de Godwin et comptait les quelques céréales qui flottaient à la surface de son lait.

— Encore six, dit-elle. Qu'est-ce que ce chiffre a donc de si spécial? Vous pratiquez la numérologie?

Nous restâmes silencieux. Gladys — nous ne le savions que trop — avait la langue bien pendue et, à cette heure précise de la journée, elle était généralement d'humeur à converser à flots continus. Le moindre commentaire de notre part ouvrirait les vannes à un torrent de réflexions et de bavardages.

— Vous avez écrit la première phrase de votre bouquin? enchaîna Gladys en me fixant de ses yeux bleus délavés.

— Oui, vous voulez l'entendre? demandai-je.

Godwin émit un grognement et prit sa tête entre ses mains.

— Oh, la ferme, Godwin! dis-je. J'ai mal à la langue à force de ne plus m'en servir le matin.

Gladys prit une chaise, s'assit confortablement, et versa un bon centimètre de sucre en poudre sur un demi-pamplemousse que j'avais oublié. Elle paraissait toute contente. Gladys savait très bien pourquoi nous nous taisions quand elle s'approchait. Elle n'ignorait pas que nous la trouvions trop bavarde.

— Bon, seulement maintenant, ce sont mes oreilles qui

vont souffrir de son bavardage, remarqua Godwin avec une pointe d'amertume.

— Je croyais que vos oreilles ne fonctionnaient plus, dit Gladys. Vous êtes sourd, non ? Alors qu'est-ce que ça peut bien vous faire qu'une vieille femme solitaire jacasse un peu le matin ? Vous devriez me remercier de ma présence. Tiens, attrapez-moi donc cette cuiller.

Godwin lui tendit la cuiller avec laquelle elle entreprit de fourrager dans son pamplemousse dégoulinant de sucre.

La sonnerie retentit à nouveau, et je m'emparai du téléphone.

— Acceptez-vous un appel en P.C.V. de la part de T.R. ? demanda la standardiste.

— De qui ? demandai-je, surpris.

— De votre fille, répondit immédiatement une voix jeune.

— Oui, oui, dis-je, pris de panique. Bien sûr, j'accepte. J'accepte.

— Allez-y, mademoiselle, dit la standardiste.

— Je cause pas si vous écoutez, lui dit ma fille. C'est une affaire privée entre moi et mon papa.

Elle se mit alors à pleurer. De lourds sanglots saccadés qui me bouleversèrent au point que je laissai échapper le téléphone qui rebondit sur la table avant de tomber sur le pied de Gladys. J'avais au cours de ma vie passé pas mal de temps à écouter des pleurs de femmes au téléphone, mais jamais ceux de ma fille. J'étais totalement désarmé et Gladys, malgré ses nerfs d'acier, n'était pas elle-même l'image de la sérénité. Elle donna deux ou trois coups de pied au téléphone avant de l'attraper pour me le rendre. Pendant que nous essayions de le récupérer, Godwin nous regardait avec une indifférence amusée. Il aurait pu passer pour un critique de théâtre subissant la répétition d'une comédie pas très au point. Il ne dit pas un mot mais au moins avait-il cessé de contempler ses céréales.

— Désolé, ma chérie, dis-je. Le téléphone m'a échappé des mains.

— Un Mexicain un peu bizarre est entré dans la cabine téléphonique et a essayé de me vendre de la came pendant que votre téléphone sonnait occupé, dit ma fille d'une voix un peu plus calme. Il avait un de ces pit-bulls et j'avais peur qu'il ne s'attaque à un des gosses et j'avais peur aussi que vous ne croyiez pas que c'était moi. J'ai donné tout ce que j'avais au vendeur de came pour qu'il me laisse. C'est pour ça que j'ai dû appeler en p.c.v.

Elle soupira. J'attendis.

— Le rêve de ma vie, c'est d'avoir un jour un téléphone chez moi, dit-elle calmement. J'aurais un divan, et je pourrais m'asseoir sur le divan, et je pourrais parler aussi longtemps que je voudrais sans avoir à fouiller mes poches pour trouver la monnaie et sans avoir peur qu'un chien morde mes bébés.

Elle se tut un moment. Gladys et Godwin me fixaient du regard.

— Ça serait chouette, dit-elle d'une voix résignée — en fait la même voix qu'avait Jeanie Vertus pour m'annoncer qu'à New York le soleil ne parvenait pas à percer les nuages.

La voix de ma fille était celle d'une personne résignée à ne jamais voir se réaliser ses plus simples désirs, comme l'envie d'un rayon de soleil, d'un divan ou d'un téléphone.

— Mais, chérie, tu peux avoir un téléphone, dis-je.

— Vous dites ça, mais vous êtes loin, répondit-elle. Bo, arrête d'envoyer de la boue sur ta petite sœur.

« Mais j'aime bien la boue » dit une petite voix lointaine, celle, sans doute, de mon petit-fils. Je décidai de prendre le téléphone à deux mains pour le cas où, submergé par l'émotion, je le laisserais échapper à nouveau.

Du coup, Gladys et Godwin concentrèrent sur moi toute leur attention. Il est vrai que ce petit déjeuner avait été l'un des plus excitants qu'on ait connu depuis belle lurette.

— Dis-moi où tu es et j'arrive, dis-je. J'affréterai un avion. Je serai là dans une heure ou deux. Je rattraperai tout le temps perdu.

— Peut-être, dit ma fille pensivement. Mais il faut d'abord que je décide si vous méritez cette chance.

Elle raccrocha à nouveau.

5

— Tu veux dire que cette enfant a déjà appelé deux fois et que tu n'as même pas été fichu de lui demander son nom ? interrogea Godwin une fois qu'on lui eut expliqué le problème.

— Et vous ne savez même pas dans quelle ville elle se trouve ? ajouta Gladys.

— Ecoutez. Je viens de recevoir mon baptême du feu en tant que père, leur rappelai-je. Et, en plus, je suis sur les nerfs. Alors, de grâce, soyez un peu aimables.

— Elle est sans doute à Miami, dit Gladys. On raconte qu'il n'y a plus que des Mexicains à Miami.

— Sa voix au téléphone paraissait plus proche, répliquai-je en espérant que le téléphone allait se remettre à sonner.

— Un jour j'ai reçu un appel du Népal, commenta Godwin. La liaison était parfaite. Mon ami aurait tout aussi bien pu se trouver dans la chambre à côté.

Il y eut un grand silence. J'avais envie d'aller aux toilettes, mais je n'osais pas m'éloigner du téléphone, ne serait-ce que pour une seconde.

— Quand je repense à ce coup de téléphone, je me dis que c'était bien qu'on ait eu une liaison aussi bonne ce jour-là. Le lendemain ou le surlendemain, mon ami dégringola dans une crevasse et je ne l'ai plus jamais revu.

— Il aurait dû regarder où il mettait les pieds, observa Gladys.

— Mais dites donc, la standardiste m'a demandé si j'acceptais en p.c.v. un appel de T.R. (Ça me revenait tout d'un coup.) Elle doit s'appeler T.R.

— C'est idiot, dit Godwin. T.R., c'est les initiales de Theodore Roosevelt. Qui aurait pu avoir l'idée d'appeler une fille Theodore Roosevelt ?

— Ecoutez, elle a été élevée par des rustres, leur rappelai-je.

Je n'avais rencontré les parents de ma femme qu'une seule fois, la nuit où ils m'avaient empêché d'entrer dans l'hôpital où ma fille était née. Je ne pouvais pas oublier l'incident.

— Des rustres? Vous voulez dire que votre fille est une plouc? demanda Gladys. Je croyais vous avoir entendu dire que les parents de votre femme étaient membres de l'Eglise du Christ.

— Oui, ça doit être ça, dis-je. Une secte fondamentaliste de paumés minables. Mais comme ils vivaient dans ce qui est le vrai cœur de l'Amérique, je ne voulais pas en dire du mal.

— Et alors? dit Gladys. Moi aussi je suis née dans l'Amérique profonde et vous m'avez offensée des millions de fois, sans même parfois vous en apercevoir. Enfin, peu importe. Je ne voudrais pas que des pit-bulls s'en prennent à vos petits-enfants. Pourquoi n'essayez-vous pas de savoir d'où on a appelé?

— Non, ça pourrait l'énerver, dis-je. Elle a déjà appelé deux fois, elle rappellera.

— Je me demande si elle est aussi belle que sa mère, dit Godwin. Imaginez une Sally encore jeune, vivant au milieu de nous tous dans cet endroit divin. Je pourrais lui apprendre à nager, si toutefois elle ne sait pas encore.

— Va écrire ton livre, Godwin. Je suis sûr que ma fille sait nager.

Godwin revoyait Sally, mon ancienne épouse, et son esprit s'était mis à vagabonder. Il avait été son amant à une époque où il était un professeur de sociologie très estimé à l'université du Texas. A l'approche de la quarantaine, il avait insensiblement versé du côté littéraire et avait obtenu la chaire de grec. Il était désormais à la retraite, vivant dans l'aile de ma maison réservée aux invités. Il écrivait un livre tentant à prouver l'influence de la pensée d'Euripide sur la musique des Rolling Stones. Godwin savait flairer le vent.

— Comment peux-tu le savoir si tu ne le lui demandes pas? dit-il. Quand il s'agit d'enseigner la technique du crawl, peu de gens oseraient se mesurer à moi. Peut-être aurait-elle besoin de perfectionner sa technique.

— On dit que les gens qui ressassent leurs fantasmes vivent plus longtemps que les autres, observa Gladys.

— Laissez tomber, voulez-vous? Je ne veux surtout pas qu'il commence à bâtir des élucubrations au sujet de ma fille.

— Et qu'en est-il de vos élucubrations, très chère? demanda Godwin qui, de temps à autre, ne dédaignait pas de jouer de son charme vieille-Angleterre sur Gladys. Peut-être souhaiteriez-vous nous faire profiter de vos pensées pendant que vous terminez votre pamplemousse ?

— Les choses auxquelles je pense vous échappent parce que vous êtes toujours en train de traînasser dans votre baignoire pleine de mousse. Moi, mes pensées s'attachent à des choses réelles, lui envoya Gladys. Toutes ces bulles qui vous pètent au nez vous empêchent d'y voir clair.

L'histoire du pit-bull commençait à m'inquiéter. Peut-être ma fille était-elle vraiment à Miami. Elle avait dit qu'elle avait donné tout son argent au revendeur de came. Je ne pouvais m'empêcher de penser que tout pourrait aller rapidement de mal en pis. Je venais soudain de prendre conscience que j'avais trois descendants — une fille et deux petits-enfants — et je ne savais ni leur nom ni l'endroit où ils se trouvaient. Le badinage anodin de Godwin et Gladys qui, en temps normal, me mettait de bonne humeur commençait à m'impatienter.

— Vous n'avez pas l'air de prendre ça très au sérieux, dis-je. Ma fille vient d'appeler deux fois. Que pensez-vous que je dois faire ?

Avant qu'ils aient pu répondre, deux avions d'entraînement de la base aérienne toute proche de Wichita Falls rugirent au-dessus de nos têtes. « Rugir » est encore trop faible. Ils passèrent au-dessus de la colline où se trouvait ma maison à une altitude d'environ vingt mètres, traînant derrière eux une onde de choc colossale. Quand les jets d'entraînement passaient au-dessus de nous, ce n'était même pas la peine d'essayer de parler. Le vacarme était tel que nous nous sentions presque paralysés. Il fallait le subir, l'esprit vide, en renâclant toutefois contre cette intrusion provocante au beau milieu d'un matin tranquille.

Les avions de combat vert-de-gris fonçaient comme des flèches en direction de l'ouest. Le vacarme qui avait balayé la colline commençait à diminuer d'intensité et, du coup, nous fûmes conscients d'un autre bruit, celui d'une petite sonnerie qui avait été complètement étouffée par le rugissement des jets : le téléphone sonnait. Je me précipitai pour l'empoigner juste au moment où la sonnerie cessa.

6

— Oh, merde, m'écriai-je. Oh, non !

Je dois mettre au crédit de Godwin et Gladys qu'ils paraissaient aussi bouleversés que moi.

— Fais un procès à l'armée de l'air, déclara Godwin tout en brandissant son poing en direction des jets. Téléphone au ministre de la Défense. Cette abomination a suffisamment duré.

— De toute façon, c'était probablement une de vos petites amies, dit Gladys pour me mettre du baume au cœur. La fille italienne appelle généralement à cette heure-ci.

Elle faisait allusion à Marella Miracola — le « Miracle » pour ses fans. Marella était une grande star et une excellente amie, mais l'appeler une fille était désormais assez éloigné de la réalité. En plus, elle était tombée amoureuse d'un garçon qui n'avait guère que la moitié de son âge, et elle n'avait pas appelé depuis des mois.

— Que va-t-elle penser maintenant ? dis-je en parlant de ma fille. Elle va croire que je ne veux rien avoir à faire avec elle. Je ne verrai jamais mes petits-enfants.

— Ça pourrait être une bénédiction, dit Gladys qui recouvrait ses esprits. J'ai vu les miens et je suis d'avis que j'aurai vraiment de la chance si la moitié d'entre eux ne finit pas en taule. La personne qui a dit que les enfants étaient une malédiction n'avait pas tout à fait tort, ajouta-t-elle. Ce sont d'adorables chiots quand ils sont petits, mais quand ils grandissent ce sont des chiens.

— Bien vu, dit Godwin. Mes propres enfants se manifestent rarement pour venir me réconforter.

Je n'ignorais pas que j'étais en train de converser avec deux personnes qui, dans le rôle de parents, n'avaient pas particulièrement réussi. L'attitude de Godwin était franchement casanovienne : pour lui, conception était synonyme d'adieu. Au cours de ses pérégrinations en tant que jeune professeur de littérature classique, il avait engendré dans la plupart des endroits où le drapeau britannique avait un jour flotté : Le Caire, Hong Kong, Delhi, Chypre, le Kenya apparaissaient régulièrement sur mes factures de téléphone, mais je ne suis pas certain que Godwin ait jamais vu aucun de ses enfants. La seule chose qu'il partageait avec eux était la langue française.

Gladys, pour sa part, avait cinq filles toutes regroupées dans un endroit lugubre proche d'un champ de pétrole près d'Abilene, Texas. Leur vie était un tourbillon de divorces, de remariages, de passions nouvelles qu'on parvenait mal à distinguer des anciennes. Seule constante dans ce tourbillon : la production régulière de rejetons. Gladys avait déjà vingt petits-enfants alors que la plus âgée de ses filles n'avait pas atteint la trentaine.

— Vos filles n'ont jamais entendu parler de la contraception ? lui avais-je demandé un jour.

— Ça ne marche pas dans la famille à cause de notre métabolisme, m'avait informé Gladys sans un soupçon d'humour.

Godwin, en entendant cette réponse, s'était mis à rebondir doucement sur sa chaise pendant cinq bonnes minutes en laissant échapper cet étrange gargouillement qui lui tenait lieu de rire.

— Peut-être avons-nous plus d'une chose en commun, finit-il par dire, après s'être remis. Moi-même, j'ai toujours eu un problème de métabolisme. Daniel n'a jamais eu ce problème. C'est sans doute la raison pour laquelle il ne comprendra jamais rien au commun des mortels... C'est pas mal comme titre, ajouta-t-il en souriant, toutes dents dehors. Pourquoi n'appellerais-tu pas ta nouvelle œuvre *Le Commun des mortels* ?

— Merci, j'ai déjà un très bon titre, lui rappelai-je. Et pour ta gouverne, j'ai aussi un métabolisme.

— C'est quoi le titre du bouquin ? demanda Gladys. Je sais que vous me l'avez déjà dit, mais ma mémoire flanche.

— *Les Amis de mes amies*. Je pense que c'est un excellent titre.

— Oui, ça pourrait plaire au lecteur français moyen, ricana Godwin. Mais les gens qui ont les pieds sur terre, comme Gladys et moi, ne vont pas être accrochés.

— Trop subtil pour vous ? suggérai-je.

— Trop pourri, répliqua Godwin. Ce titre laisse entendre

que tes amies peuvent se taper n'importe lequel de tes amis. Cette complaisance me paraît assez malsaine.

— C'est exactement ce que je pense, ajouta Gladys. J'ai moi-même été un jour victime de complaisance. Je sais donc très exactement de quoi je parle.

— Ah bon, vous avez été un jour victime de complaisance ? dis-je en tournant mon index sur ma tempe comme on fait partout dans le monde pour indiquer que quelqu'un déraille.

— Ouais, c'était juste après avoir eu cette infection de la rate, répliqua Gladys. Les antibiotiques ne marchaient pas parce que c'était un virus.

La conversation finit par s'alanguir. Certains matins, Godwin et moi faisions équipe pour forcer Gladys dans ses retranchements, et puis, d'autres matins, tout effort semblait inutile. Si elle tenait à son histoire de complaisance virale, à quoi bon la contredire ?

De toute façon, c'est surtout à Godwin que j'en voulais. Au cours des vingt et quelques années que je l'avais connu, ses propres petits amis et amies devaient avoir eu des milliers d'amants — un triptyque breughelien n'aurait pas suffi à exprimer les crispations et les atermoiements dont il avait été témoin. Comment osait-il, tranquillement assis, m'accuser de complaisance ?

Pendant tout ce temps, le soleil était déjà haut, la chaleur arrivait, et j'avais raté le coup de téléphone de ma fille.

7

— Y a rien que je déteste comme d'attendre que le téléphone sonne, dit Gladys.

Elle se leva comme pour s'apprêter à débarrasser la table, puis s'assit à nouveau, le regard perdu au loin.

— Quel âge aurait-elle ? demanda Godwin.

— Qui ?

— Ta fille, évidemment, la jeune nymphe avec ses deux chérubins.

— Elle a vingt-deux ans. Elle en aura vingt-trois à son

prochain anniversaire. J'espère que mon agent littéraire ne va pas appeler. Je pourrais avoir cinquante filles, il s'en tape complètement. Je ne pourrai jamais lui faire comprendre qu'il encombre ma ligne.

La sonnerie retentit. J'attrapai le téléphone tellement rapidement qu'il me glissa des mains en sautant en l'air un peu comme une grenouille. Godwin se mit à rire. Je réussis à récupérer l'appareil avant qu'il ne tombe par terre. A mon grand soulagement j'entendis la standardiste me demander si j'acceptais un nouvel appel de T.R. en P.C.V.

— Certainement, bien sûr, balbutiai-je.

— Salut, dit ma fille.

Elle avait un ton légèrement amusé.

— Salut.

— Je commence à piger ce truc en p.c.v., dit-elle. Mince, si j'avais su que c'était si facile, j'aurais appelé tout le monde partout et je les aurais fait payer.

— Si c'est toi qui as appelé il y a quelques minutes, je suis désolé, dis-je. Deux jets de combat passaient au-dessus de nos têtes et j'ai entendu le téléphone trop tard.

Elle ne répondit pas. Il y eut un long silence qui me rendit nerveux. Peut-être s'apprêtait-elle à me raccrocher au nez une fois de plus.

— Qu'est-ce qui ne va pas? demandai-je. J'ai dit quelque chose qui t'a choquée?

— Bof, j'étais seulement en train de surveiller Bo, répondit-elle.

— Qu'est-ce qu'il fait?

— Il essaye de pisser sur un chat. Il est arrivé à l'âge où il essaye de pisser sur tout ce qui lui tombe sous la main. J'ai un peu pitié du chat, mais un chat qui ne peut pas échapper à Bo n'a pas beaucoup de chances de survivre, surtout dans ce quartier. Bo n'a pas encore trois ans.

Son humeur s'assombrit.

— Si les avions de combat dont vous m'avez parlé n'ont rien à faire d'autre, ils pourraient venir ici et raser ce quartier, pour ce que j'en ai à faire. Je le hais.

— Je peux te demander quelque chose?

— Allez-y. Après tout, c'est vous qui payez, répondit-elle.

Je me prenais à aimer sa voix. Si je peux prétendre à quelque chose, c'est bien de pouvoir jauger les voix féminines. Depuis de nombreuses années — j'avais déjà cinquante et un ans —, les voix de femmes étaient mon hydromel : mieux, mon Château-Yquem, mon Romanée-Conti. Et voilà que je découvrais une nouvelle cuvée, un vin capiteux et tanique, à la fois subtil et rond. Je le dégustais à l'avance, prêt à m'enivrer.

— Dis-moi ton nom et la ville où tu es, demandai-je.

— Mon nom, c'est T.R.

— Et ça représente quoi ?

— Ben, Tyler Rose, évidemment, dit-elle. Qu'est-ce que ça pourrait être d'autre ?

— Eh bien, Theodore Roosevelt, par exemple.

Il y eut un nouveau silence. J'avais un peu l'impression que je n'avais pas réussi totalement à capter son attention.

— Houlà, maintenant, il essaye de taper sur le chat avec une brique, dit T.R. Je laisse le téléphone pendouiller une minute. Je ne voudrais pas me retrouver avec un chat aplati comme une galette.

Godwin et Gladys me regardaient. Ils étaient sidérés de ce qu'ils entendaient au téléphone. L'intimité était un concept qui échappait totalement à l'un comme à l'autre. Parfois je me demandais si les aventures de mes anciennes petites amies n'étaient pas parmi les rares choses qui les maintenaient en vie.

— Mon petit-fils essaye de taper sur un chat avec une brique, les informai-je. Il était simplement en train d'essayer de pisser dessus, mais apparemment il a des instincts meurtriers.

— Tous les mômes sont des assassins, remarqua Gladys.

— Tous les mômes sont des assassins, enchaîna Godwin. Tiens, note ça. Ça fait un autre bon titre. Un peu euripidien si je puis me permettre. Non ?

Je perçus des braillements au téléphone. En fait, plusieurs personnes braillaient.

« Pourquoi tu pleures ? disait T.R. C'est ton frère qui a pris la fessée. »

— Maintenant ils sont tous les deux en train de pleurer, me dit-elle. Jesse n'aime pas quand je donne une fessée à son frère, même quand il a été une teigne.

J'entendais mes petits-enfants sangloter de plus en plus fort.

— J'ai horreur de parler au téléphone pendant que je les entends brailler, dit T.R. Et puis le vendeur de came est toujours par là. Il est de l'autre côté de la rue et son pit-bull veut mordre une tortue.

— Tu ne m'as pas dit dans quelle ville tu étais? lui rappelai-je.

— C'est vrai, je ne vous l'ai pas dit, répondit-elle d'une voix un peu tendue. Mais pourquoi voudriez-vous le savoir après toutes ces années?

— Pour pouvoir venir te voir, lui dis-je.

Les sanglots avaient diminué d'intensité mais T.R. restait silencieuse.

— Ce ne serait pas Houston? me hasardai-je.

— Monsieur, je ne sais rien de vous, dit-elle, la voix à nouveau tendue. Pour ce que j'en sais, vous pourriez être un vieux con. Vous pourriez avoir le sida et le refiler à mes enfants.

— Je n'ai pas le sida. Es-tu à Houston? lui demandai-je. Je souhaiterais que tu me dises au moins ça.

— Souhaitez ce que vous voulez, dit-elle plus calmement. Ayez donc un peu besoin de moi comme moi j'ai eu besoin de vous. J'ai rien à vous dire. Si vous êtes un vieux machin aussi futé, essayez donc de savoir où je suis. Il y a deux personnes qui attendent pour téléphoner, et de toute façon il faut que j'abrite les gosses du soleil si je ne veux pas qu'ils deviennent aussi rouges qu'une langouste.

Elle raccrocha violemment.

— Je pense qu'elle est à Houston, dis-je à Godwin et Gladys.

8

— Bon, alors, qu'est-ce qui se passe? voulut savoir Gladys. Vous allez vous ressaisir, vous habiller et aller la chercher ou quoi?

— Gladys, je suis habillé. Un caftan, c'est un vêtement. Il y a des millions de gens en Afrique du Nord qui portent ça tous les jours de leur vie.

— Peut-être, mais on n'est pas en Afrique, répliqua Gladys. Si vous arrivez dans un *Dairy Queen* de Houston habillé comme ça, votre fille va se barrer dès qu'elle vous aura aperçu. Voilà mon opinion.

J'avais acheté plusieurs caftans à Tunis, quelques années auparavant, pour en faire cadeau aux membres de l'équipe qui préparait mon émission de télévision. Mais il faisait si chaud quand je rentrai au Texas qu'un jour j'en essayai un pour voir si ce qui protégeait de la canicule africaine pouvait convenir aux chaleurs du Texas. En un rien de temps, je me suis mis à porter des caftans jour et nuit, semaine après semaine. Je n'ai jamais su s'ils avaient un pouvoir rafraîchissant, mais en tout cas ils m'évitaient de penser au choix de mes vêtements. Je ne portais plus que des caftans, qui me semblaient convenir à la vie de reclus que j'avais décidé de mener après avoir vendu ma société de production pour m'installer à Culver City. Gladys n'avait cependant pas tout à fait tort. Un caftan ne serait probablement pas le vêtement idéal pour une première rencontre avec ma fille. Malheureusement je m'y étais attaché d'une façon presque névrotique, au point que la pensée de remettre des vêtements considérés comme normaux ici m'ennuyait considérablement. Ce qui avait pour effet de me rendre grincheux.

— Elle ne travaille pas dans un *Dairy Queen* mais dans un *Mr. Burger*, corrigeai-je, sachant pertinemment que c'était du pareil au même.

— Ça n'empêche pas qu'elle va fuir en panique si elle vous voit dans ce caftan, insista Gladys.

— Toute cette conversation me laisse à penser que tu devrais t'habiller normalement, lança Godwin d'un ton satisfait.

Je les regardai tous les deux comme si je n'en croyais pas mes oreilles.

Le professeur d'humanités autrefois si respecté qui était assis en face de moi venait juste de dévisser la capsule d'une bouteille de crème solaire dont il aspergeait négligemment sa poitrine et ses épaules. Pour tout vêtement, il ne portait qu'une serviette, posée sur ses genoux, et ceci uniquement pour ménager la susceptibilité de Gladys.

— Si tu crois qu'elle va aller se réfugier dans le désert en me voyant, pense un peu à ce qu'elle pourrait faire en te voyant toi. Tu es là, assis à moitié nu, et tu as l'air d'avoir au moins cent ans.

— Deux cents ans, enchaîna Gladys. Il est la chose la plus vieille que j'aie jamais eu l'occasion de contempler, et pourtant mes deux grands-pères ont vécu au-delà de leurs quatre-vingt-dix ans.

— Vous n'êtes que deux grincheux déversant leur bile, commenta Godwin. Sachez qu'on m'a souvent complimenté sur mon allure jeune.

Le sommet du crâne de Godwin était totalement chauve. Quelques mèches folles pendaient à l'arrière de son crâne. Pendant l'été, il portait rarement quelque chose de plus conventionnel qu'un maillot de bain : pour lui, le nudisme était moins une philosophie qu'une commodité. Il lui manquait trois dents de devant à la suite d'une querelle d'amoureux avec un cycliste au tempérament fougueux. Tous les efforts pour l'engager à les remplacer avaient été accueillis jusqu'ici par des sourires édentés et sarcastiques.

Pendant un an ou deux, quand il avait commencé à élaborer son livre sur Euripide et les Rolling Stones, il avait arpenté ma colline en titubant sous l'effet du L.S.D. ou des amphétamines, parfois dix-huit heures sans discontinuer, un baladeur vissé sur la tête pour écouter la musique des Stones.

Gladys pensait comme moi qu'il ne s'était jamais entièrement remis de cette expérience, encore que « remettre », quand il s'agissait de Godwin Lloyd-Jons, ne fût pas un terme particulièrement approprié.

— De toute façon, qu'est-ce que vous avez à me chercher des poux dans la tête ? demanda Godwin en donnant à Gladys sa bouteille de crème solaire. Gladys ne s'habille pas elle-même d'une façon très appropriée pour son âge, il me semble.

Gladys ce jour-là portait un pantalon taillé dans une toile de parachute orange, des Reebok noirs, et un T-shirt frappé du slogan « J'aime New York ». Gladys n'avait jamais été à New York et j'aurais été surpris qu'elle aimât la ville, si toutefois elle y était allée. Mais elle acceptait volontiers les vêtements surprenants et les oripeaux immettables que lui donnaient régulièrement certaines de mes amies. Gladys avait réussi à les convaincre, d'une manière ou d'une autre, qu'elle seule était capable de me garder sain de corps et d'esprit, ce que, manifestement, aucune de ces dames n'avait jamais eu envie d'entreprendre. C'est la raison pour laquelle elles la récompensaient en lui refilant de temps à autre des pantalons surréalistes ou d'étranges vestes flottantes qu'elles payaient des fortunes dans des boutiques comme « Parachute » à Los Angeles, ou « Comme des Garçons » à New York. Si bien que mon aide ménagère pouvait se balader dans tout l'Ouest du Texas en ayant l'air parfaitement grotesque.

Les gens de Thalia pensaient que Gladys s'approvisionnait en vêtements au Secours populaire de Wichita Falls. Elle était probablement la femme la plus coûteusement vêtue de tout le voisinage, ce qui ne l'empêchait pas de passer pour un clown.

A vrai dire, il se dégageait de Gladys une certaine tristesse qui faisait penser à un clown, et c'est la raison pour laquelle j'enchaînai immédiatement après la remarque de Godwin :

— Boucle-la, veux-tu ? Gladys a l'air formidable. C'est la seule femme du coin qui s'habille avec panache.

Je m'étais hâté de faire ce commentaire en espérant qu'il viendrait suffisamment à temps pour empêcher Gladys d'éclater en sanglots, ce qu'elle n'était que trop encline à faire lorsqu'on abordait le sujet de sa dégaine.

Mais, aussi prompt que j'aie pu l'être, je ne l'avais pas été assez. Gladys éclata en sanglots. Bien que Godwin et moi ayons été maintes fois témoins de ce genre de scène, nous restions stupéfaits par la rapidité avec laquelle Gladys pouvait passer d'une humeur équanime et même pugnace au désespoir le plus profond.

— J'espère que votre pauvre petite fille restera là où elle est, dit-elle. (Le ruissellement des pleurs donnait quelque relief à son visage lunaire.) Elle vivra beaucoup mieux avec des pit-bulls que dans un endroit aussi odieux que celui-ci, ajouta-t-elle.

Sur ce, tandis que nous restions assis en silence, elle empila quelques assiettes et se dirigea vers la maison.

9

— Je voulais seulement me défendre, dit Godwin, tout penaud. Je n'avais surtout pas l'intention de heurter les sentiments de cette malheureuse femme.

— Quand finiras-tu par comprendre qu'on ne peut pas plaisanter sur l'allure de Gladys? demandai-je.

— Vous êtes tout le temps en train de me provoquer, dit Godwin. Mais est-ce que je me laisse aller pour autant? Est-ce que j'éclate en sanglots?

Pas plus tard qu'hier, il était resté cinq bonnes minutes à gémir, à pleurnicher et à se cogner la tête contre le mur auprès du téléphone de la cuisine parce qu'un de ses petits amis refusait de venir ici pour se tremper dans la piscine avec lui. Nous avions dû, Gladys et moi, nous réfugier à l'autre bout de la maison pour éviter d'être témoins de ses récriminations aussi bruyantes que filandreuses.

— Tu ne te comportes pas mieux qu'elle, si c'est là où tu veux en venir. Elle a pourtant raison sur un point : que va penser ma fille quand elle va voir la façon dont nous vivons ici?

— Qu'est-ce qui te fait croire qu'elle viendra? demanda Godwin. Elle ne t'a même pas encore donné son adresse.

C'était vrai. Et pourtant je continuais de penser que ma fille viendrait vivre avec moi. Je voulais la voir. Je voulais à nouveau entendre sa voix. Je voulais l'entendre encore et encore. Je voulais voir mes petits-enfants. Je voulais qu'ils viennent, tous, vivre avec moi. Après tout, j'avais une immense maison dont des tas de recoins n'avaient jamais été occupés. J'avais envisagé à une époque que plusieurs de mes amies viendraient ici pour des séjours plus ou moins longs, et mon architecte avait incorporé dans la maison toute une série de suites luxueuses avec saunas et pièces inondées de cette merveilleuse luminosité du Texas. Les suites étaient aménagées en fonction des penchants des dames que j'aurais souhaité accueillir. J'avais constitué des réserves d'excellents vins, installé une vidéothèque contenant plus d'un millier de films. Tout était en ordre.

La maison — assis d'où j'étais, je pouvais la voir plantée sur la colline et en mesurer l'étendue — était terminée depuis bientôt dix ans, mais aucune de mes amies n'avait trouvé le moyen de venir s'y reposer. Il y avait toujours — côté cœur ou côté boulot — quelque chose qui les faisait annuler leur projet à la dernière minute. Le Texas leur resterait inconnu. Comme ma maison.

L'idée que ma fille allait peut-être s'installer et vivre avec moi était la pensée la plus exaltante qui m'était venue à l'esprit depuis au moins une décennie. Que pouvais-je imaginer de mieux ? Il y avait assez de place ici pour plusieurs petites familles. Ma fille et mes petits-enfants y seraient parfaitement à l'aise. Je finirais enfin par connaître ma fille. Le fait que j'avais aussi des petits-enfants me faisait l'effet d'une prime supplémentaire.

Mais en cet instant, contemplant la dégaine de Gladys, plantée sur ma colline avec son pantalon orange, et celle de Godwin, un petit vieux presque nu, à moitié cinglé, marinant dans ses huiles solaires, je ressentais quelque nervosité, et même quelque appréhension.

J'avais cinquante et un ans. Je pensais pouvoir désormais faire la différence entre les fantasmes et la vie réelle, et j'étais conscient que les scènes familiales touchantes, fruits de mon imagination, n'atteindraient pas la perfection rêvée, si toutefois elles se réalisaient. Peut-être allions-nous vivre dans un climat de tension et de grogne plutôt que d'amour et de convivialité.

— Que crois-tu que ma fille va penser de tout ça, si je peux la persuader de venir ? demandai-je un peu inquiet.

— Elle pensera sans doute qu'elle a débarqué dans un asile de fous, dit carrément Godwin. Elle nous prendra tous pour des givrés. Elle pensera qu'on est tous aussi cinglés que des dingos.

— Ta métaphore est idiote, dis-je. As-tu jamais vu un dingo cinglé ? Qui en a jamais vu ? Pourquoi un chien serait-il cinglé ?

Nous étions tous les deux des écrivains — pour ainsi dire — et nous critiquions assez souvent les métaphores employées par l'un ou par l'autre, tout particulièrement quand il se passait quelque chose susceptible de nous rendre nerveux.

L'arrivée de ma fille allait provoquer un changement : il nous faudrait tous parvenir à un compromis pour que trois jeunes personnes puissent vivre avec trois vieilles personnes. C'est ce que je voulais, mais j'étais de plus en plus inquiet. Godwin me regardait très attentivement ; il me sentait nerveux mais ne paraissait pas d'humeur à me réconforter.

— Tu sais qu'elle va nous prendre pour des cinglés et tu en chies de trouille dans ton froc, c'est pas vrai ? dit-il.

J'admis être un peu nerveux.

— Elle a vingt-deux ans et je ne l'ai jamais vue. Malgré cela, je veux qu'elle vienne. Nous ne sommes pas vraiment cinglés, tu sais. Juste un peu vieux.

— Tu crois qu'à vingt-deux ans on peut faire la différence ?

— Je ne l'ai jamais rencontrée, répétai-je. Comment saurais-je les différences qu'elle peut apprécier ? De toute façon, parons au plus pressé.

— Qu'est-ce que ça veut dire ? demanda Godwin. Qu'est-ce qui, selon toi, serait le plus pressé ?

— Vérifier si la Mercedes est en état de rouler, dis-je. Je ne m'en suis pas servi depuis quelque temps. Peut-être ne va-t-elle pas démarrer.

10

Godwin avait pris un air suffisant comme pour indiquer que le fait de ne pas avoir sorti ma voiture pendant six mois me rendait inapte à avoir des relations normales avec ma fille.

— Godwin, je n'essaye pas de prétendre que nous ne sommes pas bizarres, dis-je. Bien sûr, nous sommes bizarres. Si elle vient, il faudra que chacun mette un peu du sien.

Une des grandes différences entre Godwin et moi tenait au fait qu'il avait toujours manifesté un profond mépris pour ce qu'il appelait une attitude normale. Pour ma part, je n'avais jamais entièrement perdu l'habitude de me considérer comme une personne normale, encore que je reconnaisse que le concept de normalité puisse être perçu de différentes manières. Si mes critères de comparaison se limitaient à Godwin et Gladys, je n'avais aucun mal à me convaincre que j'étais dans les normes.

Mais ma fille, une jeune personne certainement éclatante de santé, mère de deux enfants, qui travaillait dans un *Mr. Burger*, verrait sans doute les choses différemment. A ses yeux, je ne serais peut-être qu'un vieux bonhomme bizarre, se baguenaudant en caftan sur ses terres, reclus sur sa colline pendant des mois, visionnant chaque soir des polars européens sélectionnés dans sa vidéothèque, et discutant pendant des heures au téléphone avec une espèce de harem téléphonique formé de créatures superbes qu'il ne voyait, au mieux, qu'une heure ou deux chaque année.

Même pas, d'ailleurs, puisque, grâce aux progrès ininterrompus de la technologie, non seulement je ne voyais pas ces femmes très souvent, mais il était rare que je parvienne à leur parler en direct.

La plupart du temps, je devais me contenter de leurs répondeurs, un type de communication à la fois nouveau et séduisant que, de plus en plus, les gens semblaient préférer au dialogue. Après quelques mois d'expérience, j'étais devenu une sorte de Proust du message téléphoné, dictant vers New York, Paris, Rome ou la Californie, sur les répondeurs de femmes extraordinaires ou, à tout le moins, peu ordinaires, des monologues à la fois élégants et habilement construits.

Quant à ces dames, elles me laissaient, tour à tour, des monologues bavards et décousus — des missives orales en quelque sorte. Après seulement quelques semaines d'apprentissage, nous avions établi le rapport avec nos nouvelles machines : les monologues de mes copines venaient chaque jour des quatre coins du monde s'empiler sur mon répondeur.

— C'est comme une nouvelle expression artistique, avait conclu Jeanie Vertus après que nous eûmes pris l'habitude de dialoguer par le biais des machines.

De toutes les personnes avec qui j'entretenais des relations, Jeanie avait certainement l'esprit le plus vif et elle était la plus apte à saisir immédiatement les retombées des avances technologiques.

— C'est rassurant de savoir que vous n'allez pas nécessairement tomber sur une vraie voix toute nue quand vous composez un numéro, avait déclaré Jeanie. Des vraies voix toutes nues m'ont parfois envoyé de belles saloperies à travers la gueule.

— Des vraies voix toutes nues, peut-être, mais en tout cas pas la mienne, avais-je répliqué. Je ne t'ai jamais dit quelque chose de méchant, et en plus je ne pense pas qu'avoir une vraie conversation de temps à autre soit nécessairement destructeur.

Au cours des mois qui suivirent elle m'envoya toute une série de monologues abordant une vaste gamme de sujets bien irrigués par son esprit fertile.

Puis, un jour, elle cessa d'appeler. Pire, elle débrancha son répondeur. Je devais téléphoner sept ou huit fois avant de l'avoir au bout du fil.

— Qu'est-ce qui ne va pas ? demandai-je. Tu en as fini tout d'un coup avec tes monologues ?

— Oui, j'en ai fini tout d'un coup avec mes monologues, Danny, dit-elle d'une voix triste.

— J'aurais souhaité que tu continues, avançai-je avec circonspection — personne ne pouvait ignorer impunément les humeurs chagrines de Jeanie. Tes monologues me manquent.

— Nous sommes trop éloignés l'un de l'autre, dit-elle. Ces monologues ne font qu'ajouter à cet éloignement, alors qu'il existe déjà un fossé entre nous.

Je pensais qu'elle allait se mettre à pleurer. A tort. En fait, elle avait atteint le fond de l'abîme, bien au-delà du niveau des pleurs.

— Au début, je trouvais ça pas mal de parler à une machine, dit-elle. Ça évite les conflits, ce qui économise l'énergie. L'ennui, c'est que ça élimine également la personne. On ne dialogue plus l'un avec l'autre, Danny. On se contente de formuler nos opinions d'une façon un peu anonyme et sur un pied d'égalité. Maintenant je me sens si anonyme vis-à-vis de toi que je ne sais même plus si je suis ton amie.

— Bien sûr, tu es mon amie, insistai-je, un peu paniqué à l'idée que je l'avais peut-être perdue pour avoir laissé un message stupide sur sa machine.

— Ça me donne le cafard, insista-t-elle. Je pense que les choses étaient mieux avant qu'on se serve de ces machines.

Son cafard finit par s'estomper — au cours des semaines suivantes, je l'appelai chaque jour, parfois sans résultat, parfois au mauvais moment, parfois pendant qu'elle dormait. Plusieurs de mes amies que je tirais de leur sommeil en téléphonant accusaient le choc en grognant, mais Jeanie se réveillait la tête vide, déconcertée que quelqu'un la trouve suffisamment intéressante pour lui donner un coup de fil. Quelques coups de téléphone n'aboutirent à rien, et certains se terminèrent assez mal, mais en fin de compte le soleil finit par percer les nuages et par briller de nouveau sur notre amitié ; mais après cela j'exerçai une certaine réserve à l'égard des répondeurs, surtout quand il s'agissait de celui de Jeanie Vertus.

Cet épisode m'était revenu au moment où, assis devant les restes de mon petit déjeuner, je contemplais Godwin en train de bouder, se demandant si ma maisonnée était un peu trop bizarre pour accueillir une jeune femme normale, mère de deux enfants.

Pourtant, tout étant dit, ce qui me perturbait le plus, c'est qu'il se pouvait bien que je ne sois pas le membre le plus normal de notre maisonnée, comme j'étais pourtant enclin à le penser. Face à la vie, Godwin et Gladys pouvaient parfois réagir mieux que moi en adultes.

Godwin, au moins, se cognait la tête contre les murs quand son petit ami refusait de venir ici pour une petite baignade.

Gladys se mettait encore dans des rognes terribles quand Chuck, son mari routier qui en avait vu des vertes et des pas mûres avec elle, traînait quelques jours supplémentaires dans le quartier nord d'Amarillo, tout heureux de profiter des bonnes dispositions d'une serveuse de café du coin.

Ni Godwin ni Gladys ne paraissaient particulièrement heureux, mais leur vie ne dépendait pas du téléphone, des répondeurs et des paquets envoyés en express.

Moi, en revanche, c'est bien ce que je faisais — ce qui pouvait signifier que j'étais le plus cinglé dans cette maison de fous.

— Même une voiture de soixante mille dollars doit rouler de temps à autre, remarqua Godwin une fois qu'il eut été définitivement acquis que la Mercedes ne démarrerait pas.

J'étais assis au volant, d'humeur maussade. De temps en temps, je tournais la clé de contact, espérant un miracle. Après tout, c'était une voiture de luxe. Peut-être était-elle simplement en hibernation. Peut-être, d'un moment à l'autre, le puissant moteur allemand finirait-il par se mettre à rugir.

Godwin et Gladys faisaient les cent pas autour du garage, chacun une cigarette aux lèvres : tabac pour Gladys, marijuana pour Godwin. Plus ils se sentaient nerveux, plus ils fumaient, et ils se sentaient particulièrement nerveux aujourd'hui. Mais au moins avaient-ils remisé au vestiaire leur récente querelle. Godwin s'était confondu en excuses pour avoir blessé Gladys au cours du petit déjeuner. Je ne pense pas qu'il eût été particulièrement contrit, mais il craignait la vengeance de Gladys qui se manifestait parfois de manière assez bizarre. N'avait-elle pas un jour déversé un bidon de mélasse dans son tiroir à chaussettes à la suite d'un incident semblable ? Une cinquantaine de paires de ses chaussettes s'étaient agglutinées en un tas visqueux. Godwin ne voulait surtout pas que ça recommence.

— Vous pourriez prendre ma Toyota, proposa Gladys. Après tout, votre fille n'est probablement pas habituée au luxe.

Sa Toyota, l'équivalent mécanique d'une femme battue, était garée un peu plus loin. La carrosserie n'était que bosses, rouille et accordéons.

— C'est parce que je laisse mon esprit vagabonder quand je conduis, expliquait Gladys. Je me sens quelque part dans les nuages, libre comme une alouette, et tout d'un coup, je m'aperçois que ma voiture vient de rentrer dans quelque chose.

— L'idée de prendre votre voiture jusqu'à Houston ne me séduit pas particulièrement, répondis-je poliment.

— Prends ma vieille bagnole, proposa Godwin.

— Non, merci, répliquai-je tout en tournant une fois de plus la clé de contact et n'obtenant aucun résultat, pas même un « clic ».

— Il devient impossible quand il est déprimé, dit Godwin à Gladys. Il ne prendra ni sa voiture, ni la mienne, ni la vôtre, alors que les nôtres sont mécaniquement impeccables tandis que la sienne ne veut pas démarrer. J'appelle ça de la perversion.

— Moi, j'appelle ça de la prudence, dis-je.

La Volkswagen de Godwin était un peu moins cabossée que celle de Gladys, mais il y avait suffisamment de drogues éparses sur le plancher pour m'envoyer en prison pendant au moins dix ans. De plus, au cours des dernières années, la vie amoureuse de Godwin s'était souvent manifestée dans cette voiture — surtout quand il s'agissait d'auto-stoppeurs. Nous avions, Gladys et moi, baptisé sa voiture la « sidauto », une plaisanterie un peu douteuse que nous évitions de faire en sa présence.

Avec cette Mercedes qui refusait de démarrer, j'avais l'impression d'être un fétu dans un océan de contrariétés. L'angoisse, quoi ! Et sans raison valable. C'était d'autant plus ridicule que j'aurais dû m'y attendre. J'avais quand même laissé la voiture au garage pendant six mois, et elle était parfaitement en droit de refuser de démarrer. De plus, tout bien pesé, c'était un problème *très* mineur. Il y avait un garage à une dizaine de kilomètres de la maison. Il suffirait de l'appeler pour qu'un dépanneur soit ici en dix minutes et ma Mercedes ronronnerait comme un jeune tigre avant même que je me sois rasé, baigné, habillé, que ma valise soit bouclée et que je sois prêt à me rendre à Houston.

Malheureusement, le fait de savoir que je me heurtais à un problème mineur, éphémère et sans conséquence, ne me rendait pas pour autant plus serein. Qui plus est, la banalité même du problème contribuait à mon désarroi.

J'étais un homme très riche. *Al et Sal,* le sitcom que j'avais écrit douze années auparavant, avait été, financièrement parlant, une des émissions les plus fructueuses de tous les temps. Avec les droits vendus à l'étranger, il avait rapporté un milliard de dollars, dont un bon tiers pour moi. *Al et Sal* avait crevé tous les plafonds sur le marché mondial et l'on pensait qu'il rapporterait un autre milliard de dollars au cours des prochaines décennies.

Je n'avais pas seulement la notoriété, j'avais aussi un tas de fric. Dans ce microcosme très particulier où j'étais devenu un grand — le monde du spectacle, ou, pour être plus précis, celui de la télévision —, la pire illusion est celle qui consiste à croire que la notoriété et l'argent peuvent vous protéger contre les petits ennuis quotidiens, par exemple une voiture qui refuse de partir.

La maxime, la règle d'or, le b.a.ba dans ce monde où j'étais star, c'était : *n'importe quel incident doit pouvoir se régler dans la minute qui suit.*

Et si ça ne se règle pas, alors à quoi bon ? Le fait d'avoir à attendre dix minutes pour mettre ma voiture en marche comme n'importe quel plouc remettait en question tout un système de valeurs. *Si on n'est pas totalement au-dessus de ces contingences, alors, à quoi bon se décarcasser ?*

— Il va avoir une attaque, dit Gladys. Je peux le prédire à la façon dont il se tortille.

Je tournai à nouveau la clé de contact sans grande conviction. Et sans résultat.

— Je ne me tortille pas et je n'ai jamais eu une attaque de ma vie. J'ai travaillé sur cette idiotie de sitcom pendant presque neuf années et aucune des personnes qui ont travaillé avec moi ne peut prétendre que j'aie jamais eu une attaque. J'ignore comment on fait pour avoir une attaque, Gladys. J'aimerais bien le savoir.

— Bien sûr, mais il y a toujours une première fois, répondit Gladys. Vous avez évité les attaques jusqu'ici. J'espère être en vacances quand ça va finir par vous arriver.

— On ferait peut-être mieux d'appeler le garage, dit Godwin. Ils sont très bien organisés et je suis sûr qu'on peut avoir quelqu'un très rapidement.

— Non, merci, dis-je. Je vais appeler Wichita Falls et je vais leur demander de m'amener une Cadillac. Ils devraient pouvoir en amener une ici le temps que je me rase. De toute façon, ma Mercedes, je m'en fiche désormais.

— Sois sérieux, dit Godwin. Elle est presque neuve. Tu ne t'en es pas servi depuis trop longtemps et les accus sont à plat.

— Je suis tout à fait sérieux, dis-je. Tu veux acheter cette voiture ? Je te la laisse pour cinq mille dollars. Achète-la. Tu n'auras plus à te promener dans ta Volkswagen toute maculée de foutre.

— S'il n'en veut pas, est-ce que je peux l'acheter ? demanda Gladys.

Elle savait renifler une bonne affaire plus rapidement que Godwin.

La pensée de Gladys en train de se débattre avec ma Mercedes m'avait presque remonté le moral.

— Où trouveriez-vous cinq mille dollars ? demandai-je, amusé. Oui, où donc l'un comme l'autre pourrait-il bien trouver cinq mille dollars ?

— Tu es vraiment pourri, s'exclama Godwin. Tu n'as même pas envie de partir tout de suite pour Houston.Tu es encore dans ton caftan. Tu ressembles à Yves Saint Laurent en plus gras. Pourquoi tu n'attends pas que le garagiste arrive et fasse démarrer ta voiture pendant que tu te rends un peu présentable pour ta fille ?

— Bon alors, qui prend la voiture ? demanda Gladys, le regard fixé sur l'objet de sa convoitise. Je pourrais m'occuper du jardinage et payer ce que vous demandez au bout d'un an ou deux. Le vieux Mexicain a passé l'âge de jardiner depuis déjà un bon bout de temps.

Elle parlait du vieux Pedro, un bonhomme très âgé vivant dans une cabane en pisé qu'il avait construite à la limite de ma propriété. C'était vraiment la personne la plus vieille qu'il nous ait jamais été donné de connaître. Je l'avais croisé quelques années plus tôt au bord d'une route proche de Deming dans le Nouveau-Mexique, alors que je me rendais en Californie. Je ne lui avais pas prêté la moindre attention jusqu'au moment où, quinze kilomètres plus loin, je me remémorai avoir dépassé un personnage très, très vieux et très, très petit. Pedro ne devait pas être beaucoup plus grand qu'un grand chien berger.

Je prenais rarement des auto-stoppeurs — ça, c'était la spécialité de Godwin — mais, après avoir réfléchi, je fis demi-tour et hélai ce nain, presque aussi vieux que les roches bordant la route, pour qu'il monte à bord. Il ne possédait rien. Il n'avait que lui. Il parlait un peu l'anglais, mais ce qu'il articulait était assez énigmatique.

— Je suis juste en train de voyager, dit-il après que je lui eus demandé où il allait. Ma famille est morte avant que ça m'arrive. Alors, emmenez-moi où vous voulez.

Du coup, je l'emmenai chez moi et je ne l'ai jamais regretté. Le fait que ma grande maison ait été bâtie en pisé lui avait bien plu, encore qu'il trouvât négligée la finition des travaux. Il avait passé un an ou deux à corriger les défectuosités.

Ensuite, il avait construit sa propre petite cabane sur le flanc ouest de ma colline. Il venait ici tous les jours pour faire du jardinage ou vérifier que l'éolienne qui tirait l'eau pour toute la propriété était en parfaite condition. Nous avions sur le domaine une vieille écurie pleine de selles et de harnais bouffés par les rats. Pedro commença par se débarrasser des rats, puis répara et astiqua les selles et les harnais.

— Je crois que les rats, il les mange, déclara Gladys, horrifiée, le jour où elle avait vu Pedro transporter cinq ou six cadavres dans sa cabane.

On n'a jamais pu en être sûr. L'alimentation de Pedro consistait surtout en frijoles, tortillas et bière. Il appréciait tellement la Budweiser qu'il venait chaque jour prendre dans la cuisine un pack de six bouteilles.

— D'accord, vous pouvez avoir la Mercedes, dis-je à Gladys. Godwin n'a pas l'air d'en vouloir.

— Bien sûr que je n'en veux pas, dit Godwin. Je ne veux pas profiter de tes moments d'aberration.

— Ça veut dire que je dois me mettre au jardinage? demanda Gladys.

— Non, Pedro aime bien ça, dis-je. Quand mes petits-enfants seront là vous pourrez leur servir de gouvernante. Ça paiera la Mercedes.

— Leur gouvernante? Elle? ricana Godwin d'une manière hystérique pendant que nous nous demandions où il voulait en venir.

Je sortis de la Mercedes en claquant la porte bruyamment. Sans doute pour la dernière fois.

— C'est comme une baby-sitter, non? demanda Gladys.

— Non, répliqua Godwin. Pas du tout. Une gouvernante est responsable de l'instruction morale des enfants dont elle est en charge. Les gouvernantes doivent avoir une conduite irréprochable.

— C'est la raison pour laquelle je donne ce travail à Gladys, dis-je. Sa conduite est irréprochable.

C'était beaucoup m'avancer. Mais qu'est-ce que ça pouvait bien faire ? Gladys pourrait circuler la tête haute dans Thalia en racontant partout qu'elle avait été promue au rang de gouvernante. Son standing, déjà bien établi, n'en serait que rehaussé.

— J'ai eu moi-même une gouvernante très capable, Mrs. Frazier, dit Godwin.

Je pouvais déceler au ton de sa voix qu'il s'apprêtait à plonger dans un de ses abîmes de sentimentalité dont il était coutumier. Il fallait rester sur nos gardes sinon on allait le voir en larmes. Quand on la chahutait sur sa dégaine, Gladys se mettait en transe ; les souvenirs de son enfance « comme il faut » dans le Yorkshire avaient le même effet sur Godwin.

— Cette Mrs. Frazier était une sainte. Tout ce que je suis devenu, c'est à elle que je le dois, dit-il d'une voix chargée d'émotion.

Je réfléchis que cet homme, après tout, était mon ami. Que j'aurais dû me montrer plus tolérant à son égard et tourner ma langue sept fois dans ma bouche avant de le titiller.

Mais la vue de ce vieux bouffon, debout, là, devant moi, chauve, édenté, vêtu en tout et pour tout d'un maillot de bain et d'une paire de sandales népalaises envoyées par son ami alpiniste un jour ou deux avant qu'il ne dégringole dans une crevasse, fumant en guise de hors-d'œuvre sa marijuana avant de s'attaquer aux amphétamines, à la coke, au mescal ou à quoi que ce soit qui lui serait tombé sous la main, et prêt à aller, d'ici une heure ou deux, à la poursuite de charmants jeunes auto-stoppeurs tout en pleurnichant sur sa vieille gouvernante... pour moi c'était trop, vraiment trop.

— Si la vertueuse Mrs. Frazier pouvait te voir en ce moment, je ne suis pas sûr qu'elle voudrait que tu figures dans son album, dis-je avec une équanimité qui me surprenait.

Ce bonhomme, après tout, était cinglé, drogué et obsédé sexuel. Quelle gouvernante en quête de respectabilité le classerait parmi ses meilleures réussites ?

— Si vous recommencez tous les deux à vous balancer des

horreurs, je m'en vais, dit Gladys qui partit en direction de la maison.

Godwin avait adopté une attitude de sérénité étudiée.

— La poutre devrait y réfléchir à deux fois avant de s'attaquer à la paille, finit-il par dire.

Je l'assurai que la poutre avait réfléchi plus de deux fois.

— Ta première phrase, c'est vraiment nul, déclara-t-il. C'est la première phrase la plus nulle que j'aie jamais lue.

— Godwin, il faut que je la travaille encore, dis-je en me traînant vers la maison pour téléphoner au concessionnaire Cadillac.

12

La phrase que n'aimait pas Godwin — la première phrase de mon nouveau roman — était à peu près la suivante : « Un homme devient vraiment mûr le jour où il réalise qu'il fait figure de père aux yeux des amis de ses amies — et qu'il l'accepte. »

J'avais bricolé cette phrase pendant presque trois mois. Un personnage, encore anonyme, mais qui n'était pas sans rappeler votre serviteur, prononce cette phrase en face d'un autre personnage, également anonyme, mais qui aurait pu ressembler quelque peu à Godwin Lloyd-Jons.

Cette phrase ne m'enthousiasmait pas outre mesure. Le sentiment ou l'opinion qu'elle exprimait convenait cependant au thème du roman que je me proposais d'écrire. Mais les mots ne s'enchaînaient pas de façon assez naturelle ou probante. J'avais réécrit cette phrase plus de deux cents fois, réalignant les mots et modifiant la ponctuation. J'avais par exemple essayé de remplacer le tiret par un point-virgule, mais après une douzaine d'essais, j'en étais revenu au tiret, plus percutant.

Car cette phrase posait deux postulats, tous deux sujets à discussion : celui qu'un homme, à une époque de sa vie, fait figure de père aux yeux des amants de ses anciennes maîtresses ; et celui qu'il n'atteint la vraie maturité que le jour où il l'accepte.

J'avais, au cours des trois derniers mois, proposé à Godwin plusieurs modifications de la phrase qui avaient toutes été accueillies par des ricanements.

— C'est une affirmation ridicule, se moquait-il. Je n'ai certainement pas l'intention de faire figure de père auprès des amis de mes amies. Je pourrais à la rigueur devenir le petit ami de certains d'entre eux, ajouta-t-il. Encore que, pour être franc, moi mis à part, mes petites amies n'ont jamais fait preuve d'un goût particulièrement raffiné dans le choix de leurs amants.

— Godwin, c'est la première phrase d'un livre, dis-je. Pour autant que je sache, le contenu du livre pourrait démontrer le contraire. J'ai simplement voulu débuter par une affirmation d'ordre général. Pense à la première phrase de *Orgueil et Préjugés* ou de *Anna Karénine*.

— Jamais lu ni l'un ni l'autre, dit-il d'un ton grognon. Tu pourrais te souvenir que j'étais porté sur les études strictement classiques.

Gladys savait tout de cette première phrase pour l'avoir entendue plus d'une fois. Son opinion était encore plus sévère que celle de Godwin.

— Chaque fois que je l'entends, ça me donne le cafard, dit-elle. D'ailleurs pourquoi voulez-vous écrire des livres ? Vous êtes bien assez riche.

— Gladys, c'est simplement que je le veux. J'étais un écrivain, ne l'oubliez pas, avant de me lancer dans la télévision.

— C'était il y a belle lurette. Peut-être que vous n'en êtes plus un, dit-elle sans trop se soucier de froisser mes sentiments.

— Ce n'est qu'une phrase, dis-je. Pourquoi devrait-elle vous rendre cafardeuse ?

— Parce qu'elle me fait penser que j'ai gâché les meilleures années de ma vie, répliqua Gladys. Je n'ai jamais eu de petit ami, excepté Chuck, et c'est vraiment un minable.

— Chuck n'est pas un minable, répliquai-je. Il s'écarte parfois des sentiers de la vertu, mais qui pourrait lui jeter la première pierre ?

— Moi, bien sûr, répondit-elle. Qui voudrait s'écarter des sentiers de la vertu avec un vieux machin comme moi ?

— Franck ne demande qu'à s'occuper de vous, lui rappelai-je.

Franck, c'était le facteur. Ma maison était la dernière de son parcours. Il arrivait tous les jours vers midi, sa camionnette bourrée de magazines, de journaux, de vidéos, de livres, et tout ça pour moi. J'étais abonné à trente ou quarante revues européennes que je feuilletais nerveusement dans l'espoir de trouver des photos d'actrices sur le retour qui avaient été plus ou moins mes petites amies — pendant mon séjour en Europe je n'étais pas encore devenu célèbre avec *Al et Sal.*

Godwin, c'était le Yorkshire et le souvenir de sa vieille gouvernante qui le rendaient nostalgique. Moi, c'était les magazines européens qui me rappelaient ce littoral méditerranéen que j'avais parcouru à la fin des années 60 et au début des années 70 en compagnie d'actrices, célèbres ou non, en tout cas charmantes, amusantes, merveilleuses, fussent-elles italiennes, françaises ou allemandes, fussent-elles un peu vulgaires à l'écran, et fussent-elles dans la vie d'adorables emmerdeuses. Comme elles me manquaient !

Frank Lucketts, le postier, n'en revenait pas qu'une seule personne puisse lire autant de journaux et de magazines.

— Les yeux me tomberaient des orbites si je devais lire tout ça, disait-il en balançant un paquet de magazines sur ma table.

Ensuite, sa tournée étant terminée, il se rendait à la cuisine, prenait une bière et flirtait un peu avec Gladys qu'il aimait d'un amour rentré et sans espoir depuis déjà quelques années.

— Frank est gentil, mais c'est un perdant, m'avait répondu Gladys quand je l'avais questionnée sur ses sentiments envers le facteur. Pour moi, les perdants, c'est fini. J'ai déjà Chuck et ça suffit.

— Je pourrais aussi me classer parmi les perdants, lui avais-je dit. Ça fait trois mois que je bûche sur une phrase et vous me dites, l'un comme l'autre, que c'est nul. Je vais aller en discuter avec Pedro. Peut-être qu'après tout, lui, il l'aimera.

— Ce vieux bonhomme est perdu dans ses pensées, avait répondu Gladys. On ne l'entend pas dire deux mots en un mois. Frank, lui, au moins, il parle. Ce qu'il dit n'a peut-être pas beaucoup d'intérêt, mais au moins ça ne provoque pas de disputes. Chuck m'offrait des fleurs autrefois, mais plus maintenant. Il pourrait prendre la place de ce vieux Mexicain que je ne m'en apercevrais même pas.

— Peut-être que je vais changer cette première phrase, dis-je, poursuivant le fil de mes pensées. Après tout, je ne l'aime pas tellement non plus.

13

Ma Cadillac était couleur marron. Elle avait la taille d'une petite baleine. En la voyant, mon humeur maussade commença à se dissiper, et quand je me fus assis dedans, je me sentis tout à fait bien. Les sièges tapissés d'un cuir marron pâle sentaient bon. Le tout dégageait une odeur de neuf, de cher et de bonne marchandise.

Godwin toujours en maillot de bain vert et toujours en train de fumer de la marijuana émit quelques ricanements quand il me vit au volant. Mais ça me laissait de marbre.

— J'aurais dû acheter une Cadillac bien avant, dis-je. Après tout, je suis un Texan. Je suis censé aimer les grosses voitures. Qu'est-ce qui a bien pu me prendre pour que j'achète une Mercedes? Je ne suis quand même pas un Européen!

— Non, mais au moins tu essayais de l'être, répliqua-t-il. Maintenant tu retournes à tes origines barbares comme je savais que tu le ferais un jour ou l'autre.

— Tu n'es qu'un petit camé ennuyeux, dis-je. Laisse-moi tranquille, veux-tu? D'ailleurs je doute fort que tu puisses encore lire le grec classique.

Le vendeur qui avait amené la Cadillac était de belle prestance. Il devait avoir dans les vingt-cinq ans. Pas exactement beau gosse, mais il avait quelque chose. Godwin lui proposa diverses fumettes qu'il refusa. Il lui jetait un œil de velours que le jeune homme ne semblait pas remarquer. Un mécanicien qui bâillait d'ennui attendait au volant d'un pick-up de ramener le jeune vendeur à l'agence Cadillac.

Manifestement, il n'appréciait pas que Godwin ne lui ait pas proposé de drogue.

Je signai un chèque. Le vendeur me donna un reçu, et cette voiture qui sentait si bon le neuf fut à moi.

— Bonne journée, dit le jeune vendeur en partant tandis que Godwin lui lançait quelques clins d'œil assassins qui le laissèrent indifférent.

— Tu n'es qu'un vieux pourri, lança Godwin. Et en plus, tu es irresponsable. Gladys va probablement se tuer dans cette Mercedes.

On aperçut un nuage de poussière remontant la route qui venait du sud. C'était Gladys. Elle avait appelé le garage, fait démarrer la Mercedes et était en train d'en prendre la mesure. Elle passa devant la maison à cent vingt à l'heure. Le nuage de poussière enroba Godwin et s'éloigna en direction du nord.

— Elle a l'air d'avoir appris à s'en servir, dis-je. Quant à toi, tu peux t'estimer heureux que le mécanicien ne t'ait pas passé dessus avec son pick-up. Manifestement, ton numéro de charme ne l'impressionnait pas.

— Je ne perds généralement pas mon temps avec des travailleurs qui commencent à prendre de l'âge, dit-il, sentencieux. Peut-être devrais-je t'accompagner dans ce voyage du père à la recherche de sa fille. Oui, peut-être ferai-je l'impasse sur ta grossièreté à mon égard, et peut-être t'accompagnerai-je. Il se pourrait que mon charme soit de quelque utilité quand tu retrouveras ta fille.

— Et pourquoi donc? C'est *ma* fille, dis-je. De toute façon, quand on voit ta dégaine, on oublie ton charme. Dès qu'elle t'aura vu, elle mobilisera sans doute toute une brochette d'avocats pour m'empêcher d'avoir le droit de rendre visite à mes petits-enfants.

Cela dit, j'avais quand même assez envie de le prendre avec moi. L'idée de retrouver ma fille me paniquait un peu. Godwin était certes un peu farfelu, mais au moins je connaissais le personnage sur le bout des doigts. Peut-être le fait de me chamailler avec lui pendant le trajet calmerait-il mes nerfs.

Et puis, tout d'un coup, je me dis que non, qu'accepter de l'emmener avec moi c'était fuir mes responsabilités. C'était *ma* fille — j'avais été malheureux pendant des années, espérant contre tout espoir que j'aurais un jour la chance de la rencontrer. Et voilà que cette chance était à ma portée. Me servir de Godwin comme tampon avant même d'avoir pu l'apercevoir, c'était de la lâcheté.

J'étais sentimentalement assez lâche, mais dans ce cas précis, il me fallait mettre une croix sur ma lâcheté. Cette fille, je voulais que ce soit moi qu'elle aime, pas Godwin.

— Tu ferais mieux de rester ici pour surveiller Gladys au cas où elle aurait un pépin avec la voiture, dis-je.

— Tu sais ce que tu es ? Cupide, dit Godwin. Tu la veux pour toi, ta fille. Tu ne l'amèneras même pas ici. Salaud comme tu es, tu vas l'emmener quelque part où tu pourras l'avoir pour toi tout seul.

— Ça ne m'était pas venu à l'esprit. Mais maintenant que tu m'en as donné l'idée, pourquoi pas ? Je me demande si elle a un passeport.

A vrai dire, je commençais à en avoir un peu assez de cette vie de reclus à Hardtop County. J'avais recommencé à rêver de Méditerranée, et les filles de ces accueillants rivages me manquaient : Claudia Cardinale, Melissa Mell, Ingrid Pitt, Senta Berger, Françoise Dorléac, Romy Schneider... bref, toutes ces Européennes qui peuplaient mes rêves. Peut-être irais-je m'installer à Rome et ferais-je l'apprentissage d'une vie de père dans un cadre européen — mes petits-enfants apprendraient à parler deux langues à la fois.

Godwin me connaissait assez pour deviner rapidement le cours de mes pensées.

— Elle travaille dans un *Dairy Queen,* dit-il. Ce qui m'incite à penser qu'elle ne doit pas avoir de passeport.

— Ce n'est pas un *Dairy Queen,* c'est un *Mr. Burger.* Un *Mr. Burger,* tu entends ?

— D'accord, c'est peut-être différent, répondit Godwin. Mais ça ne change rien au fait qu'elle ne doit pas être du type à courir le monde.

Je sortis de ma Cadillac pour aller chercher mes valises.

— Dieu, que tu es fatigant, dis-je. Si je ne pars pas maintenant, je serai trop fatigué pour conduire rien que de discutailler avec toi.

— Ecoute bien, dit-il. Moi j'ai la fibre paternelle. J'ai neuf enfants et toi un seul. Peut-être mon expérience te sera-t-elle utile.

46

— Godwin, pas maintenant, dis-je en me redressant aussi droit que je le pouvais. Ce que je vais faire, je veux le faire seul.

14

« Quand on commence à se parodier soi-même, c'est signe qu'on vieillit », pensais-je en traversant Jacksboro, la première ville sur ma route. Jacksboro était connue dans la région pour avoir des immeubles en pierre calcaire ; ces constructions n'étaient pas particulièrement réussies, mais au moins étaient-elles faites pour durer, dans un coin du pays où tout ce qu'on construisait ne durait pas longtemps. Encore faut-il ajouter que les bâtiments en pierre de Jacksboro donnaient l'impression de devoir s'effondrer pour peu qu'on leur assène deux ou trois coups avec une bonne massue.

Je me dirigeais vers Decatur en réfléchissant que tout ce qui avait été construit par l'homme dans un rayon de cent cinquante kilomètres autour de ma maison était vraiment très moche. Le musée Kimball de Fort Worth qui se trouve très précisément à cent cinquante kilomètres de chez moi est la première structure de quelque valeur architecturale qu'on peut espérer voir, quelle que soit la direction qu'on prenne en quittant ma maison.

« Quand on commence à se parodier soi-même, c'est signe qu'on vieillit... » C'était une petite mise en garde que je me faisais à moi-même ; ça pouvait être aussi une phrase de rechange pour le début de mon roman.

« Le premier signe qu'on vieillit, c'est quand on se parodie soi-même », dis-je, pour voir si, en modifiant la phrase, elle s'améliorait. En essayant de me rappeler comment on écrivait un roman, une activité que j'avais malheureusement abandonnée depuis vingt bonnes années, il me semblait que la première phrase d'un bouquin était d'une très grande importance. Que c'était même capital, puisque, si l'on démarrait bien, toutes les autres s'enchaîneraient logiquement. Elles jailliraient du cerveau sans effort apparent et s'aligneraient comme de bons petits soldats de plomb.

Il devenait évident que la phrase sur les petits amis de mes petites amies n'enthousiasmait personne bien qu'elle me tînt à cœur. Elle était pourtant assez pertinente en ce qui touchait à ma vie. Je sais qu'on me prend pour quelqu'un d'un peu bizarre, mais à tout prendre je ne suis pas si bizarre que ça. Plusieurs de mes ex-amies avaient maintenant des amis qui sollicitaient auprès de moi des avis paternels. Je passais plusieurs heures par semaine à prodiguer des conseils à des jeunes gens un peu paumés qui avaient été adoptés comme amis par d'anciennes amies toujours un peu friponnes. Le fait que je sois sollicité pour donner des conseils paternels était une ironie du sort. Après tout je n'avais jamais vu ma propre enfant et ne lui avais jamais prodigué *un* conseil. Ironique, peut-être, mais moins idiot qu'il n'y paraissait.

Autre bizarrerie : je parlais rarement directement à ces heureux jeunes gens. Mes conseils étaient relayés indirectement par le biais de mes amies. Je pouvais ainsi dire à Jeanie Vertus : « Pourquoi tu n'expliques pas ça à Carver ? Dis-lui seulement que c'est moi qui l'ai mentionné. »

Ou encore à Nema Remington : « Je pense que A.B. devrait peser le pour et le contre avant de prendre une décision à ce sujet. » Nema, qui n'était pas une personne à remiser dans un placard un avis judicieux, téléphonait alors à son mari pour lui dire de peser le pour et le contre.

C'est ainsi que la vie s'organisait. Ce type de relais me rappelait un jeu d'enfant, populaire dans les années 50, qui consistait à se refiler l'un à l'autre des Life Savers, ces bonbons qui ont la forme d'un pneu, à l'aide de cure-dents. Ce jeu donnait l'avant-goût d'un baiser, mais il y avait entre les partenaires une pique qui interdisait le baiser. Il y avait aussi des objets piquants entre les petits amis et moi — c'était bien évidemment les petites amies. Que mes petites amies soient épatantes, ça me convenait parfaitement. C'était précisément une des raisons pour lesquelles elles m'avaient séduit au départ ; la vie est trop courte pour la gâcher avec des femmes ennuyeuses — qui sont légion, et qui, pour la plupart, encombrent les plateaux de télévision, pensais-je à une époque.

Un ou deux amis de mes ex étaient particulièrement jeunes — celui de Marella Miracola, par exemple — mais ceux qui sollicitaient mes conseils étaient surtout jeunes d'esprit.

— C'est encore un enfant, vois-tu, me disaient souvent mes amies, le ton grave, quand leurs petits amis s'étaient conduits d'une façon particulièrement abominable.

« Il n'a jamais atteint l'âge adulte » était une autre variante de cette affirmation qui revenait régulièrement dans la conversation.

— C'est un bébé-géant, m'avait dit un jour, en parlant d'un de ses amants, Jeanie qui ne manquait pas d'à-propos.

Aux yeux de mes ex-amies, j'étais, contrairement à leurs amants, tout à fait adulte. Elles s'accordaient toutes à me trouver non seulement adulte, mais même un peu *trop* adulte. Aucune d'entre elles n'avait jamais vu Pedro, mais elles en avaient entendu parler, et elles en étaient venues à penser que, pour les choses qui comptaient vraiment, je n'étais pas beaucoup plus jeune que lui. Chronologiquement, il avait quand même trois ou quatre décennies de plus que moi, mais la chronologie n'était pas leur point fort. Toutes adhéraient à la théorie complètement idiote qui veut qu'on a l'âge qu'on a choisi d'avoir.

Ma position était plus réaliste. Je pense que j'ai l'âge de mes artères, et elles ont cinquante et un ans. A quarante-huit ans, j'étais un homme différent ; à quarante-cinq ans, je l'étais plus encore. Mais cinquante et un ans me paraissait l'âge adéquat pour franchir le cap de l'autodérision — ce qui explique mon envie de changer la première phrase.

15

Le palais de justice de Decatur semblait sorti tout droit d'un petit coin de Bavière. Construit en granit rouge, il était surmonté d'une tour munie d'une horloge. L'horloge n'avait plus fonctionné depuis quand, allez savoir, mais on aurait pu en dire autant de la ville dont elle était l'orgueil. Decatur était un peu comme une horloge qu'on a oublié de remonter, ce qui n'empêchait pas ses citoyens d'être particulièrement fiers de leur palais de justice qui restait illuminé toute la nuit. Ce palais, à mes yeux, tenait du château qu'aurait pu construire Louis II, le roi fou de Bavière. Si le Danube avait coulé à ses pieds, il se serait peut-être accordé avec le paysage, malheureusement, le seul flot qui l'irriguait était celui des voitures empruntant l'autoroute 287, une coulée d'asphalte noir qui menait au nord vers Amarillo et les lugubres plaines de l'Oklahoma.

Parfois, pour passer le temps derrière mon volant, je jetais un regard que je voulais alerte sur les nombreuses bourgades que je traversais. Il n'était pas évident que j'allais pouvoir me refaire une santé comme écrivain — j'avais laissé trop longtemps ma puissance créatrice dans la naphtaline. Mais je pourrais me reconvertir dans les guides de voyage. Mon cerveau n'était pas complètement endormi, il avait simplement tendance à se laisser aller. Peut-être, après tout, finirais-je par convertir ce vice en vertu. J'avais pour ami un collectionneur d'antiquités, Jack McGriff. Jack avait passé sa vie sur les routes d'Amérique à la recherche de trésors qu'il finissait toujours par dénicher. Comme je l'avais envié pendant les neuf années où je m'étais retrouvé enchaîné sur un plateau de télévision, à Culver City! Pour moi, la vraie vie, c'était celle de Jack McGriff. Il allait où bon lui semblait et — encore plus important de mon point de vue — n'allait pas là où il ne voulait pas aller.

— J'ai passé très peu de temps à Gary, Indiana, me dit-il un jour.

Dans sa profession on l'avait baptisé « Cadillac Jack » parce qu'il appréciait particulièrement le type de voiture que j'étais en train de conduire en traversant Decatur.

Pendant que Jack McGriff se délectait des paysages les plus somptueux de l'Amérique, moi je bossais quatorze heures par jour dans un des pires endroits, c'est-à-dire Culver City, la Mecque de l'industrie du spectacle. Pendant tout mon séjour là-bas, j'ai dû avoir en moyenne deux engueulades par jour. Engueulades avec les auteurs, engueulades avec les acteurs, engueulades avec les électriciens, les preneurs de son, les accessoiristes et — pire que tout — avec les directeurs de chaînes.

On n'a généralement pas beaucoup de sympathie pour les directeurs de chaînes, et ce n'est que justice. La plupart d'entre eux ont du yaourt dans le bulbe et ne comprennent rien à rien si on ne braille pas plus fort qu'eux. Jour après jour, je braillais à me rendre atone dans l'espoir que leur bulbe ferait tilt à un moment ou à un autre. La plupart du temps, j'échouais. Et c'est quand j'échouais que je me prenais à rêver de la vie de Jack McGriff.

Qu'est-ce qui m'avait bien pris de gâcher ma vie à m'engueuler avec des trous du cul sapés dans des costumes à douze cents dollars !

La réponse était simple : mon émission était en tête à l'audimat. Six ans de suite, numéro 1. Du jamais vu. Mon scénario, *Al et Sal,* c'était l'histoire d'une famille de petits bourgeois de Reseda, Californie, et de leurs trois petits bourgeois de mômes, Bert, Betsy et Bobby. Ils vivaient les contraintes, les tragédies, les bonheurs de la *vie américaine type*. A ma grande surprise, quatre-vingts millions d'Américains choisirent de participer chaque semaine aux mêmes contraintes, aux mêmes tragédies, aux mêmes bonheurs qu'*Al et Sal* et leurs enfants.

Quand j'avais écrit le synopsis d'*Al et Sal,* je vivais dans une chambre d'hôtel à Blythe, Californie. J'étais un solitaire et un perdant qui avait pratiquement tout raté : comme romancier, comme scénariste, comme époux... et qui avait surtout raté sa vie sentimentale. Je n'avais jamais connu une journée normale de vie normale avec une femme et j'étais pratiquement sûr que ça ne m'arriverait jamais. Et puis, inexplicablement, mon dernier coup de poker avait été le bon. J'avais réussi à sortir de mon imagination le scénario d'un sitcom sur la vie quotidienne, qui avait tenu en haleine toute l'Amérique pendant neuf ans. Il faisait rêver des gens aussi éloignés des Etats-Unis que les habitants du Pakistan, de Finlande ou du Brésil, qui délaissaient à un moment ou à un autre leurs tâches quotidiennes rien que pour regarder un feuilleton né de mes fantasmes.

Pas facile de cesser d'être le numéro 1, même quand il s'agit du monde de la télévision où plus d'un se dit qu'il y en a marre et rêve de se réveiller un beau matin en sachant qu'il ne travaille plus à la télé. Je m'étais accroché à cet espoir pendant neuf années, mais, quand on est numéro 1, c'est difficile d'abandonner le gouvernail, et même dans le courant de la dernière année, quand le feuilleton n'arrivait plus qu'à la quarantième place dans l'audimat et que je pesais déjà quelques centaines de millions de dollars, je ne parvenais pas à décrocher.

Je finis par m'éloigner en plusieurs étapes, déménageant d'abord dans un palace de Laguna, puis dans un autre palace, le *Rancho Mirage,* de l'autre côté des collines, enfin dans une vaste hacienda à Patagonia, Arizona, où j'eus l'honneur d'être le premier gringo millionnaire à être cambriolé par le fameux Vega Vega, le Robin des Bois du Mexique, dont j'essayai de raconter la carrière en produisant un nouveau feuilleton qui ne dépassa jamais le quatrième épisode : mon public, si toutefois j'en avais encore un, voulait, en fait, un nouveau *Al et Sal,* en un peu plus neuf, un peu plus frais, un peu plus yuppie, plutôt qu'une comédie absurde dont le héros était un bandit mexicain. « Les dents de la mer sans les dents » avait écrit, à propos de ce nouveau feuilleton, un critique qui, lui, avait encore des dents.

Mes sauts de puce de Laguna Beach à *Rancho Mirage,* puis à Patagonia n'étaient en fait que la réplique « grand style » de ce que j'avais connu en version très modeste dans les années 60. A l'époque, j'avais quitté Los Angeles pour traîner mes guêtres, de minable motel en motel minable, d'East Hollywood à Azusa, d'Azusa à San Dimas, de San Dimas à Calimesa, de Calimesa à Banning, de Banning à Blythe, à la frontière de la Californie, où je me mis à écrire *Al et Sal,* cette immortelle émission télévisée.

Un jour, lors de mes jeunes années — c'était le lendemain de la naissance de ma fille —, j'avais balancé le manuscrit de mon dernier roman — un fiasco total — dans les eaux troubles du Rio Grande, près de Roma, Texas. J'étais d'humeur à me jeter moi-même à l'eau mais cette humeur ne fut que passagère. Quand je me mis à imaginer l'horreur de mes poumons remplis d'eau, je changeai d'avis et partis en stop pour Los Angeles où je m'inscrivis pour le concours Hanna-Barbera — incontournable si l'on voulait faire le métier de dialoguiste —, le passai et me retrouvai pendant trois ans à écrire des dialogues de dessins animés.

A Blythe, dix ans après cet intermède du Rio Grande, j'arrivai devant une nouvelle frontière, elle aussi marquée par un fleuve, le Colorado. J'y arrivai complètement déprimé et au bord du désespoir. Les eaux vertes du Colorado m'apaisèrent, comme m'avaient autrefois calmé les eaux boueuses du Rio Grande. Je me sentais complètement lessivé, mais je ne voulais pas mourir. Et je n'avais aucune raison d'espérer me sentir mieux en m'exilant de l'autre côté de ce fleuve-frontière.

Le Colorado, comme tous les grands fleuves, dégageait force et beauté. Je marchais le long des berges en le regardant couler, y lançais quelques cailloux et m'interrogeais afin de savoir comment retrouver une ou deux de mes relations dont je m'étais coupé à force de déconner pendant mes années noires.

Je passais mon temps dans un trou perdu à l'*Auberge du Vieux Palmier,* ainsi nommée parce qu'il y avait un vieux palmier maigrichon dans la cour. C'est là que j'écrivis le scénario qui devait, huit mois plus tard, surgir dans le monde du spectacle et atteindre les sommets que l'on sait. Quand ça démarra, je devins beaucoup trop occupé pour prendre le temps de marcher mélancoliquement le long des fleuves, encore que j'aurais pu le faire puisque je vécus pendant un moment à Studio City, dans un appartement situé en bordure d'une rivière, et que je pouvais contempler de ma fenêtre le viaduc en béton qui borde le lit de cette Los Angeles River. Ça ressemblait à un canal d'irrigation qui se serait égaré en ville.

Quand, au bout de neuf années, on en finit enfin avec *Al et Sal,* je pris du champ pour me retirer à Patagonia, Arizona, jusqu'au jour où je découvris que la ville que j'avais choisie était devenue une banlieue, certes éloignée, mais une banlieue de Los Angeles. Toute une brochette de ces mêmes cadres complètement obtus, avec qui j'avais eu de mémorables engueulades à mes heures de gloire de Culver City, avaient choisi de se retirer dans de vastes demeures à Patagonia. Les plus frimeurs s'étaient lancés dans l'élevage de pur-sang arabes et fréquentaient les vieux républicains fascistes qui contrôlaient l'Arizona.

Je choisis très vite de partir quelque part où je n'aurais pas Culver City aux basques. Ce fut Hardtop County, bien éloigné de là, où je fis construire Los Dolores, ma maison sur la colline. A cette époque , il était devenu enfin possible de prendre l'avion, sans escale, de Dallas à Paris, Londres ou Francfort, ce dont je ne me privais pas. De là, je sautais dans le premier Airbus en direction de Rome ou de la Côte d'Azur. Je visitai la Chine, je visitai l'Égypte, l'Argentine, la

Suède. Le seul endroit où je ne mis pas les pieds, ce fut Los Angeles.

Je n'allai pas à Austin, Texas, non plus, mais c'est Austin qui vint à moi — alors que je ne demandais rien — sous les traits de Godwin Lloyd-Jons, après que l'université lui eut retiré sa chaire de grec. Godwin n'avait jamais caché qu'il était professeur « uniquement pour la baise ». « Garçons l'été, filles l'hiver », c'était sa devise comme j'eus l'occasion de le vérifier quand mon ex-femme devint une de ses maîtresses hivernales. L'université du Texas, bien consciente que nous traversions une époque procédurière, avait décidé qu'un de ses membres professant de telles idées — et les mettant en pratique — pouvait éventuellement nuire à sa réputation.

Je n'avais pas vu Godwin depuis de nombreuses années. Et je n'avais pas pensé à lui jusqu'au jour où je l'aperçus alors que je passais les contrôles de douane à l'aéroport de Dallas-Fort Worth. Jamais le dernier à cacher ses émotions, il pleurait amèrement la perte d'un jeune homme qui l'avait volé, battu et abandonné dans un parking de l'aéroport de Rio après lui avoir promis qu'il partirait avec lui pour le Texas.

Les autres passagers qui faisaient la queue pour la douane étaient consternés de voir cet homme en pleurs. Pour ma part, j'avais, depuis Le Caire, vingt-trois heures d'avion derrière moi, et il aurait fallu que je sois pris à témoin d'un fameux massacre pour émerger de ma léthargie.

— Godwin, c'est toi ? m'inquiétai-je.

Je me rappelai qu'il avait été assez pleurnichard à l'époque où il vivait avec Sally.

— Ah ça alors, Daniel ! Tu as pris du ventre, répondit-il en essuyant ses larmes sur la manche de son Burberry.

— J'ai tendance à grossir quand je voyage, dis-je bien que ce fût le contraire.

Ces retrouvailles s'engageaient mal, mais Godwin ne semblait pas s'en rendre compte. La file d'attente devant le guichet des douanes était longue. Une fois ses larmes essuyées, Godwin se lança dans un récit long et détaillé sur l'allure et les penchants de son amant pervers. J'écoutais d'une oreille très distraite, mais je devais être le seul car la file d'attente diminua immédiatement, la plupart des voyageurs ayant décidé d'aller vers d'autres comptoirs pour ne pas avoir à écouter le récit de ses turpitudes. Avant même de nous en apercevoir, nous sortions de l'aéroport, clignant de l'œil pour nous protéger de la féroce lumière texane.

Pour en finir avec le paysage lunaire de D.F.W., comme on appelait l'aéroport de Dallas, on embarquait à bord d'un petit train informatisé baptisé « Airtrans » qui desservait les différents terminaux en faisant un bruit infernal. L'Airtrans emmène aussi les voyageurs vers des parkings tellement éloignés de l'aéroport qu'ils pourraient aussi bien se trouver dans la banlieue de Waxahachie, une ville distante de quarante-cinq kilomètres.

Le trajet était long et je commençais à appréhender la présence de Godwin qui ne manifestait aucune intention de me quitter. Je ne l'avais pas vu depuis vingt ans, mais il me suivait comme l'aurait fait un chien que j'aurais élevé depuis son enfance. Il s'engouffra dans le même Airtrans que moi bien que je fusse à peu près sûr qu'il n'eût pas de voiture au parking.

Pendant tout le trajet qui n'en finissait pas, il me raconta avec force détails les prouesses sexuelles qu'il avait accomplies au cours de son voyage à Rio et Buenos Aires. Un prêtre, fût-il blindé par quelques millions de confessions, aurait sans doute rougi ou pâli en entendant Godwin. Ce monsieur, humaniste distingué, parlait du sexe comme s'il se fût agi d'un mémoire universitaire. Il commentait l'enculage d'une façon aussi détaillée et sereine qu'un texte d'Euripide. J'étais trop fatigué pour m'en formaliser, mais là plupart des voyageurs à bord de l'Airtrans n'avaient pas été rendus sourds par vingt-trois heures d'avion. Quand, à chaque arrêt, les portières s'ouvraient, ils se précipitaient vers la sortie. Après sept ou huit arrêts, Godwin finit par s'en rendre compte.

— Qu'est-ce qu'ils ont tous ? Ils pensent qu'on est contagieux ou quoi ?

— Godwin, suggérai-je, après tout ce que tu viens de me décrire, tu pourrais l'être.

— Ridicule, parfaitement ridicule ! dit-il en fixant les quelques passagers restés à bord qui s'étaient regroupés à l'autre extrémité de la cabine.

A l'approche de l'arrêt suivant — parking A et voitures de

location —, ils se hâtèrent vers la porte dans l'espoir de sortir les premiers.

Du coup, Godwin piqua une colère. La moindre contrariété l'avait toujours fait sortir de ses gonds. Juste avant que le train s'arrête, il se mit à se trémousser et à se convulser comme s'il était pris de la danse de Saint-Guy, puis il tituba en direction des passagers et se mit à haleter sous leur nez.

— J'ai une nouvelle maladie, se mit-il à hurler. Ça s'appelle la multirisque. C'est une maladie fongueuse qui cumule les pires symptômes de la lèpre et de la tuberculose. Ça se transmet par le souffle — bientôt des populations entières vont disparaître. Je l'ai attrapée dans la jungle de l'Amazone en enculant un singe.

Il se mit à haleter encore un peu plus fort.

— Terriblement désolé, mais nous sommes tous condamnés maintenant, ajouta-t-il au moment où s'ouvraient les portières.

Un passager bien baraqué qui portait Levi's et casquette de camionneur — peut-être un foreur pétrolier qui revenait chez lui après avoir fait son tour de service sur une plate-forme du golfe du Mexique ou d'Alaska — s'insurgea contre cette condamnation. Il frappa Godwin au visage avec un petit sac qui devait être bourré de pièces d'un dollar en argent car Godwin se retrouva les quatre fers en l'air avec un nez aplati. Il s'étala à mes pieds, saignant comme un cochon qu'on vient d'égorger.

— Multirisque! Multirisque! s'époumona Godwin au moment où les portières se refermaient.

Les passagers étaient désormais sains et saufs, mais moi, qu'est-ce qui allait bien pouvoir m'arriver?

— J'espère que tu as inventé cette histoire, dis-je en lui tendant un mouchoir. J'espère que tu n'as quand même pas enculé un singe!

Son costume, sur le devant, était rouge de sang. Mais il semblait de bien meilleure humeur.

— Je ne m'y essaierais pas, ils mordent.

16

On finit par arriver à ma voiture. Le nez de Godwin continuait à saigner et je commençais à m'inquiéter. Bien qu'il se déplaçât comme un aveugle dans le parking, il était d'humeur euphorique.

— Curieux comme un homme se sent tout requinqué quand son sang coule, dit-il. Peut-être est-ce lié à l'évolution.

— Ça serait plutôt lié à ta dinguerie, dis-je. Tu devrais te reposer. Tu es en train de perdre pas mal de sang.

— Qu'est-ce que ça peut bien faire? J'en ai des litres et des litres... Tu ne voudrais pas qu'on aille dans un bar? Ça fait des siècles qu'on ne s'est pas parlé.

Dix secondes plus tard, il s'écroulait sur l'asphalte. J'étais complètement abasourdi. Je n'avais qu'un très vague souvenir des soins d'urgence, mais je savais qu'il me fallait faire quelque chose. Heureusement, Godwin était une petite chose facile à bouger. Je l'étendis sur le trottoir face à ma Mercedes et sortis un T-shirt de mon sac à linge sale pour le lui poser sur le nez dans l'espoir d'arrêter le flot de sang.

Quand j'y fus plus ou moins parvenu, je me précipitai en direction des bureaux de voitures de location, qui étaient beaucoup plus éloignés qu'il n'y paraissait. J'étais parti au galop, mais je passai rapidement au trot, puis au pas. J'arrivai à bout de souffle.

— Eh, la forme, c'est pas au point, me dit la petite futée de l'agence Budget. On devrait vérifier son taux de cholestérol.

Après ce vol interminable, la dernière chose dont j'avais envie, c'était de discuter avec une de ces givrées de la santé. Toutes mes amies, hélas, l'étaient plus ou moins. Pas un jour ne passait sans que j'aie droit au sermon sur mon taux de cholestérol, mon manque d'exercice, mon indifférence aux légumes verts et autres babioles qui devaient me maintenir en forme. Je m'étais évertué des millions de fois à expliquer à ces femmes que la médecine — pour ne rien dire de l'alimentation — était une science évolutive. Que l'engouement actuel pour les vitamines et le cholestérol ne relevaient pas plus de la science que la théorie des humeurs qui faisait fureur à la fin de la Renaissance.

Aucune de mes amies n'appréciait particulièrement ce genre de discours ; elles étaient persuadées que les canons en vigueur préconisant l'exercice, les vitamines et autres fariboles étaient des vérités premières. Les théories sur la santé (et j'insistais sur le fait qu'il s'agissait uniquement de théories) étaient un sujet permanent de controverses entre elles et moi, et je n'avais nullement l'intention d'entamer une discussion sur ce thème à un comptoir de location de voitures pendant que Godwin était en train de se vider de son sang dans un parking.

— Il y a un homme blessé dans le parking B, le plus éloigné, haletai-je. Il se pourrait qu'il soit en train de saigner à mort.

— Mon Dieu, on ferait mieux d'appeler l'ambulance pour qu'elle file là-bas immédiatement, dit la jeune femme en empoignant le téléphone.

Quand j'arrivai au parking après avoir parcouru à nouveau plusieurs kilomètres d'asphalte, l'ambulance était déjà près de Godwin, gyrophares en marche, et Godwin était en train de faire ce qu'il est convenu d'appeler du charme aux deux infirmiers qui tentaient de l'attacher sur un brancard. Les deux jeunes gens avaient la même allure campagnarde que la jeune femme du comptoir de l'agence de location. Je doute fort qu'ils aient été conscients du fait que ce petit Anglais complètement cinglé et baignant dans son sang était en train de leur faire du rentre-dedans.

— Une vraie séance de S.M. ! dit-il joyeusement quand ils l'eurent finalement ficelé au brancard.

— Je vais t'accompagner aux soins d'urgence, dis-je. Tu es peut-être plus malade que tu ne le crois.

Dans la salle des urgences que nous atteignîmes après nous être faufilés dans le labyrinthe d'entrepôts et de Lunaparks que formait Arlington, Texas, une équipe médicale apparemment blasée nous fit comprendre qu'ils ne jugeaient pas Godwin suffisamment malade pour lui prodiguer des soins.

— La nuit peut être longue, malgré tout. Nous allons quand même faire cesser votre saignement de nez, dit un jeune interne avec condescendance.

Ils lui passèrent vivement une éponge sur le nez, lui

collèrent un pansement, et me soulagèrent de cent cinquante dollars. Godwin, bien évidemment, était revenu du Brésil sans un sou, ce qui n'altérait pas du tout sa bonne humeur. La jeune infirmière qui lui épongea le nez suscita son intérêt au point qu'il tenta de l'impressionner en relatant ses hauts faits scolastiques.

— J'ai écrit un petit opuscule sur Catulle qui pourrait vous intéresser, dit-il. C'est une bagatelle, mais ça pourrait vous amuser pendant une heure ou deux. Donnez-moi seulement votre adresse et je vous l'enverrai immédiatement.

— C'est celui qui a écrit *Jonathan Livingston le goéland?* demanda-t-elle.

Je ne pense pas que Godwin ait jamais entendu parler de *Jonathan Livingston le goéland.* Il paraissait perplexe.

— Non, la personne dont il parle était un poète, dis-je.

— Oh, dit la fille. (Elle avait une couche de mascara plus épaisse que n'en ont généralement les infirmières. Il était couleur argent, sans doute pour s'harmoniser avec ses cheveux blond argent.) J'écris des poèmes de temps en temps, dit-elle. Mais je lis assez peu. Je pense que ça n'est pas la peine de m'envoyer votre petit livre.

Godwin n'avait pas l'intention de laisser tomber. Aussi absurde que cela puisse paraître, il était prêt à croire que la lecture de son livre sur Catulle inciterait la jeune fille à tomber dans ses bras.

— Ça se lit vraiment très rapidement, dit-il malicieusement.

— Bah, quand je lis, j'ai comme le sentiment que ça me déprime, vous voyez, dit la fille. C'est un sentiment qu'on éprouve quand on réalise qu'il vous manque quelque chose dans la vie.

J'admis que j'éprouvais moi aussi ce sentiment. Je commençais à m'intéresser à cette jeune infirmière, mais Godwin avait pris un air perplexe. Il n'était pas du tout d'accord avec notre discours calamiteux.

— Un petit livre sur Catulle ne vous fera pas de mal, insistait-il. Il a reçu de très bonnes critiques.

— Bof, je crois que vous feriez mieux de le garder, dit la fille. Je vais vous donner un peu de coton, mais je ne pense pas que vous en aurez besoin. Ça devrait coaguler incessamment.

17

— Tu n'as pas changé du tout, dis-je à Godwin alors que nous cherchions désespérément notre chemin dans Arlington — désespérément parce que les faubourgs d'Arlington disposent de plus de culs-de-sac qu'aucune autre commune à l'ouest du Mississippi. Quand on pénétrait assez loin dans la ville, il était pratiquement impossible de retrouver son chemin sans l'aide d'un habitant du coin. Nous allions de cul-de-sac en cul-de-sac, dans un entrelacs de voies qui auraient découragé un explorateur chevronné.

La face cachée de ma personnalité, celle qui espérait devenir un jour écrivain de guides touristiques, retint qu'il me faudrait écrire un article intitulé : « Arlington, la ville du cul-de-sac ». Ce qui ne m'empêchait pas de penser que j'avais quitté Le Caire vingt-trois heures auparavant (maintenant vingt-cinq) et je commençais à me sentir déprimé à l'idée que j'avais parcouru la moitié du monde pour me retrouver complètement perdu à moins de cent cinquante kilomètres de chez moi. Dallas n'était guère qu'à une vingtaine de kilomètres à l'est, Fort Worth à une vingtaine à l'ouest. Si seulement je pouvais apercevoir le halo de lumière au-dessus de l'une ou de l'autre de ces villes, j'étais sûr de pouvoir m'extirper rapidement de ce guet-apens, mais je ne voyais nulle part un immeuble plus haut que les sinistres maisons à un étage d'Arlington. La nuit était tombée pendant que nous étions au dispensaire, et quand il fait nuit à Arlington tout se ressemble.

Mais il y avait un autre cul-de-sac — mental celui-là — dont je ne parvenais pas à m'extirper, c'était la présence de Godwin Lloyd-Jons. Comme l'avait prédit la jeune infirmière, son nez ne saignait plus, mais Godwin ne donnait aucun signe extérieur de vouloir se prendre en main. Il ne donnait pas non plus signe d'avoir changé en quoi que ce soit pendant les vingt-deux années que je ne l'avais pas vu.

— Pourquoi est-ce qu'on tourne en rond dans cette ville sinistre ? demanda-t-il sur un ton quelque peu insolent. J'aimerais aller dans un bar. J'ai besoin de boire quelque chose. Cette jeune infirmière s'est montrée particulièrement discourtoise à mon égard.

— Elle n'était pas discourtoise, Godwin. Simplement, tu ne la branchais pas.

Ma fatigue était telle qu'elle me semblait avoir ouvert un tunnel dans ma mémoire — et, au fond de ce tunnel, je voyais sautiller les images des turpitudes que ce petit bonhomme avait accomplies, notamment avec ma femme.

— Je suis sûr pourtant qu'elle aurait aimé mon livre, dit-il sur un ton mélancolique. Peut-être cette lecture l'aurait-elle mise dans de bonnes dispositions à mon égard !

— Tu es bien trop vieux pour elle, et de toute façon tes chances de la séduire étaient nulles, dis-je sans aménité alors que nous butions dans le quatre-vingtième cul-de-sac de la soirée.

Une lueur d'espoir apparut sous l'aspect de rayons lumineux trouant le ciel. C'était les phares des avions qui descendaient dans un ballet gracieux vers l'aéroport que nous venions juste de quitter.

— Regarde, dis-je, l'aéroport est là-bas. Si je suis la direction que prennent les avions, on finira bien par sortir de ce trou.

— Je suis sûr qu'avec un peu de patience, elle aurait fini par m'accorder ses faveurs, dit Godwin, l'esprit toujours préoccupé par son infirmière aux paupières argentées. C'est toi qui as tout fait rater, Daniel. Tu es grognon, Daniel, très grognon. Je suppose que c'est parce que tu as pris du poids.

— Où est ta voiture, Godwin ? lui demandai-je. Je veux t'emmener à ta voiture.

— Je crains de l'avoir prêtée à un ami qui avait, je crois, l'intention de visiter Seattle ou quelque endroit proche de l'Alaska.

C'était très exactement ce que je ne voulais pas entendre.

— Dans ce cas, où avais-tu l'intention d'aller ?

— Je n'ai jamais l'intention d'aller où que ce soit. Ça fait petit-bourgeois, dit-il. Pourquoi ne m'emmènes-tu pas dans un bar ?

— Godwin, je viens juste de débarquer d'un avion en

provenance du Caire, dis-je. Je veux aller chez moi. En fait, j'y serais déjà si tu ne m'avais pas retardé.

— Tu ne dois pas être un bien grand globe-trotter. Regarde-toi. Tu n'es même pas capable de trouver la sortie d'Arlington.

Jamais Godwin et moi n'avions été aussi complémentaires. Son agitation avait pour effet de me rendre complètement passif. A la minute même où il entrait dans mon univers, mes mains cessaient de guider le volant de mon propre destin, si je puis me permettre de verser dans la grandiloquence.

C'était exactement ce qui se passait à présent. Je finis par trouver comment sortir d'Arlington, mais, au lieu de partir directement vers Los Dolores, je me laissai convaincre d'entrer dans un boui-boui situé dans le quartier du marché aux bestiaux de Fort Worth.

Pour être franc, mon arrêt dans ce bistrot n'était pas entièrement innocent. Godwin avait essayé de séduire toutes les personnes qui avaient croisé notre chemin depuis que nous avions quitté l'aéroport. Il ne manquerait pas de tenter sa chance à nouveau, et peut-être finirait-il par décrocher un lot — ne serait-ce qu'une serveuse en manque ou un cow-boy gay —, n'importe qui pourvu que je m'en débarrasse. Il avait, quoi qu'il en paraisse, un pouvoir de séduction assez développé. Peut-être le destin lui serait-il favorable dans ce quartier du nord de Forth Worth.

Bien évidemment, rien de tout cela ne se réalisa. Dans le boui-boui, Godwin semblait plus intéressé par les cow-boys que par les barmaids, mais ces cow-boys — dont la plupart étaient sans doute plombiers ou mécaniciens — n'étaient manifestement pas homo. Aucun ne répondit aux avances suggestives de Godwin, et même un ou deux d'entre eux furent sur le point de lui administrer une correction. Au fur et à mesure qu'il devenait plus saoul, ses avances se firent moins discrètes.

Je finis par capituler. L'idée de l'emmener chez moi me déplaisait souverainement. Mais l'idée de me trouver impliqué dans une bagarre — ce qui paraissait imminent — me déplaisait encore plus. Godwin n'avait jamais eu le dessus au cours d'une bagarre. Pas plus que moi, d'ailleurs. Dans un café littéraire, on aurait peut-être eu une chance. Mais le *Peppy Lou* de Fort Worth n'était pas exactement *Les Deux*

Magots. Quand on prend une raclée à Fort Worth, on apprend ce que « raclée » veut dire.

— Godwin, on s'en va, dis-je.

— Et pourquoi? Je ne suis même pas rond.

— Je n'aime pas beaucoup l'ambiance, ici. Ça sent la bagarre, si tu veux savoir.

— Mais c'est ça qui est marrant, dit Godwin tout émoustillé. Je me suis retrouvé K.O. dans des endroits bien pires qu'ici, je peux te l'assurer. Ça peut vous remonter la pendule.

— Oui, et parfois ça la descend pour de bon, lui répondis-je. Je reviens d'Egypte, je suis complètement lessivé et je ne suis pas d'humeur à retourner dans un dispensaire.

— Arrête de rabâcher des trucs sur ton Egypte et amuse-toi un peu. C'est des vrais cow-boys ou le genre cow-boys de pharmacie?

— Je te signale que les casseurs qui cherchent à se procurer de la came, on ne les appelle pas cow-boys de pharmacie, mais cow-boys de drugstore. Mais peu importe, maintenant soyons sérieux. On s'en va. Je n'ai aucune envie de me faire casser la figure. Je ne suis pas maso.

— Peut-être pas, dit-il en me regardant d'un œil méprisant. D'ailleurs tu n'as pas l'air d'être quoi que ce soit — sinon gros.

— Veuillez savoir, monsieur, que je ne me sens pas responsable de vos actes, dis-je de façon formelle pour marquer les distances. Si votre voiture est en Alaska, ce n'est pas de mon fait. Je veux bien vous héberger pendant quelques jours, bien que je sois conscient de commettre une, bévue. Mais vous avez trois minutes pour accepter cette proposition. Passé ce délai, je pars. Et si vous ne me suivez pas, il se pourrait que je ne vous revoie plus jamais.

Godwin se tut. Il jeta un œil mélancolique à un des cow-boys, dont certains le fixaient sans aménité.

— Bon, d'accord. De toute façon, ce ne sont probablement que des cow-boys de drugstore, dit-il en terminant son scotch.

Nous arrivâmes à Los Dolores quelque deux heures plus tard. Depuis mon départ du Caire, vingt-quatre heures plus tôt, je n'avais pas fermé l'œil, mais c'était Godwin qui avait sombré dans le sommeil — si profondément d'ailleurs que je dus le laisser dans la voiture. Au petit matin je fus réveillé par un bruit qui ne m'était pas familier : quelqu'un sifflait dans la cuisine. Quand j'arrivai, je le vis en train de se faire des œufs brouillés. Gladys pressait des oranges. Elle semblait avoir pris la présence de Godwin pour un fait accompli. Avec quelque raison d'ailleurs. C'était il y a cinq ans. Godwin est toujours là.

18

J'aurais souhaité que la route de Houston renforce ma petite envie de commencer une carrière d'écrivain touristique. Hélas, le palais de justice de Decatur fut la seule image un peu pittoresque de tout le voyage.

A une époque, le palais de justice de Fort Worth avait été, lui aussi, pittoresque, mais l'élément qui le rendait pittoresque — un drapeau américain formé de tubes de néon avec des étoiles également en néon — avait été retiré. Fort Worth, comme d'ailleurs toute l'Amérique, était devenu trop grand pour le drapeau. L'Amérique avait grossi de Hawaï et de l'Alaska, et Fort Worth s'était suffisamment engraissé pour prendre l'aspect d'une vraie ville. Maintenant, le palais de justice dépouillé de son merveilleux drapeau électrique n'était plus qu'un sinistre tas de granit posé sur le promontoire de Trinity.

A une époque, j'avais aimé Fort Worth. Jamais autant que Houston, certes, mais j'appréciais son énergie un peu plouc dont le drapeau avait été un parfait symbole. Dallas n'avait jamais eu l'originalité de planter un drapeau en néon sur un bâtiment public. Dallas restait ce qu'elle avait toujours été : une grosse ville médiocre poussant de tous côtés mais jamais d'un côté intéressant.

Je traversai Fort Worth comme une flèche puis infléchis légèrement la trajectoire de la flèche jusqu'à ce qu'elle se plante sur la I-45, la rocade qui reliait Houston à Dallas. Une fois sur cette autoroute, ça roulait sans problème, mais on s'ennuyait ferme. Les terres brunes au sud de Dallas faisaient place peu à peu à un paysage planté d'arbres, mais ce changement n'avait rien de bien excitant. Le seul lieu intéressant, l'énorme prison de Huntsville, était à deux heures de route en direction du sud.

Je me félicitais d'avoir acheté la Cadillac ; elle dépassait Datsun et Toyota aussi facilement qu'un bateau à moteur aurait dépassé une flottille de canots. Le simple fait de la conduire me donnait l'impression d'être bien dans ma peau, une impression que j'éprouvais rarement.

Mais même une Cadillac flambant neuve ne suffisait pas à rendre cette impression durable. J'atteignis bientôt une forêt de pins, ce qui voulait dire que Houston était proche. Même si je me traînais à la vitesse réglementaire au lieu d'aller deux fois plus vite, comme j'en avais l'habitude, j'étais sûr de me trouver sur les rives de Buffalo Bayou d'ici une heure.

Et ensuite ?

Bien que j'aie beaucoup voyagé au cours de ces vingt-deux années, depuis que ma fille était née je n'étais jamais retourné à Houston. J'avais été tenté bien des fois de le faire ; à l'époque de ma gloire, quand j'étais devenu le petit génie régnant sur la télévision américaine, Houston m'avait revendiqué. J'avais fait mes études là-bas — pourquoi la ville n'aurait-elle pas souhaité me compter parmi ses citoyens ? Elle m'avait proposé des banquets, des diplômes honoraires, ses clés, etc. J'avais tout refusé avec un petit pincement au cœur.

De toutes les villes que j'avais connues, Houston avait été mon premier amour. Dans mon second roman raté, celui que j'avais sagement jeté à l'eau, les seuls éléments qui auraient mérité d'être sauvés étaient ceux qui traitaient de Houston, de la beauté trouble de la ville, de la puissance qui suintait de tous les coins de rue, de son atmosphère un peu louche, de son énergie. J'étais arrivé là au bon moment, comme il arrive parfois à un jeune homme de tomber sur une ville idéale au moment idéal. C'est à Houston que j'avais commencé à écrire, à aligner mes premières phrases. La ville me galvanisait. Le délabrement paresseux de certains quartiers oubliés faisait mon bonheur. J'avais flâné joyeusement dans les rues pendant des années, humant l'odeur particulière des basses terres. C'était mon Paris, mon Rome, mon Alexandrie — une ville généreuse, une ville faite sur mesure pour permettre à un jeune talent de s'affirmer.

Ça me passa. Une certaine confusion, un chagrin précoce qui n'avaient rien que d'ordinaire me poussèrent à partir vers l'ouest où, pendant des années, je ratai tout. Pendant cette période, Houston me manqua, et même terriblement. Quand je tombais sur un article évoquant la ville, je le sautais rapidement. Le seul nom de Houston imprimé dans un journal me faisait tourner la page ; j'étais en mal de cette ville.

Elle me manquait comme m'avaient manqué certaines femmes — et certaines femmes m'ont tant manqué que je n'ai plus osé les revoir : c'était prendre un trop gros risque. Parce que, quand elles vous manquent à ce point et que vous découvrez en les voyant qu'elles ne vous aiment plus — ou pire, que c'est vous qui ne les aimez plus —, alors tout un pan de votre vie s'écroule à jamais.

Une fois célèbre et amoureux de femmes célèbres du grand et du petit écran, je finis par comprendre pourquoi je préférais éviter tout ce qui pouvait me rappeler Houston. Très rapidement, j'essayai d'éviter également toute mention des femmes que j'aimais.

Il y a, dans chaque aventure amoureuse, des éléments similaires. Mais aucune ne ressemble à l'autre. Tomber amoureux de femmes célèbres — des femmes dont on voit régulièrement les photos dans les journaux et les magazines — présente certains dangers qui n'existent pas quand on se contente d'aimer des inconnues.

Bien sûr, ces dangers ne sont pas inhérents à la femme élue — n'importe quelle épouse, si anodine soit-elle, peut vous planter un couteau à cran d'arrêt dans le cœur aussi rapidement que pourrait le faire une star.

Le danger est ailleurs : dans cette zone placée sous les projecteurs où se bouscule tout un petit monde. Quand on aime les femmes qui sont constamment sur le devant de la scène, il faut apprendre à marcher sur des œufs. Le simple fait de descendre acheter un litre de lait au drugstore du coin prend une autre dimension s'il vous arrive d'être amoureux d'une femme dont on voit régulièrement la photo dans *U.S.A. To-Day* ou *National Enquirer*. Elles sont là en pleine page — Jeanie, Nema ou Marella — avec un nouveau mari, ou un mari qu'elles vont larguer, ou alors un ami que la rumeur a déjà transformé en amant. Vraisemblablement, j'étais déjà informé. Je savais si le mari allait être viré, ou si le petit ami allait s'installer. Mais ça me faisait quand même un choc. J'attendais, mal à l'aise, qu'on me rende ma monnaie. Parfois, je marchais d'un pas ferme vers la sortie sans acheter le magazine que j'achèterais, de toute façon, dans le drugstore suivant.

Je détestais trouver les photos de mes petites amies dans un de ces journaux, et de même je n'étais pas mentalement assez fort pour rester de marbre à la lecture des commentaires les plus absurdes qui accompagnaient les photos prises par un paparazzi. Curieusement, plus la photo était moche, et plus j'étais tenté d'acheter le canard : contempler, de temps à autre, la femme que je désirais mal éveillée, mal coiffée, mal fagotée me bouleversait beaucoup plus que sa photo en couverture de *People, Paris-Match* ou *Vanity Fair* où elle apparaissait dans toute sa splendeur. Quand le sujet a été conditionné par un coiffeur, un maquilleur, une habilleuse, un ange gardien, on retrouve la femme adulée du public. Le travail du paparazzi, si répugnant soit-il, est beaucoup plus proche de la réalité. Il rend compte de la femme, la vraie, prise au dépourvu, telle qu'en elle-même, sans filtre pour cacher son allure un peu désordre ou masquer l'enthousiasme qui la fait vibrer à ce moment-là. Célèbre ou pas, c'est là qu'on la découvre véritablement, et c'est cette femme-là qui me touche. C'est cette femme-là que j'*aimais*.

Pendant de nombreuses années j'avais été un maniaque des kiosques à journaux dans le monde entier, mais, au fur et à mesure que le temps passait, je me mis à les éviter, comme j'évitais les librairies, les drugstores et tous les endroits où j'aurais pu me trouver nez à nez avec la photo d'une de mes amies sur la couverture d'un magazine. Je ne voulais pas avoir à maîtriser l'influx émotionnel que suscitaient ces rencontres — et ce fut plus ou moins pour des raisons similaires que je tentai d'esquiver tout ce qui pouvait me rappeler Houston une fois que j'eus quitté la ville. Houston était aussi une ville sexy, brillante, attirante, avec ses arbres toujours verts, ses immeubles de verre reflétant la lumière et tant d'autres spectacles qui étaient une tentation permanente pour le photographe, fût-il amateur ou professionnel. Quand je survolais le Pacifique, il me suffisait d'apercevoir une photo de Houston dans un de ces magazines qu'on distribue dans les avions pour que je me remémore avec une tendre nostalgie les quartiers remplis d'herbes folles, les rocades constamment irriguées de nouvelles voitures et les odeurs femelles de cette ville que j'aimais toujours. Pourtant, je n'avais pas succombé à mon envie d'y retourner. Houston n'avait jamais sa « Journée Danny Deck ».

Et voici que le moment était arrivé, voici que j'y étais presque. Huntsville et sa prison étaient déjà derrière moi. L'appréhension qui m'avait mis les nerfs à vif depuis le premier appel de ma fille ne faisait que croître. J'allais devoir me mesurer non seulement avec une enfant que je n'avais encore jamais vue, mais aussi avec une ville que j'avais aimée profondément et que j'avais laissé tomber depuis vingt-deux ans.

Les femmes que j'avais connues exigeaient toujours que tout manque d'égard de ma part, fût-il négligeable, soit immédiatement sanctionné. Gladys elle-même n'échappait pas à ce genre de mesquinerie. Mes pancakes étaient arrosés de margarine au lieu de beurre — alors que j'avais interdit qu'il y eût de la margarine chez moi — si elle jugeait que je n'avais pas prêté une oreille assez attentive à sa « situation » pendant plusieurs jours (sa « situation » couvrait ses relations plus ou moins tumultueuses avec Chuck, qui avait une fâcheuse tendance à s'absenter ces temps derniers dans des endroits aussi éloignés de Los Dolores que Tucumcari).

Si Gladys, ma fidèle cuisinière, me faisait payer ma négligence à coups de margarine, qu'en serait-il de cette prodigieuse et puissante femelle qu'était Houston ? Allait-elle me pardonner et réintégrer en son sein ? Ou se rappeler mes turpitudes et m'expédier dans un quartier miteux où je me ferais descendre au fusil-mitrailleur par un jeune vendeur de drogue avant même de m'être posé où que ce soit ?

Vingt-deux ans, c'est long quand même ; plus d'une génération comme on compte les générations aujourd'hui. J'avais eu beau détourner les yeux des kiosques à journaux, sauté les articles de *Time,* il ne m'avait pas échappé que Houston avait grandi ; la ville était déjà énorme quand je l'avais quittée et elle devait l'être encore plus. J'avais à peine dépassé la bourgade de Conroe que déjà apparaissaient, bien dressés, les immeubles de verre d'abord isolés, puis alignés.

A l'est, près de l'aéroport, une sorte de miniville semblait avoir jailli du sol.

J'étais parti assez tard ; quand j'arrivai, le jour commençait à s'estomper et les tons pastel d'un soir d'été illuminaient la ligne d'horizon sur laquelle se plaquait la ville. Un majestueux nuage s'étirait au-dessus du canal en direction de Galveston.

Je commençai à me détendre un peu. Bien qu'une grande partie du centre n'ait pas encore été construite quand j'étais parti, je retrouvais dans cette ville — peut-être à cause des nuages, du coucher de soleil pastel, du ciel lui-même — une beauté à la fois familière et rassurante.

Un pick-up me dépassa sur la droite à l'endroit où la rocade enjambait le Buffalo Bayou — c'était un peu surprenant dans la mesure où j'allais moi-même à une vitesse confortable de cent trente kilomètres/heure. Je jetai un coup d'œil juste à temps pour apercevoir le conducteur, une grande fille de la campagne dont les longs cheveux flottaient au vent. Elle était en train d'étaler son mascara tout en filant vers Houston à cent cinquante kilomètres à l'heure. La main qui était censée contrôler le volant le tapotait au rythme d'une musique que je ne pouvais pas entendre.

La fille avait dû sentir mon regard. Elle me gratifia d'un grand sourire, toutes dents dehors. Sa brosse à cils toujours en main, elle klaxonna un grand coup comme pour m'encourager et fila devant moi. A la courbe suivante, j'étais encore assez près pour l'apercevoir en train d'ouvrir son tube de rouge à lèvres.

Je ralentis et pris la tangente vers la prochaine sortie. Je me sentais bien, détendu. J'*étais* bien. Et en plus, j'étais chez moi. Le génie de Houston avait peut-être poussé cette fille à me dépasser juste au bon moment. Où pouvait-on, ailleurs qu'ici, voir des filles au volant d'un pick-up filant à cent cinquante à l'heure tout en se maquillant ? Et, qui plus est, conduisant si bien qu'on n'éprouvait même pas le sentiment que ça pouvait être dangereux ? L'important, n'est-ce pas, c'est d'arriver à la fête quand la fête commence.

J'appuyai sur la commande pour baisser la vitre et laissai s'engouffrer la vieille odeur marécageuse de Houston, chaude et humide, une odeur où tout se mélangeait. Je m'arrêtai dans un drugstore de West Dallas Street, amoureux à nouveau de cet endroit. Tout ce que j'avais à faire désormais, c'était consulter un annuaire de téléphone, prendre les numéros de tous les *Mr. Burger,* et aller à la rencontre de ma fille.

19

McDonald's n'avait encore rien à craindre de *Mr. Burger* — en tout cas pas à Houston. Il n'y avait que trois *Mr. Burger* dans l'annuaire téléphonique : Airline Road, Telephone Road et Dismuke Street. Airline était un peu plus au nord — je l'avais dépassé en arrivant. L'adresse de Telephone avait un numéro de rue tellement élevé qu'on aurait pu imaginer que la rue descendait jusqu'au golfe du Mexique.

— Je parie qu'elle travaille dans Dismuke Street, dis-je à voix haute.

— On l'appelle plus Dismuke Street, entendis-je.

Je regardai autour de moi mais fus incapable de déceler immédiatement d'où venait la voix

— Ils l'appellent maintenant Pit-Bull Avenue, dit la voix.

La voix semblait venir d'en haut, et, de fait, elle venait d'en haut. Un vieil homme en tennis portant un pantalon coupé au-dessus du genou était assis sur le rebord d'une énorme benne à ordures.

— Je pense que ma fille travaille dans Dismuke Street, dis-je en guise d'explication.

— Si c'est ça, elle a de la veine de ne pas s'être encore fait bouffer une jambe, dit l'homme. Cette ville, je dirais qu'elle est sympa, mais Dismuke Street n'est pas une rue sympa. Moi je viens du Panhandle mais je déteste ce putain de Panhandle. Vous n'auriez pas une petite pièce ?

Il est de fait que je n'en avais pas. Je n'avais que des billets de cent dollars. Gladys se chargeait de toutes les menues dépenses. Et de toute façon, il n'y avait pas d'endroit où mettre des pièces dans un caftan.

— Désolé, mais je n'ai que des gros billets, dis-je.

— Vous savez, je peux faire avec, dit le bonhomme en descendant de son perchoir. Je m'appelle Kendall.

— Salut, Kendall, dis-je. Et merci de m'avoir prévenu pour les pit-bulls.

— Je préfère encore vivre dans une benne à ordures de cette bonne grande ville de Houston plutôt que sur les meilleures terres à blé du Panhandle, dit Kendall. Je déteste le blé, et je déteste les fermes, et je déteste ce foutu Panhandle. Vous avez une mitraillette ?

— Non, pourquoi ?

— C'est à peu près la seule arme qui viendra à bout d'un pit-bull, répondit Kendall.

20

Dismuke Street, pour autant que je m'en souvienne, était une rue minable située dans le quartier de Lawndale — un quartier d'entrepôts bordé par la Gulf Freeway et le canal. Ma mémoire n'avait pas flanché : c'était bien une rue minable dans un quartier pourri.

Le simple fait de pouvoir situer dans Houston des rues sans intérêt — celles, en tout cas, qui ne charriaient pas de souvenirs — était de bon augure quant à mon avenir littéraire. Peut-être, après tout, deviendrais-je le Balzac de Houston.

En revanche, ma brève rencontre avec Kendall, un homme tout à fait convenable qui vivait dans une benne à ordures, était peut-être de mauvais augure. Etais-je marqué par le destin pour attirer les gens aussi originaux que Godwin, Kendall et quelques centaines d'autres qui avaient croisé ma route ? Est-ce que la race humaine était frappée d'excentricité, ou était-ce quelque chose en moi qui attirait les excentriques comme l'aimant attire la limaille ?

Une des rares constantes dans ma vie avait été le fait d'être toujours entouré d'excentriques. Même quand j'adoptais une stratégie de marmotte en hibernation, je n'arrivais pas à y échapper. Quand je ne butais pas sur eux dans les rues, les halls d'hôtel ou les aéroports, mon imagination les faisait jaillir de mon cerveau en un flot continu et inquiétant.

Même *Al et Sal,* mon hymne en cent quatre-vingt-dix-huit

épisodes à la vie familiale d'Américains normaux, avait sa ration d'excentriques, y compris Al, l'homme pourtant le plus normal que j'aie jamais été capable d'imaginer. Vendeur de voitures pendant la journée, Al devenait un fanatique du gazon pendant la nuit. Une des situations comiques de base que je reprenais tous les deux ou trois épisodes montrait Al en train de tondre son gazon à une heure du matin. Il avait équipé sa tondeuse auto-portée de phares de voiture, de façon à exécuter un travail parfait. Bien évidemment, Sal, les enfants et les voisins pestaient contre cette perversion qui les empêchait de dormir. Les gosses préféraient parfois faire l'école buissonnière plutôt que d'affronter les moqueries de leurs petits camarades au sujet des excentricités de leur père. Sal menaçait constamment de quitter Al pour lui extorquer la promesse qu'il ne tondrait plus le gazon de nuit, et les voisins avaient tout essayé, du procès au sabotage, pour l'en dissuader.

Al, têtu comme une mule, ne voulait rien entendre et faisait pétarader sa tondeuse ou ses cisailles à haies, parfois jusqu'à trois heures du matin. Il refusait de céder. « Va-t'en », disait-il à Sal (elle n'en fit jamais rien). « Allez-vous-en », disait-il aux enfants (ce qu'ils faisaient avant de revenir très vite). Aux voisins, il lançait un certain nombre d'injures aussi proches de « va te faire foutre » que nous pouvions nous permettre sur une chaîne nationale de télévision.

— Je suis fier de mon gazon, disait Al. Puisque je dois gagner suffisamment d'argent pour nourrir une bande d'ingrats, je n'ai pas le temps de le soigner comme il le mérite pendant la journée, c'est clair, non ? Alors, je dois prendre sur mes nuits pour l'entretenir convenablement. Vous voulez que je laisse mon gazon pousser n'importe comment ? Vous êtes une bande de communistes ou quoi ? Jamais je ne laisserai mon gazon se détériorer, tant que vous ne m'aurez pas enterré dessous. Et tous ceux à qui ça déplaît, qu'ils aillent se faire voir.

Les directeurs de la chaîne s'étaient d'abord opposés à ce qu'Al utilise cette expression — quelques conférences où chacun hurlait à qui mieux mieux furent consacrées à débattre du sujet — mais finalement ils me donnèrent le feu vert et l'expression connut un tel succès qu'au bout de quelques mois, plusieurs millions d'Américains qui avaient pour habitude de dire « va te faire foutre » se mirent à dire « va te faire voir ».

Al, mon givré du gazon, réussit non seulement à éliminer quelques grossièretés de la langue parlée, mais il finit par convaincre le pays que tondre son gazon au milieu de la nuit était tout à fait normal, voire même un droit inaliénable pour tout Américain. Plusieurs sondages d'opinion furent effectués — même le *Washington Post* s'y mit — et on découvrit que la plupart des sondages donnaient un taux de « favorables » s'élevant à quatre-vingt-dix pour cent. Il est vrai que l'Association américaine pour la santé du gazon, craignant une révolte antigazonnière, publia une déclaration déplorant l'utilisation des tondeuses à gazon en dehors des heures réglementaires, mais personne n'y prêta attention.

Le plus étonnant dans tout ce tapage, c'est qu'Al Stoppard n'était pas censé être le personnage excentrique dans cette émission. Celle qui devait tenir ce rôle était une voisine appelée Jenny qui vivait à trois maisons des Stoppard. Jenny était une mordue des oiseaux et avait plus de cent cages dans sa propriété. La conjonction Jenny plus Al avait pour résultat de rendre le voisinage bruyant. Pendant la journée, tout le quartier retentissait des pépiements de centaines d'oiseaux. De nuit, c'était la tondeuse d'Al qui réveillait tout le monde. Jenny, qui prétendait que la maudite tondeuse rendait ses oiseaux insomniaques, comptait parmi les plus farouches adversaires d'Al.

— Un de mes pigeons manquait tellement de sommeil qu'il s'est endormi en volant et a fait une chute mortelle, criait Jenny, le visage ravagé par le chagrin.

— Un pigeon de plus, un pigeon de moins, qui va s'en apercevoir ? protestait Al sur la défensive — il avait une petite faiblesse pour Jenny.

— Moi, c'est moi qui m'en aperçois, assassin de pigeon, braillait Jenny en le frappant avec un sac de graines.

Cet épisode eut des répercussions dans tout le pays, dressant les amoureux des pigeons contre les fanatiques du gazon ; je fis plusieurs déclarations publiques pour tenter de calmer le jeu, mais je ne pouvais pas m'empêcher de rire tout le long du chemin qui menait à ma banque.

Au fur et à mesure que les années passèrent, Al resta plus ou moins normal à l'exception de ses petites excentricités nocturnes, mais la pauvre Jenny devint de plus en plus givrée; son amant, Joe, un réparateur de télévisions très apprécié dans le quartier, prit un jour le volant de sa camionnette de réparations pour ne plus jamais revenir.

— Je t'aime, Jenny, lui dit-il les larmes aux yeux, mais je ne peux plus supporter ces sacrés oiseaux.

Son départ consterna l'Amérique car Joe était très populaire à l'écran. En fait, son contrat venait à expiration et il lorgnait un autre sitcom. Sinon je l'aurais gardé encore un bon moment. Joe, dans la vraie vie, était un affreux bonhomme appelé Leland qui passait son temps garé dans le parking bordant le lycée de North Hollywood dans l'espoir de draguer des lycéennes. Je n'avais pas beaucoup d'estime pour cet individu et, quand son autre série capota après quelques épisodes, je ne pus m'empêcher de me frotter les mains.

Le départ de Joe affecta tellement Jenny qu'elle ne s'en remit pas. Elle prit l'habitude de parcourir les routes jour et nuit au volant de sa voiture pour tenter de secourir les oiseaux blessés qu'elle trouvait sur son chemin. Son jardin fut bientôt rempli de faucons, rapaces et autres charognards accidentés. Les voisins, qui s'étaient montrés jusqu'ici assez tolérants, commencèrent à se poser des questions. Plusieurs épouses, qui n'avaient pas été insensibles aux charmes de Joe, devinrent carrément hostiles envers Jenny. Même Sal, pourtant une femme de cœur, bascula dans le camp ennemi.

— Joe était ce que Jenny avait de mieux, déclarait Sal. Et regarde ce qu'elle a fait. Elle l'a forcé à la quitter à cause d'une centaine de millions d'oiseaux.

— N'exagère rien, répliquait Al. (Sal avait toujours eu une certaine tendance à l'exagération et Al détestait ce trait de caractère.) Elle n'a pas cent millions d'oiseaux. Je doute même qu'elle en ait vingt millions.

— Tu veux sans doute divorcer pour aller te faire héberger chez elle, c'est à ça que tu veux en venir? répliquait Sal, le regard mauvais.

Pour mon plus grand malheur, je pouvais encore me remémorer chaque scène et chaque ligne de chaque dialogue des cent quatre-vingt-dix-huit épisodes d'*Al et Sal*. Réveillez-moi quand je suis plongé dans un profond sommeil — si toutefois vous pouvez me trouver plongé dans un profond sommeil — et demandez-moi ce qu'Al dit à Sal dans tel ou tel épisode et je marmonnerai la réponse sur-le-champ. Pendant dix ans, cette émission avait été ma vie — toute ma vie ; même si je deviens centenaire je n'oublierai jamais les répliques de Sal, aussi malicieuses que pertinentes.

Al ne déménagea pas chez Jenny mais il resta jusqu'à la fin son plus fervent défenseur. La fin ne fut pas particulièrement joyeuse non plus. Un jour Jenny ramena un jeune busard qui s'était attardé sur son déjeuner en plein milieu d'une route. Une voiture l'avait attrapé de plein fouet, provoquant diverses blessures (le public ayant eu sa ration d'ailes cassées, je laissai planer des doutes sur le type de blessures). Jenny le retrouva, l'emmena chez elle et se prit de passion pour l'animal.

C'est à ce moment-là qu'elle perdit les pédales. Ses autres oiseaux cessèrent de l'intéresser ; elle n'avait d'yeux que pour son busard. Elle en trouva un autre, puis un autre et d'autres encore au fur et à mesure que les malheureux oiseaux prenaient les voitures de plein fouet pour s'être trop attardés à bouffer une charogne de lapin ou de putois en plein milieu d'une route. Désespérant de retrouver une vie amoureuse normale, elle se réveilla un matin avec un projet grandiose : elle allait transformer son jardin en une immense volière pour les rapaces. Elle imaginait de faire construire une sorte de verrière où des centaines de rapaces vivraient à tout jamais heureux sans avoir à se soucier d'aller se nourrir de lapins écrasés au péril de leur vie. Jenny irait elle-même chaque nuit ramasser les lapins défunts. Quand, au petit matin, les rapaces sauteraient de leurs perchoirs ils trouveraient leur petit déjeuner tout prêt.

Le jardin de Jenny fut bientôt envahi de rapaces. Les voisins, ayant eu vent de ses projets de volière, finirent par perdre patience. Personne ne voulait une volière pleine de rapaces dans le voisinage. Certains prétendaient qu'ils étaient porteurs du sida ; d'autres que ça allait faire chuter le prix du foncier dans le quartier.

Le fait que Jenny — la seule personne qui pouvait rivaliser en beauté avec Sal — commence à se laisser aller n'arrangea pas les choses. Le seul but dans sa vie, c'était les oiseaux — et notamment les rapaces. Jenny, qui avait été une femme attirante et respectée, se clochardisait sous les yeux de tous ses voisins et de toute l'Amérique.

Au cours des discussions qui suivirent, Al joua le rôle de modérateur. Il défendit Jenny avec beaucoup de persévérance, faisant notamment ressortir que certains quartiers voisins connaissaient des fléaux bien pires que les rapaces, comme le crack ou les gangs. Jenny, réalisant qu'Al était son seul soutien, finit par lui pardonner la mort du pigeon; ils devinrent plus proches l'un de l'autre, au grand dam de Sal.

Le bon sens d'Al n'impressionnait personne. Après tout, c'était un monsieur qui tondait son gazon à une heure du matin. Bientôt un mouvement antirapace vit le jour. Quelques mères particulièrement motivées envoyèrent leurs gosses arpenter la rue avec des pancartes du genre « Dehors les charognards » et « A bas les busards ».

La pauvre Jenny, qui n'était pas particulièrement une forte femme, finit par accuser le coup. Des enfants à qui Jenny avait autrefois donné des gâteaux défilaient devant sa maison en portant des pancartes injurieuses. Jenny n'était pas la Diane Fossey des rapaces. Elle s'avoua vaincue et finit par démonter ses centaines de cages. Elle emmena ses rapaces chéris en pleine nature dans des endroits choisis, loin des autoroutes assassines. Une nuit, Al fut surpris de la voir alors qu'il accomplissait sa tonte nocturne. Son break était chargé à ras bord de tout ce qu'elle possédait; de ses milliers d'oiseaux il ne lui restait qu'un perroquet.

Jenny sortit de son break les larmes aux yeux et embrassa Al, laissa pour Sal sa recette favorite de gâteaux secs et s'apprêta à partir.

— Mais, Jenny, qui va s'occuper de toi? demanda Al, terriblement ému. Où est-ce que j'irai quand Sal me fera des scènes?

Pendant neuf années, malgré leurs disputes, il s'était réfugié dans la maison de Jenny quand Sal était en pétard.

— J'ai toujours pensé que Sal ne te méritait pas, dit Jenny avec beaucoup de tendresse.

— Mais qui va s'occuper de toi? répéta Al. Personne n'a jamais voulu que tu t'en ailles. Ils en avaient seulement un peu marre des rapaces. Tout le monde t'aime, ma chérie. Qui va prendre soin de toi?

— Personne, dit Jenny. Je serai juste une vieille timbrée toute seule avec son perroquet.

Al, qui avait pourtant la répartie facile, ne trouvait rien à dire. Il se contentait de tripoter le démarreur de sa tondeuse, l'air bouleversé.

— Je t'aime vraiment, Al. Tu as été un très bon voisin, dit Jenny en remontant dans son break.

— Qui va prendre soin de toi ?

Jenny haussa les épaules et partit. Elle avait l'air d'avoir au moins trente ans de plus que la première fois où l'Amérique l'avait découverte, neuf années plus tôt.

Les téléspectateurs n'en revenaient pas. Comment un scénariste pouvait-il, à une heure de grande écoute, éliminer une personne aussi séduisante sur un dialogue aussi triste ? Toute l'Amérique versa dans la morosité. L'idée que Jenny Sondstrom, une jeune femme épatante qui avait été plus ou moins la Mère Teresa des oiseaux, était désormais une clocharde vieillissante avec son perroquet sur le bras n'avait rien de réconfortant. Les directeurs de la chaîne n'appréciaient pas ce rebondissement : ils avaient essayé de me convaincre pendant plusieurs semaines de faire revenir Joe qui aurait emballé Jenny vite fait et lui aurait assuré une vieillesse heureuse. Sal n'appréciait pas non plus ; elle passa pratiquement tout un épisode à se regarder dans une glace en se demandant si elle n'allait pas être vouée à un aussi triste destin. Sal avait pris l'habitude de soliloquer devant sa glace — à propos d'Al, de sexe, d'angoisses maritales, de l'éducation des enfants, etc. Elle se lança à cette occasion dans le soliloque télévisé le plus fameux de tous les temps qui tint en haleine une bonne partie du monde civilisé : elle envisageait son propre déclin vers la clochardisation.

La semaine suivante, *Al et Sal,* pour la première fois depuis le début de la série, chutait en dessous de la quarantième place dans l'audimat. Six épisodes plus tard, on fermait boutique.

21

Je n'avais pas très envie de poursuivre ma conversation avec Kendall, l'homme qui détestait le Panhandle, et je ne me sentais pas d'humeur à lui donner un de mes billets de cent dollars. Je me contentai donc de noter les adresses des trois *Mr. Burger,* retournai à ma Cadillac et poursuivis mon chemin direction nord sur Heights Boulevard qu'on appelait tout simplement dans les années 50 et 60 « le Boulevard ».

A l'époque, Heights avait été un quartier assez chic de la ville — le fait qu'il soit à un ou deux mètres au-dessus du niveau de la mer alors que le reste de la ville est à cinquante centimètres en dessous lui donnait un certain vernis. Heights était alors bordé de petites maisons basses très coquettes avec des balcons élégants qui rappelaient La Nouvelle-Orléans ou Mobile.

Le quartier s'était dégradé au fil des ans ; les vieilles maisons avaient été détruites aussi implacablement que les Espagnols avaient détruit les peuples Maya ou Inca.

Je n'avais pas vraiment envie de me précipiter vers Dismuke Street pour voir ma fille en train de retourner des hamburgers. Il faisait presque nuit. Sans doute serait-il plus judicieux de venir la voir au milieu de la journée, à un moment où elle ne serait pas encore trop lessivée par son travail.

Je me sentais comme un vieil imbécile et vraiment mal à l'aise. Je n'avais même pas la preuve que ma fille habitait bien Houston ; le fait qu'elle ne l'ait pas démenti ne prouvait pas grand-chose.

Elle ne m'avait pas parlé de Houston ; le nom de la ville m'était simplement venu à l'esprit de la même manière que j'avais imaginé la triste fin de Jenny Sondstrom, la mère de milliers d'oiseaux.

Après avoir vu la fille qui mettait son rouge à lèvres en conduisant son pick-up à cent cinquante à l'heure, je m'étais senti heureux. Et voilà qu'à nouveau je sombrais dans la déprime.

Pour me remonter le moral je m'arrêtai devant un

comptoir à côté de l'École dentaire où l'on vendait des tacos et m'achetai deux excellents tacos que je dégustai en essayant d'analyser les causes de ma morosité.

L'École dentaire, un immeuble vert un peu délabré, était brillamment éclairée. Je pouvais apercevoir, derrière les fenêtres, des apprentis dentistes, tous d'origine asiatique ou hispanique, s'initiant aux techniques de la roulette sur un groupe de volontaires. A voir ces derniers se contorsionner de douleur, il était probable qu'ils regrettaient leur imprudence. Ils avaient dû estimer qu'en venant là ils allaient pouvoir s'offrir gratuitement une remise en état de leur dentition, mais ça n'avait pas l'air de marcher comme ils se l'étaient imaginé.

Si délicieux que fussent les tacos — j'allai en racheter deux autres —, ils ne parvenaient pas à chasser complètement de mon esprit un problème qui, récemment, avait pris des proportions considérables : celui de l'autoparodie.

Je n'étais pas à Houston depuis plus d'une demi-heure que déjà le problème m'éclatait au nez. Si la grande fille qui se maquillait dans sa voiture sur l'autoroute était le symbole de la Houston que j'aimais, Kendall, l'homme qui vivait dans une benne à ordures, symbolisait tout ce que la ville pouvait avoir de dérisoire ; ma rencontre avec cet homme n'avait fait que me rappeler la tragédie de Jenny, qui elle-même me rappelait tout ce qu'avaient eu de dérisoire les dernières séquences d'*Al et Sal*.

A cette époque j'avais eu comme une fissure dans mon imagination. Toute la force et la subtilité de mon scénario avaient soudain disparu. Je me perdais dans des situations ridicules et grinçantes. Les querelles entre Sal et Al, autrefois remplies de trouvailles et pleines de loufoquerie, avaient pris une tournure aussi détestable que les vraies bagarres entre mari et femme ; en fait, elles étaient devenues pires que dans la vie réelle. C'était une parodie des querelles d'autrefois dont avaient disparu le charme et l'innocence, et qui laissait le public sur sa faim.

Si j'étais à ce point cafardeux, c'est que je m'apercevais que cette parodie de moi-même avait pris une place immense dans ma vie. De fait, *c'était* ma vie. Jour après jour, mois après mois, tout ce que je faisais ou disais ou pensais n'était qu'une mauvaise copie de ce que j'avais fait, dit ou pensé avec beaucoup plus de brio et beaucoup plus d'assurance à une époque passée.

Voilà que j'étais à Houston, la ville de ma jeunesse, une ville qui ne m'avait jamais laissé tomber. Je l'avais quittée juste à temps pour que mon amour ne tourne pas à l'aigre comme ce fut le cas pour *Al et Sal*. Dans mon esprit, Houston était encore une ville merveilleuse, le meilleur endroit pour faire ce qu'il m'était donné de faire, c'est-à-dire jeter un pont entre un père et une fille sur une absence qui avait duré vingt-deux ans. Quand la grande fille m'avait dépassé sur l'autoroute, j'avais senti que j'avais eu raison de venir, que j'avais d'autres choix que de parodier mon passé. Mais quand Kendall, un personnage excentrique et, lui aussi, dérisoire, se mit à me parler du haut de sa benne à ordures, mon assurance commença à faiblir.

Houston serait-elle devenue aussi une parodie de la ville que j'avais connue ? Et qu'en serait-il si ma fille, au lieu d'être ici, se trouvait à Miami, de l'autre côté du golfe du Mexique et même de la Floride ? Peut-être avait-elle décidé de me torturer avec ses coups de téléphone, sans avoir jamais eu l'intention de me laisser la retrouver ? Peut-être avait-elle pris, cet après-midi même, le bus pour New York ou Los Angeles avec ses gosses ? Et si je l'avais ratée d'une heure ou deux en prenant cette Cadillac ridicule plutôt que de louer un avion comme j'en avais eu l'intention ? Et s'il arrivait qu'elle ne m'appelle plus jamais, que je la recherche pour le restant de mes jours, et que je ne la trouve pas ?

Le fait d'être garé devant une école dentaire ne contribuait pas à me relever le moral. Certains apprentis dentistes avaient du mal à contrôler leurs patients qui manifestement en avaient marre de s'être portés volontaires. Un petit bonhomme de type asiatique réussit à échapper à son bourreau et courut jusqu'à la sortie, son bavoir encore tout taché de sang.

L'échappée de ce petit bonhomme me donna des idées. Je me dis que j'avais une cavité dans le cerveau comme on peut en avoir une dans une dent, et que seule ma fille pourrait la remplir. Je démarrai, m'engageai sur la voie express et pris au bout de quelques minutes la sortie vers Dismuke Street, très exactement à l'endroit où je pensais la trouver.

Je trouvai aussi le *Mr. Burger* un peu plus loin dans

Lawndale. Devant la porte, j'aperçus quelques jeunes Mexicaines dont certaines surveillaient des gosses qui jouaient à leurs pieds.

Lentement, très lentement, je conduisis ma Cadillac un peu plus loin. Mon cœur battait comme il avait rarement battu. Je n'avais jamais été aussi tendu depuis la première d'*Al et Sal.*

T.R. n'était pas là. Une Noire maigrichonne se tenait derrière la caisse et une petite Eurasienne nettoyait les tables. Les jeunes Mexicaines reluquaient ma voiture. Je l'avançai jusqu'au comptoir et baissai la vitre. La Noire finit de compter un amoncellement de petites pièces avant de venir prendre la commande.

En apercevant la Cadillac elle devint tout sourire.

— Visez un peu la bagnole, dit-elle. Si j'en avais une comme ça, je ferais tomber mon tablier et j'irais me promener sur la plage.

— Pardonnez-moi, mademoiselle, dis-je. Est-ce qu'une jeune fille appelée T.R. travaille ici ?

— Bien sûr, elle travaille ici. Qu'est-ce que vous lui voulez ? dit-elle, un peu méfiante.

— Je suppose que vous ne savez pas où elle habite, peut-être... balbutiai-je, hésitant à répondre franchement à sa question.

— Je sais, mais j' vais pas vous l' dire. Pourquoi vous voulez l' savoir ?

— Je suis son père, dis-je. (Le simple fait de l'avoir dit me donnait le vertige.) Enfin, je pense que je suis son père, ajoutai-je un peu ébranlé.

Je sentais le sol se dérober sous mes pieds.

— Ah oui, vous êtes Mr. Deck, dit la fille avec le même sourire qui avait accueilli ma voiture. T.R. disait que vous arriveriez en avion mais je savais que c'était impossible à moins que ce soit un hélicoptère. Y a pas un endroit où un avion peut atterrir dans ce quartier.

— J'ai préféré venir en voiture, dis-je d'une voix hésitante.

— C'est pas pour vous reprocher. J'aime pas ces hélicoptères qui font un potin du diable ; sauf, bien sûr, quand y a urgence, dit la fille.

— Où est T.R. ? demandai-je.

— Ah ben ça, j'en sais rien, mais *vraiment* rien, dit-elle en faisant signe à la petite Asiatique de venir. C'est le papa de T.R., dit-elle en me montrant du doigt. Il a laissé son avion chez lui et il est venu en voiture.

— Bonjour, Mr. Deck, dit l'autre fille. Vous voulez des beignets de crevette ? T.R. a dit de vous faire un prix.

— Où est-ce qu'elle a dit qu'elle allait ? demanda la jeune Noire à la petite Asiatique qui fit une moue indiquant qu'elle n'en savait rien.

— Peut-être qu'elle est en train de danser, avança la jeune fille.

— Oh, c'est *sûr* qu'elle est en train de danser, dit la Noire. S'il fait nuit et qu'elle ne travaille pas, c'est qu'elle danse. T.R. adore danser.

Je trouvais cela plutôt encourageant — au moins ça indiquait que T.R. n'avait pas été trop marquée par le fait qu'elle n'avait pas eu de père.

— Que fait-elle des enfants quand elle est en train de danser ? m'inquiétai-je.

En fait, je voulais surtout savoir s'il n'y avait pas un mari ou un petit ami dans le tableau.

— Oh, ils y vont tous, répondit l'Asiatique. Les bébés suivent T.R. partout où elle va.

— La petite Jesse va sûrement se mettre à danser aussi quand elle saura marcher un peu mieux, dit la Noire. Faudrait que vous voyiez comment elle se déhanche. Elle a déjà le rythme dans la peau.

— J'ignorais que les enfants étaient admis dans les dancings, dis-je.

Les deux jeunes femmes se mirent à pouffer.

— Dans ce quartier les gens laissent T.R. faire ce qu'elle a envie de faire, dit la jeune Noire. Elle met les mômes sur une paillasse sous une table, et quand ils ont envie de dormir, eh ben, ils s'endorment.

— T.R. est une très bonne mère, Mr. Deck, dit l'Asiatique comme pour me rassurer sur ce point.

Il se pouvait que j'aie donné l'impression d'avoir des doutes, mais je n'étais pas du tout inquiet. J'étais au contraire tout joyeux ; je sentais les décharges d'adrénaline courir dans mes veines à l'idée que j'avais deviné juste. T.R. était donc à Houston — en fait, elle était tout près, en train de se déhancher sur une piste de danse. Ma vie ne serait donc pas brisée par un fol espoir déçu.

— C'est gentil de me dire ça, dis-je.

J'avais tout d'un coup envie de faire quelque chose pour ces deux jeunes femmes qui m'avaient procuré un tel soulagement. J'étais pris de l'impulsion soudaine de leur donner tous mes billets de cent dollars. Je me retins de le faire. Mes amis férus de psychiatrie auraient assuré que cette impulsion n'était rien d'autre qu'une tentative malvenue pour quêter l'approbation de ces jeunes femmes.

— Puis-je savoir vos noms ? demandai-je.

— Oh, elle ne vous a pas parlé de nous ? dit la jeune Noire. Je suppose qu'elle était trop occupée de retrouver son père. Moi, je m'appelle Dew.

— Et moi Sue Lin, dit la petite Asiatique en souriant.

— Moi, c'est Danny, dis-je en tendant mon bras au-dessus du comptoir pour leur serrer la main. Dew, c'est un joli nom, dis-je pour dire quelque chose. Toutes les deux, vous avez de jolis noms.

Je me sentais tout d'un coup très fatigué.

— J'ai fait un long trajet, dis-je. Je pense qu'il serait sage d'aller me reposer et de voir T.R. demain matin. Si vous la voyez, pouvez-vous lui dire que je suis au *Warwick*?

— On pourrait peut-être aller vous rendre visite ? dit Sue Lin timidement.

— Bien sûr, quand vous voudrez, répondis-je. Et dites à T.R. de m'appeler n'importe quand. Si elle n'appelle pas, je passerai demain.

— Vous pouvez dormir tard, dit Dew. T.R. ne prend pas son service avant demain midi.

— Vous savez, Dew, c'est peut-être bien ce que je vais faire, répondis-je.

22

J'étais dans un sommeil profond, et même dans un rêve profond, quand T.R. appela.

— Pourquoi vous avez décidé de ne pas venir avec l'avion ? demanda-t-elle.

— Quel avion ? dis-je, complètement déboussolé pendant un moment.

— Celui que vous aviez dit que vous alliez prendre, dit-elle sur un ton un peu irrité.

Manifestement le fait que j'aie été en train de dormir n'avait pas l'air de la troubler.

— Oh, celui-là, dis-je.

— C'était juste un de vos mensonges ?

— Pas du tout. Qu'est-ce que tu veux dire ? Je te connais depuis seulement un jour. Je n'ai pas encore eu le temps d'inventer des mensonges.

— Ça prend pourtant pas longtemps, dit-elle, peu convaincue. J'ai connu des gens qui pouvaient inventer à peu près cent mensonges par seconde.

— Moi aussi je pouvais faire ça à une époque, mais maintenant je suis trop vieux, dis-je. Je ralentis. Ma machine à mensonges doit être un peu rouillée.

Il y eut un silence.

— Vous êtes vieux ? dit-elle d'une voix plus douce. Je ne pensais pas à vous de cette façon-là.

Voilà qui était intéressant : ma fille pensait à moi.

— Comment me voyais-tu ? demandai-je.

Je commençais à me sentir enfin éveillé.

— Jeune et beau et riche, dit-elle.

— Je n'ai jamais été beau et je n'ai été jeune qu'un petit moment, dis-je. Après tout, je suis ton père, ce qui signifie que j'ai un certain âge. Mais je suis riche.

— J'aurais bien aimé que vous soyez venu en avion, dit-elle. J'en avais parlé aux gosses. Ils vont être déçus. Ils n'ont jamais été dans un avion.

— Et toi, tu as déjà pris l'avion ?

— Qu'est-ce que ça peut vous faire, vous n'êtes même pas venu me voir une seule fois ! dit-elle, soudain en colère.

Là-dessus elle raccrocha.

23

Quand T.R. m'avait réveillé j'étais en train de rêver d'une bagarre type, comme il y en avait eu si souvent sur le plateau pendant le tournage d'*Al et Sal*. Nema Remington était en éruption — seul un terme volcanique convenait pour décrire une des crises de Nema. Ses pires ennemis se devaient de reconnaître qu'elle était une force de la nature. Bien qu'elle fût assez frêle, on ne pouvait comparer qu'à un cyclone la force destructrice qui l'animait quand elle piquait une crise sur le plateau.

Heureusement il ne lui arrivait pas trop souvent de libérer toute sa puissance. L'eût-elle fait, la série n'aurait pas duré un an. On pouvait pourtant s'entendre facilement avec Nema à condition que certaines règles de sa vie soient respectées. Elle avait un immense appétit pour la nourriture, le sommeil et le sexe, mais il lui suffisait la plupart du temps d'avoir l'un de ces trois éléments à satiété pour que la bonne humeur règne. Mieux valait cependant qu'elle eût les trois. Nema avait été très longtemps au fin fond du panier de crabes qu'était Hollywood. Pendant des années, elle avait dû se battre pour figurer ne serait-ce que dans un petit film publicitaire. Parfois, quand elle ne pouvait même pas décrocher ce genre de gagne-pain, elle se faisait serveuse de bistrot pour arrondir ses fins de mois.

Le fait qu'elle fût devenue star ne lui était pas monté à la tête. Elle savait que tout ne serait jamais parfait dans le meilleur des mondes. Cependant elle n'acceptait pas d'être insultée et elle avait souvent de violentes querelles avec son partenaire, Morgan Underwood, qui tenait le rôle d'Al. De petits articles assez méchants sur sa conduite désinvolte sur le plateau apparaissaient régulièrement dans la presse à sensation, et Nema était persuadée que Morgan Underwood en était à l'origine.

Morgan Underwood n'était pas un ange — il avait assez tendance à se regarder le nombril — mais, en temps que directeur-créateur de l'émission, je voyais les choses d'un œil plus avisé. La plupart des articles vachards qui rendaient

Nema furieuse venaient en fait des ragots colportés par la *secrétaire* de Morgan Underwood et à l'insu de celui-ci.

J'aurais pu écrire un livre, s'appuyant sur mon expérience — et d'ailleurs peut-être le ferai-je —, sur les troubles de la personnalité dont sont victimes les secrétaires des stars.

Pendant les neuf années du tournage d'*Al et Sal,* j'en avais vu défiler une cinquantaine rien que chez Nema et Morgan. Le « désordre secrétarial » que tout producteur redoute comme la peste découle de la tendance qu'a une secrétaire à s'identifier à la star pour laquelle elle travaille. Le standing d'une secrétaire est fonction du standing de la star ; il arrive inévitablement un moment où, par un transfert d'identité, elle *est* la star — j'ai connu des secrétaires de stars qui roulaient bien plus les mécaniques qu'une actrice à son troisième oscar.

Dans mon rêve, la secrétaire de Morgan Underwood avait fait courir la rumeur — reprise par l'*Inquirer* — que Nema se faisait sauter par un machiniste, ce qui rendit Nema tellement furieuse qu'elle démarra sa journée en allant dans la cabine de maquillage de Morgan Underwood pour lui asperger le visage avec une petite bombe lacrymogène qu'elle gardait toujours dans son sac pour se défendre en cas de besoin.

Cette scène s'était réellement produite. Nema, un jour, avait aspergé Morgan avec une bombe, ce qui fit le lendemain les gros titres des journaux : « Sal bombe Al. »

Dans mon rêve, je me tenais près de la caravane de Morgan Underwood qui vomissait, plié en deux ; j'avais un chronomètre dans la main comme pour désigner le gagnant d'un concours à qui vomirait le plus. En fait, je devais être en train de calculer combien de temps il fallait à une personne aspergée de gaz lacrymogène pour s'en remettre et pouvoir reprendre les répétitions.

T.R. m'avait tiré de mon rêve. Quand elle eut raccroché je me sentis mal à l'aise, non pas parce que je l'avais incidemment mise en colère, mais parce que j'aurais voulu savoir si Morgan avait enfin récupéré et s'était remis aux répétitions. Quand l'incident avait eu lieu, nous avions perdu une journée entière à tenter de persuader Morgan de ne pas traîner Nema devant les tribunaux. Il était parfaitement ridicule d'essayer de savoir combien de temps avait été perdu en revoyant la scène en rêve, mais c'était ainsi. Le fait que la série ait pris fin depuis déjà quatre ans ne changeait rien à l'affaire. En fait, dans tous mes rêves, j'étais encore sur le plateau d'*Al et Sal*. La substance de mes rêves n'était jamais très ancienne ; je ne rêvais jamais de mon enfance, jamais de mon mariage et rarement de ma période européenne. Et ces derniers rêves étaient souvent inquiétants : une vision fugitive du visage de Romy Schneider la dernière fois que je l'avais vue, ou encore Françoise Dorléac en train de danser à une soirée quelques jours avant son accident. La plupart de mes rêves étaient donc solidement américains, bien ancrés à Culver City sur un plateau tellement crasseux qu'on le comparait souvent à une décharge publique. Généralement mes rêves étaient pesants, et même les rêves touchant au sexe n'étaient pas particulièrement excitants ; c'était du genre sexe-pour-tromper-l'ennui — le genre que Nema aurait accepté avec une certaine complaisance si on était entré dans sa caravane au bon moment.

Pourquoi est-ce que je rêvais toujours de l'époque d'*Al et Sal* ? J'avais pourtant eu une vie avant cette époque, si toutefois on peut appeler vivre le fait de respirer normalement. Pourquoi Culver City remplissait-il tout mon espace de rêve ?

Je ne parvenais pas à répondre à cette question. J'allumai ma lampe de chevet dans l'espoir que T.R. rappellerait. Je ne me sentais pas d'humeur à me rendormir pour rêver encore une fois d'un acteur aspergé de gaz lacrymogène.

Cinq minutes plus tard le téléphone sonna à nouveau et j'entendis une standardiste me demander si j'acceptais un coup de fil en P.C.V. de la part de T.R.

— Avec plaisir, dis-je.

24

— Je pense que vous n'avez même pas d'avion, dit T.R. Vous n'êtes probablement pas moitié aussi riche que le disait le magazine.

J'entendais un fond sonore où se mélangeaient les cris d'un bébé, de la musique salsa et le bruit de la circulation.

— Où es-tu ? dis-je, un peu inquiet.

— Je suis dehors devant Circle K, en train de parler dans cet idiot de téléphone payant.

Il était une heure du matin et le quartier de Lawndale n'était pas le plus sûr de Houston — si toutefois il y avait un quartier sûr dans cette ville.

— T.R., tu n'as pas de problèmes ? demandai-je. Tu ne veux pas que j'aille te chercher ?

— Venir me chercher et faire quoi de moi ? dit-elle après une pause.

— Je t'amènerais à l'hôtel ainsi que les enfants. Tu pourrais avoir une très belle suite.

— Non, dit-elle. J'ai été danser. J' suis pas habillée correct.

— La façon dont tu es habillée n'a aucune importance, dis-je. Ce qui compte, c'est que tu sois dans un endroit sûr.

— Pourquoi vous m'avez demandé si j'avais déjà pris l'avion ? demanda-t-elle d'une voix brusquement sèche.

— Nous étions en train de parler d'avion, répondis-je. Il n'y avait rien de mal à te demander ça.

— J'ai jamais pris l'avion si vous voulez savoir. Ça fait un peu miteux de ne jamais l'avoir pris, mais je suis un peu miteuse.

— Ma chérie, je n'ai jamais pensé que tu étais miteuse. Tout ce que tu me dis n'a rien de miteux ; je trouve même que tu es merveilleuse.

Elle réfléchit au compliment pendant presque une minute.

— Je ne sais pas comment vous pouvez savoir si je suis merveilleuse ou pas puisque vous ne m'avez jamais vue.

— Oui, mais maintenant j'ai entendu ta voix, lui rappelai-je.

— Vous l'avez surtout entendue vous raccrocher au nez, dit-elle avec quelque raison.

— C'est vrai que tu as tendance à raccrocher assez souvent, admis-je. Mais tu as une voix charmante. C'est le genre de voix que seule une fille merveilleuse peut avoir.

— Pour le moment, c'est la voix de quelqu'un qui a dansé à en tomber de sommeil, dit-elle. Si j'étais pas en train de tenir ce téléphone, je m'endormirais sans doute là où je suis, en plein Circle K.

— Ne fais pas ça, dis-je. Je suis certain que ce n'est pas sans danger. Pourquoi ne me laisses-tu pas venir te chercher?

Elle ne répondit pas. Pendant un moment je crus qu'elle s'était vraiment endormie sur le trottoir.

— Où sont les enfants? demandai-je.

— Ils sont ici dans leur panier à linge, dit T.R. Je pense que Jesse est vannée. Elle a ce petit regard fixe qu'elle a toujours quand elle est en train de faire pipi dans ses couches ou qu'elle est très fatiguée.

— Si ça ne t'ennuie pas que je te demande, qu'est-ce qu'ils font dans un panier à linge?

— Je l'ai trouvé au magasin de l'Armée du salut, dit-elle d'une voix de plus en plus ensommeillée. C'est un beau grand panier et il n'a coûté que soixante-quinze cents. Je mets les gosses dedans quand je vais danser. Autrement allez donc savoir où ils vont bien pouvoir se fourrer. Quand Jesse démarre, elle peut disparaître en un rien de temps.

— J'ai très envie de les voir, dis-je. C'est probablement des gosses merveilleux.

— Faudrait pas que vous disiez tout le temps qu'on est merveilleux, dit T.R. Vous ne nous avez même pas encore rencontrés, et peut-être bien que vous n'avez pas la moindre idée de ce que vous allez faire de nous, quand vous allez finalement nous voir.

— Je ne peux pas dire que j'aie beaucoup d'expérience, ça je l'admets, dis-je. Mais je suis tout prêt à apprendre.

— Je me sens trop endormie pour penser à tout ça, dit T.R. Little Dwight m'a fait danser comme une dingue toute la soirée.

— Est-ce que je peux oser demander qui est Little Dwight?

— Je ne sais pas, Papa, dit-elle avec un petit rire. Est-ce que vous allez oser ou pas?

— Alors qui est-il?

— C'est une de ces personnes que vous pourriez rencontrer si vous avez vraiment envie d'apprendre, dit-elle.

Elle semblait soudain tout à fait éveillée.

— Oh là là, Jesse a fait quelque chose dans ses couches.

Ça sent. Vous feriez mieux de vous rendormir dans votre bel hôtel parce que, quand vous allez rencontrer toute la bande, il vous faudra plus que l'envie d'apprendre — il vous faudra un peu d'énergie, et même plein d'énergie.

— Je serai endormi dans cinq minutes, dis-je.

25

Je ne m'endormis pas en cinq minutes, ni même en cinquante. La pensée que le lendemain j'allais devoir assumer ma responsabilité non seulement de père mais de grand-père me tenait éveillé. Je passai une heure ou deux à lire un très joli livre sur le Pérou. Il avait pour titre *Pierres taillées et chemins balisés*, et il me convainquit que les Incas devaient avoir eu, des pierres, une connaissance beaucoup plus approfondie que tous les autres peuples. J'appris par exemple qu'ils pouvaient empiler des pierres les unes sur les autres avec tant de talent et tant de précision que les tremblements de terre faisaient passer les vibrations de l'une à l'autre de telle manière que la construction qu'ils avaient élaborée tenait debout. Les constructions espagnoles bâties au-dessus de celles des Incas tombaient en quelques secondes alors que les constructions incas tenaient bon.

C'était quand même un peu triste de savoir que la civilisation inca avait disparu, même si leurs superbes constructions demeuraient. Ils avaient été victimes de la cupidité des Espagnols et des maladies que ceux-ci avaient apportées. Leur civilisation s'était révélée fragile, comme l'était d'ailleurs, actuellement, ma santé mentale. Le triste sort des Incas me faisait gamberger sur le mien. Décider de ne jamais mettre les pieds au Pérou n'était pas d'un grand secours. Une des raisons pour lesquelles je lis tellement de livres de voyages tient au fait que je peux ainsi éviter d'aller dans des pays qui pourraient me déprimer. Cette fois-ci, pourtant, j'étais aussi triste que si j'avais été en train d'arpenter les rues de Lima ou de Cuzco. Mais j'avais au moins une raison d'être triste : je sentais monter la migraine. Mes neurones étaient sans doute disposés sur le modèle espagnol. Au lieu d'absorber le choc des événements ou de mes humeurs à la manière des constructions incas, ils se retrouvaient sens dessus dessous. Ils ne savaient pas comment réagir à la secousse qu'ils venaient d'éprouver. J'étais terrassé. La migraine devenait maîtresse des lieux. Sa violence était telle que je ne trouvais aucune parade. A part frissonner.

Je frissonnai pendant plusieurs heures dans ma chambre du *Warwick*. Je savais que la peur de rencontrer enfin ma fille avait provoqué ce tremblement de terre qui avait rendu mon cerveau amorphe. J'en étais conscient. Mais le fait d'en être conscient ne servait à rien. Je branchai la télévision mais je pouvais à peine distinguer ce qui se passait sur l'écran : j'éprouvais souvent ce phénomène de distorsion visuelle quand la migraine me tombait dessus. Je pensais pourtant reconnaître la voix de Don Ameche.

Je me levai, pris quatre amphétamines, remplis ma baignoire d'eau très chaude et me plongeai dedans. La chaleur du bain eut pour effet de réduire les tremblements qui m'agitaient. Je laissai l'eau couler de façon à avoir un bain aussi chaud que je pouvais le supporter. Au bout d'un moment, mes cellules cérébrales se remirent doucement en place — bien que les réactions au choc que j'avais subi perdurassent — et je pus me remettre au lit. Les amphètes m'avaient fait un peu décoller, mais la grosse secousse était passée.

Comme il n'était pas question que je puisse me rendormir après avoir pris toutes ces amphétamines, je soulevai le téléphone et appelai mon répondeur.

Le premier message était de Viveca Strindberg, un autre de mes amours européens perdus.

— Allô, c'est Vi-ve-ca, disait-elle en prononçant très distinctement toutes les syllabes. Je t'aime. Appelle-moi de temps en temps.

J'aurais pu l'appeler maintenant ; c'était la fin de la matinée à Paris, où elle habitait. Mais Viveca avait cette vivacité balte que j'aurais eu du mal à supporter vu l'humeur dans laquelle je me trouvais. Elle n'avait pas beaucoup de travail ces derniers temps, mais elle avait épousé un riche Finlandais qui la laissait courir le monde comme elle l'entendait — la dernière fois que nous nous étions parlé, elle était à Bangkok et avait fumé de l'opium. « Quelle gueule de bois ! avait-elle commenté. Depuis que j'ai fumé, je suis déprimée et je n'ai pas non plus envie de sexe. »

Je décidai que je l'appellerais et ferais le point avec elle un peu plus tard. Je pris le message suivant qui n'était pas un message mais une des nombreuses occasions où Gladys et Godwin prenaient le téléphone simultanément en oubliant que tout était enregistré.

— Qu'est-ce que vous voulez maintenant ? demandait Gladys. Je suis en train de faire ma pause café.

— Toute votre vie n'est qu'une pause café, disait Godwin d'une voix aigre.

— Comment pouvez-vous dire cela, vous n'êtes même pas dans la cuisine dix minutes par an, répondait Gladys. Je travaille comme une esclave au détriment de ma santé et tout le monde s'en moque.

— Si Leroy appelle pendant que je suis en train de prendre ma douche, soyez assez aimable pour être polie avec lui, disait Godwin. Il est du genre timide et prend peur facilement.

— S'il prend si facilement peur, pourquoi est-ce qu'il fréquente un maniaque sexuel comme vous ? demandait Gladys.

— Faites ce qu'on vous dit de faire, vieille chipie.

— C'est pas vous qui payez mon salaire, lui rappelait Gladys.

J'appuyai à ce moment-là sur la commande pour activer la bande de façon à arriver à la fin de leur dispute. Je tombai sur un message de Jeanie et dus revenir un peu en arrière pour avoir le début.

— Salut Danny, c'était ta fille ? demandait-elle. Allô, tu es là ? Tu es là ? Je suppose que non, dit-elle un peu déçue. Mais c'est peut-être bon signe, ça veut dire que tu es avec ta fille. Ça doit être formidable si tu es avec elle. Bon, allez, je raccroche.

Il y eut un clic, suivi immédiatement d'un autre message de Jeanie.

— Danny, ça ne va prendre qu'une minute, mais je voudrais te décrire ce scénario, disait-elle. C'est une femme qui a voué sa vie aux oiseaux. C'est une sorte de zoologiste et elle a un labo dans son garage. La chose qui m'embête c'est qu'elle habite le Nebraska et je ne sais pas si je pourrais me mettre dans la peau de quelqu'un qui habite le Nebraska. Je pense que c'est un peu plouc, là-bas. Mais autrement, j'aime le rôle et j'aime le scénario. C'est un peu comme la femme que tu avais dans *Al et Sal*, celle qui était complètement dingue des rapaces, mais là ce sont des cigognes des sables, je crois que c'est une espèce en voie de disparition. Elle s'appelle Nellie, un nom que j'aime bien — je pourrais être une Nellie, sans problème — mais elle devient de plus en plus obsédée avec ses cigognes et elle néglige son mari et ses enfants et tout et tout, ce que je pourrais aussi très bien faire si j'avais un mari ou des enfants à négliger. Et puis elle se met pas mal de gens à dos, comme le gouverneur et les machins de Protection de la nature, tu sais, ceux qui font les règlements sur les oiseaux, et à la fin elle perd le sens de ce qu'est une vie normale et elle devient une vieille folle qui ne pense qu'aux oiseaux.

Il y eut un silence pendant que la bande continuait de tourner.

— Maintenant que je t'ai tout décrit, je pense que je vais te laisser juge, Danny, dit-elle. Si tu crois que je devrais accepter, appelle-moi tout de suite. Il faut que je leur donne une réponse avant lundi.

Le message suivant était aussi de Jeanie.

— Tu sais, je n'ai plus besoin de ton avis sur le scénario, Danny. Je suis désolée de t'avoir ennuyé avec ça. Aujourd'hui, il faut que tu t'occupes de ta fille — enfin, je l'espère. La seule chose qui me gêne vraiment c'est que ça se passe au Nebraska — je ne suis pas sûre de pouvoir être aussi rustique. En fait, ce que j'espère, c'est que le scénariste va trouver un coin qui serait quand même assez proche d'une grande ville. Sinon, je crois que je ferais mieux de dire non. J'aime bien son obsession des oiseaux et tout le reste, mais le Nebraska, ça me gêne. Tout bien considéré, je crois que je ferais mieux de laisser tomber, Danny.

Il y eut une longue pause ; je pouvais presque entendre le moral de Jeanie en chute libre.

— Pourtant, c'est pas mal de trouver un boulot, tu sais. Ils sont venus avec un chèque, ce qui veut dire qu'ils veulent vraiment de moi. Dans ce business il arrive qu'on vous oublie — ils vous font tourner pendant un moment et puis après ils ne se souviennent plus de vous et ils prennent quelqu'un d'autre. J'ai vu comment ça se passe. Un de ces jours, ça va m'arriver aussi.

Elle soupira. Il y eut une dernière pause.

— Peut-être qu'après tout je pourrais m'accommoder du Nebraska, dit-elle d'un ton un peu plus enjoué. Je pourrais prétendre que c'est Central Park en plus grand. D'ailleurs je crois que je vais aller au Park maintenant pour voir si je ressens quelques vibrations qui pourraient ressembler à ce que j'éprouverais dans le Nebraska. C'est ça. C'est exactement ce que je vais faire. Merci de m'avoir écoutée.

Je décidai d'ignorer les autres messages. Je lus un autre chapitre de mon livre sur le Pérou. On était encore à quelques heures de l'aube et ma migraine n'avait pas entièrement disparu. Elle s'était retirée à la manière dont se retire la vague. A tout instant, elle pouvait revenir en déferlante.

Pour éviter de penser à cette éventualité, j'appelai une fois de plus mon répondeur, et une fois de plus, comme je m'en étais douté, j'eus Jeanie à l'autre bout du fil.

— Finalement j'ai accepté de faire le film sur la bonne femme du Nebraska, dit-elle d'une voix morose. Je me dis qu'à mon âge, s'ils veulent encore m'employer, je ferais mieux d'accepter. Peut-être qu'après tout ce ne sera pas le Nebraska. Quand j'en ai parlé au scénariste, il a eu l'air un peu surpris, mais il n'a pas dit entièrement non. Voilà, Danny, c'est comme ça. Je me suis finalement décidée. Appelle-moi pour me dire comment est ta fille.

26

Jeanie Vertus avait quarante et un ans, un âge où chaque rôle qui lui était offert était une invitation à marcher sur le fil du rasoir qui sépare les stars encore négociables des actrices qui ne sont plus de première jeunesse et ne peuvent plus prétendre aux premiers rôles. Combien j'en avais vu de ces femmes battantes et pleines de talent qui avaient fini par marcher sur ce fil du rasoir! Les plus brillantes, les plus photogéniques, celles qui avaient les plus grands talents, une énergie du diable, l'instinct de toujours choisir ce qui leur convenait le mieux pouvaient aller jusqu'à quarante-six, quarante-huit, voire cinquante ans avant de faire le plongeon — et, pour les actrices un peu âgées, il suffisait de deux bides successifs pour qu'il soit inéluctable.

D'autres plongeaient tout de suite et en étaient réduites à jouer les seconds rôles dans des comédies tocardes, ou alors des premiers rôles, mais dans des films européens à tout petit budget, et à condition de montrer un bout de sein de temps en temps. Au moins ça leur permettait de briller encore un peu et de boucler leurs fins de mois avant de disparaître entièrement de la liste que les producteurs avaient en tête chaque fois qu'ils devaient sélectionner un premier rôle.

Jeanie, Nema, Marella dansaient toutes aujourd'hui sur ce fil du rasoir et Viveca Strindberg était déjà passée de l'autre côté ; ça faisait bien sept ou huit ans qu'elle n'avait plus tourné dans un film où on ne lui demandait pas de se mettre à poil.

Je raccrochai, déprimé, et je passai le reste de ma nuit à essayer de décider si Jeanie pourrait se tenir sur ce fil — celui de la carrière d'une star — en interprétant la version nebraskienne de Jenny Sondstrom avec des cigognes en guise de rapaces.

Je décidai qu'elle ne le pourrait pas et résolus de l'appeler au petit matin pour lui dire de renoncer au rôle. Il me semblait que le moyen le plus rapide de tomber du firmament était de commencer à accepter des rôles simplement parce que quelqu'un avait encore pensé à vous ; dans la plupart des cas, c'étaient des rôles que les actrices en vogue avaient déjà rejeté, et elles devaient avoir de bonnes raisons pour l'avoir fait. Les accepter simplement parce qu'ils vous avaient été proposés n'était pas le meilleur moyen d'avancer sur ce fil du rasoir.

J'appelai une fois de plus mon répondeur, bien que, jusqu'ici, il n'ait rien fait pour m'apporter le calme et la sérénité qui aident à faire passer la migraine.

— Je viens de lire ce bouquin, disait Nema. C'est ma masseuse qui me l'a donné. Ça s'appelle *Oral Sex*. Ça décrit des choses que je ne pense pas avoir jamais faites, mais peut-être qu'après tout ça m'est arrivé, c'est peut-être les termes utilisés par l'auteur qui m'embrouillent. J'aimerais bien que tu m'appelles pour pouvoir discuter de certains de ces termes avec toi. C'est plutôt frustrant de ne pas savoir si on a accompli cet acte sexuel ou non. Tu me connais, toujours volontaire pour essayer, surtout s'il s'agit d'un nouveau truc sexuel. C'est plutôt excitant de penser qu'il se pourrait que certains m'aient échappé, à mon âge — je pourrais bien en tirer quelques fantasmes là-dessus, même si dans la pratique ce n'est pas si terrible, ou même si A.B. refuse de le faire. Il est un peu guindé quand il s'agit des choses de l'amour, mais on peut l'amadouer. Peut-être pourrais-je l'amadouer suffi-samment pour qu'il le fasse.

Il y eut une pause — je l'entendais tourner les pages de son livre sur le sexoralisme.

— Hum, dit-elle. Cunilingus... ça ne me dit rien, mais il se peut que j'aie fait ça avec Joe. Joe est quand même un peu plus imaginatif qu'A.B. Rien que de lire ça, ça m'excite. J'aimerais être en train de le faire maintenant.

Il y eut une autre pause. Je présumai que la température imaginative de Nema était en hausse, comme elle l'était souvent quand elle explorait la possibilité de nouvelles pratiques sexuelles, ou même de vieilles pratiques avec de nouveaux partenaires. Mais là, j'avais tort ; pour une fois les réalités de la vie semblaient devoir l'emporter sur le monde des fantasmes qui travaillaient l'imagination de Nema.

— Il y a ce jeune type qui commence à m'intéresser, dit-elle. Il est vraiment jeune — je le vois de temps en temps dans le quartier. Il est chauffeur, mais pas pour moi. Il est mignon comme c'est pas possible, Danny, mais pas très cérébral pour autant que j'en puisse juger. En trois minutes, il me ferait ce cunilingus, ou n'importe quoi d'autre, d'ail-leurs. Chaque fois que je tombe sur lui, je fantasme à son sujet pendant deux ou trois jours. Mais je ne sais pas — suppose que je lui mette le grappin dessus ? Ça ne sera jamais aussi bien que dans mes fantasmes, pas possible. Ou bien il va prendre peur, ou il faudra que je lui coure après, ou alors il va tomber amoureux de moi et j'aurai toutes les peines du monde à m'en débarrasser quand les choses se seront calmées.

» Je ne sais pas trop, reprit-elle sur un ton abattu. J'avais pourtant le chic pour attirer ces petits jeunes gens et pour bien m'en tirer quand les choses tournaient au vinaigre, mais je ne sais pas, j'ai l'impression d'avoir perdu la main ou quelque chose comme ça. J'ai de moins en moins envie de leur mettre le grappin dessus. Je me dis que les fantasmes sont sans doute plus gratifiants que la réalité, et je m'en tiens aux fantasmes.

» Je ne sais pas, dit-elle d'un ton encore plus découragé. Je pense que je n'ai plus la foi. Je ferais mieux de sauter sur ce type, de le baiser et de me poser les questions après. Au moins, je ferais preuve d'un peu de bravoure. Et en plus, ça pourrait être marrant.

Elle poussa un gros soupir.

— Je ne sais pas si c'est ce que je vais faire. Celui-ci va peut-être bien rester dans le domaine des fantasmes. Tu crois que c'est parce que je vieillis ?

» Si cette affaire avec ta fille s'arrange, j'aimerais bien que tu m'appelles, ajouta-t-elle. Je voudrais bien discuter de cunilingus et d'autres trucs qui m'échappent. Salut.

Les deux derniers messages sur mon répondeur étaient de Marella Miracola qui téléphonait d'une voiture quelque part en dehors de New York où elle faisait de la promotion pour un nouveau film. Malheureusement mon répondeur ne recevait pas très bien les messages téléphonés d'une voiture — il interprétait les petits bips comme un signal de fin d'appel et n'enregistrait plus, ce qui donnait à Marella environ cinq secondes à chaque fois.

— Allô, c'est Marella, je suis en train de me promener en voit...

Coupé. Le deuxième appel fut aussi bref, mais il dura suffisamment longtemps pour lui permettre de déverser un flot d'indignation.

— Ça a coupé, je déteste ta machine ! hurlait Marella. Je la hais, ça me fout la trouille !

Ce fut le dernier mot de la communication, après quoi je n'eus plus rien d'elle. C'était dommage, mais je lui avais dit mille fois que mon répondeur avait des problèmes avec les appels en provenance de voitures.

Après cela, je revins en arrière pour écouter un ou deux échanges entre Gladys et Godwin et voir si l'affaire s'était envenimée ou si la dispute n'avait été que verbale. C'était heureusement le cas. Ils n'en viendraient probablement pas aux mains avant au moins un jour ou deux, donc tout ce que j'avais à me remémorer était d'appeler Jeanie pour la dissuader de jouer dans le film de la femme aux oiseaux, puis Nema pour l'encourager à baiser le jeune chauffeur. Sans doute ne se déciderait-elle jamais à le faire, mais ce seul encouragement lui serait tonique.

Nema était encore trop jeune à mes yeux pour laisser sa soif d'aventures se diluer dans le magma de la prudence ordinaire.

Le soleil, dehors, était enfin en train de se lever. Je sortis sur mon petit balcon, humai cette odeur un peu marécageuse qu'avait Houston à l'aube — une odeur qui réveillait de vieux souvenirs, pas seulement ceux des années que j'avais passées ici autrefois, humant chaque matin l'odeur de la ville, mais des souvenirs encore plus vieux, transcendant ma mémoire, puisés peut-être à une époque où la terre n'était encore que marécages, un peu comme Houston l'était restée.

De l'autre côté de la ville, là où le soleil commençait à apparaître, T.R. et mes petits-enfants étaient endormis — j'imaginais un sommeil angélique peuplé de beaux rêves ; dans quelque temps ils allaient s'éveiller pour vivre le premier jour d'une nouvelle vie avec moi.

A l'idée que j'allais bientôt les rencontrer tous les trois, je me sentis tout d'un coup débordant d'énergie — une sensation qui, depuis un certain temps, devenait de plus en plus rare. Je n'avais jamais prétendu avoir une intelligence supérieure ou un talent hors du commun, mais j'avais pendant quelques années possédé une énergie farouche. Sans cela on ne peut pas produire une grande série télévisée qui requiert la vitesse d'un coureur de cent mètres et l'endurance d'un coureur de fond pour tout organiser pendant les quarante-deux semaines que dure une saison.

J'avais à une époque totalement confiance dans mon énergie ; elle m'apparaissait comme aussi évidente que la lumière du jour et suffisamment débordante pour mener à bien n'importe quelle entreprise. Et puis, pour une raison qu'aucun traité de médecine ne pourrait déterminer, elle se mit à décroître et la décrue fut aussi rapide qu'un coucher de soleil en hiver.

Le succès, qui avait été un des moteurs de cette énergie, commença à me laisser froid. Pendant des mois et des mois, je m'éveillai complètement léthargique, paralysé par l'idée que je n'avais vraiment aucune raison de me lever. Il me semblait que je ne trouverais rien d'intéressant ou même d'utile à faire en me levant, si bien que, très souvent, je ne prenais même pas cette peine. Je harcelais Gladys jusqu'à ce qu'elle consente à m'apporter un verre de jus d'orange ou une tasse de chocolat. Souvent je me cherchais une vidéocassette et je regardais Franco Nero, ou un acteur de la même eau, poursuivre de minables pourvoyeurs de drogue méditerranéens dans les rues de Gênes, Naples ou Palerme.

Godwin et Gladys ne supportaient pas que je reste toute une matinée au lit à regarder des polars. Ils estimaient que c'était le symptôme d'une morale chancelante et je n'essayais même pas de les convaincre du contraire.

— La seule différence entre toi et le roi Farouk, c'est qu'il était plus gros, lançait Godwin sur le pas de la porte de ma chambre.

— Peut-être que je deviendrai aussi gros avant d'en avoir terminé. (Je répliquais toujours avec beaucoup d'humour aux accusations de morale chancelante.)

— Le vrai problème avec vous, c'est que vous n'avez jamais eu de travail régulier, m'informait Gladys. C'est important de se remuer un peu et de faire circuler le sang.

— Je suis certain qu'il circule, qu'on se remue ou non, disais-je avec une impartialité toute scientifique.

— Je suppose que tapoter sur une machine à écrire, ça le fait circuler dans vos doigts, répliquait Gladys qui ne voulait pas démordre de ses théories sur la circulation. Mais tapoter sur une machine, c'est pas ce que j'appelle un travail régulier. Vous avez des cheminées dans cette maison, pourquoi vous ne sautez pas du lit tous les matins pour aller fendre quelques bûches ? Ça, ça ferait l'affaire.

— Ça pourrait faire aussi l'affaire de mon pied si je le fendais en deux. C'est cela que vous voulez ? lui demandais-je.

Je n'avais jamais de ma vie fendu du bois.

— Ça serait toujours mieux que de passer votre vie à regarder des films.

Gladys ne voulait pas en démordre. Elle avait souvent des idées fixes et le thème du bois que je devrais fendre revint souvent dans la conversation au cours des mois suivants. Je suppose qu'elle avait dû voir le président Reagan fendre du bois à la télévision. Elle avait une dévotion très sincère pour le président Reagan mais n'était pas emballée par la Première Dame des États-Unis.

— Les films que vous regardez, c'est même pas de l'anglais, disait-elle. Je ne vois vraiment pas l'intérêt de regarder des films où on parle des vieilles langues pareilles.

Ce matin, cependant, mon énergie semblait être revenue après une longue absence. J'avais envie de faire quelque chose et, vu l'heure, je pensai que la meilleure chose serait une petite marche. Je m'habillai pendant que le soleil commençait à colorier les brumes qui se dissipaient, et pris South Main Street en direction de Rice, dont les bosquets avaient enregistré mes méditations quand je n'avais qu'une vingtaine d'années, à l'époque où je faisais mon doctorat. Je voulais alors apprendre tout ce qu'il y avait à savoir sur la littérature et j'étais sûr d'y arriver. Je voulais lire tout ce qui avait jamais été publié en langue anglaise, depuis les manuscrits runiques jusqu'à Iris Murdoch, avant de poursuivre, comme un ruminant prêt à tondre tout un pré, par les littératures du continent, des steppes, de l'Amérique du Sud, de l'Asie. Je lirais tout. Et, en même temps, j'écrirais.

Me promenant à nouveau sous les arbres de Rice, j'éprouvais cette sorte de sentiment doux-amer qui me paraissait approprié à un homme de mon âge et de ma condition. J'avais fait un long parcours à travers les décennies et les continents — pas ceux de la littérature mais tant d'autres — pour me retrouver enfin dans ce bois. J'avais écrit un premier roman sans intérêt (j'en ai brûlé tous les exemplaires qui me sont tombés sous la main), épousé et perdu une femme, aimé et perdu beaucoup d'autres, mais gardé l'affection, du moins je l'espérais, de quelques femmes brillantes. J'avais produit cent quatre-vingt-dix-huit épisodes d'un sitcom — toute une vie de travail comprimée en neuf années, alors qu'il m'avait fallu quarante ans pour en arriver là.

Bien que ma vie eût été à l'opposé de la vie de Rilke, c'est à lui que je pensais en longeant les colonnes mauresques des bureaux de l'administration. Il lui avait fallu toute une vie pour se préparer à écrire ses *Elégies,* et puis il en avait fait jaillir deux de son cerveau avant de trouver la mort.

Il est évident qu'on ne peut pas comparer un producteur de

sitcom à un grand poète européen, et pourtant il y avait quelques similitudes dans nos carrières — les relations de Rilke avec les femmes étaient surtout du genre épistolaire, mais il aurait certainement utilisé les répondeurs téléphoniques s'ils avaient été inventés à l'époque. Premier trait commun. Les femmes, qui vivaient rarement avec lui, ne le soutenaient pas moins moralement. Deuxième trait commun. Et j'avais macéré pendant quarante ans avant de sortir *Al et Sal,* après quoi, si j'avais pu, j'aurais volontiers accepté de mourir tranquillement. Pendant les trois premières années, *Al et Sal* était vraiment une excellente série, la seule chose que j'aie produite pouvant s'apparenter à l'art.

Certains insectes meurent après l'accouplement ; j'ai toujours admiré ces artistes qui produisent leur œuvre et partent sur la pointe des pieds — ça me semble en tout cas plus raisonnable que de rester en place et devenir un vieux barbon comme Wordsworth.

Au cours des années où je n'avais pas pu trouver — et encore moins voir — ma fille, je me disais qu'il valait mieux qu'un artiste soit simplement le père de son art ; mais je n'arrivais pas vraiment à m'en persuader. D'abord, je n'étais pas convaincu d'être vraiment un artiste — le fait de se dire artiste ne suffisait pas pour en être un ; il fallait produire de l'art pour avoir le droit d'être un artiste, et je n'en avais pas produit. Et quand finalement je parvins à en faire un peu, quand j'inventai des enfants superbes et turbulents pour *Al et Sal,* ça ne compensait nullement le fait que je n'avais jamais été un père pour l'enfant que j'avais eu. Les joies et les fardeaux de la paternité étaient un des thèmes favoris des discussions, des conflits et des bagarres d'Al et Sal. Sal était une passionnée des enfants ; à l'approche de la quarantaine, elle ne voyait aucune raison de ne pas en avoir à nouveau, et elle se mit en rogne contre Al pendant un bon bout de temps parce qu'il avait suggéré qu'elle se fasse faire une ligature des trompes après la naissance du deuxième. Al ne s'intéressait pas beaucoup aux enfants ; il préférait tondre son gazon et aurait volontiers emmené Sal chez le gynécologue s'il n'avait pas su que la seule mention de ses trompes la mettrait hors d'elle. « Je dois vivre avec toi, je peux au moins être féconde, non ? » avait hurlé Sal au cours d'une bagarre tellement mémorable qu'elle avait bouleversé quelques millions d'Américains — qui, après tout, auraient pu se trouver dans la même situation.

Mais l'espoir de Sal d'avoir un nouveau bébé ne se réalisa jamais — au point qu'elle finit par imaginer qu'Al avait subi une vasectomie rien que pour déjouer ses projets. Les allusions à cette vasectomie revenaient si souvent qu'Al finit pas se mettre à boire. Ce désaccord ne contribua pas à revigorer l'attribut d'Al qui, comme Sal devait l'annoncer à toute l'Amérique, commençait à baisser pavillon. La crainte de le voir de plus en plus souvent en berne tortura le pauvre Al pendant les deux dernières saisons de la série. Il passait de plus en plus de temps avec sa tondeuse, délaissant le lit conjugal. Sal, de son côté, vociférait de plus en plus souvent contre cette continence forcée. Elle faisait la vaisselle dans des négligés suggestifs et flânait au lit en regardant des films à ₁a limite d'être classés X. Prise d'angoisse, elle se mettait à soliloquer devant son miroir en s'interrogeant sur les raisons du désintérêt de son mari. Par mesure d'autodéfense, Al acheta son propre poste de télévision qu'il installa sur le porche où il se retirait de plus en plus souvent pour regarder des matchs de hockey et sombrer dans un sommeil alcoolique sur son divan préféré. Sal le poursuivait jusque-là. Une nuit, craignant la visite de sa femme, Al complètement pété trébucha vers la porte, s'installa sur le siège de sa tondeuse autoportée et descendit la rue où il perdit le contrôle de l'engin avant même d'arriver au premier carrefour ; la tondeuse, à la consternation de tous, quitta la route pour aller saccager les massifs de fleurs impeccablement tenus de June, une vieille fille toute menue qui ne vivait que pour gagner les concours de « L'Habitat Fleuri » dans la région. June pardonna à Al, mais pas Sal. « J'espère que tu es content, dit-elle d'un ton glacé. Tu as détruit la vie de June, et cela parce qu'il t'a fallu faire ta bêtise de vasectomie. Tout ce que je voulais, c'était un autre bébé. »

Al ne se remit jamais entièrement de cette nuit tragique. En perdant le contrôle de sa tondeuse, c'était un peu le contrôle de lui-même qu'il avait perdu. Il en arriva même à se persuader qu'il avait vraiment eu cette vasectomie. Sal le harcelait tellement que même Nema — qui jouait le rôle — finit par être inquiète et me demanda de calmer un peu le jeu, mais je ne pouvais pas. Au fur et à mesure que Sal et Al se détruisaient l'un l'autre, l'émission plongeait dans des abîmes de frustration et de confusion. J'étais sur le point de faire faire à Sal un numéro de séduction en direction du fils de son voisin, un superbe adolescent — un tournant qui avait toutes les faveurs de Nema ; elle trouvait depuis un moment que prétendre être sexuellement attirée par le petit bonhomme rondelet qu'était Al, c'est-à-dire son partenaire Morgan Underwood, c'était pousser le bouchon un peu loin —, mais les directeurs de la chaîne, terrifiés à l'idée de ce qu'allait *penser* l'Amérique, finirent par tirer le rideau.

Personnellement j'ai toujours été persuadé que ce débat long de neuf années sur la paternité, conçu par quelqu'un qui n'avait jamais été un père actif, était la véritable clé du succès de l'émission. Je m'aperçus très vite, d'après les lettres que nous recevions, que des millions d'Américains, sans parler de tous les téléspectateurs du monde entier, étaient comme Al très partagés au sujet des enfants. Valait-il la peine d'en avoir ? C'était la question que je posais. Pas évident, répondait-on.

Tout en cheminant sur le campus de Rice, je me mis de nouveau à penser à Rilke. Rêvait-il des superbes phrases des *Elégies* après les avoir écrites comme je continuais à rêver d'*Al et Sal* ? Ou, une fois son œuvre accomplie, dormait-il du sommeil du juste, rêvant, si toutefois il rêvait, des femmes riches et élégantes qui l'entouraient de leur affection ? Est-ce que les *Elégies* finirent par compenser, pour leur auteur, les décennies de névroses cogitatives et agitées qui les précédèrent ?

Je ne le saurais jamais ; je savais seulement qu'*Al et Sal* n'avait en rien contribué à me faire passer des nuits paisibles. J'étais content d'avoir ces centaines de millions de dollars, mais je n'éprouvais aucun sentiment d'accomplissement ; cette série n'avait en rien résolu les problèmes de ma vie.

Sur Main Street, de l'autre côté de Rice, il y avait un immense complexe hospitalier. Je traversai la rue encore vide et me baladai de bâtiment en bâtiment jusqu'à ce que je parvienne devant le plus vieux, celui où T.R. était née. Je le contemplai pendant plusieurs minutes, essayant de me rappeler ce que j'avais ressenti au cours de cette nuit déchirante, il y avait de cela vingt-deux ans.

Mais le souvenir de ces émotions, autrefois aussi douloureux qu'une brûlure, s'était fané. Je me souvins qu'il pleuvait, que j'étais très fatigué, que j'avais conduit d'une traite depuis San Francisco avec quelques rares arrêts. A cette époque je ne savais absolument pas gérer mon temps, mais je n'avais jamais été aussi nul que cette nuit-là. J'arrivai à l'hôpital en même temps que les parents de Sally. Son terrible père, Mr. Bynum, me balança quelques coups dans la figure jusqu'à ce que je m'effondre sur le sol détrempé ; Mrs. Bynum, son également terrible mère, applaudit tout du long en ne se privant pas d'énoncer les multiples raisons pour lesquelles je ne méritais pas d'être marié à leur fille ou de devenir le père de son enfant. Sonné par les coups, en même temps que trempé et mort de fatigue, j'avais finalement fait fuir les Bynum en déversant un flot d'obscénités, ou, à tout le moins, ce qu'ils considéraient comme des mots obscènes : baiser, bite, clitoris, nichon, etc. Et puis, déchiré par le chagrin, j'avais accepté ce qui, je le supposais, ne serait qu'une défaite temporaire. J'avais quitté l'hôpital, rendu visite à ma merveilleuse amie Emma Horton — morte depuis d'un cancer — et j'étais parti vers le Sud en direction du Rio Grande dans lequel je jetai mon deuxième roman mal bâti et incompréhensible.

La défaite — c'est-à-dire toute cette période qui s'était écoulée avant que je réalise à nouveau que j'étais père et qu'une fille m'attendait — avait duré beaucoup plus long-temps que je n'aurais jamais pu le supposer cette nuit-là. Ça avait duré vingt-deux ans. C'était surprenant. Et sans excuse.

Mais maintenant, j'étais là, et je me disais que le vieux dicton « mieux vaut tard que jamais » avait quand même du bon. Quelque part dans le quartier de Lawndale, au-delà des autoroutes engorgées, au-delà des bicoques sordides du Third Ward, T.R. et ses enfants dormaient. Quand ils se réveilleraient, ma vie de père commencerait enfin.

DEUXIÈME PARTIE

1

De retour au *Warwick* je fus pris de la même angoisse qui revenait chaque fois que je pensais à la façon de débuter mon livre ou, d'ailleurs, de débuter quoi que ce soit. J'étais sur le point de rencontrer T.R. Quelle première phrase allais-je dire? Ce problème n'était-il pas dix fois plus important, et par conséquent dix fois plus angoissant, que le choix de la première phrase de mon livre?

S'agissant de T.R. ce choix aurait sans doute de telles retombées sur la suite des événements que ça me paralysait. Dans un certain sens nous avions déjà dit cette première phrase, mais c'était au téléphone et ça n'avait pas le même poids qu'une première phrase échangée face à face. Que se passerait-il si je commençais par l'irriter comme il m'était déjà arrivé de le faire plusieurs fois? Elle avait l'impétuosité de la jeunesse ou peut-être une impétuosité qui lui était propre. Elle pouvait se révéler plus exigeante que le plus exigeant des lecteurs; elle pouvait trop attendre de moi — par exemple que j'efface vingt-deux années d'absence en quelques mots bien choisis.

Pendant quelques minutes, je fus pris de panique, ce qui me donna suffisamment de temps pour m'apercevoir que je n'avais apporté aucun vêtement de rechange — j'avais fait une valise mais je l'avais laissée dans mon bureau. Je décidai de demander conseil et je commençai par appeler Jeanie

Vertus. Mais Jeanie n'était pas chez elle. J'obtins tout juste un message anodin donnant le numéro de téléphone que je venais d'appeler et rien d'autre.

— Ecoute, puisque je peux te laisser un message, je pense que tu devrais renoncer à ce film sur la femme aux oiseaux, dis-je. D'après l'expérience que j'en ai eu dans *Al et Sal*, je peux te dire que les fanas des oiseaux qui négligent leur famille sont extrêmement rares. Quatre-vingt-quinze pour cent d'entre eux sont d'excellents bâtisseurs de nid ; ils font tout ce qu'ils sont censés faire, très exactement comme le font les oiseaux. Ne t'ai-je pas raconté la façon dont l'Audubon Society et d'autres organisations de défense des oiseaux se sont mobilisées à propos de ce personnage ? Je vais te donner mon avis : *ne prends pas un rôle qui implique que tu doives négliger ta famille !* à moins que tu ne la négliges à l'occasion d'une folle passion pour Marcello Mastroianni ou quelque autre célébrité ; et même cela n'est pas sans risques. Tes millions d'admirateurs souhaitent que tu sois une bonne mère et une bonne épouse, n'oublie jamais ça.

» Je suis très, très nerveux à l'idée de rencontrer ma fille, c'est peut-être pour ça que je suis si catégorique, ajoutai-je. Maintenant, c'est probablement trop tard, mais je suis sûr qu'une vraie vie de famille, ça compte dans la vie.

» Tu me manques, ajoutai-je misérablement. Je t'aime. Au revoir.

Puis j'appelai Nema qui était en train d'élaborer des fantasmes dans sa caravane. Hélas pour elle, ça ne semblait pas devoir la transporter au septième ciel. Elle traînassait pour la deuxième saison dans un feuilleton assez bavard où elle jouait le rôle de la femme d'affaires la plus puissante des Etats-Unis, une femme redoutablement efficace et terriblement froide dont les temps libres étaient cependant rien moins que froids. Malheureusement les producteurs de l'émission n'étaient pas redoutablement efficaces ; chaque épisode, plus nul que le précédent, coûtait des fortunes. C'était un gâchis insensé où tout le monde perdait son temps, y compris eux.

— A côté de ces mecs, les hérissons font du cent à l'heure, dit Nema.

— A entendre ta voix, on a l'impression que tu t'ennuies ferme.

— Je suis déjà au-delà de l'ennui, je suis sonnée, dit Nema. En ce moment je pourrais baiser n'importe quoi qui franchirait ma porte. Ça m'occuperait au moins pendant quelques secondes.

— Je suis en train de m'interroger sur ce que je devrai dire à ma fille quand je vais la voir pour la première fois, dis-je. Les premières impressions sont généralement durables. Je ne voudrais pas que la première impression qu'elle aura de moi ne soit pas la bonne.

— Tu ne l'as pas encore rencontrée ? demanda Nema. Elle a appelé hier. Pourquoi cela prend-il si longtemps ?

— Ça ne fait pas *si* longtemps, protestai-je. Il a fallu que je conduise jusqu'à Houston et quand je suis arrivé elle était partie danser. Je vais la voir dans quelques instants, mais je suis inquiet à propos de ce que je vais lui dire.

— Et si tu lui disais « Salut, c'est moi ton papa » ? dit Nema un peu caustique. Saute dans ta voiture et va voir ta fille. Ne reste pas là à ruminer pendant trois heures sur ce que tu vas lui raconter.

— Tu as raison. Je pars tout de suite.

— Je commence à me poser des questions sur ma faculté de fantasmer, dit Nema. Qu'est-ce que tu crois que je devrais faire ?

— Je ne sais pas, dis-je. Tu pourrais peut-être prendre des cours ou quelque chose dans le genre.

— Des cours pour avoir des fantasmes ? dit-elle, éberluée. Je n'ai jamais entendu parler de ça. Des cours d'université ou quoi ?

— Oui, ça pourrait être un cours universitaire, dis-je vaguement.

En fait cette suggestion m'était venue comme ça. Nema sans fantasmes, c'était un peu comme Laurel sans Hardy. Je ne pensais pas qu'une université quelconque soit tombée assez bas pour donner des cours sur les fantasmes en vue d'un quelconque doctorat, mais après tout c'était bien possible ; pas à Harvard ou à Yale, bien sûr, mais il y avait un tas d'universités qui n'étaient ni Harvard ni Yale.

— Sois un peu plus précis, dit Nema. C'est important pour moi. Travailler sur cette stupide émission est si déprimant que ça atrophie ma faculté de fantasmer. Je n'arrive même plus à imaginer une façon de baiser un peu différente du

« missionnaire » — je fantasme sur cette position, et parfois je n'y arrive même pas.

— J'essaierai de voir si on peut trouver des cours sur le sujet, promis-je à Nema alors qu'on l'appelait sur le plateau.

— Rappelle-moi quand tu auras trouvé quelque chose, dit-elle. Une femme aussi expérimentée que moi devrait être capable d'imaginer une position un peu plus révolutionnaire.

Quand elle eut raccroché je m'assis sur mon lit. Je me sentais bien seul. Nema, bien sûr, m'avait dit très exactement ce que je devais faire : me précipiter dans Dismuke Street, trouver T.R. et dire « Bonjour, je suis ton père ». Nema avait sept enfants qu'elle élevait avec beaucoup de bon sens ; je n'avais aucune raison de mettre en doute ses conseils sur la façon de débuter ma vie de parent. Elle aimait les gosses, elle avait donné naissance à de nombreux gosses, elle avait élevé ces gosses, et les gosses qu'elle avait élevés étaient tous en bonne santé, pleins de charme et d'entrain. Elle avait à la fois une grande expérience et une bonne dose de sens commun ; je me devais de l'écouter. Il fallait que je me remue, que je fasse preuve d'une immense bonne volonté, même si je devais remuer ciel et terre pour bien faire savoir que j'étais prêt à tout.

J'aurais pourtant préféré que mes deux appels aient eu le résultat inverse, que j'aie eu Nema sur son répondeur et Jeanie en personne. Jeanie n'avait pas d'enfants et ne m'aurait pas donné son avis ; mais peut-être aurait-elle su trouver les mots qui auraient eu raison de mes atermoiements. Il se peut qu'elle n'ait eu aucune idée de ce que je devrais dire à T.R., mais elle au moins aurait compris que j'avais besoin de faire une répétition avec elle.

La plupart des moments que nous avions passés ensemble, en tête à tête ou au téléphone, n'avaient été rien d'autre que ce que nous appelions des « répétitions ». Simplement, nous ne répétions pas pour la scène ou l'écran, mais pour des choses qui auraient pu nous arriver — des scènes qu'il aurait fallu jouer pour de vrai. Jeanie appelait fréquemment dans l'espoir de répéter les événements sur le point de se produire afin de se mettre en situation. Ça pouvait être un rendez-vous d'affaires, un bal de charité, un litige avec la servante, un premier rendez-vous ou un dernier rendez-vous. Nous travaillions ensemble à préparer ces choses de la vie aussi intensément que Stanislavsky travaillait avec V. Nemirovich Danchenko au Théâtre de Moscou pour sonder l'avenir.

Et puis, les choses arrivaient et ne ressemblaient en aucune manière à ce que nous avions répété. S'il s'agissait d'une aventure amoureuse que Jeanie souhaitait voir se développer selon les règles de l'amour courtois des chevaliers du Moyen Age, le bonhomme tentait de l'enfiler dans l'ascenseur deux minutes après s'être présenté au premier rendez-vous; en revanche, si elle voulait que ça démarre sur les chapeaux de roue, ça traînait en longueur. « Je suis si bonne aux répétitions, pourquoi suis-je si mauvaise dans la vie? soupirait Jeanie fréquemment. Je répète et répète et répète et ça n'arrive jamais comme aux répétitions. » De fait, elle était brillante pendant les répétitions, mais beaucoup moins dans la vie courante, si on appelle vie courante les histoires d'amour et les bagarres avec les producteurs.

Ce que j'aimais dans Jeanie, c'était son immense faculté d'indécision devant les choix infinis auxquels nous étions confrontés, que ce soit elle, moi, ou nous deux. Nous parlions et parlions encore, nous répétions et répétions encore, et toujours pour se trouver coincés exactement au point où nous avions commencé. L'irrésolution était le havre (pour emprunter à Henry James) dont nos conversations s'échappaient pour voguer vers le grand large, mais un havre où elles revenaient toujours s'ancrer.

Pendant les quelque vingt années où nous nous sommes connus et où nous avons eu des conversations presque quotidiennes, Jeanie Vertus et moi n'avons jamais pu décider si nous étions vraiment amoureux l'un de l'autre. Nous devions l'être plus ou moins, mais nous n'avons jamais pu répéter suffisamment pour en arriver au point où nous nous serions sentis assez confiants pour nous le dire. Nous ne savions pas comment le jouer. Et c'était précisément le problème que me posait la rencontre avec ma fille.

J'avais vraiment envie de parler à Jeanie, mais Jeanie n'était pas là pour m'accorder un dernier répit. Je soupirai une ou deux fois, appelai le garage et demandai ma voiture.

Quand je vis T.R. pour la première fois — après avoir atteint Dismuke Street en empruntant un circuit qui n'était pas le plus direct mais qui, au moins, me calma les nerfs —, elle était assise sur un vieux banc de bois derrière le *Mr. Burger,* en train de manger un banana-split. Bo et Jesse, mes petits-enfants, grognaient, salivaient et agitaient désespérément leurs mains en direction du banana-split. Jesse, tout en geignant, faisait rebondir sa poussette en sautant sur ses petites jambes qui paraissaient robustes. La poussette était plus vieille que Bo et Jesse additionnés ; c'était grâce au sparadrap qu'elle tenait encore sur ses roues. Furieuse de ne pas pouvoir partager le banana-split avec sa mère, Jesse secouait désespérément la poussette — combien de temps cette malheureuse poussette allait-elle tenir ?

Au moment où j'arrivai, le banana-split était déjà presque entièrement avalé ; il ne restait dans le récipient en papier qu'un peu de crème au chocolat bien épaisse sur laquelle traînaient quelques fraises. Quand elle n'était pas en train d'en prendre une bouchée, T.R. tenait le récipient bien haut, hors de portée des enfants.

— Vous n'aviez qu'à pas jeter vos sucettes-longue-durée, dit-elle aux enfants sans élever le ton.

Je fus immédiatement surpris par cette nonchalance. Elle devait avoir hérité cette attitude de Sally parce que de mon côté, bien que j'aie cherché toute ma vie à avoir un certain détachement, je n'y suis jamais parvenu.

— Ces machins sont censés durer toute une journée, c'est pour ça qu'on les appelle sucettes-longue-durée, poursuivit T.R. tout en descendant un peu son récipient en carton pour y plonger une cuiller en plastique et en retirer un peu de crème au chocolat bien épaisse.

Bo, certain désormais de ne pas faire fléchir sa mère, se mit à sauter sur place l'air mauvais.

— Pan, pan, pan ! braillait-il en pointant un doigt vers sa mère.

T.R. déposa son récipient sur le banc qui se trouvait

derrière elle d'un geste charmant qui n'était pas sans évoquer la grâce de Gabriela Sabatini au fond d'un court, attrapa la main que Bo pointait sur elle, le souleva un peu, le retourna et lui tapa sur les fesses sans cependant forcer la dose. Puis elle lui fit faire un quart de tour de façon à l'avoir bien en face pour le regarder dans les yeux.

— Tu vas voir ce qui t'arrive si tu me tires dessus ou même si tu fais semblant, dit-elle sévèrement. Le petit Jésus n'aime pas que les enfants tirent sur leurs mamans.

— Pan, Jésus ! dit Bo d'un ton provocant.

A la minute où T.R. le lâcha il se mit à fuir en tirant des balles imaginaires derrière lui.

— Pan, pan, pan ! dit-il quand il fut hors d'atteinte.

— Pan ! mima Jesse en hésitant quelque peu.

T.R. reprit son banana-split.

— Tu vois ce que tu as fait, dit-elle en regardant Bo, l'air sévère. Tu as appris à ta propre sœur à tirer sur le petit Jésus et sur moi. Tu pourras courir longtemps avant que je te redonne une sucette-longue-durée.

En y regardant d'un peu plus près je remarquai deux sucettes-longue-durée couleur citron traînant dans la poussière près de la poussette de Jesse. Bo, qui ne portait en tout et pour tout qu'un maillot de bain de la même couleur désastreuse que celui de Godwin, fouilla dans son maillot et en extirpa son minuscule pénis. Après quelques instants de concentration intense, il se mit à faire pipi sur les sucettes-longue-durée, en fixant sa mère d'un air renfrogné.

— Pan, dit Jesse plus doucement.

Elle se tenait debout dans la poussette mais avait cessé de s'en servir comme tremplin. Elle leva un doigt et le mit dans sa bouche tout en regardant son frère uriner.

T.R., vêtue négligemment d'un T-shirt, d'un Levi's coupé au-dessus du genou et de sandales, prit cet événement très calmement. Elle dégusta encore une ou deux bouchées de son banana-split avant de regarder son garçon.

— Ces sucettes étaient de toute façon gâchées, alors tu peux bien faire pipi dessus, ça ne dérange personne, dit-elle à Bo. C'est pas en sortant ton petit bistouquet et en pissant sur ce qui se trouve par terre que tu vas régler tes problèmes, mais si tu veux essayer, à ton aise.

Puis T.R. m'aperçut. Je m'étais garé assez loin dans

Dismuke Street et m'étais approché du groupe prudemment comme on pourrait s'approcher d'une famille de lions dont le seul souci eût été alors de jouer entre eux.

La comparaison était assez appropriée car T.R. était une grande belle fille à l'air insouciant — l'image qui venait naturellement à l'esprit était celle d'une jeune lionne indulgente en train de finir un déjeuner léger, antilope peut-être, tout en jouant avec ses lionceaux. Elle avait des cheveux qui n'étaient ni blonds ni châtains mais tiraient sur le roux, des traits réguliers avec les joues arrondies d'une jeune fille et une bouche beaucoup plus généreuse que ne l'avait été celle de sa mère.

Même à vingt mètres de distance, j'avais l'impression de m'approcher d'un animal supérieur, très beau à regarder et totalement insaisissable.

Elle n'avait prêté aucune attention à la silhouette un peu épaisse qui arrivait le long du trottoir jusqu'à ce qu'elle la vît — la silhouette un peu épaisse, c'était bien évidemment moi. Elle prit alors conscience de ma présence : j'étais désormais assez proche pour constituer une menace pour ses lionceaux. Elle ne se leva pas, ne se mit pas en garde — en fait, après m'avoir jaugé, elle se remit à manger son banana-split. Elle avait jugé que je ne constituais pas une menace.

— T.R., je suis ton père, dis-je d'une toute petite voix, prenant conscience que je venais de dire la première phrase la plus minable de ma vie.

3

— Dew fait quand même de superbes banana-splits, dit T.R.

Malgré son air détaché, je pense qu'elle était un peu déroutée par mon apparence — peut-être m'avait-elle quelque peu idéalisé comme le faisait Nema quand elle fantasmait à propos de ses amants.

— Ces mômes donneraient n'importe quoi pour un banana-split, dit-elle en me regardant avec une lueur d'espoir.

— Je vais leur en acheter, si toutefois ils ont la permission d'en avoir, me proposai-je, faisant un signe à Dew qui me souriait derrière la vitre du *Mr. Burger*.

T.R. réfléchit au problème pendant un moment tout en me regardant et en regardant les enfants.

— Je ne pense pas qu'un petit garçon qui fait pipi sur sa sucette-longue-durée mérite un banana-split, dit-elle en fixant Bo.

Il avait vidé sa vessie mais il tripotait son pénis comme s'il espérait en faire sortir encore quelque chose.

Jusqu'ici, il ne m'avait prêté aucune attention, contrairement à Jesse. Elle avait des yeux bleus très pâles, des mèches blondes un peu folles et une bouche toute ronde. Après m'avoir examiné pendant un petit moment, elle leva les bras vers moi.

— Vous voyez, Jesse, c'est elle qui a les bonnes dispositions, dit T.R. Elle est dans sa période où elle chante et elle danse et elle fait des câlins. Bo, lui, il ne pense qu'à se battre, quand il n'est pas en train de pisser sur quelque chose ou de martyriser des chats. Bo est comme tous les autres garçons, je suppose.

Jesse était toujours en train de tendre les mains vers moi quand soudain elle commença à pleurnicher.

— Prenez-la, vite, elle va se mettre à brailler, dit T.R. C'est du chantage mais je ferais n'importe quoi pour ne pas l'entendre brailler. Dew attrape un mal de tête terrible chaque fois que Jesse braille.

Je soulevai la petite fille de la poussette et la pris maladroitement dans mes bras. J'avais eu l'occasion, au cours de ma vie, de tenir des petits enfants dans mes bras, mais ça faisait quelques années que je n'avais pas entrepris un tel exploit. Jesse me regardait solennellement, si solennellement que j'avais l'impression d'être au banc des accusés. Bo s'approcha soudain et me donna un coup de pied. Manifestement il n'appréciait pas que je m'empare de sa petite sœur. Comme il était nu-pieds, le coup lui fit plus de mal qu'à moi. Jesse le regardait d'un air satisfait — je pense qu'elle appréciait le fait d'être hors de sa portée.

— C'est ton grand-père à qui tu viens de donner un coup de pied, l'informa T.R. C'est le monsieur avec l'avion, mais je ne pense pas qu'il voudra t'emmener dedans si tu es méchant comme ça. Si tu t'es fait mal au doigt de pied, c'est bien fait.

Nous étions alors entourés de jeunes Mexicaines, les mêmes que j'avais déjà aperçues au *Mr. Burger,* la soirée précédente. Une petite boulotte tentait de réconforter Bo qui me jetait un regard torve. Il ramassa sa sucette-longue-durée et s'éloigna de quelques pas.

Une fille enceinte qui paraissait avoir quinze ans ouvrit ses bras en direction de Jesse.

— Est-ce que je peux l'avoir ? demanda-t-elle. Il faut que j'apprenne pour quand j'aurai le mien.

Apparemment le fait d'être grand-père semblait exiger des réflexes rapides. Je venais juste de prendre Jesse et voilà qu'on me demandait de la donner à une jeune Mexicana enceinte. Fallait-il ? Fallait-il pas ? Je n'en savais diable rien.

— Le gros problème c'est de savoir si Jesse est d'accord, dit T.R. Jesse sait ce qu'elle veut. C'est la futée de la famille.

— Elle me connaît, dit la fille. Je la prends tout le temps dans mes bras.

Pour un œil non averti, Jesse ne paraissait pas avoir d'objection — elle regardait la fille mexicaine avec un doux sourire. Mais à la seconde même où je m'apprêtais à la lui donner, je découvris à quel point je manquais d'expérience. Jesse avait été confortablement assise dans le creux de mon bras ; au moment où je la posais dans les bras tendus de la jeune fille, elle se raidit de tout son corps et poussa un cri si perçant que j'eus quelque difficulté à admettre qu'il pouvait venir d'une si petite chose. Comparées aux braillements de Jesse, les sirènes d'ambulance étaient une partition de flûte. T.R. et Bo se bouchèrent simultanément les oreilles ; la fille mexicaine, elle, partit en courant. Les autres adolescentes riaient. Je ne pouvais pas me boucher les oreilles sans lâcher Jesse. Le son était tellement perçant que j'en étais déstabilisé ; un peu comme si je m'étais aventuré sur une piste d'aéroport au moment du décollage d'un Concorde.

Je savais pourtant que lâcher ma petite-fille n'était pas la chose à faire et, par conséquent, je tins bon. Jesse cessa de crier aussi brusquement qu'elle avait commencé ; elle était devenue un peu rouge, mais elle retrouva très vite ses couleurs habituelles, son corps se décontracta et elle reprit, tout heureuse, sa place au creux de mon bras.

T.R. retira ses doigts de ses oreilles.

— C'est comme ça avec Jesse quand elle se met à hurler, dit-elle.

4

J'étais en plein désarroi — mon système nerveux était encore sous le choc des hurlements de Jesse, ma migraine de la nuit n'avait pas encore tout à fait disparu et un rien me faisait frissonner. Pendant un moment, je crus que j'allais m'écrouler. J'étais pris d'une sorte de vertige. Je pouvais voir à travers les vitres du *Mr. Burger* Dew et Sue Lin en train de me sourire, mais leurs visages se brouillaient à la manière des mirages qu'on voit sur une autoroute quand on est mort de fatigue après avoir trop conduit. J'étais terrifié — le monde tremblait sous mes pieds; ou peut-être était-ce moi qui étais en train de trembler.

J'avais conscience que ma vie de famille prendrait un bien mauvais départ si je tombais à terre avec ma petite-fille dans les bras. Pour éviter cette perspective calamiteuse, je fis deux pas incertains et je m'assis, tout tremblotant, sur le banc où se trouvait T.R. Elle avait posé à côté d'elle ce qui restait de son banana-split et elle eut tout juste le temps de le pousser plus loin. Malgré cela je fus un peu éclaboussé.

— Je suis désolé, dis-je, mais je ne me sens pas très bien.

— Vous avez de la chance qu'elle n'ait pas braillé à son maximum, dit T.R. en mettant sa main sur mon bras dans un geste de sympathie. La semaine dernière elle a poussé son cri de guerre devant un flic qui voulait être gentil avec elle, et il a dû aller s'allonger dans sa voiture de police pendant une demi-heure. On dit que les bébés poussent des cris aussi perçants pour effrayer les tigres, mais je me demande si c'est vrai. Jesse n'a jamais vu de tigre.

— Là, dit Jesse en apercevant un stylo dans ma poche. (Elle le prit, l'examina rapidement et le tendit à sa mère pour inspection.) Caca, dit-elle énergiquement.

T.R. secoua la tête.

— Il serait temps que tu te mettes dans la tête qu'on

n'appelle pas caca tout ce qu'on trouve. Je sais que c'est un mot facile à dire, mais ça ne s'applique pas à tout.

Jesse examina le stylo d'un peu plus près. Elle le secoua un peu, le mit dans sa bouche et le retira.

— Caca, dit-elle à nouveau, comme si elle s'était appliquée à bien considérer l'objet et en était arrivée à la même conclusion.

Une seconde plus tard, j'étais assailli par mon petit-fils qui, arrivé de nulle part, fit un bond pour se saisir du stylo. Il atterrit sur mes genoux, mais il lui manqua quelques centimètres pour atteindre son but. Jesse leva le stylo hors de sa portée pendant que Bo, indifférent à mon égard bien qu'il m'utilisât comme base avant, commençait à frapper sa sœur avec la sucette-longue-durée pleine de terre qu'il avait ramassée. Bo n'était pas un costaud, mais, comme Nema, il déployait l'énergie d'un cyclone. Jesse tenait le stylo hors de portée et je tenais Jesse hors de portée de Bo, mais pendant les premières secondes de l'assaut, il s'avéra que Jesse et moi n'étions peut-être pas de taille à résister.

— Pan, mort, pan, mort! braillait Bo en direction de Jesse.

Ses cris étaient moins perçants que ceux de sa sœur, mais suffisamment bruyants pour rendre tout le monde nerveux.

J'étais juste en train de sortir de cette espèce de vertige qui m'avait saisi, et je ne m'attendais pas à recevoir sur les genoux un petit garçon pas très net qui se tortillait pour essayer de battre sa sœur avec une sucette arrosée de pipi. L'accord Salt 2 fut la première chose qui me vint à l'esprit quand Bo lança son attaque — j'étais en train d'encaisser la première frappe faute de m'être armé pour avoir la capacité de riposte. Il fallait que j'en revienne aux principes de base, et le premier principe consistait à ne pas laisser tomber Jesse dont la capacité de riposte n'était pas complètement négligeable; elle réussit à garder ses pieds au niveau du visage de son frère qu'elle martelait allègrement.

Je voulais désespérément empoigner Bo mais n'avais aucune main libre; il me vint soudain à l'esprit que Dieu et/ou l'Évolution avaient failli à leur tâche en ne donnant que deux mains aux primates. Quelle erreur! Il m'apparaissait évident que parents et grands-parents auraient eu besoin de deux mains pour chaque enfant à leur portée; sinon comment faire pour en tenir un en essayant d'attraper l'autre ?

Je compris aussi très vite pourquoi les clichés du genre « le temps s'est arrêté » gardent toute leur fraîcheur dans la langue parlée. J'en pressentis la sagesse pendant tout le temps que mes deux petits-enfants se firent une guerre tous azimuts pour la conquête de mon stylo. La bagarre n'avait pas duré plus de quelques secondes, mais j'en étais à l'épicentre, et elle me parut interminable : une guerre des Six Jours, ou une guerre de Trente Ans, en tout cas une guerre qui épuiserait plusieurs générations.

Pendant que la bataille faisait rage, je pensai qu'il me fallait bannir à tout jamais les stylos de mes poches : quelque chose d'aussi banal peut avoir des conséquences aussi néfastes qu'insoupçonnées.

Finalement T.R. attrapa Bo et le tint à bonne distance ; elle paraissait parfaitement calme alors que Bo continuait à donner des coups de pied et à se débattre violemment. Heureusement pour T.R., elle avait de longs bras — les coups de pied ne pouvaient pas l'atteindre — et, quand il tenta de lui mordre un poignet, elle le retourna les pieds en l'air et le tint dans cette position jusqu'à ce que ses humeurs belliqueuses se calment.

Quand elle le remit sur ses pieds, il refoula ses larmes pendant une minute, lança un regard mauvais à sa sœur et éclata en sanglots. En quelques secondes, il se mit à sangloter si fort qu'il en perdit le souffle. T.R. le regarda pendant un moment, ramassa ce qui restait du banana-split et lui en offrit une cuillerée. Il pleurait trop fort pour s'apercevoir qu'on lui tendait le calumet de la paix et, quand il s'en aperçut, sa poitrine battait si violemment qu'il lui fallut un bon moment pour se calmer et l'accepter.

Je regardais la scène avec un tel intérêt que j'en avais oublié Jesse — je la tenais toujours dans mes bras.

— Ouh ! se mit-elle à crier.

Elle s'était à nouveau raidie de tout son corps, mais cette fois-ci, elle avait l'air de vouloir que je la libère. Je la fis descendre sur mes genoux en essayant de me rappeler si elle pouvait marcher ou non. Elle sauta de mes genoux en tenant toujours le stylo dans sa petite main.

— Ouh ! dit-elle encore, sa colère cette fois dirigée contre sa mère.

Elle se déplaça rapidement le long du banc pour rejoindre sa mère et ouvrit son bec comme un petit oiseau en attendant que T.R. veuille bien lui donner une cuillerée de banana-split.

— J'ai jamais dit que je ne t'en donnerais pas, commenta T.R. en lui en donnant une cuiller.

— Ouf, dis-je, complètement vanné. C'est difficile de s'en sortir, non ?

T.R. se mit à rire.

— Vous apprenez très vite, grand-père, dit-elle.

5

Je n'ai jamais apprécié un banc autant que celui sur lequel j'étais assis derrière le *Mr. Burger*. J'étais un père de famille depuis cinq minutes à peine et j'étais déjà complètement sonné. T.R. s'en était d'ailleurs rendu compte.

— Vous n'avez pas l'air dans votre assiette, dit-elle. Vous pensez que vous allez avoir une crise cardiaque ou quoi ?

— Non, je ne pense pas que j'aie une crise cardiaque, dis-je.

Je n'avais jamais envisagé cette éventualité. Je savais vaguement que les mâles âgés de cinquante ans qui avaient une tension élevée tombaient comme des mouches, mais je ne m'étais jamais senti concerné.

— Pourquoi tu me demandes ça ? Est-ce que j'ai l'air d'avoir une crise cardiaque ?

— Vous êtes bien rouge, dit T.R.

Elle était en train de distribuer ce qui restait du banana-split, une cuiller pour Bo, une cuiller pour Jesse. Quand Bo eut pris sa dernière bouchée, il se retourna, poussa sa petite sœur d'un bon revers de main, ce qui eut pour effet de la faire tomber, et décampa pour rejoindre les jeunes Mexicaines.

Jesse se mit à pleurnicher. Je me penchai pour la prendre mais T.R. fut plus rapide. Elle empoigna la petite fille, la mit sur ses genoux et, à ma grande surprise, remonta son T-shirt pour installer Jesse confortablement contre son sein. Les pleurnichements de Jesse firent immédiatement place à un petit bruit de succion.

La vie m'apparaissait tout d'un coup débordante d'activité. Ma fille était en train d'allaiter tranquillement ma petite-fille à mes côtés. Jesse avait posé un de ses minuscules talons contre ma jambe.

Les jeunes Mexicaines commencèrent à rappliquer ; elles bavardaient devant nous en mâchant du chewing-gum et regardaient T.R. allaiter sa fille. Bo était accroupi dans la poussière à quelque distance de nous et jetait un regard noir sur notre petit groupe.

— Je voudrais bien pouvoir l'allaiter, dit la jeune fille qui était enceinte.

— Tu ferais mieux de t'amuser pendant qu'il est encore temps, Elena, dit T.R. d'un ton enjoué. Tu allaiteras le tien bien assez tôt. Oh, Jesse, s'il te plaît, ne mords pas. Mon néné n'est pas un hamburger, quand même.

Je jetai un coup d'œil et m'aperçus que les yeux bleu pâle de Jesse me regardaient. Elle lâcha un petit moment le sein généreux de T.R. pour me sourire. Puis elle remit le bout de sein avidement dans sa bouche et reprit son déjeuner.

— En général, Jesse ne mord pas, remarqua T.R. C'est simplement qu'elle ne fait pas attention. Elle est bien trop intéressée par son nouveau grand-père. Bo, lui, mordait comme il n'est pas permis, et il continue — vous allez voir, il va foncer sur moi et essayer d'attraper l'autre sein. C'est pas qu'il soit particulièrement intéressé, mais il n'aime pas que Jesse puisse téter et pas lui.

— Il est un peu âgé pour téter, non ? remarquai-je.

T.R. me jeta un regard froid comme pour dire : « Qu'est-ce que vous en savez ? »

— Bien sûr, je ne suis pas expert en la matière, me hâtai-je d'ajouter. Je ne devrais sans doute même pas essayer de donner un avis.

Elle se mit à rire.

— Vous êtes un drôle de papa, dit-elle. Je pensais que vous alliez débarquer ici avec vos gros sabots de monsieur riche et célèbre, et que vous alliez commencer à me bousculer comme le faisait Grand'Pa et comme l'ont fait tous les hommes que j'ai connus. Mais vous n'avez pas l'air du genre à bousculer Jesse, et moi encore moins.

— Je n'ai jamais bousculé qui que ce soit de ma vie, dis-je. Et c'était vrai.

Bo arriva soudain à toute vitesse, mais T.R. était sur ses gardes et elle le maintint de son bras tendu.

Jesse se tourna un peu pour assister à l'assaut de son frère, sans lâcher le sein pour autant.

Bo poursuivit ses efforts mais T.R. lui mit la main sur la tête et le tint à distance respectueuse.

— Si tu étais un gentil petit garçon, tu pourrais en avoir un peu, l'informa T.R., mais tu n'as pas été gentil une seule minute de la journée, alors il faudra que tu attendes, jusqu'à ce que tu sois de meilleure composition.

Bo se jeta à terre et commença à donner des coups de pied en hurlant. Manifestement cet enfant avait des réactions violentes. Deux ou trois des filles mexicaines se penchèrent sur lui et commencèrent à le chatouiller. Il essaya d'abord de leur donner quelques méchants coups de pied, mais petit à petit ses larmes firent place au rire.

Jesse avait fini de téter. Bien calée sur les genoux de T.R., elle était l'image même du bébé repu et satisfait. De temps à autre, elle me donnait un petit coup de talon.

— Quelqu'un m'a dit que Bo était peut-être hyperactif, mais je n'en sais trop rien, dit T.R. Je pense qu'il est simplement méchant, comme son père. Bo pourrait avoir hérité cette brutalité de ce côté-là de la famille.

— Où est son père? demandai-je.

Elle me jeta à nouveau un regard hostile.

— Pardonne-moi, dis-je, je ne voulais pas mettre mon nez dans tes affaires. Si tu préfères ne pas en parler, n'en parle pas.

— Vous n'êtes pas du genre tenace, remarqua-t-elle. Je ne sais pas si vous allez pouvoir survivre au milieu de tous ces durs à cuire que vous allez devoir fréquenter maintenant.

— C'est vrai que j'ai plutôt l'habitude de rester dans mon coin, dis-je. Mais peut-être pourrais-je apprendre à co-exister.

— Peut-être vous pourrez, et peut-être vous ne pourrez pas, dit-elle. Mais d'abord, pourquoi vous voudriez co-exister avec nous?

Elle n'avait pas l'air très sûre d'elle-même.

— Vous savez, j'ai pas un très bon vocabulaire, admit-elle. Coexister, ça voudrait dire que vous feriez partie de la famille ?

— C'est exactement ce que ça veut dire.

6

Bo cria, sanglota et donna des coups de pied dans tous les sens pendant quelques minutes. Ça me rendait nerveux, mais T.R., Jesse et les jeunes Mexicaines ne semblaient pas du tout s'en préoccuper. Jesse eut un petit renvoi et plongea dans le sommeil. Les Mexicaines s'assirent sur de vieux cartons empilés derrière l'immeuble et se mirent à discuter sérieusement du pour et du contre de l'accouchement naturel. Toutes, semblait-il, étaient déjà enceintes ou s'attendaient à l'être prochainement. T.R., une matrone de vingt-deux ans, représentait pour elles la voix de la sagesse. Pendant qu'elles bavardaient, Bo finit par se calmer et se mit à dormir à même le sol.

T.R. n'était pas une fervente adepte de l'accouchement naturel.

— Que vous employiez une méthode ou une autre, ça finit toujours par être naturel. Avec Jesse, ça a été à peu près, mais Bo m'a fait un mal de chien. Je hurlais pour qu'ils me tuent pendant qu'ils étaient en train de le sortir.

Elle me tendit Jesse qui dormait si profondément qu'elle ressemblait à un petit paquet inerte.

— Ce que j'aime après un banana-split, c'est des beignets d'oignon. Ça enlève le goût sucré de la bouche. Vous en voulez, Papa ?

— Peut-être que je vais t'en prendre un ou deux, dis-je.

T.R. devait mesurer un mètre soixante-quinze et avait des jambes superbes. Je me sentais un peu intimidé d'avoir pour fille une jeune femme si éclatante de santé. Je voulais la regarder longuement, pas parce qu'elle était belle, mais parce qu'elle était ma famille — ma fille. Depuis la mort de mes grands-parents, presque quarante ans plus tôt, je n'avais jamais eu de vraie famille. Même au sommet de ma gloire, quand j'entendais des gens parler de leur famille, je me sentais exclu.

Et voilà que tout d'un coup j'avais un membre de ma famille en train de s'étirer devant moi, un autre dormant paisiblement sur mes genoux. La croisière sur mer d'huile qu'était devenue ma vie aux alentours de la cinquantaine atteignait des rivages incertains.

T.R. entra dans le *Mr. Burger* par la porte de service.

— Comment ça se fait que vous n'avez jamais vu T.R. avant ? demanda Elena, la plus curieuse des adolescentes.

— Nous étions séparés, sa mère et moi, répondis-je d'un air malheureux. Nous n'avons jamais réussi à nous rencontrer jusqu'à aujourd'hui.

Je savais que la réponse n'était pas absolument exacte. Que fallait-il dire pour expliquer vingt-deux ans d'absence ? La seule explication, c'était la peur d'une première confrontation avec T.R. qui s'était accrue au fur et à mesure que les années passaient. Mais je ne voulais pas avoir à trouver les mots qui feraient qu'Elena comprendrait, ou même ceux qui m'aideraient à comprendre.

Elena, maigrichonne en dépit de son ventre arrondi, sentit qu'elle avait touché un point sensible.

— Mais maintenant que vous êtes là, c'est bien, dit-elle au moment où T.R. arrivait avec une platée de beignets d'oignon sur une assiette en papier.

— Vous pouvez mettre Jesse dans la poussette, si vous voulez, dit T.R. Quand elle est partie, elle est vraiment partie. Je pourrais la tenir les pieds en l'air, elle ne se réveillerait pas.

» Je suis comme ça, moi aussi, ajouta-t-elle. Les deux fois où on m'a volée, j'étais juste par terre, endormie. Muddy est parti avec tout ce que j'avais, les deux fois. C'était pas grand-chose, mais c'était tout ce que j'avais, alors j'y tenais.

— Muddy ? demandai-je. C'est une vraie personne ?

— En quelque sorte, répondit-elle. En tout cas, suffisamment pour que je me retrouve enceinte.

— Parce que, c'est lui leur père ?

T.R était en train de mastiquer son beignet à l'oignon et ne répondit pas immédiatement. Elle tendit l'assiette à la ronde. La plupart des jeunes filles en prirent, et je me servis aussi.

Ils sentaient délicieusement bon. La vie au *Mr. Burger* de Dismuke Street avait un petit relent napolitain que je commençais à apprécier. On pouvait s'asseoir en plein air et manger les spécialités locales tout en discutant des réalités de la vie avec des jeunes filles pleines d'entrain. C'est très exactement comme cela que j'aurais toujours aimé vivre.

— Muddy, c'est pas *leur* père, corrigea T.R. en me jetant le regard un peu sévère qu'elle prenait parfois. C'est juste le père de Jesse — et si ces trucs des gènes héréditaires est vrai, ça explique pourquoi Jesse est si bonne pâte, parce que Muddy c'est vraiment une bonne pâte, malgré qu'il soit un peu voleur et même qu'il en ait fait un métier. Il vous dirait lui-même qu'il volerait son propre père.

— C'est une curieuse façon de vivre, dis-je. Il ne s'est jamais fait prendre ?

— Muddy ? dit-elle en riant alors que toutes les filles se mettaient à pouffer. Bien sûr, il s'est fait prendre. Et même tout récemment. Il est gentil et c'est un escroc, mais personne n'a jamais dit qu'il était très malin. Je doute qu'il ait réussi à voler une ou deux fois dans sa vie sans s'être fait pincer.

» Les flics l'aiment bien quand même, ajouta-t-elle. Muddy peut faire du charme à n'importe qui, mais je pense que la vraie raison qui fait que les flics l'aiment bien, c'est qu'ils peuvent l'attraper si facilement. Il prend un ou deux mois par-ci, par-là, mais il n'a jamais été mis dans les quartiers de haute sécurité comme Earl Dee.

Elle cessa de parler et attendit tout en me regardant. Il y avait comme une interrogation dans son regard. Manifestement elle essayait de savoir si je voulais vraiment connaître sa vie ou si j'étais simplement à la pêche de quelques détails croustillants, sans pour autant m'intéresser à elle. Ce n'était pas la première fois que je voyais une femme me lancer ce regard. Je suis loin d'être parfait, mais je n'ai jamais été amateur de détails croustillants.

— Qui est Earl Dee ? demandai-je.

— Le père de Bo, dit-elle.

— C'est aussi un voleur ?

— Ouais, mais faut pas les mettre dans le même sac, dit T.R. Muddy, c'est juste un petit voleur à la manque, trop paresseux pour travailler. Mais c'est pas un méchant. Earl

Dee, lui, c'est un vrai tueur. Il est à Huntsville en ce moment : cinq à quinze ans de réclusion pour vol à main armée. Et ça aurait été pire si je ne m'étais pas claquée à faire trois boulots à la fois pour lui payer un bon avocat qui a pu négocier l'inculpation pour coups et blessures.

— Il n'a pas l'air particulièrement sympathique, dis-je.

— Il ne l'est pas. Et c'est une des raisons pour lesquelles je vous ai finalement appelé, dit T.R. Huntsville est surpeuplé. Alors, ils pourraient bien relâcher Earl Dee plus tôt, et si c'est le cas je ne veux pas être ici.

— Tu penses qu'il te ferait des ennuis ?

T.R. eut un petit rire, mais ce n'était pas un rire joyeux.

— Je pense qu'il me tuera, dit-elle d'une voix calme. C'est ce qu'il a dit qu'il ferait si jamais j'allais avec un autre homme, et il est au courant pour Muddy et Jesse. Je ne veux pas être là où il pourrait me trouver quand il va sortir.

— Je voudrais que tu rassembles ce que tu as et que vous veniez tous les trois à la maison avec moi. C'est de toute façon ce que j'avais l'intention de te demander.

T.R. n'avait pas l'air emballée par mon invitation comme je l'avais espéré. Sa voix était aussi calme que le calme regard qu'elle me jeta.

— Je viens juste de vous rencontrer, dit-elle. Je ne sais rien de vous. Pour autant que je sache, vous pourriez être pire qu'Earl Dee. Il a fichu ma vie en l'air, mais au moins il s'occupait de moi. Vous, pas. Et maintenant, vous voudriez que je m'attende à ce que vous fassiez disparaître tous mes ennuis ?

— Je ne pense pas que je pourrais les faire tous disparaître, dis-je. Je ne pense pas que qui que ce soit ait le pouvoir de le faire. Mais je pourrais au moins faire en sorte que tu te sentes en sécurité, tout le temps que tu souhaiteras rester.

— Vous n'avez pas l'air d'aimer Bo, dit-elle, comme pour dévier la conversation.

— Je ne peux pas dire que je me sois pris particulièrement d'affection pour lui jusqu'ici, dis-je. Il a l'air un peu hargneux.

— C'est un écrivain, c'est pour ça qu'il fait des phrases bien soignées, dit T.R. pour la gouverne des filles qui ne perdaient pas un mot de tout ce que nous disions.

— En revanche, j'aime déjà beaucoup Jesse, dis-je. Et en outre, toi, je t'aime.

— Ne dites jamais ça, c'est trop tard maintenant pour me servir ce genre de salades, dit-elle. Vous ne m'avez jamais envoyé de cadeaux pour mon anniversaire.

— Oh si, j'en ai envoyé, dis-je sincèrement. Ta mère les refusait. J'en ai envoyé chaque année jusqu'à ce que ta mère me dise qu'elle les jetterait à la poubelle si je ne cessais pas. Après cela, je les ai achetés, mais je ne les ai pas envoyés. Je les ai juste mis dans un placard.

— Dans un placard?

Elle avait l'air vraiment surprise.

— Eh oui, dis-je. Vingt-deux cadeaux d'anniversaire et vingt-deux cadeaux de Noël, plus quelques trucs pour Pâques. Ils sont tous dans un placard à la maison. Tu pourras les voir quand tu seras là-bas.

T.R. se mit à rougir. Elle avait les larmes au bord des yeux.

— Vous avez vraiment fait ça? Vous m'avez acheté tous ces cadeaux? dit-elle d'une voix un peu tremblante.

Je fis oui de la tête. Tous les ans j'avais cherché et acheté des cadeaux, sans espoir. Je l'avais fait en demandant chaque fois à la vendeuse ce qu'une petite fille, ou plus tard une fille un peu plus grande, aurait souhaité avoir. Ils étaient tous dans un placard à Los Dolores : les poupées Barbie, les dînettes, les trousses de maquillage, un vélo à dix vitesses, etc.

— Au fait, comment va ta mère? dis-je pour détendre l'atmosphère.

— Je croyais que vous veniez de dire que vous lui aviez parlé, dit-elle. Je croyais qu'elle vous avait dit qu'elle allait jeter tous mes cadeaux à la poubelle.

— C'est vrai, mais il y a longtemps de cela. Je voulais juste savoir comment elle allait.

— Elle est morte quand j'avais douze ans, dit T.R. C'est le cancer qui l'a eue.

— Oh, mon Dieu! Nous avons dû nous parler il y a beaucoup plus longtemps que je ne l'imaginais. Je suis désolé, T.R.

— Papa, il a aussi un cancer maintenant, se hasarda Elena pour faire la conversation.

T.R. mit ses mains sur son visage et commença à pleurer. Je passai timidement mon bras sur ses épaules. Elle se laissa aller contre moi et se mit à sangloter. Pour la première fois de ma vie, je sentis les larmes de ma fille couler sur mon cou. Je réalisais soudain que je servais à quelque chose. Mais je réalisais aussi que j'étais en train d'attraper une crampe dans le genou. Jesse, tout endormie, commençait à glisser. J'eus tout juste le temps de soulever légèrement le genou pour l'empêcher de tomber. T.R. n'arrêtait pas de sangloter, et plus elle s'agrippait à moi, plus ses larmes ruisselaient, et plus elle me paraissait grande. J'avais l'impression de tenir un géant dans mes bras en même temps que j'essayais d'empêcher une toute petite chose — Jesse — de tomber à terre. J'avais désormais une crampe dans toute la jambe. Pourtant elle continuait de glisser — d'une façon presque imperceptible, mais elle continuait néanmoins. Heureusement T.R. cessa de sangloter juste au moment où Jesse s'apprêtait à dégringoler.

T.R. essuya son visage avec son T-shirt.

— Je veux aller chez vous, dit-elle. Je veux voir si c'est vrai que vous avez tous ces cadeaux pour moi.

— Je les ai, ils sont là-bas, l'assurai-je. Pour ce qui me concerne, on peut partir tout de suite.

7

— Il faut d'abord que je finisse mes beignets d'oignon avant qu'ils soient froids, remarqua T.R. Ça va déjà nous retarder un peu. Après il faudra passer par la prison voir Muddy ; il ne me pardonnerait jamais si je partais d'ici sans lui laisser voir une dernière fois sa fille. Je sais que Dew voudra venir. Dew est toujours d'accord pour aller quelque part, mais Sue Lin, c'est autre chose, il faudra peut-être essayer de la persuader un peu.

» Elles vivent avec moi, vous savez, poursuivit-elle en m'offrant un autre beignet. (Je commençais à me rendre compte qu'il me faudrait beaucoup plus de pep pour mener ma nouvelle vie de famille qu'il ne m'en avait fallu quand je vivais en solitaire.) On partage le loyer, je peux quand même pas les abandonner, ajouta-t-elle. Elle est grande, votre maison ?

— Elle est très vaste, dis-je, l'air enthousiasmé. Il y a de la place pour tout le monde.

— Si c'est comme ça, tu devrais venir aussi, Elena, dit T.R. Tu auras besoin d'aide avec ce môme quand il va naître, et de toute façon Jesse t'adore, ça la rendrait triste de s'en aller en te laissant ici.

— D'accord, je pourrai lui servir de baby-sitter, dit Elena toute joyeuse.

Les autres gosses s'étaient éloignées pour discuter avec des jeunes gens qui faisaient rebondir un pneu dans un pick-up garé près de là. Seraient-elles restées dans les parages, je suis sûr que T.R. leur aurait également demandé de venir.

— Je vais demander à Sue Lin, dit T.R. On aurait du mal à se débrouiller sans Sue Lin. C'est à peu près la seule personne qu'aime Bo.

— Bien sûr, qu'elle vienne, dis-je.

Bo était encore en train de dormir, mais il commençait à s'agiter. T.R. avait raison de penser que je n'avais pas beaucoup d'affection pour lui, encore qu'il était ridicule, je le savais, de juger un petit-fils après l'avoir vu si peu de temps. Peut-être deviendrait-il théologien plutôt que voleur à main armée, mais j'avais des doutes. A l'idée d'emmener Dew, Sue Lin, Elena avec T.R. et les gosses, mon premier réflexe avait été de me dire que ça faisait beaucoup de monde mais, tout bien réfléchi, je me dis que la sécurité était souvent fonction du nombre.

De plus, j'imaginais la tête de Godwin et de Gladys quand ils me verraient débarquer avec quatre jeunes filles, une noire, une jaune, une basanée qui, en outre, était enceinte, et une qui était ma fille.

— Le problème, c'est Mémé Lin, dit T.R. quand elle revint. Elle est un peu bizarre dans la tête à force d'avoir flotté sur la mer si longtemps, dans un bateau où il n'y avait rien à manger et tout ça. Je pense qu'on devrait aussi prendre Mémé Lin, elle n'est guère plus grosse qu'un poulet. Autrement Sue Lin ne voudra pas s'en aller et Dew non plus. Moi, je ne vais pas partir en laissant tout le monde, même s'il y a des cadeaux plein un placard. Et si je reste dans le coin, c'est sûr qu'Earl Dee va me tuer, ou alors, s'il décide de me laisser en vie, il essaiera de louer les gosses pour faire des films porno ou n'importe quoi — c'est comme ça que ça fonctionne dans sa tête, Earl Dee, quand il n'est pas en train d'essayer de tirer de l'argent d'une pauvre conne qui travaille dans un *Mr. Burger.* Je crois qu'on ferait mieux d'aller chercher Mémé Lin et de partir. Vous savez, on est tous vachement bien ensemble — c'est pour ça que j'espérais que vous viendriez en avion.

Si mon décompte était juste, nous étions déjà huit avec le conducteur, mais Dew, Sue Lin et Elena n'étaient pas bien grosses et les petits étaient encore très petits. Mémé Lin, d'après ce qu'on m'avait dit, avait à peu près la taille d'un poulet. On pourrait sans doute tous tenir dans la Cadillac.

— Tout le monde tiendra, dis-je. Mais il faudra peut-être envoyer un camion de déménagement pour vos affaires.

— Y a pas d'affaires, dit T.R. Muddy a piqué tout ce qu'on avait il y a trois jours. Vous voyez ce pick-up où les gosses sont en train de jouer avec le pneu? Il s'en est servi pour embarquer le lit et le poste de télé — oui, le lit où son enfant était en train de dormir. Vous voyez un peu le type de cambrioleur! Il a ramené Jesse, mais pas le lit. Heureusement qu'il nous a laissé les vêtements qu'on a sur le dos.

— C'est le monsieur à qui tu veux aller dire au revoir à la prison? demandai-je.

— Oui, et alors? répondit T.R. Il était complètement fauché et il avait besoin de marijuana. Muddy attrape des migraines terribles s'il manque de marijuana. La vieille télé ne pouvait recevoir que deux chaînes, de toute façon — il ne vole que des trucs sans intérêt. De toute ma vie, je n'ai d'ailleurs jamais eu que des trucs sans valeur. Si je n'avais pas eu Muddy pour les embarquer, j'aurais dû payer quelqu'un pour les emmener à la décharge un jour ou l'autre.

— C'est une bonne façon de penser, dis-je.

— C'est une façon de dire que j'en ai rien à foutre, dit T.R. d'une voix morne. Je me fais du souci pour des choses plus urgentes que les vieilles merdes que je possédais. C'est Earl Dee qui me fait peur. Je ne veux même pas commencer mon service ici, je vais voir si une des filles pourrait me remplacer. Et si Earl Dee était sorti hier? Il pourrait arriver ici d'un moment à l'autre.

Elle se baissa pour prendre Bo qui continuait à dormir dans la poussière. Il se mit à geindre et à se frotter les yeux.

— Elena, tu emmènes Jesse, dit T.R. Papa ne sait pas encore exactement comment la tenir. Dew et Sue Lin en auront fini dans quelques minutes — je vais dire à Maria et à Josefina qu'elles prennent la relève. Ce que j'aimerais, c'est vraiment qu'on se tire avant que ce fumier d'Earl Dee ne se pointe dans les environs.

— Tu as une façon de dire les choses qui me plaît bien, dis-je.

Et c'était vrai, la façon dont T.R. menait ses affaires m'avait impressionné dès le début.

T.R. se souciait comme d'une guigne de ce que je pouvais penser. Elle avait donné l'ordre de mobilisation générale.

— Où est votre voiture? demanda-t-elle.

8

Une heure plus tard, nous étions tous mobilisés. Dew et Sue Lin avaient joyeusement rendu leur tablier pour se fier à la bonne étoile de T.R. Le *Mr. Burger* de Dismuke Street semblait conçu pour absorber tous les à-coups; il continua de fonctionner très efficacement après que les deux Mexicaines eurent remplacé les filles qui venaient de partir. Tout le monde nous fit de grands signes d'adieu.

Le moins qu'on puisse dire, c'est que T.R. avait raison en parlant d'un minimum de choses qu'elle possédait. Elle habitait au-dessus d'une boutique pour animaux sur Telephone Road, dans un appartement de deux pièces qu'elle partageait avec les gosses, Sue Lin, Dew et Mémé Lin. La liste de leurs possessions était brève : quelques jouets d'occasion, un lit de camp, deux matelas, un wok et quelques jupes et chemises. Quand notre petite troupe arriva, Mémé Lin, une Vietnamienne qui ressemblait à une statue antique, était assise sur un des matelas en train de scruter, les sourcils froncés, un vieux numéro du *National Enquirer*.

— Mémé est têtue, elle veut absolument apprendre l'anglais, dit Sue Lin.

— Avec ça ? dis-je, horrifié en pensant à l'idée que cette vieille femme allait se faire de notre culture si elle apprenait vraiment l'anglais en lisant l'*Enquirer*.

— S'il vous plaît, ne venez pas critiquer ce qu'on lit, dit T.R. On a ramassé ça dans une poubelle et c'est quand même mieux que rien.

Faire les valises ne fut guère un problème : T.R. et Dew jetèrent un coup d'œil dans les placards pour voir si ce qu'il y avait dedans leur serait bien utile.

— Bon, allez, on laisse toute cette merde, dit T.R. Papa peut nous acheter des vêtements autrement mieux que tous ces trucs-là. On y va.

— Tu voudrais que je laisse mon pantalon de soirée ? dit Dew en empoignant un vêtement en strass. Si je devais aller danser, je me sentirais nue sans ce pantalon. On doit bien danser dans votre pays de cow-boy, non ? dit-elle en me regardant.

— Ça, c'est sûr, lui dis-je avec une certaine assurance. Dans mon coin, les gens dansent tout le temps.

T.R. voulait aussi laisser les jouets, mais les enfants piquèrent une crise à l'idée que nous pourrions les en priver. Quand nous eûmes entassé le wok, les vêtements et un tas de jouets minables, le coffre de la Cadillac était pratiquement plein. Jesse voulut garder une poupée de chiffon toute tachée, et Bo prit un petit camion vert qu'il fit rouler sur mon dos pendant que nous traversions la ville.

— Vroom, vroom, vroom, hurlait-il — en tout cas il me semblait qu'il était en train de hurler, mais personne n'avait l'air de s'en apercevoir.

On avait placé Mémé Lin à côté de moi. Elle tenait fermement son *Enquirer* — précisément le numéro mémorable qui avait en couverture Nema Remington et son amant de l'époque, Pinky Collins, un terroriste irlandais minuscule qui l'étreignait dans les vagues de Malibu. La photo voulait sans doute rappeler la fameuse scène de *Tant qu'il y aura des hommes* où Burt Lancaster et Deborah Kerr baisaient pratiquement dans les vagues, sauf que Pinky Collins mesurait à peu près le tiers de Burt Lancaster.

Il était quand même sensiblement plus grand que Mémé Lin qui ressassait une vague chanson presque inaudible. Son chant était aussi flou que ses souvenirs qui, dans son cas, étaient des souvenirs d'Asie. Je m'imaginais un village un peu embrumé du Delta entouré de rizières avec les paisibles buffles de service — mais à un feu rouge Sue Lin m'informa que sa grand-mère était née à Paris et qu'elle n'était retournée au Vietnam que dans les années 50 pour diriger une agence de voyages.

— Mon Dieu, dis-je simplement à l'idée que mon petit fantasme bucolique ne reposait sur rien.

Je me garai à une rue de l'entrée de la prison. T.R. cracha sur un doigt et le passa dans les fins cheveux de Jesse pour lui faire une boucle ou deux.

— Muddy aime à penser qu'il a un petit ange avec des cheveux tout bouclés, dit T.R. Muddy est vraiment un rêveur. Vous venez? me dit-elle en me fixant du regard par-dessus Mémé Lin qui continuait à chantonner.

— Bien sûr, si tu veux, dis-je, rassemblant mon courage.

Je détestais aller dans une prison. J'y étais allé un bon nombre de fois au cours des dernières années, toujours pour faire relâcher Godwin qui s'était fait piquer dans des situations scabreuses et plus ou moins légales.

— Je croyais qu'on était tous ensemble dans cette galère, dit T.R. sur un ton un peu agressif. Si vous restez assis dans la voiture, j'appelle pas ça être ensemble. Les flics sont des salauds avec moi — ils pensent que je devrais coucher avec eux plutôt qu'avec un petit voleur minable comme Muddy.

— Je ne savais pas si j'étais censé venir, dis-je en détachant ma ceinture.

Dew, à l'arrière, se mit à rire.

— Si vous n'étiez pas censé venir, vous ne seriez pas ici, dit-elle. A partir de maintenant, vous êtes *toujours* censé venir.

— Elle a raison, dit T.R.

9

Je me sentais un peu nerveux en entrant dans la prison. Mon imagination n'était peut-être pas assez active pour démarrer mon nouveau roman, mais elle était quand même suffisamment alerte pour fantasmer sur ce que pouvait être la vie dans une prison. Je ne me sentais jamais satisfait de mon imagination, qui était assez snobinarde intellectuellement. Pour ce qui était des prisons, elle faisait l'impasse sur ce qui est généralement connu — viols collectifs, attaques au couteau, suicides, bastonnades — pour retenir surtout des choses aussi triviales que les cheveux sales.

J'ai horreur des cheveux sales. Je lave les miens tout le temps, certains jours deux fois. Le laisser-aller capillaire me donne le prurit. Le cheveu propre est, à mon avis, un pilier de notre civilisation — opinion d'ailleurs partagée par les fabricants de shampooing et les classes sociales auxquelles j'appartenais à l'époque où j'étais célèbre.

C'est évidemment un point de vue rarement partagé par ceux qui travaillent dans les prisons et notamment les « incarcérés », si c'est le substantif qu'il convient d'employer pour des gens dont le destin est d'être enfermé. Les soins capillaires ne sont pas leur préoccupation majeure. C'est absurde de ma part de le regretter, mais c'est ainsi, je n'y peux rien. Je n'ai pas plutôt mis les pieds dans une prison que j'imagine quel devrait être mon supplice si je devais avoir les cheveux aussi sales que la plupart des gens qui attendent au parloir, sans parler de ceux qui sont dans leurs cellules.

Je ressentis ce malaise dès que j'entrai dans la prison. Le parloir sentait le moisi et l'ammoniaque. L'air conditionné ne fonctionnait pas et les fenêtres étaient ouvertes. L'atmosphère de moisi pouvait être simplement la contribution de Houston à l'ambiance carcérale. La plupart des femmes qui attendaient étaient des Noires, mis à part cinq ou six personnes de type hispanique et une ou deux Blanches respirant la pauvreté. Il y avait aussi quelques gosses qui tenaient des jouets aussi minables que ceux de mes petits-enfants. On pouvait voir dans cette salle tout un ramassis de cheveux maigres, sales et décourageants — l'équivalent capillaire des gencives ravagées que certains dentistes particulièrement sadiques affichent en photo dans leurs salles d'attente.

T.R. partit en trombe vers le parloir avec Jesse dans ses bras, mais, quand elle arriva à la grille où les visiteurs se doivent de respecter le règlement, son allure s'était considérablement ralentie.

— Il faut que je voie Muddy Box, dit-elle au gardien de permanence qui était en train de lire un vieux numéro d'*Adolescents* en se concentrant sur sa lecture.

Le gardien lui jeta un regard irrité.

— Muddy est en train de lessiver les planchers, dit-il. Il nettoie le quartier des ivrognes — et il doit patauger dans le dégueulis. Muddy, il est formidable pour laver les planchers. S'il pouvait seulement s'arrêter de voler, il pourrait monter une entreprise de nettoyage.

— D'accord, hourra pour Muddy, dit T.R. Je peux le voir maintenant ?

Elle posa Jesse sur le rebord du guichet en espérant que la vue d'un petit angelot aux cheveux bouclés irait droit au cœur du gardien, mais malheureusement ce ne fut pas le cas. Il avait le regard rivé sur son numéro d'*Adolescents*.

— Remplissez le formulaire et prenez un siège, dit-il en lui présentant un imprimé. Muddy ne sera pas disponible avant un moment.

— Faites quelque chose, dit T.R. en se tournant vers moi. Sinon, on va attendre pendant des heures et on finira par être tous déprimés.

Je lisais dans son regard que, cette fois-ci, nous étions bien dans le même bateau et qu'il fallait que j'assume désormais ma condition de père.

Je suis aussi timide que la plupart des gens quand je me trouve devant un représentant de l'ordre public, fût-il aussi minable que celui-ci, mais je sentais que, pour une fois, j'avais intérêt à me montrer un peu plus téméraire.

— Monsieur l'agent, désolé de vous ennuyer, mais nous sommes vraiment très pressés aujourd'hui, dis-je.

Heureusement, j'avais mon passeport : je l'ai toujours sur moi. Mieux encore, j'avais un billet d'avion Dallas-Paris sans réservation, simplement pour me permettre une fugue rapide au cas où Godwin, Gladys, le Texas et toute l'Amérique me deviendraient insupportables. Je sortis mon passeport et le billet et les tendis à travers le guichet. J'avais également un petit visa honorifique du ministère français de la Culture qui m'avait été octroyé après que j'eus été membre du jury au Festival de Cannes. Ça n'avait aucune valeur diplomatique, mais ça brillait comme un sou neuf, surtout aux yeux d'un gardien de prison qui avait du mal à lire correctement

Adolescents. Je lui présentai le visa en essayant de l'impressionner autant que si j'avais été Charles de Gaulle.

— Voyez-vous, nous devons être à Paris demain, et nous avons un vol international à prendre ce soir, dis-je. La production du film dans lequel joue ma fille commence la semaine prochaine. Je vous assure que Mr. Box ne délaissera de ses travaux ménagers que pour quelques minutes, et nous vous serions infiniment reconnaissants si vous pouviez nous faciliter les choses.

Le gardien, mais pas seulement le gardien, toute la salle étaient stupéfiés. D'autres gardiens, y compris deux matrones qui semblaient passer leur temps derrière la grille à se fourrer les doigts dans le nez, vinrent aux nouvelles. Le simple son de ma voix semblait les avoir quelque peu commotionnés. En feuilletant mon passeport, leurs visages étaient si perplexes qu'on aurait pu croire qu'ils avaient dans leurs mains le passeport d'un Martien.

Le gardien qui avait été plongé dans la lecture d'*Adolescents* restait muet comme une carpe à la vue de mon petit hochet honorifique. Il caressait ce certificat français d'honorabilité avec autant de délicatesse que s'il se fût agi d'une bombe à retardement.

— Pardonnez-moi, monsieur, finit-il par dire après avoir échangé plusieurs regards avec ses collègues, vous avez une parenté avec Mr. Box?

— Je suis son beau-père putatif, dis-je, sentant que j'avais les choses en main. (Le seul fait que j'emploie des termes qui leur étaient totalement incompréhensibles me donnait le dessus.) Nous souhaiterions qu'il vienne nous retrouver en France quand il sera libéré, poursuivis-je, et il y a quelques formalités dont nous devons parler — vous savez comment sont les Français. Nous serons au Cap d'Antibes, ajoutai-je pour en remettre.

J'avais de sérieux doutes sur la faculté de ces gens à comprendre ce que signifiaient les documents sans valeur libellés en français que je leur avais mis sous les yeux, mais le simple fait que je les aie présentés avait annihilé toute velléité de leur part d'ennuyer T.R.

— Va chercher Muddy, dit le gardien maigrichon à une des matrones. De toute façon, il a toute la journée pour nettoyer le quartier des ivrognes.

Pendant que les matrones s'éloignaient en traînant les pieds, il mit ses pouces dans ses oreilles, agita ses doigts, tira la langue et fit une grimace ridicule en direction de Jesse qui ne semblait pas du tout amusée. Elle répondit à cet effort en émettant un cri perçant, bien au-delà du registre auquel j'avais jamais été soumis. Tous les gens qui se trouvaient dans le parloir, visiteurs comme gardiens, mirent immédiatement leurs mains sur leurs oreilles pour se protéger. Jesse réussit à émettre son onde destructrice pendant dix bonnes secondes, temps suffisant pour que le malheureux gardien soit devenu l'ennemi n° 1 de tous ceux qui attendaient. S'il y avait eu à ce moment-là une révolte dans la prison, ses propres collègues l'auraient probablement étranglé.

— J'essayais seulement de la faire rire, dit-il piteusement, quand Jesse en eut terminé.

— Elle déteste les gens qui lui tirent la langue, dit T.R. Vous devriez le savoir depuis le temps qu'on vient ici.

— Elle est si mignonne, dit le gardien. Regardez-moi ces petites boucles. Je voulais juste qu'on soit amis.

— Je lui ai dit que c'était à cause de vous que son papa est ici, dit T.R. Elle se venge sur vous parce qu'on n'a pas de vie de famille. Je serai bien contente quand nous serons en France, au moins je n'aurai plus à venir dans cette prison minable.

— De toute façon, vous n'auriez pas à y venir si Muddy se comportait normalement, se défendit le gardien. Il pourrait trouver un boulot dans n'importe quelle entreprise de nettoyage. Tiens, le voilà.

Le jeune homme que nous vîmes entrer était à première vue le genre que Gladys et moi qualifions de gibier pour Godwin. Il était petit, mince et blond. Il poussait une espèce de seau sur roulettes équipé d'une serpillière à manche comme ceux qu'utilisent les équipes de nettoyage et il n'était guère plus grand que le manche. Il portait une fine moustache blonde. Le fait que son uniforme de prisonnier fût trop grand pour lui le faisait apparaître plus frêle.

Jesse, dès qu'elle le vit, se mit à pousser des petits cris de joie. Elle était tellement surexcitée qu'elle faillit tomber du rebord où elle était assise. Son bonheur instantané était si manifeste qu'il en devenait contagieux. En voyant exploser la joie de Jesse, les visages moroses de notre petite assemblée s'éclairèrent un moment.

— Je pensais avoir entendu ma petite braillarde favorite, et c'est bien ma petite braillarde que j'ai entendue, dit Muddy en soulevant Jesse.

Elle était soudain devenue toute timide et se cachait le visage dans les mains.

Muddy se dressa sur la pointe des pieds pour essayer de donner un gros baiser à T.R., mais elle n'était pas d'humeur à cela et elle lui tendit seulement la joue.

— Il faut que je te parle, dit-elle, et je n'ai pas envie de le faire devant un million de gens.

Après avoir jeté un œil au gardien qui ne manifestait plus aucun intérêt et aux matrones qui n'en avaient jamais manifesté, elle prit Muddy bras-dessus bras-dessous et se dirigea vers la porte.

— On va juste s'asseoir sur les marches une minute ou deux pour pouvoir causer tranquillement, dit-elle en direction du gardien qui était à nouveau absorbé dans la lecture d'*Adolescents.*

— D'accord, mais que Muddy laisse le seau ici, dit-il sans même jeter un coup d'œil, ajoutant toutefois : Y a des mecs dans cette ville qui voleraient une poubelle et Muddy est bien du genre à le faire.

— C'est Papa, dit T.R. en entraînant Muddy vers la porte. Sans lui, on aurait attendu toute la journée.

Muddy me tendit une main mollassonne. Il avait le visage de pierrot lunaire d'un homme sans grande envie de faire quoi que ce soit.

On en arrivait à se demander où ce petit bonhomme avait trouvé suffisamment d'énergie pour voler un poste de télévision et surtout pour faire un gosse à une fille aussi grande et aussi vive que la mienne — il faut croire que cette énergie, il l'avait. Mais il me semblait que Muddy Box était un peu, en tant qu'homme, le pendant de ces salades défraîchies — quelques feuilles de vieille laitue, quelques tranches de radis souffreteux, et une tomate à l'agonie — qu'on sert dans les bouis-bouis de l'Ouest et du Sud.

Je savais aussi que les improbables combinaisons chimiques qui sont à la source de la vie ne permettent pas de se fier aux apparences. Des garçons à l'air aussi inoffensif que

Muddy avaient plus d'une fois battu Godwin sauvagement, ou l'avaient abandonné sans un sou dans un parking d'aéroport ou sur des routes désertes.

Quand nous sortîmes de la prison, le chaud soleil du golfe rayonnait sur une rue entièrement vide. Bo s'était échappé de la Cadillac et était assis sur le toit. Elena tentait de le faire descendre. Dew, Sue Lin et Mémé Lin nous attendaient. Muddy s'assit sur une marche et mit Jesse sur ses genoux en s'efforçant de lui faire surmonter sa timidité — elle avait toujours ses mains sur les yeux. Il soulevait précautionneusement un ou deux de ses doigts qu'elle replaçait immédiatement sur son visage. Ils semblaient tous les deux complètement absorbés par le jeu, mais T.R., elle, ne l'était pas. Tendue à l'extrême, elle balayait la rue du regard.

— La rue est entièrement vide, dit-elle. Il n'y a pas un chat à part nous.

— Ben oui, c'est une prison, remarqua Muddy. Y a pas beaucoup de touristes qui se promènent dans le coin.

T.R. le regarda avec condescendance — elle exprimait parfois son dégoût ou sa frustration par un regard superbement dédaigneux.

— Il n'a vraiment aucune ambition, dit-elle à propos de Muddy en me regardant.

Muddy, voyant la colère qui montait chez T.R., eut l'air désemparé. Il secoua les épaules.

— J'ai juste fini l'école primaire, dit-il.

— Oh merde, tu as eu des cours de formation technique après ! dit T.R. C'est toi qui me l'as dit, ou alors c'était encore un autre de tes mensonges ?

— J'y suis juste allé quelques jours, répondit Muddy. Je voulais me spécialiser dans les moteurs Diesel et j'ai travaillé au garage de camions, mais faut voir, c'est vachement difficile. Je me débrouille encore pas mal avec un moteur normal, mais les diesels, c'est vraiment dégueulasse.

Il avait cessé de jouer à retirer les doigts de Jesse de son visage, et du coup la petite fille avait cessé de jouer elle aussi et lui envoyait son plus joli sourire.

— Mon Dieu, mon Dieu, dit Muddy complètement gaga.

— Si tu avais un tant soit peu d'ambition, tu te barrerais tout de suite, dit T.R. Personne ne s'en soucierait. Je doute même qu'ils s'en aperçoivent avant une semaine ou deux.

— Tu crois ça ? interrogea Muddy. Je leur manquerai demain, quand ils me chercheront pour nettoyer le quartier des ivrognes.

— Alors, c'est tout ce que tu veux faire dans la vie, vivre en prison et nettoyer le dégueulis ? demanda T.R.

— Non, mais il y a pire, dit Muddy, tentant de la raisonner.

— Allez, rapplique, dit T.R. en lui empoignant le bras. Viens, on s'en va. Pendant que nous sommes là en train de discutailler, on pourrait déjà être en route pour la France.

Muddy semblait terrifié.

— Mais je suis en prison, c'est toi qui as déposé une plainte, dit-il. C'est *toi* qui m'as fait arrêter.

— J'étais furax, dit T.R. Tu n'aurais pas dû vendre la télé. Au moins les mômes auraient pu regarder les dessins animés le samedi matin ; c'est le seul jour où je peux un peu dormir. Bon, allez, on tire un trait, allons-y. Je demanderai à Papa que son avocat envoie une lettre pour dire que je retire ma plainte.

— Ouais, mais il y a autre chose, dit Muddy. Ils m'avaient placé en probation après que je me suis barré du centre de réhabilitation pour les drogués. Il faut que je tire six mois avant même que je fasse mon temps pour ta plainte.

— Allez, rapplique. Il faut qu'on parte avant que quelqu'un arrive, dit-elle en le bousculant un peu pour lui faire descendre les marches de la prison. L'avocat de Papa pourra tout arranger pendant que nous serons en France.

Il était clair que Muddy n'était pas très chaud pour faire une fugue, mais il ne résistait qu'à moitié. Et cette moitié-là n'était pas suffisamment forte pour vaincre la détermination de T.R.

J'étais aussi subjugué que lui par cette détermination, due sans doute au fait que, depuis le peu de temps que je la connaissais, elle avait pris tout ce que je disais pour argent comptant. T.R. n'avait pas encore bien réalisé que j'étais un romancier, au moins dans la mesure où je construisais des petits scénarios pour enjoliver la réalité des choses et leur donner plus d'intérêt. L'ennui, c'est que peu de ces scénarios se réalisaient. Et il me semblait que notre voyage précipité en France pourrait bien tomber dans cette catégorie-là.

Muddy tenait toujours Jesse qui, toute timidité évacuée,

faisait mille mamours à son père. T.R. eut vite fait de nous regrouper tous sur le trottoir à côté de la Cadillac.

— Descends du capot et entre dans la voiture, on s'en va, dit-elle en claquant des doigts en direction de Bo.

Elle les avait claqués avec une telle vigueur que Bo, après s'être rendu compte qu'elle ne plaisantait pas, se précipita dans les bras d'Elena.

— T.R., tu es sûre que c'est ce qu'il faut faire ? demandai-je. Je pourrais attendre un jour ou deux avec Muddy jusqu'à ce que mon avocat prenne le dossier en main et le fasse relâcher sous caution. Au moins, de cette façon, il n'aggraverait pas son cas.

— On vous a demandé quelque chose ? dit-elle en se retournant brusquement vers moi. S'il reste dans les parages, ils vont encore découvrir six ou huit bêtises supplémentaires qu'il a faites — ils ont des ordinateurs maintenant qui gardent en mémoire des millions de délits.

— S'il ne s'agit que de ça, je pourrais sans doute trouver quelqu'un qui garantisse sa caution et il pourrait sortir tout de suite, dis-je. Toute la rue est pleine de cabinets d'avocats qui ne demandent que ça.

— Marchera pas. C'est pas les nouvelles charges qu'ils pourraient avoir contre moi, c'est que je suis parti du centre de réhabilitation, dit Muddy. Il faut que je finisse ma peine, c'est comme ça que ça marche.

— Ce qui marche, c'est que vous commenciez tous par la fermer et que vous montiez dans la voiture, dit T.R. Quand on se casse d'une prison, on reste pas à discuter devant.

Mon imagination était en train de bâtir des scénarios à cent à l'heure, et aucun d'entre eux ne se situait au Cap d'Antibes. J'imaginais des prisons puantes, gérées par des matons sadiques, pas plus éloignées d'ici que Buffalo, Texas — c'était à peu près la distance que je pensais que nous parcourrions avant d'être rattrapés. A Buffalo, Texas, il fallait peut-être plus qu'un passeport, un billet d'avion et un visa français pour se tirer d'affaire.

Mais T.R. avait déjà fourré Bo et Elena à l'arrière de la voiture et tendait Jesse à Dew.

— On est neuf maintenant, on va être un peu serrés, avançai-je.

— Muddy ne pèse pas lourd, il peut s'asseoir sur mes genoux, me lança-t-elle avec une petite grimace.

La rue était toujours vide, on pouvait partir sans problème, et l'humeur de T.R. s'améliorait de minute en minute.

Ils s'entassèrent, Muddy installé en effet sur ses genoux. La Cadillac était pleine à ras bord et le fut plus encore quand je m'installai au volant. J'étais un peu nerveux, attendant le vacarme des sirènes de police d'un moment à l'autre. Je tentai de mettre la clé de contact dans le démarreur à deux ou trois reprises. Sans succès. Finalement Mémé Lin me tapota le bras, prit la clé et la mit en place.

— Vous voyez, Muddy tient très bien sur mes genoux, dit T.R., ravie du succès de son entreprise.

Elle fit deux ou trois chatouilles à Muddy qui sourit, embarrassé.

— Je me suis même assise quelquefois sur les genoux de Muddy, dit T.R. en passant un chewing-gum à Dew. Ça marchait pas mal non plus, sans quoi il n'y aurait jamais eu de Jesse.

— Ah, c'est *comme ça* que c'est arrivé ? demanda Dew en riant de tout son cœur avec T.R. tandis que Muddy paraissait de plus en plus gêné.

— Ouahh ! on y va, c'est comme dans *Bonnie et Clyde*, dit T.R.

Bo, une fois de plus, fit courir son petit camion le long de mon cou en hurlant « Vroom, vroom ! »

Je m'attendais aux sirènes, aux forces spéciales d'intervention, aux menottes, aux gros titres dans les journaux. Les trois voitures de police que nous croisâmes entre la prison et l'autoroute nous ignorèrent totalement.

— Qu'est-ce que ça te fait, Muddy, d'être un homme libre ? demanda T.R.

— Libre jusqu'à ce qu'ils me reprennent, et après... répondit Muddy d'une voix un peu lasse.

L'humeur de T.R. était désormais au beau fixe. Elle serra Muddy contre elle et lui donna deux ou trois gros baisers sonores dans le cou.

— Rassure-toi, t'es pas libre du tout, l'informa-t-elle. La prison, tu y es plus, mais c'est moi qui t'ai, et tu sais ce que ça veut dire.

Muddy le savait peut-être, mais il n'en dit rien.

— Ça veut dire qu'on va être heureux chez Papa ou en France ou n'importe où, là où Papa nous emmènera.

— J'espère que tu as de l'herbe, dit Muddy. Y en avait plein à la prison, mais c'était vraiment trop cher.

10

Bo, dans un accès de colère, jeta son camion par la vitre. Ce fut le seul événement de quelque intérêt au début du voyage. T.R. en avait eu manifestement assez de l'entendre répéter « vroom, vroom » pendant tout le parcours de Houston à Madisonville, et lui avait dit d'arrêter. Il avait continué. La banquette arrière avait l'air d'un champ de bataille, mais T.R. réussit à étendre le bras, à s'emparer de Bo, à le tourner vite fait et à lui donner un coup magistral sur le derrière, ce qui provoqua le lancer du camion à travers la vitre heureusement ouverte.

En un rien de temps j'avais appris à conduire avec un œil fixé sur la route et l'autre sur le rétroviseur, encore qu'il ne se passât rien, mis à part le fait que T.R., Muddy, Dew et Sue Lin fumaient de la marijuana et donnaient de temps en temps leur joint à Elena et Mémé Lin. Tout le monde avait l'air d'apprécier la randonnée — moi-même je me sentais assez euphorique bien que je craignisse de voir les policiers nous rattraper avant même que nous soyons arrivés à Buffalo.

J'avais freiné dès que j'avais vu Bo lancer son camion par la fenêtre, mais T.R. refusait qu'on s'arrête.

— Il l'a jeté, qu'il s'en morde les doigts, dit-elle. De toute façon, je détestais ce camion.

Bo, pour se donner une contenance, poussa une série de braillements à fendre les oreilles.

— Ne vous occupez pas de lui, dit T.R. Tout ce qu'il veut, c'est attirer l'attention.

Les autres passagers avaient l'habitude des facéties de Bo, mais pas moi. Je commençais à sentir une petite douleur qui montait vers mon crâne — comme si la migraine était là devant, tapie quelque part sur la route. La voiture était vraiment pleine à ras bord et les cris de Bo me firent réaliser que je m'étais mis dans une situation délicate. J'avais huit passagers dans ma voiture et chacun des huit menait sa petite barque personnelle. Je n'avais jamais été aussi proche de huit personnes à la fois depuis le tournage d'*Al et Sal*. La plupart du temps, je n'avais d'ailleurs jamais été à proximité de qui que ce soit — je prenais mon petit déjeuner avec Gladys et Godwin, c'est vrai, mais c'était généralement à l'extérieur de la maison, au milieu des immenses plaines du Texas.

Il y avait bien longtemps que j'avais été aussi peu protégé des contacts humains que je l'étais à ce moment-là. Très rapidement les émanations de tous ces gens rassemblés — la plus extrême étant les hurlements de Bo — commencèrent à faire vibrer mes tempes d'une façon alarmante. La migraine se pointait. Je la voyais venir sous la forme d'un énorme camion noir fonçant vers le sud alors que nous allions en direction du nord ; à moins d'une chance invraisemblable, le lourd camion chargé de migraine et notre voiture entreraient en collision quelque part vers Corsicana. Il me semblait que cette collision serait terrible ; les corps disloqués de ma nouvelle famille se retrouveraient peut-être éparpillés sur toute la longueur de la chaussée.

Je ne voulais surtout pas être malade, mais qu'y pouvais-je ? J'avais trop rapidement sauté le pas de la solitude à la multitude ; mes neurones ne s'ajustaient pas à la vitesse requise. Je commençai à trembloter et la méchante migraine passa à la vitesse supérieure pour me marteler les tempes de plus en plus fort.

— Je ne me sens pas très en forme, dis-je d'une voix que j'espérais sereine. Est-ce que l'un de vous voudrait conduire ?

— Ah oui alors, moi, dit T.R. Arrêtez. De toute façon, il faut que je change Jesse. Chaque fois qu'elle voit son père, elle se laisse aller.

Elle changea Jesse et prit le volant. Elena se poussa un peu et s'assit plus ou moins sur les genoux de Muddy tandis que je prenais sa place de l'autre côté de Mémé Lin. J'avalai quelques pilules dans l'espoir de contourner le mal de crâne ; peut-être qu'au lieu d'une collision frontale, je m'en tirerais avec seulement une aile cabossée.

Je fermai les yeux pendant quelques minutes dans l'espoir

que la migraine penserait que j'étais endormi. La tactique était évidemment trop grosse pour être efficace, et elle ne le fut pas ; avec les yeux fermés, je prenais encore mieux conscience du furieux martèlement dans mes tempes. Quand je les rouvris, on était en train de quitter à toute allure les forêts de plus en plus clairsemées qui bordaient la route.

T.R. conduisait vite. Elle avait les yeux brillants et paraissait heureuse. Je la regardais, à la fois fasciné et horrifié, quand nous faillîmes rentrer dans le pare-chocs d'un pick-up qui se traînait sur la voie de gauche.

T.R. klaxonna et fit des appels de phare à plusieurs reprises mais sans résultat. Je me souvenais que ça m'était aussi arrivé plusieurs fois sur la route de Houston ; les gens du Texas n'avaient pas encore acquis les bonnes manières californiennes qui consistent à se ranger à droite quand on va lentement. Les Texans, pour la plupart, semblaient persuadés de leur bon droit quand ils se traînaient à cent dix à l'heure sur la voie de gauche.

J'étais irrité, comme T.R., quand il me fallait ralentir parce que quelqu'un avançait comme une tortue devant moi, mais contrairement à elle je contrôlais mon irritation.

Jugeant que le pick-up n'avait pas l'intention de bouger, elle déboîta pour le dépasser sur la droite, passa sa tête par la portière et hurla quelques incantations à l'intention de deux cow-boys complètement abasourdis.

— Barrez-vous du chemin, bande de couillons ! vociféra-t-elle.

Elle fit un semblant de queue de poisson au pick-up et lança la Cadillac à la vitesse maximale comme pour indiquer à quelle vitesse on doit aller si on insiste pour rester sur la voie rapide.

La manière dont elle s'était adressée aux cow-boys m'avait amusé.

— Pour une disciple de Jésus, tu emploies des mots un peu crus, dis-je.

T.R. se contenta d'un petit sourire.

— Jésus s'en moque si j'appelle un couillon couillon, dit-elle avec assurance.

— Comment le sais-tu ? Tu Lui as parlé récemment ? s'informa Muddy tout en lui passant le joint qu'il était en train de fumer.

— Je pense qu'Il ne doit pas avoir particulièrement à la bonne des gens assez stupides pour ne pas savoir dans quelle voie ils doivent conduire, dit T.R.

— Houlà, Jesse a un peu mal au cœur, dit Elena.

— C'est toujours comme ça, dit T.R. Tu n'as qu'à lui baisser la tête vers le plancher.

Bo commença à brailler en direction de sa sœur.

— Bah! hurlait-il. Bah, bah!

— Donne-le à Papa, dit T.R. De toute façon, il faut qu'il commence à connaître son grand-père.

— Je ne suis pas sûr que ce soit une très bonne idée, dis-je. Je ne me sens pas très bien moi-même.

Mon commentaire n'empêcha pas Bo d'atterrir sur mes genoux, projeté tête la première par plusieurs personnes impatientes de se débarrasser de lui — sa popularité à l'arrière ne semblait pas être au zénith. Je fis contre mauvaise fortune bon cœur et l'assis sur mes genoux. Je lui décochai un gentil sourire et n'obtins en retour qu'un regard morne.

— Vous êtes écrivain, dit T.R. Racontez-lui une histoire. Les histoires, c'est à peu près les seules choses qui le font tenir tranquille pendant un moment.

Je me rappelai que pendant des années j'avais cultivé ma solitude avec un soin minutieux. A une époque, il me semblait que cette solitude serait nécessaire pour écrire un roman ou concevoir d'autres modes d'expression, mais je m'étais aperçu plus tard que j'étais en train de me leurrer. J'étais devenu un ours solitaire parce que j'aimais ça et que j'en avais besoin. J'en étais arrivé à croire qu'être seul n'exigeait aucune justification. La solitude avait une valeur en soi, alors pourquoi la justifier?

Il n'en restait pas moins que ma solitude était désormais derrière moi. J'étais dans une voiture avec huit autres personnes. J'avais échangé ma solitude contre une fille qui, elle, ne voulait pas vivre seule. Peut-être n'avait-elle jamais été seule; et avec deux enfants, il n'était pas évident qu'elle puisse le devenir rapidement. Je ne regrettais pas mon choix — T.R. était là, enfin là, et il aurait fallu quelqu'un de plus insensible que moi pour refuser de jeter cette solitude aux orties en échange de son énergie, sa vivacité, sa détermination. J'étais prêt à faire une croix sur tout mon passé, et pourtant je le sentais remonter en moi comme pour distiller la nostalgie d'une solitude que j'avais érigée en règle de conduite.

Ayant entendu qu'on allait lui raconter une histoire, Bo prit un visage un peu moins renfrogné. Il me regardait avec indifférence, mais au moins il ne braillait pas. Il en semblait presque aimable.

— Vous feriez mieux de démarrer votre histoire, m'avertit Elena. Il aime pas ça quand ça ne vient pas.

Jesse qui sentait un peu le vomi choisit cet instant pour arriver sur la banquette avant grâce à l'aide de quelques volontaires assis à l'arrière. Elle sourit de guingois et s'installa sur mon autre genou.

— Allez, grand-père, il y a urgence, dit T.R. J'espère que vous avez une histoire à leur raconter.

J'étais conscient d'une chose : le grand camion noir de la migraine était là, quelque part devant nous, en train de débouler sur moi. Il n'était pas encore arrivé, mais la collision était proche — si je voulais mettre mes petits-enfants de mon côté avec une histoire, il allait falloir aller vite.

Quand j'étais à Paris, il y avait bien longtemps, j'avais inventé une histoire pour la petite fille de Romy Schneider à un moment où sa baby-sitter venait d'avoir un accident de voiture. J'étais resté une demi-heure avec la gosse au *Plaza Athénée* pendant que Romy donnait une interview. J'avais demandé à la petite fille le genre d'histoire qu'elle préférait et elle m'avait répondu que c'étaient des histoires à propos de légumes qui parlaient. J'étais d'humeur particulièrement créative ce jour-là et j'avais immédiatement débobiné une histoire à propos d'une carotte et d'un radis. Ce fut un triomphe.

La fille de Romy devait avoir à peu près quatre ans à l'époque. Ni Bo ni Jesse n'étaient proches de cet âge. L'un d'entre eux saurait-il ce qu'est un radis, ou même une carotte ?

— Est-ce que l'un ou l'autre d'entre vous a jamais rencontré un radis ? demandai-je précautionneusement.

Pour toute réponse, j'eus quatre yeux qui me fixaient d'un air sévère — si l'un ou l'autre des enfants savait ce qu'était un radis, tant mieux, mais comment en être sûr ?

Notre petite troupe, si bruyante il y a un moment, s'était tue. Tout le monde, semblait-il, attendait mon histoire.

— L'histoire se passe dans le royaume des pois, commençai-je en essayant de me rappeler comment j'avais bien pu démarrer autrefois. Il était une fois une carotte appelée Jimmy qui habitait dans un carré de petits pois. Le meilleur ami de Jimmy était un radis appelé François.

Je me souvins que la petite fille de Romy s'était mise à rire de tout cœur après cette entrée en matière. Bo et Jesse restaient de marbre. Peut-être parce qu'ils n'étaient pas français.

— Un jour Jimmy et François partirent pour une promenade et François qui était un peu gros trébucha sur une tige de petit pois et dégringola de la colline sur une route juste au moment où un gros camion de fruits et légumes arrivait à toute allure.

Sans même avoir donné un quelconque signe précurseur, Bo oublia mon histoire pour donner un coup de poing en plein sur la bouche de sa petite sœur et l'envoyer par terre aux pieds de Mémé Lin. Jesse, qui semblait apprécier mon histoire ou, à tout le moins, le son de ma voix, se mit à pleurnicher. Mémé Lin la ramassa et la protégea de son frère qui semblait prêt à remettre ça.

— Ouh! cria Bo en me regardant.

— Bo n'aime que les histoires de monstres, dit T.R. Des carottes et des petits pois qui dégringolent, c'est pas son genre. Vous avez des histoires de monstres?

— Non, mais j'en aurai quand je connaîtrai Bo un peu mieux, dis-je. Il a vraiment tout ce qu'il faut pour en devenir un.

T.R. devint livide. Je sus immédiatement que j'avais dit ce qu'il ne fallait pas dire — même si Bo avait cogné Jesse alors qu'elle était assise tranquillement en train d'écouter mon histoire. Je suis sûr d'ailleurs qu'elle aurait aimé l'entendre jusqu'à la fin même si elle ignorait ce qu'était un radis.

— Je sais, personne n'aime Bo, dit T.R. en retenant ses larmes. Tout le monde pense qu'il est horrible. J'espérais qu'au moins son grand-père l'aimerait, mais je suppose que c'était trop demander.

— Je suis sûr que je finirai par l'aimer, dis-je sans grande conviction.

— Non, personne n'aime Bo à part moi et Elena, dit T.R. Muddy le déteste et maintenant, vous aussi, vous le détestez.

— Je ne le *déteste* pas, dis-je en guise de protestation. C'est simplement que je n'apprécie pas sa conduite.

T.R. me lança un regard mauvais.

— Il est assis sur vos putains de genoux, dit-elle. Vous êtes son grand-père. Foutez-lui la fessée de sa vie — il la mérite. Pourquoi c'est moi qui devrais toujours faire le sale boulot ?

A la surprise de tout le monde, je lui donnai une fessée. Ce n'est pas ce que T.R. avait dit qui m'avait incité à le faire, c'était que le gamin me regardait d'une façon extraordinairement insolente. Avant qu'il puisse faire un mouvement, je l'avais retourné sur le ventre et lui avais administré deux ou trois bonnes claques qui, au milieu du silence ambiant, avaient fait beaucoup plus de bruit que de mal.

Bo se mit à hurler et à s'agiter. Il finit par se libérer et se jeta par-dessus la banquette dans les bras d'Elena où il se mit à sangloter comme s'il avait subi la torture pendant des heures.

T.R., surprise, me regarda différemment.

— Je suis contente que vous l'ayez fait, dit-elle. Je ne croyais pas que vous en étiez capable. Peut-être ai-je finalement trouvé quelqu'un qui m'aidera à éduquer Bo pour en faire un gosse sympathique. Je veux qu'il devienne un bon garçon, dit-elle d'une petite voix. Je ne veux pas qu'il finisse comme son père.

— Ne crains rien, dis-je, tout fier de ma performance. On va le dresser.

— Vous n'arriverez à rien avec ce môme, dit Muddy carrément. Si vous voulez mon avis, la meilleure chose à faire ça serait de le laisser sur le bas-côté de la route.

— Ah oui, mais qui t'a demandé ton avis, espèce de connard ? dit T.R. toute rouge. C'est toi qu'on va laisser sur la route si tu ne la fermes pas. Ou encore mieux, je fais demi-tour et je te ramène en prison.

Muddy se tut, je me tus, Bo sanglota, Jesse reprit sa bonne humeur et se hissa sur mes genoux. Je ne savais pas exactement quelle était l'humeur de T.R. — dangereuse, c'est peut-être le mot qui convenait.

— J'ai horreur de la façon dont les gens parlent de Bo, dit-elle. C'est juste un petit garçon. Il n'a même pas trois ans et j'ai fait ce que j'ai pu avec lui. Mais à part Elena, tout le monde le hait ici.

Personne ne fut d'avis contraire. T.R. poussa un gros soupir. Elle n'avait pas ralenti. On dépassait les voitures et les camions à une telle vitesse qu'on aurait pu les croire immobiles.

— Ne t'inquiète pas, ma petite fille, dis-je. Tout va changer pour le mieux maintenant.

Mais avant de changer pour le mieux, je savais qu'on allait passer par le pire. On était presque à Corsicana et le camion de migraine, bien à l'heure, arrivait en sens inverse.

11

Cette migraine, c'était du béton. Ma vision se mit à vaciller ; la route devant moi avait l'air d'un mirage brisé. Il me semblait que des milliers d'aiguilles pénétraient dans ma nuque, et toutes les secondes ou presque je ressentais un terrible élancement juste au-dessus des yeux, comme si quelqu'un me frappait avec un petit marteau de cordonnier.

J'avalai trois autres cachets en espérant que leur magie parviendrait à infléchir le cours des événements avant que la migraine n'atteigne sa force maximale.

T.R. me vit prendre mes cachets. Même en conduisant à plus de cent cinquante, peu de choses lui échappaient. Elle me jeta deux ou trois regards interrogateurs tout en dévorant la route.

Jesse, insensible à ma douleur, décida que c'était le bon moment pour faire des câlins. Elle s'assit prudemment à cheval sur une de mes jambes et m'envoya un sourire d'autant plus de travers que sa lèvre inférieure avait gonflé après le coup de poing de Bo.

Malgré le camion noir dont j'entendais les essieux déchirer mes tempes, je ne pouvais résister complètement à Jesse. Elle cacha ses yeux derrière ses mains pour m'inciter à jouer comme elle l'avait fait avec son père. Très prudemment, j'écartai deux de ses doigts — il fallait que je sois particulièrement prudent car mes mains tremblaient et je ne voulais surtout pas gâcher la promesse d'excellentes relations avec ma petite-fille en lui expédiant mon doigt dans l'œil.

— Qu'est-ce qui ne va pas? demanda T.R. Vous êtes blanc comme un linge et vous tremblez de partout. J'espère que vous n'avez pas une vieille infection que vous pourriez transmettre aux bébés.

— Non, c'est juste une migraine, répondis-je. J'ai des migraines assez sévères. Si ça empire, il faudra sans doute qu'on s'arrête un moment jusqu'à ce que ça passe. Il reste un bon bout de chemin à faire avant d'arriver à la maison, et je ne suis pas sûr de pouvoir y arriver.

T.R. prit un air pensif.

— Ça doit être un peu comme quand on a ses règles, dit-elle. Chez Dew, c'est terrible. Quand elle les a et qu'elle essaye de travailler, elle a du mal à reconnaître un hot-dog d'un hamburger, c'est vous dire.

— Je peux vraiment reconnaître rien du tout, convint Dew. Je me sens comme un vieux pou, tellement rempli de sang que j'aurais envie qu'on m'écrase.

— On va tous avoir envie de se faire écraser si on reste dans une voiture avec ces mômes en attendant que le mal de tête de Papa soit parti, dit T.R.

J'agitai un doigt devant le visage de Jesse — c'était l'extrême limite du flirt que je pouvais engager avec elle étant donné mon état. A ma grande surprise, elle regarda le doigt avec beaucoup d'attention pendant un moment, puis s'en empara et le tira de haut en bas tout en me souriant.

— Oh, vous n'auriez pas besoin d'attendre dans la voiture, dis-je. On pourrait prendre des chambres dans un motel. Vous iriez nager avec les enfants ou faire ce dont vous avez envie. Si je pouvais simplement prendre un bain très chaud et faire une petite sieste, je pense que je me sentirais assez bien pour reprendre la route d'ici peu.

Ma suggestion avait l'air de stupéfier tout le monde à l'exception de Mémé Lin qui restait de marbre, pas seulement devant ma suggestion mais devant tous les événements de la vie. L'attention de Mémé Lin semblait toujours se porter soit très en avant, soit très en arrière. Son regard me rappelait celui des vieux chiens — elle regardait au-delà, vers d'autres cieux. Voitures, motels, appartements minables, tout cela, pour Mémé Lin, n'avait que peu d'importance en regard du temps.

T.R., tout en maintenant sa vitesse de croisière, jeta un œil sur les passagers empilés à l'arrière pour essayer de savoir ce qu'ils en pensaient. Elle était devenue tout sourire.

— J'ai bien entendu ? dit-elle. Vous voulez dire qu'on pourrait tous avoir des chambres dans un motel ?

— Bien sûr, lui dis-je. Tu n'as qu'à t'arrêter au prochain motel sympathique qu'on aperçoit. On prendra des chambres pour tout le monde et on se la coulera douce pendant un petit moment.

— Je continue d'oublier que j'ai un papa riche maintenant, dit-elle. Je n'arrête pas au prochain que je vois, j'arrête au plus beau que je vois. Que tout le monde ait l'œil. Et puis, on votera, sauf Muddy.

— Pourquoi pas moi ? Tu voudrais que j'aie jamais d'opinion, dit Muddy un peu chagrin.

— Les gens qui volent le lit de leur propre femme n'ont pas le droit de voter, c'est comme ça, dit T.R. toute guillerette. Tu peux quand même rester dans la même chambre que moi une fois qu'on aura choisi. Ça t'excite un peu ?

— Oh, dit Muddy, apparemment trop embarrassé par sa remarque pour dire quoi que ce soit.

— D'accord, choisissez-en un bon, dis-je. Mais n'attendez pas trop longtemps. J'ai un peu mal au cœur, et moi je peux causer des dégâts beaucoup plus considérables que Jesse.

— Grand-père ne se sent pas très bien, n'agite pas son doigt si fort, ma chérie, dit T.R. à l'adresse de Jesse. Pourquoi tu ne lui donnes pas un gros baiser ? Peut-être qu'il se sentira mieux après ça.

Jesse, bien obéissante, se tendit vers moi et me donna un gros baiser, puis elle se remit contre ma poitrine et s'endormit en quelques secondes. Ce baiser m'avait réchauffé le cœur mais n'avait en rien diminué ma migraine : mon crâne me paraissait balayé par une sorte de houle. J'avais de plus en plus la nausée et j'envisageais déjà avec terreur de devoir ouvrir la portière pour vomir, ce qui aurait peut-être pour effet de faire dégringoler Jesse ou de nous faire dégringoler tous les deux. Je décidai que je ferais mieux d'attacher ma ceinture de sécurité autour de Jesse également, mais la ceinture n'était pas assez grande pour nous deux. Je la laissai filer et elle s'enroula immédiatement sur son support d'où elle ne voulut plus bouger. Une fois encore, en essayant de faire mieux, j'étais arrivé à faire pire. Cette constatation qui arrivait en filigrane sur mon affreuse migraine me fit penser que j'étais condamné ou, à tout le moins, maudit.

— J'espère qu'on va trouver bientôt un motel qui vous convient, dis-je. J'ai de plus en plus de difficulté à supporter ce mal de tête.

— Il faut en trouver un grand, dit T.R. On est un sacré paquet.

Ce grand-là, quand je le vis enfin apparaître, était à Arlington, la ville des culs-de-sac. J'avais résolument gardé les yeux fermés pendant près de quatre-vingts kilomètres. J'avais un peu moins la nausée avec les yeux clos. Quand je les ouvris, j'étais devant une monstruosité néo-gothique avec tourelles, flèches et douves, qui affichait une pancarte tarabiscotée : « ICI LA VIEILLE AUBERGE DE CAMELOT. » Des armures en pied, gigantesques, bordaient l'entrée.

— Au moins, ça a l'air assez grand, dis-je.

T.R. s'engagea sur un semblant de pont-levis et se retrouva à l'entrée, mais elle s'arrêta, hésitant sans doute à se rendre à la réception.

— J'adore ces trucs moyenâgeux, dit-elle. Il y avait un golf miniature à Lufkin qui était un peu comme ça. Au dernier trou du parcours, il fallait lancer la balle dans la gueule d'un dragon crachant le feu. C'est là que j'ai eu mon premier rendez-vous avec Earl Dee. C'est sans doute ça qui m'a perdue.

— Les armures, ça me fait penser à des endroits hantés, dit Dew. Un violeur pourrait bien se cacher dans un truc comme ça.

T.R. regardait les armures d'un œil calme.

— Je te parie qu'elles sont vides, dit-elle. On pourrait y mettre Bo de temps en temps et le laisser brailler tout son soûl quand on n'est pas d'humeur à l'entendre.

— Ça m'a l'air d'un bon endroit pour soigner ma migraine, dis-je. Pourquoi tu ne vas pas à la réception pour nous réserver sept ou huit chambres ?

T.R. paraissait subjuguée — la vue des douves et des tours lui avait fait perdre un peu de sa superbe. Accusant la fatigue, elle n'avait plus cet aspect de jeune femme intrépide qui venait d'organiser une évasion, mais ressemblait plutôt à une adolescente un peu nerveuse.

— J'ai jamais été dans un motel un peu chic, dit-elle. J'aurais peur d'y entrer toute seule. Et de toute façon, je n'ai pas un centime.

Tout le monde dans la voiture semblait avoir perdu son assurance. Chacun baissait le regard, comme incapable de se hisser au nouveau statut social que leur conférait toute cette magnificence.

Je tirai une liasse de billets de ma poche et la tendis à T.R. Je pense qu'il y avait deux ou trois mille dollars en billets de cent.

— Donne-leur les billets, dis-je. Ils te trouveront toutes les chambres dont nous avons besoin.

Muddy émit un petit sifflement admiratif.

— Vise-moi un peu tout ce pognon, dit-il.

— Ouais, eh bien c'est pas la peine de faire des yeux ronds dessus, Muddy. C'est pas le tien, dit T.R. en m'arrachant les billets comme si elle craignait qu'il les prenne et parte avec, bien qu'il soit fermement coincé au centre de la banquette arrière. J'aimerais mieux que vous veniez avec moi, me dit T.R. avec une petite moue. Si j'arrive toute seule avec les dollars, ils vont croire que je les ai volés. Où quelqu'un comme moi pourrait-il bien avoir trouvé des billets de cent dollars ? C'est ce qu'ils vont tout de suite penser.

— Je ne sais pas si je vais pouvoir marcher jusque-là, dis-je, complètement sonné. Et si je me lève, Jesse va se réveiller.

T.R. tendit les bras, retira Jesse de mes genoux et la déposa sur ceux de Mémé Lin. Jesse émit un petit sifflement et continua à dormir comme si de rien n'était.

— Ils pourraient tous les deux continuer à dormir même si on avait un accident de voiture, dit T.R. Vous n'avez pas l'air aussi malade que vous le dites. Allez, venez avec moi.

J'ouvris délicatement la portière et me mis debout. J'avais l'impression d'être sur un bateau ivre et mes jambes vacillaient, mais T.R. me prit le bras et nous parvînmes à parcourir les cent mètres et quelque jusqu'au hall de réception nommé « Entrée du roi Arthur », où un concierge habillé façon « chevalier de la Table ronde » prit ma carte de crédit et nous accorda toute une aile ou presque du motel, ce qui représentait trois suites directoriales reliées entre elles. Le concierge semblait connaître le nom inscrit sur ma carte American Express : j'avais autrefois fait une pub télévisée « Ne partez pas sans elle ». J'étais le n° 2 à l'avoir fait. Karl Malden avait été n° 1.

— Eh bien, nous sommes très heureux de vous accueillir chez nous, Mr. Deck, dit-il. Nous allons vous mettre dans la suite « roi Arthur » et vos amis seront juste à côté dans les suites « Lancelot » et « Guenièvre ».

— Parfait, dis-je. Voici ma fille. Veillez à ce qu'elle ait, ainsi que ses amis, tous les rafraîchissements qu'ils souhaitent.

— Certainement, monsieur, nous allons leur envoyer immédiatement le plateau de bienvenue. Souhaiteraient-ils un pichet ou deux de Margarita ?

— Ça ferait plaisir à Dew, dit T.R. Elle boit ça comme de l'eau.

— Bon, alors, on fera monter trois pichets, dit le concierge toujours complaisant.

S'il n'avait pas été costumé façon chevalier de la Table ronde, il aurait probablement eu l'air d'un jeune yuppie sympathique. Je décelais à l'éclat de ses yeux qu'il ne perdait rien des charmes de T.R.

— Je crois qu'il est tombé amoureux de toi, dis-je à T.R. en prenant les clés monumentales qu'on venait de nous donner.

— Bof, c'est juste qu'il est en chaleur, dit-elle en lui jetant un regard sévère. J'aime pas du tout ce genre lèche-cul. Il a intérêt à faire gaffe s'il ne veut pas que je lui arrache les yeux.

Nous montâmes dans nos suites qui étaient vastes et laides — assez grandes en tout cas pour tous les gens qui étaient entassés dans la voiture ; elles l'auraient même été pour la voiture si celle-ci avait tenu dans l'ascenseur. Il y avait un Jacuzzi dans chaque chambre et T.R. retira immédiatement une de ses sandales pour y plonger le pied. Elle avait l'air enthousiaste mais aussi un peu inquiète.

— J'ai toujours l'argent que vous m'avez donné, dit-elle. Qu'est-ce que vous voulez que j'en fasse ?

— Garde-le, répondis-je. Il se peut que je sois complètement dans les vapes pendant quelques heures. J'ai vu qu'il y avait des parcs d'attractions de l'autre côté de la route. Tu pourrais y emmener les enfants, si tu veux, ou bien faire des courses. Ça ne serait peut-être pas une mauvaise idée d'acheter des vêtements pour Muddy — tel qu'il est habillé, il a l'air de sortir tout droit de prison.

— J'aurais sans doute dû l'y laisser, il va vouloir voler tout ce qu'il voit ici, dit-elle. Il voudra embarquer tous les postes de télévision et une partie des meubles. Il a toujours eu un faible pour les antiquités.

— Achète-lui des vêtements, dis-je. Peut-être qu'il se contentera de cela.

— Vous allez laisser la porte de votre chambre ouverte ? dit-elle, l'air de plus en plus nerveux.

— Bien sûr, si tu veux, dis-je. Qu'est-ce que tu as ?

— J'ai jamais été dans un motel aussi grand et aussi vieux, dit-elle d'une petite voix. Je pourrais prendre peur.

— Tu as vécu dans un des quartiers les plus mal famés de Houston et tu n'avais pas peur, lui fis-je remarquer. Personne ne viendra t'ennuyer ici.

— J'ai pas peur dans la rue. Je sais comment faire dans la rue. Mais ici je me sens un peu bizarre.

Moi, en tout cas, je ne me sentais pas bien du tout, et T.R. me regardait avec insistance. De fait, les chambres étaient déprimantes, surtout avec tous les rideaux tirés. Je les ouvris et laissai entrer le soleil. Nos suites étaient au dernier étage et donnaient, de l'autre côté de la route, sur un parc d'attractions nautiques où l'on pouvait voir des milliers de minuscules nageurs. Certains glissaient sur des toboggans gigantesques qui les faisaient dégringoler de sommets alpins jusque dans l'eau, d'autres circulaient dans des labyrinthes où l'eau pulsée les projetait. Il y avait une piscine avec des vagues. Une écume artificielle recouvrait de temps en temps les nageurs qui, vus d'ici, ressemblaient à des insectes.

— Regardez ça, dit T.R. Il y en avait un comme ça près de Houston. Moi et Muddy on voulait toujours y emmener les gosses, mais on n'avait pas assez d'argent.

— Eh bien, emmène-les maintenant, dis-je. Tu en as assez.

— C'est vous qui en avez, dit-elle. Je n'ai pas un centime à mon nom et Muddy non plus.

Elle tenait les billets que je lui avais donnés en les

regardant avec une certaine hostilité. Puis elle me regarda avec la même hostilité.

— Ça fait tellement d'argent qu'on a du mal à y croire, dit-elle. Mais pour vous, c'est de l'argent de poche.

— C'est juste de l'argent, dis-je. Va en dépenser un peu. Tu verras : très vite, tu n'auras plus de mal à y croire.

T.R. jeta brusquement les billets par terre.

— Il y a des gens qui m'ont déjà offert des billets de cent dollars, seulement c'était pas pour rien, dit-elle. Il y avait des gens qui venaient tous les jours au *Mr. Burger* et qui m'offraient de l'argent. Ils disaient tous qu'ils ne voulaient rien, que c'était juste pour m'aider, mais quand j'ai accepté, une ou deux fois, je me suis aperçue que ce n'était pas vrai. Ils veulent toujours quelque chose et ils n'attendent pas très longtemps pour vous le faire savoir. (Elle fit une pause.) Alors, qu'est-ce que vous allez vouloir, Mr. Deck ? dit-elle, soudain furieuse.

— Tout ce que je veux, c'est prendre un bain très chaud, dis-je. Puis, ensuite, je veux faire une sieste et que ce foutu mal de tête s'en aille.

— C'est pas ça que je vous demande. Je vous demande ce que vous voudrez en échange de cet argent. Votre mal de tête, je m'en tape.

— Pour l'argent ? Rien, dis-je. Ne le prends pas si tu ne me crois pas. Amène-les tous ici et regardez la télévision si vous voulez. Mais sache que je suis différent de tous ceux qui t'ont proposé de l'argent.

— J'ai des doutes. Tous les hommes disent qu'ils sont différents. J'ai entendu ça mille fois, lança-t-elle avec des yeux qui jetaient des éclairs.

— Ça, j'en suis sûr, dis-je. Et tu l'entendras encore des milliers de fois. Il n'en reste pas moins que je suis différent.

Elle me lança un regard furieux que j'essayai de soutenir mais j'avais la tête prête à exploser et je sentais le plancher vaciller sous mes pieds. Je pensais que j'allais m'évanouir ou, à tout le moins, être pris de nausées.

— Peut-être est-il trop tard pour que ça ait désormais une importance quelconque, dis-je, mais je suis ton père. Je ne veux pas t'acheter, je veux seulement te connaître. Prends l'argent ou ne le prends pas, ça m'est égal. Pour le moment, je suis malade.

Je me dirigeai en tremblant vers ma suite et commençai à me déshabiller. Je voulais me plonger dans le Jacuzzi ; et je voulais aussi mettre une serviette glacée sur ma tête prête à éclater. Heureusement, il y avait un petit réfrigérateur dans la chambre — qui n'était même pas médiéval — et je pus en tirer le bac à glace, mais je tremblais si violemment que je laissai tomber tous les glaçons par terre.

Je fus surpris de voir T.R. les ramasser.

— Vous tremblez comme une feuille, dit-elle, toute colère disparue. Vous avez l'air pire que Dew quand elle a ses règles.

— Je voulais juste me mettre un peu de glace sur la tête, dis-je. En fait, ce dont j'ai besoin, c'est de me plonger dans l'eau. J'ai déjà eu des millions de migraines comme celle-là. Ça passera.

T.R. rassembla quelques glaçons dont elle fit un amas compact que je pressai sur mon front. Je restais debout, mal assuré.

— Je croyais que vous alliez vous mettre dans l'eau ? me rappela T.R.

— Oui, mais je ne peux pas me déshabiller tant que tu es dans ma chambre, ce qui ne veut pas dire que je souhaite que tu t'en ailles.

— Eh bien moi, je souhaiterais que vous partiez si je me sentais aussi mal que vous en avez l'air. Je m'en vais tout de suite.

Je ne pouvais penser à rien d'autre qu'à me plonger dans l'eau brûlante du Jacuzzi. T.R. quitta la pièce et je me déshabillai en tenant la glace sur ma tête.

— Papa, ne vous en faites pas, je n'ai rien regardé, dit-elle sur le pas de la porte de la suite voisine. Je veux juste que vous sachiez qu'après tout, je pense prendre l'argent. Je pense que j'emmènerai les enfants et les filles pour une petite virée.

— Vas-y, dis-je. Une petite virée, c'est peut-être exactement ce dont tu as besoin.

Je pensais à nouveau qu'elle était partie. Et, à nouveau, je me trompais.

— Papa ? interrogea-t-elle.

— Qu'y a-t-il ? dis-je, à peine conscient.

— Je ne voudrais pas que vous fermiez votre porte, dit-elle. J'aurai peut-être besoin de revenir.

— Je ne la fermerai pas, ma chérie.

12

On resta trois jours au motel. T.R., Muddy, les filles et les enfants firent virée après virée, des tas de virées, pendant que je soignais ma migraine dans la suite « roi Arthur ».

Je savais avant même d'avoir quitté Houston que cette migraine serait spéciale et elle le fut. Elle s'installa pour un long séjour, comme l'aurait fait un parent mal élevé venu vous rendre une « petite » visite. Je ne l'avais pas invitée à venir, mais il faut reconnaître que je n'avais pas négocié les modalités de cette visite — j'avais été beaucoup trop préoccupé de T.R., des enfants, du voyage, de l'échappée de la prison, etc. Quand, pendant quelques heures, j'aurais dû prendre des dispositions pour mettre un terme à la visite, je n'avais rien fait, et la migraine s'était installée.

Une fois qu'elle se fut habituée, elle refusa de partir. Je pris des bains, je pris des pilules, je dormis sous un tas de glaçons et toutes ces méthodes combinées me donnèrent un certain pouvoir sur la migraine, mais j'étais loin de la contrôler entièrement. Je l'avais maîtrisée mais pas évacuée. Tant que je restais tranquille, elle se tenait à peu près correctement, se retirant quelque part dans un petit coin de mon inconscient, mais à la minute où je me levais, m'habillais et agissais comme si j'allais à nouveau mener une vie normale, elle revenait à l'avant-scène comme une pulsation intermittente.

Après deux ou trois tentatives infructueuses pour reprendre le cours de ma vie, je finis par abandonner, retournai dans mon lit et attendis aussi patiemment que possible qu'elle finisse par se lasser, et partir. Je savais qu'elle prenait plaisir à déranger les quelques habitudes que j'avais ; il me semblait que la seule façon de la vaincre était de balayer totalement tout ce que j'avais en tête pour garder l'esprit vide. Si j'y parvenais, la migraine finirait bien, après un moment, à s'attaquer à quelqu'un qui présenterait plus d'intérêt que moi.

Pire que tout, pendant ces trois jours, je n'appelai même pas une seule fois mon répondeur. J'avais abandonné Nema, Marella, Viveca, sans oublier Godwin, Gladys et mon agent littéraire à leur destin. Je savais que, si j'appelais et prenais leurs messages, je commencerais à sortir de ma torpeur ; je voudrais répondre aux bavardages de la machine. Peut-être de nouveaux amants s'étaient-ils pointés à l'horizon ; peut-être de vieux amants s'étaient-ils conduits encore plus abominablement qu'ils ne l'avaient jamais fait avant que cette migraine me terrasse. Peut-être les carrières de ces dames avaient-elles pris un tournant pour le meilleur ou pour le pire. Sans aucun doute *quelque chose* s'était passé ; mes amies étaient tout sauf inactives. Leur caractère entreprenant avait été un contrepoint à ma passivité pendant des années et des années.

— Tu es toujours le même, disait Jeanie bien souvent. *Toujours* le même.

Parfois, elle disait cela avec une certaine satisfaction, et d'autres fois avec une pointe d'énervement.

— Oui, mais c'est parce que je suis comme ça que tu m'appelles, disais-je tandis qu'elle raccrochait, furieuse.

Mais cette fois-ci, c'était moi qui n'étais pas d'humeur à appeler le répondeur. Quand je me sentis assez bien pour oublier quelque peu mon mal de crâne, je m'amusai modérément à la pensée des frustrations que mon silence avait pu engendrer dans plusieurs endroits intéressants. A d'autres moments, je me disais que selon toute probabilité ça ne frustrait personne : aucune de ces femmes ne s'était sans doute rendu compte que j'avais coupé le cordon qui me reliait à elles. Il se pouvait qu'elles soient toutes tombées amoureuses simultanément, ou qu'elles aient décidé de partir pour Venise ou Hong Kong. Ce répondeur était pour moi un port d'attache, mais je ne suis pas sûr que l'inverse fût vrai. Ces femmes n'avaient pas besoin de port d'attache ; elles étaient du genre à larguer les amarres n'importe où, n'importe quand, avec n'importe qui.

A plusieurs reprises, je fus sur le point d'appeler ma machine, mais à chaque fois je reculai au dernier moment, poussé à n'en rien faire par le sentiment d'être arrivé au fond du trou. Je pressentais que ma migraine n'attendait qu'une chose : me voir replonger à longue distance dans le tourbillon de la vie pour en profiter et réapparaître en force. On jouait un peu au chat et à la souris, ma migraine et moi, avec mon mal de crâne dans le rôle du chat. Il fallait que je sois une petite souris très prudente et très retorse si je voulais me montrer plus maline que le chat et revenir lentement à la vie normale.

Entre-temps, fidèle à ma parole, je ne fermais jamais la porte entre ma suite et la suite « Guenièvre » où s'étaient installés T.R., Muddy et les enfants. A l'exception des moments où tout le monde était parti en virée, toutes sortes de bruits me parvenaient par la porte ouverte : discussions ou querelles, enfants babillant ou pleurant, jeux télévisés, musique rock, gens s'agitant dans le Jacuzzi.

J'aimais entendre ces bruits à toute heure du jour et de la nuit — jamais je ne fus tenté de fermer la porte. Ils m'apparaissaient comme une bouée de sauvetage à laquelle je pouvais m'accrocher pour ne pas m'enfoncer dans les eaux troubles de la migraine. Ils ne m'en débarrassaient pas pour autant, mais ils m'étaient d'un grand secours.

Je sentais de temps à autre que T.R. était dans la chambre en train de me surveiller. A un moment où la migraine avait relancé son offensive et où j'étais au bord du malaise, je la vis debout près de la porte. Je levai faiblement la main et l'agitai dans sa direction. Elle s'approcha.

— Vous vous sentez comment ? demanda-t-elle.

— Comme si j'allais me faire sauter le caisson, dis-je.

— Vous n'avez pas de revolver, hein ? dit-elle, l'air inquiet.

— Mais non. Je ne vais pas me faire sauter le caisson. J'ai juste dit ça comme ça.

— Il vaut mieux pas, dit-elle un peu nerveusement. On va avoir une note d'hôtel carabinée et je doute qu'on puisse la payer si vous mourez.

A un moment où je me sentais un peu mieux, je la vis passer la tête par l'entrebâillement, portant une casquette de base-ball rose tachetée d'étoiles.

— J'ai suivi vos conseils et j'ai acheté des vêtements pour tout le monde, dit-elle. Vous voulez voir comment on est habillés maintenant ?

— Bien sûr, dis-je. Faites-moi une petite présentation de mode.

Jesse commença le défilé. Elle semblait avoir acquis plus ou moins les rudiments de la marche au cours des deux derniers jours. Elle portait un maillot de bain pourpre et elle mit timidement ses mains devant ses yeux quand elle me vit la regarder.

— On a déjà été nager six fois, dit T.R. Maintenant Jesse ne veut plus rien faire d'autre.

Elle-même resplendissait dans une chemise jaune et des jeans délavés. Bo portait de petits pantalons léopard; il se précipita immédiatement sur moi pour me mitrailler avec un AK-47 miniature.

— Bambo, dit-il avec un air de défi.

— Muddy lui a trouvé ce fusil pour l'occuper, dit T.R. pour se justifier.

Elle dut aller dans la suite d'à côté pour en tirer Muddy qui ne paraissait pas d'humeur à passer l'inspection. Je compris tout de suite pourquoi. Il avait aux pieds des bottes de cowboy rouge vif, de nouveaux Levi's, et une chemise de rodéo. Pour couronner le tout il s'était fait teindre les cheveux en rose et s'était fait faire une coupe à la dernière mode des punks de Fort Worth. Mais, contrairement à la plupart des punks, il portait une paire de fines chaînes en or en sautoir.

— C'était son anniversaire, dit T.R. C'est pour ça que je lui ai acheté les chaînes. Il voulait se déguiser en cow-boy, mais il suffit de le regarder pour voir qu'il n'aura jamais l'air d'un cow-boy, alors j'ai décidé qu'on allait lui donner un petit air punk. Les flics ne vont pas rechercher un punk avec des cheveux roses.

— Je n'en sais trop rien, dis-je. Là où je vis, c'est plutôt conservateur. Je me ferais sans doute arrêter moi-même si je me promenais avec des cheveux roses.

— J'ai un chapeau, dit Muddy, tout heureux à l'idée qu'il allait peut-être devoir le porter.

Il sortit et revint quelques minutes plus tard affublé d'un chapeau de cow-boy gigantesque qui lui cachait à moitié le visage.

— Tu as vraiment l'air d'une merde avec ce machin-là, l'informa T.R. Ça fout en l'air tout le côté punk qu'on avait réussi à te donner.

— Si je devais retourner à la prison de Houston avec des cheveux roses, j'aime mieux pas penser à ce qui pourrait m'arriver, dit Muddy. Je préférerais encore me montrer avec ce chapeau.

— Tu n'es plus aussi marrant qu'avant, dit T.R. Tu le sais, non ? J'aurais peut-être dû te laisser en prison. On doit pouvoir ramasser des mecs plus intéressants que toi dans ce coin.

— C'est pas parce que les maîtres nageurs de la piscine te font du gringue que tu vas décrocher le gros lot, lui dit Muddy. La plupart des moniteurs que j'ai connus avaient de toutes petites quéquettes.

T.R. rougit et d'une main leste lui fit tomber son chapeau.

— Surveille ton langage, Papa est malade, dit-elle. Je ne sais même pas pourquoi je t'ai amené ici. Tu n'es pas beau et tu n'es même pas gentil.

Muddy, pour toute réponse, lui décocha un de ses petits sourires qui n'exprimaient rien. Le mécontentement évident de T.R. ne semblait pas l'indisposer le moins du monde.

— Hé, hé, hé, dit Jesse qui essayait de monter sur le lit.

Je la pris dans mes bras et la hissai.

Dew, qui brillait d'un vif éclat dans un pantalon en larmé argent et un soutien-gorge de bikini, entra d'un pas nonchalant.

— Vous êtes toujours K.O. ? demanda-t-elle. On s'amuse comme des fous et vous ratez tout ça.

— Je ne rate plus rien du tout, dis-je. Jesse est là près de moi.

Une fois sur le lit Jesse était redevenue toute timide, mais pas pour longtemps ; je vis bientôt un œil bleu pâle qui me fixait à travers ses petits doigts.

— Où sont Sue Lin, Mémé Lin et Elena ? demandai-je.

— Sue Lin est en bas en train de jouer aux jeux vidéo ; c'est tout ce qu'elle aime faire maintenant, dit T.R. Elena a eu un coup de cafard parce que ses sœurs lui manquaient et elle a pris un bus pour retourner à Houston — elle ne supporte pas d'être loin de ses sœurs. Mémé Lin est toujours en train d'essayer de lire des magazines.

Jesse rampa sur mon ventre pour atteindre l'autre côté du lit. Bo courait dans tous les sens en mitraillant sa sœur bruyamment ; il allait lui flanquer un coup sur la tête avec son fusil en plastique mais je réussis à la mettre hors de sa portée. Elle regardait son frère stoïquement, ni effrayée, ni amusée.

— Du calme, Bo, tu n'es pas Rambo, dit T.R. J'aimerais bien qu'une fois au moins tu fasses bonne impression.

— Il préfère mitrailler les gens, observa Muddy.

— C'est toi qui lui as acheté ce machin, dit T.R. Moi, je voulais juste lui acheter des ballons.

J'eus soudain la sensation d'une nouvelle chute de pression dans ma tête. Le mal de crâne devait être jaloux du divertissement qui m'était offert ; il me voulait uniquement pour lui. J'étais heureux de voir tout ce petit monde autour de moi, mais leur présence commençait à me peser, à l'exception de T.R. et de Jesse.

— On pourrait lui donner un peu de coke, suggéra Dew qui avait remarqué que je commençais à me fatiguer. Peut-être que ça ferait peur à ce méchant mal de crâne.

— Je ne sais même pas s'il prend de la dope de temps en temps, dit T.R. En tout cas, il s'entend bien avec Jesse et c'est pas souvent que ça arrive. Jesse a ses têtes.

— Tu veux rire, dit Muddy. Elle flirterait avec n'importe qui.

— Papa a une mine terrible, on ferait mieux de partir et de le laisser tranquille, dit T.R. A le voir comme ça, je me dis que je suis vernie de ne pas avoir de maux de tête.

Elle se pencha pour prendre Jesse, mais Jesse se précipita immédiatement de l'autre côté du lit.

— Ouh ! dit-elle en colère.

Elle rougit violemment et sembla se concentrer pour émettre un de ses terribles hurlements.

— Ne t'en fais pas, laisse-la ici, dis-je. J'aime bien l'avoir près de moi.

T.R. se précipita de l'autre côté du lit pour tenter de l'attraper, mais Jesse fut plus rapide. Elle passa par-dessus moi et se blottit entre l'oreiller et ma tête.

— Ouh ! lança-t-elle une fois encore, et cette fois-ci plus fort.

— Bouchez vos oreilles, elle va se mettre à hurler sitôt que je vais l'attraper, avertit T.R.

— Pourquoi l'attraper ? Laisse-la plutôt ici, dis-je.

— Non, elle est trop rapide pour vous, dit T.R. Avant même que vous vous en aperceviez elle va sauter du lit et se

164

précipiter dans le Jacuzzi pour montrer qu'elle sait nager. Je ne veux pas prendre le risque de voir mon bébé se noyer.

Elle se pencha et sortit une petite fille toute raide de derrière ma tête. Jesse, bien évidemment, poussa son hurlement. Avant même que le son se soit propagé dans la suite voisine, tout le monde était parti, y compris Bo, qui s'arrêta sur le seuil pour lâcher une dernière rafale dans ma direction.

Dans mon crâne, le baromètre continuait à dégringoler ; si brève qu'eût été la visite de T.R. et de sa bande, elle avait permis au mal de tête de regagner pas mal de terrain. Je restai immobile, les yeux fermés, espérant que d'ici peu le mal allait à nouveau s'ennuyer. Il se peut que je me sois enfoncé dans un sommeil aussi bref qu'accablant. Je sentis tout d'un coup le lit s'affaisser et je me réveillai brusquement.

T.R. était là en train d'essuyer les larmes qui lui coulaient des yeux.

— Papa, s'il vous plaît, ne mourez pas, dit-elle.

Elle avait l'air misérable.

— Je ne suis pas en train de mourir, dis-je. J'ai simplement une mauvaise migraine.

— Vous n'avez même pas l'air de vouloir vivre, dit-elle.

Je m'aperçus qu'elle avait un petit bleu au coin d'un œil.

— Qu'est-il arrivé à ton œil ?

— C'est un coup de poing de Muddy — cette petite merde m'a frappée, dit-elle. C'est vrai que vous n'avez pas l'air de vouloir vivre. Ça me rend toute nerveuse.

— Tous les gens qui ont une mauvaise migraine ont cet air-là, dis-je. Mais détrompe-toi, depuis que je t'ai rencontrée, j'ai tout à fait envie de vivre.

— Foutaise, dit T.R. d'un air abattu. Après m'avoir rencontrée vous avez sans doute envie de mourir encore plus vite. Je ne vous ai rien apporté que des problèmes.

Je me penchai pour lui prendre la main, ce qui sembla la surprendre.

— Pourquoi t'a-t-il frappée ? demandai-je.

— J'arrête pas de lui dire des choses horribles. Je ne peux même pas lui en vouloir, dit-elle.

Elle s'allongea à mon côté et commença à sangloter. Je la pris dans mes bras et la laissai pleurer. Au bout d'un moment, elle s'arrêta. Je pensais qu'elle s'était endormie, mais elle releva la tête.

— J'ai dépensé tout votre argent, dit-elle. C'est au moins dix fois tout l'argent que j'ai jamais dépensé dans ma vie. Je ne sais pas ce qui m'est arrivé. J'ai juste commencé à le dépenser et au bout d'un moment il n'y en avait plus. Je suppose que je pourrai travailler chez vous et vous rembourser au bout de quelques années.

— T.R., tu n'as pas à le rembourser, dis-je. Je te l'ai donné. Je ne suis pas fâché que tu l'aies dépensé. L'argent, c'est fait pour s'amuser, tu sais. J'espère que tout le monde s'est amusé avec.

— En tout cas, pour une fois, Muddy a eu un bel anniversaire, dit-elle. Ces bottes-là ont coûté six cents dollars. Je me suis juste dit, merde, pourquoi je ne les achèterais pas ? C'est de l'argent gâché, non ? Jamais je n'aurais imaginé acheter des bottes de six cents dollars avant de vous rencontrer.

— Ne t'inquiète pas pour l'argent, dis-je.

— Comment voulez-vous que je fasse ? Vous avez déclenché quelque chose, répondit-elle. Je ne savais pas que j'avais des amis aussi intéressés. Dew est en train de me harceler pour que je l'emmène faire des courses.

— Regarde dans les poches de mon pantalon. Il devrait bien y avoir encore deux mille dollars, dis-je. Prends-les pour une dernière virée. Ça devrait aller mieux cet après-midi et nous pourrons partir.

— Maintenant, je voudrais ne jamais les avoir emmenés, dit-elle. Je me demande si je ne devrais pas appeler les flics pour leur dire d'embarquer Muddy. Au moins on serait débarrassé de ce bon à rien.

— Est-ce qu'il est souvent violent ? demandai-je.

T.R. secoua la tête.

— Il n'est pas assez grand pour être violent, dit-elle. Non, mais de temps en temps il me balance un coup, parce qu'il ne sait pas quoi faire de moi.

— Je crains que cette façon d'agir soit assez partagée, dis-je.

T.R. approuva de la tête.

— Si jamais il me frappe encore, je le tuerai, dit-elle. Ça sera la fin d'un petit mâle arrogant et stupide.

— Mais d'un autre côté, c'est le père de Jesse, dis-je.

T.R. me regarda, le visage vide.

— C'est vrai, mais ça ne m'empêchera pas de le faire si jamais il cogne une fois de plus.

Elle se leva, fouilla dans mes poches de pantalon, en tira ma dernière liasse de billets de cent dollars, me les fit bien voir et se dirigea vers la porte. Je pensais qu'elle allait partir, mais elle revint sur ses pas et s'assit à nouveau sur mon lit. Elle posa l'argent sur la table de chevet.

— Vous n'avez aucune raison de gaspiller cet argent pour ces gens-là, dit-elle. Vous ne les connaissez même pas. Vous les avez laissés venir pour être poli. Mais tout ce que vous vouliez vraiment, c'était moi et les enfants.

— C'est vrai, dis-je, mais ça n'a pas vraiment d'importance. Tes amis sont très sympathiques et, en outre, il n'y a aucune raison pour ne pas être poli.

— Oui, mais être trop poli, ça existe aussi, dit-elle. Ça, c'est pas un de mes défauts, mais ça pourrait être un des vôtres.

— Tu ne serais pas la première à le penser, dis-je. Toutes mes amies estiment que je suis trop poli. Elles pensent que ça a un côté faiblard et, pour tout dire, ça les ennuie vraiment. Elles préféreraient sans doute rencontrer des types comme Muddy qui leur balanceraient une bonne gifle de temps en temps.

— Ça ne vous gêne pas qu'on pense ça de vous ? dit T.R., l'air surpris.

— Chacun s'arrange comme il l'entend, dis-je. Rien n'est plus facile que de trouver des hommes qui cognent.

J'essayais de me remémorer les centaines de conversations que j'avais eues avec des femmes, exaspérées par ma courtoisie, qui tentaient de me faire sortir de mes gonds pour voir jusqu'où j'irais, ne serait-ce qu'en leur balançant des mots à défaut de gifles.

— Vous avez beaucoup d'amies ? demanda T.R.

Elle était de meilleure humeur et paraissait détendue et curieuse.

— Je pourrais répondre à cela par oui et non.

— C'est pas étonnant qu'elles se fâchent si c'est la réponse la plus directe que vous pouvez donner, dit-elle. Est-ce qu'il

167

y a une femme à l'endroit où nous allons, si toutefois on finit par y arriver ?

— Il y a Gladys, mais ce n'est pas une petite amie ; elle s'occupe de la maison, dis-je.

— En d'autres termes, vous n'avez pas de petite amie, c'est ça ? dit-elle.

— Pas en ce moment. Pas précisément, dis-je.

— Je suppose que c'est pour ça que vous êtes venu me chercher à Houston, dit-elle. Vous vouliez avoir une femme à la maison.

Je la corrigeai.

— Je voulais avoir *ma fille* à la maison.

Elle regarda par la fenêtre pendant un moment. Puis elle mit sa main sur mon front, regarda à nouveau par la fenêtre, tendit la main vers la table de chevet et prit quelques billets de cent dollars avant de se lever.

— Vous pourriez être tombé cette fois-ci sur un os difficile à ronger, monsieur Poli, dit-elle en me quittant.

13

Pendant que T.R. et sa bande étaient en train de faire leur dernière petite virée, ma migraine se résolut à partir. En moins d'une heure le baromètre qui reflétait l'écosystème particulier de mon cerveau commença à monter ; la pression remonta, la tempête crânienne se dissipa, et je me sentis soudain aussi léger et frais que si je venais de prendre l'air, chargé d'effluves printaniers, par un beau jour d'avril.

Cette sensation de légèreté était toutefois un peu illusoire : la migraine m'avait rendu visite pendant trois jours de suite et mes mains tremblaient encore au point que j'eus du mal à enfiler mes chaussettes. Mais le mal de tête, mon hôte catastrophique, était parti. Comme toujours dans ces cas-là, ces premières heures de convalescence semblaient un miracle, presque une renaissance.

Personne n'étant là pour partager mon retour à la vie, je pris le téléphone et donnai quelques appels. Le premier, bien évidemment, à mon répondeur. J'avais toujours quelque appréhension à l'appeler, surtout après avoir négligé pendant trois jours la discipline que je m'imposais de l'appeler fréquemment. En l'espace de trois jours, la vie peut entièrement basculer cul par-dessus tête comme je venais de le constater. J'avais pris certains risques en me retranchant de ce petit monde pendant trois jours sans avoir prévenu mes interlocuteurs : une amitié, nourrie de la douce intimité que rend possible cet extraordinaire instrument qu'est le téléphone, n'est plus qu'un buffet froid s'il arrive un moment critique dans la vie où l'on ne sait pas où vous joindre — cette distance, m'avait averti Jeanie, peut modifier une relation intime, même irrégulière, en quelque chose de figé.

Ce n'était donc pas seulement les conséquences de la migraine que j'allais devoir affronter quand je composai le code de mon répondeur en attendant qu'il me précise où, pour ainsi dire, nous en étions tous. Je me souvenais qu'après une autre période de silence provoquée par une autre migraine, j'avais enregistré sans sourciller plus de vingt messages de Nema qui traversait une phase de vie tumultueuse, due aux brusques changements d'humeur d'un instructeur maniaco-dépressif qu'elle avait rencontré dans une galerie de tir et dont elle était tombée amoureuse. Nema était un bon fusil qui s'entraînait assez souvent au tir. Elle était tout à fait du genre à expédier une balle ou deux sur quiconque lui poserait de graves problèmes. L'ennui, dans ce cas particulier, c'est que l'instructeur — il s'appelait Rick — pourrait être plus rapide qu'elle. L'imagination de Nema la portait à la dramatisation ; elle se nourrissait d'une mixture contradictoire puisée aussi bien chez Jung que dans les bas-fonds de la culture populaire. En fait, elle imaginait la vie, et notamment la vie amoureuse, comme une série de duels dont le tireur le plus rapide sort vainqueur. La façon dont elle avait érigé le drame en mode de vie avait toujours été pour moi un mystère. Aucune impératrice des temps anciens, ni Theodora, ni Cléopâtre, ni la Grande Catherine, ne pouvait avoir été plus sûre d'elle que Nema, mais cette assurance reposait sur la conviction qu'elle serait toujours le tireur le plus rapide. En vertu de quoi, son badinage avec l'instructeur de tir était une catastrophe. Elle avait choisi de défier un tireur d'élite.

Tout ceci avait donné lieu à une série de messages d'abord

fébriles, puis graduellement de plus en plus furieux dans la mesure où je n'y répondais pas.

Quand cessa ma migraine et que je la rappelai, la crise était passée : l'instructeur était en prison, non pour avoir tenté de tuer Nema, mais parce qu'il était mêlé à un trafic de fusils automatiques.

— Il aurait pu me tuer, répétait Nema au cours des mois suivants. C'était un ancien « béret vert ».

— Est-ce que c'est moi qui t'ai conseillé de tomber amoureuse d'un « béret vert » ? lui demandais-je en adoptant ce que je croyais être la seule ligne de défense plausible.

— Tu n'as rien fait pour m'en empêcher, répliquait-elle.

Dans son esprit, c'était exactement la même chose. Elle était absolument déterminée à m'extorquer un aveu de culpabilité.

Cette fois-ci mon répondeur ne contenait qu'un message cryptique de Jeanie : « Tu es là ? Tu es là ? Au revoir. » Suivi d'un appel poli et un peu nerveux de la brigade locale des pompiers qui m'invitait à son pique-nique annuel. En tant que généreux donateur, j'y étais toujours invité. J'hésitai à appeler Godwin et Gladys pour les informer que j'arrivais avec toute une bande, mais finalement j'y renonçai. La vie ne réservait que peu de surprises à Godwin et Gladys ; ils étaient essentiellement des spectateurs. Tout ce que j'avais fait au cours des deux dernières années se limitait à rester allongé la plupart du temps et à regarder des vidéos européennes entre deux coups de fil longue distance. Au cours des six derniers mois, je n'avais même pas fait démarrer ma Mercedes, et ils n'avaient pas non plus fait démarrer leurs propres voitures — si le fait de faire démarrer une voiture peut être considéré comme un signe de dynamisme. Pendant tout ce temps, Godwin n'était parvenu qu'à écrire huit pages de son livre sur Euripide et les Rolling Stones ; Gladys ne s'était pas particulièrement agitée non plus. C'était elle la cuisinière, mais, plutôt que d'apprendre une recette ou deux de temps à autre, elle avait fait une croix sur ce qu'elle avait su autrefois, et avait peu à peu remplacé le poulet frit et le bœuf aux haricots rouges qu'elle cuisinait avec une certaine dextérité par des platées de corn-flakes et des pizzas surgelées.

J'aurais pu empoigner le téléphone et leur annoncer que ces jours tranquilles étaient derrière eux : T.R. et sa bande arrivaient. Il allait falloir élever des petits enfants et s'occuper d'un assortiment d'hôtes tricolores permanents ou semi-permanents. Gladys allait peut-être devoir se remettre à la cuisine ; Godwin devrait réapprendre à porter des vêtements et faire preuve d'une plus grande discrétion dans le choix de ses invités.

J'étais debout devant l'immense baie vitrée de la suite « roi Arthur », heureux de tenir sur mes pieds pour la première fois depuis trois jours. Je me sentais moi-même un peu dans la peau du roi Arthur, ou peut-être dans celle de Richard Cœur-de-Lion ou de tout autre croisé triomphateur. Le voyage à Houston avait été ma propre croisade. Je m'étais réveillé de mon long assoupissement — un assoupissement qui était devenu un mode de vie — et combattu ce guerrier sarrasin redoutable qu'était l'indifférence. Quelque part, de l'autre côté de l'autoroute charriant un flot d'automobiles, ma famille était probablement en train de nager et de s'amuser dans le parc nautique inondé de soleil. En les récupérant, j'avais retrouvé mon Saint-Graal. Debout devant la baie vitrée, je versai une larme ou deux — larmes d'autosatisfaction, je suppose, mais larmes quand même. Ce n'est pas tous les jours qu'un homme riche, ayant dépassé la cinquantaine, totalement replié sur lui-même, reçoit en cadeau des êtres humains aussi lumineux que T.R. et Jesse.

Je me dirigeai vers la porte donnant sur la suite « Guenièvre » et y jetai un coup d'œil ; la mise à sac d'Alep, telle qu'elle avait été décrite par Froissart (mais était-ce bien Froissart ?) me vint immédiatement à l'esprit, sans doute parce que j'avais encore les croisades en tête. Des boîtes grandes ouvertes en provenance de divers magasins étaient éparpillées dans tous les coins ; les papiers de soie qui emballent les vêtements neufs étaient dispersés un peu partout ; certains flottaient même dans le Jacuzzi. Les vêtements eux-mêmes étaient éparpillés sur les chaises et les divans ; dans l'ensemble, ils étaient d'un goût assez douteux. Les jouets avaient proliféré : il y avait une tortue verte géante qu'un enfant de l'âge de Jesse pouvait chevaucher, des monstres en plastique que personne n'avait encore pris la peine d'assembler, une bicyclette rouge avec roulettes pour débutants. On pouvait voir aussi, appuyé contre un montant du lit, un AK-47, mais pas pour rire celui-là, un vrai, avec une boîte de munitions sur une table basse. Et ici et là, des transistors, des télés portables, des *ghetto blasters,* ces énormes radios qui vous défoncent les tympans. Je jetai un œil dans la salle de bains où il y avait un imposant déploiement de crèmes, shampoings, huiles, lotions, parfums. T.R. avait effectivement appris à dépenser son argent.

Je retournai dans ma suite, commandai deux sandwiches au fromage et un soda. Les deux sandwiches me parurent divins. Il me vint à l'esprit, pendant que je les dégustais, que j'étais peut-être en train de prendre mon dernier repas tranquille ou, à tout le moins, mon dernier repas en solitaire.

Je n'avais jamais admis auparavant que j'étais un animal solitaire — peut-être pour l'admettre fallait-il que je me sente l'esprit léger comme il m'arrive pendant une heure ou deux après une terrible migraine. Personne n'est censé être seul, et encore moins vivre en solitaire, à cette époque où les rapports humains apparaissent comme une nécessité absolue. On est inondé par une littérature de bas étage qui ne cesse d'exalter et d'analyser ces rapports humains. Mais je ne crois pas qu'on écrive aujourd'hui des livres sur l'homme solitaire. C'était précisément ce livre que j'étais décidé à écrire — un livre sur la splendeur et la misère de l'homme seul et sur la façon dont il lui faut régler sa vie pour vivre sa solitude sans se couper de la culture et de la civilisation.

Quelle ironie du sort, assez répandue en littérature, que je sois en train d'écrire ce livre — *si* je l'écrivais ou tentais de l'écrire — au moment même où la situation que je voulais décrire avait changé du tout au tout ! L'harmonie profonde du silence ferait bientôt place au tumulte de la vie familiale — aux échanges vifs, bruyants, ceux-là mêmes qui avaient fait fortune dans *Al et Sal.* Seulement cette fois-ci je ne serais pas en train d'imaginer la vie de famille. Je serais en train de la vivre.

Je ressentis pendant un petit moment la même panique que j'avais connue quand T.R. avait appelé, et la même crainte que j'avais eue pendant mon voyage vers Houston. Ce n'était pas la simple peur de n'être pas à la hauteur en tant que père ; je n'étais pas particulièrement soucieux sur ma capacité à m'entendre avec T.R. et les gosses. La panique était surtout d'origine littéraire : qu'arriverait-il si j'oubliais la trame de la solitude avant que d'en parler ? Retrouver une famille après tout ce temps, c'était formidable ; mais ce qui n'était pas formidable, c'était de penser que le livre pourrait être perdu. Déjà j'étais en train de perdre l'intuition subtile et la clarté d'esprit du solitaire. Cinq minutes avec T.R. et Jesse dans cette pièce avaient suffi à me changer du tout au tout et à oblitérer la mémoire de ce que j'étais auparavant. J'étais ici, et heureux de l'être ; mais qu'était-il advenu de cet autre moi, plus vieux, plus familier ? Le moi qui ne démarrait pas sa voiture pendant six mois, l'Oblomov américain ? Et si mon vrai moi — il pouvait y en avoir plusieurs — était le moi capable de créer, plutôt que celui que j'allais devenir ?

C'était le type de questions auxquelles on ne pouvait pas répondre en dégustant un sandwich au fromage et en buvant un soda dans un motel pseudo-moyenâgeux d'Arlington. Je pris cependant la résolution d'appeler Blackwell aux premières heures du matin, et de commander tous les livres qu'ils pourraient avoir sur les ermites et le désir de vivre en solitaire. Je ne pourrais plus être un ermite, mais au moins pourrais-je méditer sur leur vie — saint Antoine, saint Siméon Stylite et bien d'autres, qui avaient vécu dans des caves ou au sommet d'une colonne pendant quarante ans. Je ne craignais pas de ne plus être un solitaire, mais je craignais de ne plus me souvenir de ce que c'était que d'en être un. Les livres m'aideraient peut-être.

C'était déjà la nuit en Angleterre, autrement j'aurais appelé Blackwell immédiatement. Je me contentai d'appeler Jeanie Vertus. Je n'obtins que son répondeur et une voix blanche invitant à laisser un message.

— Salut, dis-je. Je serai chez moi dans trois heures. J'ai trouvé ma fille. Elle est formidable, comme ma petite-fille d'ailleurs. J'ai huit personnes avec moi, des amis de ma fille pour la plupart. Et le père de ma petite-fille également, qui s'est tiré de prison avec notre aide.

Je m'arrêtai à ce moment-là pour réfléchir un peu. Ce genre d'information allait probablement perturber Jeanie. Je me demandai si je devais lui expliquer que Muddy n'était qu'un petit voleur, ni méchant ni dangereux. Mais si je commençais à me lancer dans des explications, mon message risquait de durer plusieurs heures.

— J'ai un tas d'autres choses à te dire, poursuivis-je après avoir choisi de faire l'impasse sur le reste, mais je ne peux pas te parler trop longtemps sur ce téléphone. Je t'embrasse. Appelle-moi.

Pour une raison quelconque je n'étais pas très satisfait de mon message — celui-ci n'expliquait en rien le changement de personnalité que j'étais en train de vivre, alors que tout changement chez Jeanie — chose qui arrivait fréquemment — donnait lieu à des messages brillants qui expliquaient parfaitement ce qu'elle était en train de devenir et pourquoi. Le simple fait de changer sa façon de s'habiller signifiait que Jeanie avait décidé d'être tel personnage plutôt que tel autre en une certaine occasion. L'étape que je traversais, de la vie solitaire à la vie de famille, allait se révéler plus compliquée qu'un changement de costume ; j'allais devoir changer de *vie,* ou, à tout le moins, tenter de le faire. Ça allait être un vrai bouleversement, et si je laissais un message un peu plus cohérent à Jeanie, ça l'aiderait à comprendre ce qui allait m'arriver, mais ça m'aiderait également. Mon message prendrait la valeur de la première phrase d'un livre — le livre de ma nouvelle vie.

Ma montre égrenait les secondes ; plus je songeais à ce changement et moins je me sentais apte à le résumer sur un répondeur, fût-ce celui de Jeanie qui était pourtant le répondeur avec lequel je me sentais le plus à l'aise.

— Les choses vont être différentes, maintenant, ajoutai-je, pas sûr du tout de savoir ce que je voulais dire exactement par là.

J'aurais dû être plus explicite, mais les secondes passaient et je ne trouvais rien à dire qui me satisfasse — en tout cas, rien qui ne m'aurait pris au moins un chapitre pour l'expliquer. Finalement, après avoir encore bien réfléchi pendant quelques secondes, je dis simplement « salut » et raccrochai.

TROISIÈME PARTIE

1

Godwin n'avait sur lui que son vieux maillot de bain vert fatigué quand il ouvrit la porte d'entrée de Los Dolores et aperçut notre petite bande pour la première fois. Il avait l'air complètement pété du bonhomme qui n'a pas cessé de se défoncer pendant quelques jours sur la musique des Rolling Stones.

— Où est le jardin? demanda T.R. en jetant un œil dubitatif sur ma merveilleuse maison en pisé. Cette maison ridicule a l'air d'avoir été faite avec de la gadoue.

— Tu verras, l'intérieur n'est pas mal, dis-je timidement.

T.R. et Muddy s'étaient disputés pendant tout le trajet d'Arlington à ici et le moins qu'on puisse dire, c'est que l'humeur de T.R. n'était pas au beau fixe. Avant même que je puisse aider Mémé Lin à s'extraire de la Cadillac — elle était percluse de rhumatismes depuis son séjour à Arlington —, un délicieux moment jamesien se produisit quand Godwin et T.R. se jaugèrent pour la première fois. T.R. superbe malgré ses vêtements criards, fonçant dans la maison avec Jesse sur sa hanche, était la quintessence de la jeunesse américaine, de la belle plante américaine, de l'ignorance américaine et de l'énergie américaine; et Godwin Lloyd-Jons, vestige européen — drogué à mort, baisé à mort, cultivé à mort —, n'était plus guère qu'un cerveau.

— Qui êtes-vous? Je parie que je pourrais attraper le sida

rien qu'en vous serrant la main. Surtout n'embrassez pas mes bébés, dit T.R., un peu décontenancée devant la silhouette maigrichonne et édentée debout à la porte.

En fait Godwin n'était pas aussi défoncé qu'il aurait dû l'être pour jouer le rôle que je lui avais attribué afin que l'équation jamesienne prenne toute sa valeur. Son œil s'éclaira immédiatement à la vue de cette splendide jeune femme. La lueur dans son regard me donnait un sentiment de *déjà vu,* car il avait eu la même lueur quand il avait rencontré Sally, la mère de T.R., un quart de siècle plus tôt ; à sa manière assez répugnante, Godwin était en quelque sorte un survivant.

— Ma chère, je suis Godwin, et je puis vous assurer que depuis quelques années je mène une vie plutôt chaste et studieuse, dit-il avec onctuosité. J'ai bien connu votre mère, entrez donc, quels beaux enfants vous avez.

— Je suis Gladys, c'est moi qui fais la cuisine, dit Gladys, perplexe.

T.R. déposa Jesse à terre et Jesse, heureuse d'être enfin sortie de la voiture, trotta tout de suite vers Gladys dont le cœur racorni fondit en quelques secondes.

— Regardez-moi cette mignonne petite fille, dit Gladys.

Elle se cassa en deux pour prendre Jesse dans ses bras.

— Vous devriez aller vous habiller ; je ne vais pas rester ici à contempler votre vieille poitrine décharnée, dit T.R. en direction de Godwin. On a des tas de choses à décharger de la voiture et vous pourriez aider si vous étiez vêtu convenablement.

— Je vois, dit Godwin soudain docile et qui semblait prêt à faire tout ce qu'on lui demandait.

Nous étions Gladys et moi stupéfaits — combien de fois lui avions-nous demandé sans succès d'aller se rhabiller !

Avant même que nous puissions poursuivre les présentations, Bo leva la première tempête de notre nouvelle vie en fonçant vers la piscine et en s'installant avec son AK-47 à l'extrémité du plongeoir. Le problème tenait au fait que la piscine venait d'être vidée pour nettoyage ; s'il tombait, c'était une chute de trois mètres sur les dalles du fond.

— Muddy, va le chercher, ordonna T.R.

Muddy, qui tenait dans les mains le vrai AK-47, inspectait les environs avec appréhension. En fait, il n'y avait pas grand-chose à voir dans les environs — la maison était bâtie sur un promontoire coincé entre les grandes plaines qui s'étendaient au nord et les collines arrondies au sud. Ce qu'il y avait de plus intéressant, c'était encore le ciel profond de l'Ouest, une caractéristique qui n'avait pas l'air de soulever l'enthousiasme de Muddy Box. Il ne manifesta aucune envie d'aller secourir Bo sur son plongeoir.

— Cet endroit est vraiment un trou perdu, dit-il, à la fois surpris et consterné.

— C'est sûr, Papa l'a choisi juste pour que tu ne puisses pas faire de bêtises, Muddy, dit T.R. Pas d'appartements où piquer des télévisions, pas de galeries marchandes pour le vol à l'étalage. Je ne sais pas ce que tu vas faire en guise de distraction.

— Je me demande ce qu'on va tous faire en guise de distraction, dit Dew qui paraissait également inquiète à l'idée de devoir vivre dans un tel désert.

— Il y a des tas de choses à lire, dis-je nerveusement.

Je réalisai, au moment où je le disais, que ces gens n'étaient pas du genre à fureter dans ma bibliothèque de quelque dix mille livres sélectionnés avec grand soin. Mais peut-être les milliers de disques et les centaines de films vidéo leur feraient oublier un moment qu'ils étaient dans un endroit désert.

Muddy ne tint aucun compte de l'ordre de T.R. d'aller à la rescousse de Bo sur son plongeoir et se dirigea en direction des collines, son AK-47 en bandoulière.

T.R. avait l'air particulièrement nerveuse et cette nervosité était assez électrique pour mettre tout le monde mal à l'aise. Dès que j'eus fini d'aider Mémé Lin à s'installer dans la maison, T.R. me prit pour cible.

— C'est votre petit-fils là-bas sur le plongeoir qui risque de tomber et de se fracasser le crâne, dit-elle. S'il tombe et qu'il se tue, je vais vous faire un procès en dommages et intérêts pour trois millions de dollars, et ça m'est égal que vous soyez mon papa. Pourquoi vous n'essayez pas de le faire descendre de là ? Et qu'est-ce que ça veut dire de laisser cette piscine vide quand il y a des gosses qui pourraient tomber dedans ?

— J'ignorais que la piscine allait être nettoyée cette semaine, dis-je. Je vais voir ce que je peux faire.

Je me dirigeai vers la piscine. Bo était allongé sur le ventre au bout du plongeoir et ne semblait pas en danger immédiat de dégringoler. Quand il me vit arriver, il dirigea son fusil en plastique dans ma direction.

— Hé, Bo, lui lançai-je, pourquoi tu ne viens pas voir ce qu'il y a dans la maison ? Il y a peut-être des trucs qui t'amuseraient.

— Bambo, dit Bo en émettant des onomatopées qui, dans sa tête, devaient ressembler au tir d'un AK-47 — pointé, pour le moment, dans ma direction.

T.R. et toute la bande avaient disparu dans la maison ; Muddy Box était déjà à mi-colline. J'étais seul avec Bo pour la première fois dans nos vies respectives. Il n'avait pas du tout l'air de vouloir évacuer le plongeoir.

Je pensai que l'évocation d'un petit cadeau pourrait peut-être l'amener à le faire. En me promenant dans les zoos ou les parcs à travers le monde, j'avais souvent remarqué que des parents désespérés essayaient d'acheter la bonne conduite de leurs enfants par la promesse de quelque chose — parfois de l'argent, parfois des gâteaux, parfois de la barbe à papa, ou encore une entrée pour le palais des glaces. Le fait que ces parents avaient fini par avoir recours à la corruption se lisait sur leur visage. Ils affichaient un air coupable.

Si ça avait marché pour eux, ça marcherait peut-être pour moi. Je fouillai dans ma poche, mais tout ce que je trouvai, c'était une liasse de billets de cent dollars. Dans un monde idéal — c'est-à-dire un monde où je ne devrais rendre de comptes à personne —, j'aurais donné à Bo la liasse de billets si j'avais pu penser une seconde que cette action l'inciterait à revenir.

Mais on ne vivait pas dans un monde idéal ; c'était plutôt un monde où les complications proliféraient comme la mauvaise herbe. Bo n'était sans doute pas particulièrement intéressé par des billets de cent dollars — après tout il n'avait que trois ans — mais, s'il les acceptait et devenait soudain un petit garçon obéissant, j'aurais encore à subir la désapprobation des autres membres de notre groupe. J'imaginais le ridicule de ma situation si jamais Bo entrait dans la maison et claironnait que je lui avais donné mille huit cents dollars pour quitter son plongeoir. Tout le monde se paierait ma tête et penserait que j'étais aussi cinglé que nul. Pourtant mille huit cents dollars n'avaient pas plus d'importance pour moi que pour Bo, et tous les gens qui ne manqueraient pas de me critiquer auraient peut-être fait la même chose s'ils avaient été aussi riches que moi et aussi désarmés.

— S'il te plaît, ne reste pas sur le plongeoir, plaidai-je.

Par manque de petite monnaie pour essayer de le corrompre, j'en étais venu à le supplier. Malheureusement, ça ne marchait pas. Bo restait allongé sur le ventre en pointant son fusil dans ma direction.

Soudain, à ma grande surprise, il me vint une pensée d'ordre pratique. Pourquoi ne pas remplir la piscine ? Je l'avais déjà fait une fois ou deux et je devais pouvoir être capable de faire couler l'eau. Le préposé à l'entretien de la piscine, quand il allait revenir, serait sans doute excédé à l'idée d'avoir à la vider à nouveau pour la nettoyer, mais j'estimais qu'il valait mieux m'attirer les foudres de ce monsieur que celles de T.R. Je pouvais simplement la remplir d'un mètre d'eau, c'est-à-dire suffisamment pour que Bo ne se fracasse pas le crâne.

Je me dirigeai vers la pompe et tournai la grosse soupape ; à mon grand bonheur, je vis que l'eau commençait à déferler. J'avais donc eu une pensée pratique que j'avais réussi à mettre en application. Du coup, je retrouvai une certaine confiance en moi ; et je la sentis grandir. Peut-être après tout n'étais-je pas totalement nul et peut-être parviendrais-je à maîtriser l'art d'être grand-père.

Cette euphorie fut de courte durée. Bo jeta un œil sous le plongeoir et aperçut l'eau qui montait en bouillonnant. A ma grande surprise, il eut une réaction de peur et d'affolement. Il se leva brusquement, tenant fermement son fusil, et se mit à hurler et à sauter sur le plongeoir. Il fut à deux doigts de passer par-dessus bord. Il n'y avait guère encore que deux ou trois centimètres d'eau dans la piscine, et y tomber présentait autant de danger que s'il n'y avait rien eu.

— Ne t'en fais pas, n'aie pas peur, lui dis-je. Je suis juste en train de remplir la piscine. Tu n'aimes pas nager ?

J'obtins pour seule réponse des cris encore plus perçants — la peur de l'eau qui déferlait sous lui le rendait hystérique. Je pensai que, dans la mesure où il pleurait si fort qu'il ne pouvait rien voir, il allait finir par dégringoler. Je n'avais pas mis les pieds sur le plongeoir depuis des années, mais là j'y fus en quelques secondes. Je réussis à lui attraper un bras et à le retenir juste au bon moment ; son fusil dégringola et fut déporté en quelques secondes vers l'autre côté de la piscine. Bo continuait à hurler et me donnait des coups de poing et des coups de pied, mais je n'y prêtai guère attention ; je le traînai vers la chaise longue la plus proche et m'assis. Il était fou furieux, mais il était aussi très petit, et je n'avais aucun mal à le maîtriser. J'eus une poussée d'adrénaline si violente que je me sentis faiblir, mais je n'en tenais pas moins Bo fermement.

— Hé, Papa, tu commences à comprendre, dit T.R.

Elle était arrivée près de la piscine, rayonnante, sans que je m'en aperçoive. Près d'elle, Godwin. Mais un Godwin en pleine mutation : il portait une chemise en crépon et des pantalons d'un blanc immaculé ; si je n'avais pas été déjà complètement traumatisé, je le serais devenu à sa vue. En quelques minutes, il avait changé de look : d'intellectuel contestataire, il était devenu un colon des temps modernes. On aurait pu le croire propriétaire d'une plantation de teck à Ceylan. Il avait réussi à se transformer en un personnage tout à fait fréquentable pour la première fois depuis son arrivée ici, mais en plus il semblait que T.R. et lui soient devenus amis : ils fumaient un joint qu'ils se passaient de l'un à l'autre.

— Je retire ce que j'ai dit à propos de votre maison, dit T.R. De l'extérieur, ça ressemble à un tas de boue, mais l'intérieur est vraiment chouette. Il y a un seul problème : il va falloir se débarrasser d'un tas de livres. La moitié des chambres en sont tellement pleines qu'on ne peut même plus voir les murs.

— J'ai l'impression que Bo a peur de l'eau, dis-je en essayant d'attirer l'attention sur le sauvetage que je venais d'effectuer. Je l'ai attrapé juste à temps, ajoutai-je.

Mais ni T.R. ni Godwin ne portaient une attention quelconque à ce que je disais. Ils étaient plongés dans une discussion sur les orchestres de rock post-new-wave et prenaient avec désinvolture le fait que j'aie réussi à sauver la vie de Bo.

— J'avais pas mal de cassettes de hard rock mais Muddy les a volées, remarquait T.R. Muddy vole tout ce qui n'est pas solidement cloué au sol, et si vous lui en laissez le temps il enlèvera les clous et les volera aussi.

— Il nous faudra le surveiller de près, dit Godwin d'un ton grave. Il semble être un jeune homme charmant.

— Charmant tant qu'on lui fiche la paix, dit T.R. Sinon la vapeur lui sort du nez comme un vieux taureau en colère.

Bo réussit à se dégager et alla s'agripper aux jambes de sa mère. Il sanglotait toujours, s'arrêtant de temps à autre pour pointer un index tragique en direction de son fusil qui flottait maintenant au milieu de la piscine.

— Parlant du diable, où est donc Muddy? demanda T.R.

— Je suppose qu'il est allé prendre l'air, dis-je. Je l'ai vu partir avec son fusil automatique.

— Une petite baignade? demanda Godwin. La piscine ne va pas tarder à être pleine. Je pourrais préparer quelques Bloody Mary et nous irions nager.

— Changez les Bloody Mary en Margarita et je suis partante, dit T.R. Avec Dew on a acheté un tas de nouveaux maillots de bain qu'on aimerait essayer.

Nous entendîmes à ce moment-là le crépitement d'un AK-47 en provenance de la colline. On tirait rafale après rafale — ça faisait un tel potin et c'était tellement inattendu que Bo en cessa de pleurnicher.

— C'est Muddy, dis-je. Je me demande sur quoi il a trouvé à tirer. Il n'y a pas grand-chose en bas des collines à part quelques réservoirs d'essence.

A peine avais-je dit cela qu'on prit une claque phénoménale dans les oreilles. Le bruit d'un jet au ras des pâquerettes n'était que broutille à côté de ça. « Claque » me paraît le mot juste pour décrire cette commotion soudaine, bien que faible pour donner la mesure du bruit — encore qu'appeler ça « bruit » était totalement inadéquat. La vie, le monde ne furent plus qu'un *bang* démesuré — toute autre sensation qu'auditive avait été annihilée. D'instinct on se tourna tous dans la direction opposée en courbant le dos, incapables de penser ou de bouger. Je fermai les yeux, paralysé. Quand je les rouvris à nouveau, je me sentis détaché de tout, comme si moi-même et mes pensées — en considérant que j'en aie eu — avions été soufflés dans des directions opposées. J'aperçus Bo qui serrait furieusement la jambe de sa mère. T.R. avait mis ses bras sur sa tête. Godwin, cassé en deux, continuait a envoyer aux anges un sourire imbécile et édenté.

Je vis bouger les lèvres de T.R., mais la vitesse du son avait changé ; elle s'était ralentie, et ses mots me parvenaient hachurés, comme si ce bang monstrueux l'avait transformée en automate.

— Papa, je crois que c'est la fin du monde, dit-elle. Mais ne me le dites pas si c'est ça.

Un colossal nuage d'un noir de goudron montait de la plaine en bas de la colline. Il partait tout droit en direction du ciel comme s'il avait été propulsé par une gigantesque fusée.

— Ce n'est pas la fin du monde, dis-je à T.R. Mais je pense que c'est la fin des cuves de pétrole.

— Vous feriez mieux de vous en assurer, j'ouvre pas les yeux avant de savoir si c'est bien ça, dit T.R., les paupières fermées.

Je contemplai la fumée qui commençait à masquer le ciel ; elle montait de la colline à la façon d'une marée noire.

— J'en suis sûr, ma chérie.

2

Je pouvais dire adieu à mes cuves de pétrole, et nous faillîmes également dire adieu à Muddy. La production mensuelle de mes petits puits, soit environ cinquante-huit mille dollars de West Texas Intermediate Crude, venait de partir en fumée — un bon tas de fumée. Le temps que Godwin et moi ayons persuadé T.R. que la fin du monde n'était pas encore proche, la moitié des foreurs, des cow-boys et des pompiers des trois ou quatre cantons environnants s'étaient rassemblés dans mes pâturages. Ils ne pouvaient guère faire autre chose que se gratter le crâne d'un air dubitatif. L'un d'entre eux trouva Muddy, heureusement entier, mais inconscient, soufflé contre un tas d'herbes folles. Les efforts pour le ressusciter ayant échoué, nous dûmes envoyer un message radio pour demander un hélicoptère des services d'urgence. T.R. refusa de monter dedans ou de prendre une décision quelconque à propos de Muddy. Elle

avait réussi, avec l'aide de Godwin, à me persuad
m'incombait d'accompagner Muddy à Dallas dans un h
équipé de matériel ressuscitatoire conséquent. Je n'avais
vraiment pas envie d'y aller — j'avais le sentiment que les
événements étaient en train de m'emporter à une cadence
que je n'aurais jamais imaginée — mais je me rendais compte
également que le pauvre Muddy était peut-être en train de
mourir ; quelqu'un devait l'accompagner. Je montai donc à
bord de l'hélicoptère et nous partîmes en tournoyant en
direction de Dallas.

Je passai la plus grande partie des trois jours suivants dans
la petite salle d'attente de l'hôpital Parkland de Dallas, en
attendant que Muddy reprenne ses esprits. On m'assura que
son cerveau fonctionnait toujours. Quand je téléphonai la
bonne nouvelle à T.R., elle prit un ton sarcastique.

— Comment son cerveau pourrait-il fonctionner maintenant alors qu'il n'a jamais fonctionné ? remarqua-t-elle.
Personne doté d'un cerveau normalement constitué ne
tirerait dans des cuves à essence avec un fusil automatique.

Je pouvais entendre en bruit de fond de la musique rock
qui faisait un bruit du tonnerre.

— Comment va tout le monde là-bas ? demandai-je nerveusement, me sentant déprimé et mis à l'écart.

— Eh bien, c'est une longue histoire, dit T.R. Je vous
raconterai quand vous reviendrez.

— Je n'ai rien d'autre à faire qu'à attendre, lui fis-je
remarquer. Tu ne pourrais pas m'en raconter une partie
maintenant ?

— Non, dit-elle en raccrochant.

La salle d'attente, comme toutes les salles d'attente
d'hôpital, était pleine de gens inquiets et lugubres qui
attendaient de savoir si les personnes qui leur étaient chères
allaient passer de vie à trépas. Muddy ne m'était pas
particulièrement cher ; je ne le connaissais pas vraiment et ne
me sentais pas tellement concerné par sa guérison ; après une
journée, suivie d'une autre, puis encore d'une autre, le fait
de n'éprouver aucune tristesse me rendit infiniment triste.
Personne n'est une île, si l'on en croit le révérend Donne, et
pourtant j'avais bien l'impression d'être une île. La salle
d'attente de l'hôpital elle-même était une île, à mi-chemin
des deux mondes qu'étaient la vie et la mort, au milieu des

archipels de l'espoir et du désespoir. Parmi ceux qui vivaient sur cette île à ce moment-là, certains passeraient d'un côté, d'autres de l'autre.

Après avoir feuilleté rapidement *National Geographic*, *Sports Afield* et *Texas Monthly* dans la salle d'attente, j'appelai un taxi pour me rendre dans une librairie. Pendant tout le trajet, je ressentis un sentiment de culpabilité à l'idée d'avoir déserté cette île. Quand j'arrivai devant la librairie, je demandai au taxi de m'attendre pour repartir vers l'île dans les plus brefs délais. Je me sentais vraiment trop nerveux et trop coupable pour penser clairement à ce que je voulais lire. Je pris à toute allure six livres sur Wittgenstein plus une biographie d'Alexandra David-Néel, et repartis vers l'hôpital.

Je fus énormément soulagé d'apprendre que Muddy n'était pas mort pendant mon absence. Il était encore confortablement installé dans son coma, mais les électrodes placées sur son cerveau indiquaient que tout fonctionnait de ce côté-là.

Mon soulagement fit bientôt place à la déprime comme je lisais tour à tour la vie de Ludwig Wittgenstein et celle d'Alexandra David-Néel, deux personnes qui avaient atteint un degré de pureté et de concentration qu'il ne me serait jamais donné d'atteindre. De plus, le fait d'étudier la vie de ces deux personnages dans une salle d'attente d'hôpital me donnait l'impression d'être un snobinard. Tous mes compagnons d'infortune feuilletaient des magazines bas de gamme ou, au mieux, de la littérature de gare. Pourquoi m'étais-je lancé dans une lecture concernant une mystique pure et dure et un philosophe de la même eau ? Je fus pris de l'envie de cacher mes livres ou de prétendre que je n'étais pas en train de les lire ; mais en même temps je sentais un besoin urgent de les dévorer pour en pomper toute la substance. Comment un homme peut-il pleinement se réaliser ? C'était la clé que je cherchais. Fallait-il vivre replié sur soi-même ? Ou bien une intelligence aussi vive que celle de Wittgenstein ou les obsessions mystiques de David-Néel permettaient-elles de développer une vision globale des choses qui dépassait les notions communes d'égoïsme et de générosité ?

Je ne savais pas, mais j'avais besoin de savoir. La lecture de ces livres m'irritait, me décourageait, bien que je ne puisse définir la nature de ce découragement. Après tout, je n'avais nul besoin d'être un philosophe ou de voyager au Tibet; je voulais simplement écrire un livre qui dirait ce que je suis. *Al et Sal,* en dépit de son succès, n'était pas à cet égard très représentatif. Peut-être mon émission télévisée disait-elle ce qu'était la famille américaine — pourtant je n'avais une famille américaine que depuis trois ou quatre jours, et mes modestes débuts dans le rôle de *paterfamilias* ne ressemblaient en rien à ce que j'avais évoqué dans ma série.

Comme toujours quand je me perdais dans une certaine strate de découragement, enfouie quelque part dans l'âge du pliocène, je téléphonai à Jeanie Vertus. Je m'étais mis en tête tout à fait gratuitement, qu'elle était en Europe et qu'elle espérait trouver des messages sur son répondeur. J'avais préparé à son intention un monologue plaintif sur mes dernières aventures. J'allais lui faire savoir, par répondeur interposé, mes doutes et mes craintes, aussi quelle ne fut pas ma surprise d'entendre Jeanie répondre avant même que la sonnerie eut retenti deux fois.

— Salut, dit-elle.

Le ton de sa voix indiquait que son humeur était également enfouie dans quelque strate du pliocène.

— Qu'est-ce que tu faisais si près du téléphone? demandai-je, tellement heureux d'entendre sa voix que mon intention de soliloquer sur le mode geignard passa à la trappe.

— Parfois, quand je suis déprimée, je passe un coup de fil, et si mon interlocuteur ne décroche pas à la première sonnerie je change d'avis et je raccroche, dit-elle. Je pensais que tu serais déprimé et, comme ton cerveau fonctionne comme le mien, j'avais mis mon téléphone portatif dans la poche de ma robe de chambre, au cas où...

— Pourquoi es-tu en robe de chambre? demandai-je. Ce n'est ni le matin, ni la nuit.

C'était une question idiote — j'étais si surpris d'avoir eu Jeanie au téléphone que je n'avais pas encore repris mes esprits.

— Il y a une loi contre le port de la robe de chambre pendant la journée? demanda Jeanie un peu inquiète.

Jeanie voulait toujours faire ce qu'il convenait de faire au moment où il convenait de le faire; la moindre suggestion qu'elle ait pu commettre un impair ou simplement faire quelque chose qui ne soit pas complètement orthodoxe suffisait parfois à la désespérer. En fait, elle *faisait* presque toujours ce qu'il convenait de faire, mais personne et moi moins que quiconque, n'avait jamais réussi à l'en persuader. Ma question idiote sur sa robe de chambre avait suffi à raviver ses doutes.

— Evidemment pas, je suis stupide, mais je ne m'attendais pas à t'avoir, dis-je. J'étais prêt à te laisser un monologue.

— Oh, dit Jeanie. Tu pourrais encore le faire. Je raccrocherais et j'irais m'installer dans la pièce à côté. Tu pourrais faire ton monologue et je reviendrais l'écouter.

— Non, c'est absurde, dis-je. La machine enregistre les mots, mais toi tu comprends les choses.

— C'est vrai, mais il y a autre chose, dit Jeanie. Parfois, quand je me sens fragile, je ne suis pas à la hauteur pour engager quelque chose d'aussi imprévisible qu'une conversation entre deux êtres humains. C'est parce que je suis lâche. Je suppose que tu as autant que moi le droit d'être lâche, mais je t'assure de tout mon cœur que je préfère que tu me parles de vive voix plutôt que de parler à la machine. Si je raccroche après t'avoir senti si déprimé, je vais me mettre à pleurer, et j'ai déjà assez pleuré là-dessus.

— Sur quoi ? demandai-je.

— Tu as dit que quelqu'un s'était échappé de prison, et ça t'étonne que je pleure ? dit Jeanie d'une voix cassée. Tu ne m'as même pas dit pourquoi tu étais en prison. Je n'avais aucune idée que tu pouvais commettre un acte criminel. Je me suis fait un sang d'encre en essayant d'imaginer le crime dont tu avais bien pu te rendre coupable. Tu aurais dû me le dire sur le répondeur, tu sais, au moins je n'aurais pas été au supplice en essayant de deviner. Je peux imaginer toutes sortes de crimes, mais je ne peux imaginer que tu aies pu commettre aucun d'entre eux, à moins que tu sois devenu fou, et si tu es devenu fou, on pourrait t'enfermer quelque part chez les cinglés où je ne pourrais pas t'appeler, ou alors tu pourrais te faire arrêter à nouveau, comment est-ce que je le saurais, moi ? Tu ne me dis rien et pourtant tu voudrais que je ne reste pas en robe de chambre et que j'aie une vie normale alors que ma vie n'était même pas tout à fait

188

normale avant que tu me laisses le message qui m'a tant tracassée.

Elle se mit alors à pleurer. J'en étais pantois. J'essayai de me rappeler les termes exacts du message que j'avais dicté à Arlington — mon coup de téléphone remontait seulement à quelques heures, ce qui n'avait quand même pas laissé beaucoup de temps à Jeanie pour se mettre dans un tel état. Je me sentais malgré tout coupable. Je ne pouvais me rappeler exactement ce que j'avais dit. Peut-être avais-je par inadvertance laissé entendre que c'était *moi* qui étais en prison. De toute façon, je n'avais aucune excuse pour avoir laissé un message aussi mélodramatique, compte tenu du fait que les émotions de Jeanie voyageaient à la vitesse de la lumière et que son imagination était aussi fertile que la mienne quand il s'agissait d'évoquer d'improbables catastrophes.

— Je suis désolé, vraiment désolé, vraiment désolé, dis-je peut-être une douzaine de fois tandis que ses sanglots se transformaient en petits reniflements pour finir par un silence.

J'en profitai alors pour lui expliquer que c'était Muddy Box qui était en prison.

— Tu sais bien pourtant comment fonctionne mon imagination, dit-elle. Tu n'aurais pas dû me faire peur. La vie est déjà assez effrayante sans que tu t'y mettes, *toi aussi*.

— Je sais, je sais, je suis désolé, je te promets que ça n'arrivera jamais plus, dis-je.

Jeanie eut un petit rire — son sens de l'humour semblait reprendre le dessus.

— Tu parles ! dit-elle. Tu recommencerais cet après-midi si tu en avais l'occasion.

— Tu sais, j'essaie de présenter ma vie d'une manière plus intéressante qu'elle n'est en réalité, dis-je. C'est une vieille habitude.

— Oui, mais maintenant tu as trouvé T.R. et tu as des petits-enfants, fit valoir Jeanie. Ta vie va devenir passionnante, tu n'auras plus à inventer quoi que ce soit.

— Même si elle devient passionnante, il est possible que je ne puisse pas me passer d'inventer des choses, dis-je. C'est une vieille habitude, comme saler les œufs.

Il y eut un brusque silence. Je réalisai immédiatement que j'avais fait une bourde.

— Danny, je croyais que tu t'étais mis au régime, dit-elle, scandalisée. Je pensais que tu avais renoncé aux œufs, et surtout que tu avais renoncé au sel.

— Jeanie, c'est juste une petite pincée de sel, ce n'est quand même pas de l'opium.

— Je ne sais pas ce qui est le pire des œufs ou du sel, ajouta-t-elle, de plus en plus irritée.

— Ni l'un ni l'autre ne sont vraiment mauvais en petites quantités. Ce n'est pas parce que j'ai mangé des œufs que tu vas me traiter comme Hitler.

— Peut-être que tu n'es pas Hitler, admit-elle de mauvaise grâce, mais manifestement tu vas de mal en pis. J'en suis absolument certaine. Tu vas simplement réussir à me mettre en colère, et ensuite tu vas mourir.

— Qui parle de mourir ? lui répliquai-je. Je suis dans un hôpital en ce moment, et je t'assure que je me porte tout à fait bien.

— Tu es dans un hôpital ! dit-elle, la voix à nouveau anxieuse. Ça n'a rien d'étonnant que tu sois dans un hôpital si tu as mangé des œufs salés sans même m'en avertir.

— Je voulais dire que je suis en train de téléphoner d'un hôpital, dis-je pour corriger le tir. Ce n'est pas moi qui suis malade.

En désespoir de cause, je lui parlai de Muddy, de l'AK-47 et des cuves de pétrole. Pendant quelques minutes Jeanie m'écouta dans un silence maussade et sceptique — elle savait que j'étais en train d'essayer de rattraper mon faux pas à propos des œufs. Mais petit à petit je finis par susciter son intérêt en déployant tous mes talents cachés de conteur. Elle se mit véritablement à m'écouter quand je commençai à m'étendre sur les achats qu'avaient faits les filles — Jeanie était elle-même une fanatique du shopping. Le scepticisme fit place à la curiosité et nous finîmes par nous embarquer dans une conversation très décontractée où je fus pratiquement soumis à la question pour dire très exactement le type de vêtements, de radios et de disques compacts que les filles avaient achetés.

Pendant que je racontais les achats en enjolivant quelque peu, un jeune médecin vint me taper sur l'épaule.

— Votre malade est en train de s'éveiller, me dit-il.

— Tu as entendu? dis-je à Jeanie. Muddy a repris connaissance.

— Mais dis-moi, pourquoi l'ont-ils appelé Muddy? demanda Jeanie.

— Je suppose que c'est juste un surnom qu'ils lui ont donné, répondis-je.

— Tu crois que c'est parce qu'il n'est pas très net (1) ou quoi? demanda-t-elle, pensive.

— Écoute, tu viens me voir à Los Dolores et tu le rencontreras, dis-je.

— Il se pourrait que je le fasse, dit-elle. Mais d'un autre côté j'ose à peine penser à la colère que je vais piquer quand je te verrai mettre du sel sur tes œufs.

— Je n'aurais pas le culot de le faire devant toi, dis-je.

— Eh bien, tu ferais mieux.

— Ça doit être formidable d'être à ce point vertueux diététiquement parlant, dis-je, bien décidé à avoir le dernier mot sur un sujet qui me tenait à cœur. Je pense que ça a pris la place qu'occupait autrefois l'abstinence sexuelle.

— C'est exactement ça, convint Jeanie. Et sais-tu pourquoi? Parce que, contrairement à l'abstinence sexuelle, ça te donne l'impression d'accéder à l'immortalité. L'abstinence sexuelle, c'est d'un tel ennui qu'on ne veut surtout pas accéder à l'immortalité.

— Voilà de quoi alimenter un débat passionnant. Je crois que je vais me mettre à réfléchir là-dessus.

— Attends, ne coupe pas, dit Jeanie. J'ai encore quelques instructions à te donner.

— Comme quoi?

— Fais une croix sur les œufs. Et fais une croix sur le sel. Et fais une croix, point à la ligne.

— Et je fais une croix point à la ligne sur quoi? demandai-je un peu interloqué.

— Une croix comme une croix sur nous, dit-elle d'un ton tranchant.

— Oh, écoute, ne sois pas idiote, dis-je. Tu ne vas quand même pas couper les ponts simplement parce que j'ai mangé un œuf.

(1) *Muddy :* boueux, vaseux, trouble.

— Bon, d'accord, dit-elle un peu plus aimablement. Je ne vais pas être intraitable. Tu as eu assez d'ennuis pour la journée. Mais je te signale que ce n'était pas seulement un œuf, c'était un œuf *salé*. Impardonnable. Enfin, presque. Allez, au revoir.

3

Les médecins tenaient à garder Muddy une semaine à l'hôpital. Le fait qu'il ait repris connaissance ne signifiait pas qu'il était guéri, m'expliquèrent-ils. Il se pourrait qu'il y ait des complications.

Je tentai d'expliquer la chose à T.R. au cours de conversations téléphoniques assez brèves. Le moins qu'on puisse dire, c'est qu'elle reçut ces informations avec un certain scepticisme.

— Ce petit connard paresseux aime bien qu'on s'occupe de lui, me dit-elle avec une certaine brusquerie. Si ce n'est pas à l'hôpital, c'est à la prison. Tout ce qu'il aime, c'est ne rien faire. Dites-lui de sortir de son lit, de rappliquer et de s'occuper de sa fille qui me rend complètement dingue.

— Comment Jesse pourrait-elle te rendre complètement dingue ? demandai-je. Elle n'a même pas deux ans.

— Qu'est-ce que vous en savez ? Il y a des millions de gens qui se sont sentis devenir dingues avec des gosses de deux ans dans leurs pattes, m'assura-t-elle. L.J. lui a appris à jouer aux dames et maintenant elle ne veut plus rien faire d'autre. Elle nous a tous lessivés à vouloir qu'on joue avec elle. Je suppose que Muddy n'a pas le cerveau trop endommagé pour jouer aux dames. De toute façon Jesse n'aime pas jouer si elle ne gagne pas, et Muddy est vraiment le genre de mec qu'elle pourrait battre. Il a le mental d'un gosse d'un an.

— Une seconde, s'il te plaît, qui est L.J. ? demandai-je.

— Je ne comprends pas, dit-elle. C'est votre ami, votre ami anglais.

— Godwin ?

— Ouais, mais on va quand même pas l'appeler comme

ça, dit T.R. Alors maintenant, on l'appelle L.J. Ça a l'air plus normal.

— Si c'est à Godwin que tu essaies de donner un air plus normal, je te souhaite bonne chance, dis-je méchamment.

J'étais probablement jaloux de la savoir avec lui et pas avec moi.

— Je sais, mais rien n'est parfait, admit T.R. Il faut bien commencer par quelque chose, et on commence par lui donner un nom convenable.

Je dis à Muddy que T.R. souhaitait qu'il rentre le plus vite possible à la maison. Je pensais que ça allait lui donner des ailes, mais au lieu de cela il fit semblant de tomber à nouveau dans le coma. Ses efforts étaient si peu convaincants que les médecins et les infirmières se tordaient de rire — ils décidèrent que la meilleure façon de le guérir était de lui administrer une bonne piqûre toutes les heures jusqu'à ce qu'il cesse sa comédie et se décide à allumer son poste de télévision. Evidemment la première chose sur laquelle il tomba était une rediffusion d'*Al et Sal,* précisément la fameuse scène où Sal, ayant décidé qu'Al est un bien piètre amant, quitte le lit conjugal pour aller s'installer sur le plongeoir de la piscine, afin de se changer les idées, et aussi pour avoir son nom dans le *Livre des records* comme étant la femme qui aurait vécu le plus longtemps sur un plongeoir. En fait, elle tient une nuit, suffisamment en tout cas pour fournir l'un des épisodes les plus comiques de la série. Muddy et la moitié des infirmières qui se trouvaient là riaient de bon cœur, mais je quittai bientôt la chambre, malheureux de sentir que mon passé me poursuivait. Je retournai à la salle d'attente et fis un nouvel effort, le dixième peut-être, pour me plonger dans la lecture du *Tractatus logico-philosophicus.* Sans succès. Cet échec me laissa encore plus découragé que les neuf précédents. Il me blessait dans mon orgueil. Je décidai qu'une des conditions préalables à la lecture de Wittgenstein était peut-être de ne pas avoir écrit *Al et Sal* — encore que le philosophe ne dédaignât pas aller voir des films complètement idiots et eût peut-être même apprécié *Al et Sal.*

Je me persuadai très vite d'abandonner la lecture de Wittgenstein pour lire plutôt des livres sur lui. Tout en y réfléchissant, l'idée me vint d'écrire un livre un peu léger qui aurait pour titre *Quarante-deux semaines au goulag,* et qui relaterait mes expériences amères du tournage d'*Al et Sal* pendant une saison. Saisi par cette sorte de paranoïa financière que ressentent parfois les multimillionnaires, je téléphonai immédiatement à mon agent, lui donnai le titre de mon futur ouvrage, et lui demandai de le proposer sans tarder à une maison d'édition.

Mon agent s'empara à son tour du téléphone et ajouta à mon capital deux autres millions de dollars théoriques ; mais avant même qu'il ait confirmé que le marché était conclu, je sentis mon intérêt pour ce bouquin diminuer considérablement. Pourquoi avais-je décidé d'écrire un livre à propos de cette émission idiote ? Que m'était-il passé par la tête pour imaginer que mes bagarres avec des directeurs de chaîne un peu demeurés pourraient intéresser qui que ce soit ?

Mes tentatives pour m'attirer quelque sympathie à propos de mes incohérences tombèrent dans les oreilles d'un sourd — en l'occurrence, celles de Jeanie. Elle n'avait pas encore digéré mon histoire d'œufs.

— Je pense que tu devrais donner tes deux millions d'avance pour la recherche sur le cholestérol, dit-elle d'une voix revêche.

— Le cholestérol n'est qu'un mythe, répondis-je.

Du coup, elle raccrocha.

J'en étais à me demander si j'allais finir par élire domicile dans cette salle d'attente quand soudain tout s'illumina. T.R., étincelante, venait d'arriver à l'improviste. A l'instar de Gladys, elle avait acheté des pantalons orange et un haut assorti. Elle traînait Jesse, superbe dans une salopette Oshkosh. Derrière elles, un costaud entre deux âges, portant l'uniforme d'une entreprise de services de sécurité de Fort Worth, tenait Bo par la main.

— Où est Muddy ? Il a assez tiré sa flemme comme ça, dit T.R. sans autre préambule.

— Dans sa chambre. Je ne connais pas les heures de visite, répondis-je, complètement abasourdi.

J'avais désormais l'impression de vivre ici, et je ne voulais surtout pas perturber la routine de cet hôpital qui, en quelque sorte, était devenue la mienne. J'avais l'impression, avec l'arrivée inopinée de T.R., que l'hôpital allait se mettre à trembler jusque dans ses fondations.

194

— Les heures de visite, c'est maintenant, dit-elle. Allez, venez Buddy.

Buddy, manifestement le gars des services de sécurité, paraissait décontenancé.

— Buddy Modine, dit-il.

— Bonjour, lui dis-je. Sommes-nous en danger?

— *Je suis* en danger. Earl Dee est sorti, dit T.R. en entraînant Jesse dans le couloir après que la petite fille m'eut expédié un de ses fameux sourires.

Le fait qu'elle se soit souvenue de moi me réchauffait le cœur.

Quand j'entrai dans la chambre, T.R. avait déjà suffisamment secoué Muddy pour qu'il soit tout à fait réveillé. Elle le questionnait sur l'explosion des cuves de pétrole.

— Je voulais juste tirer un lapin, dit Muddy, pas très fier. Je ne savais même pas qu'il y avait toutes ces cuves aux alentours.

— C'est terrible, ce que tu as fait, dit T.R.

A mes yeux, et probablement aussi aux yeux de Muddy, il devenait clair que le but de sa visite était de lui inculquer un énorme sentiment de culpabilité.

Ça me semblait clair parce que très souvent, au cours de ma vie, de nombreuses femmes — et des femmes avec lesquelles je m'étais toujours montré tout à fait correct — avaient tenté de m'inculquer ce même sentiment. Je connaissais toutes les manœuvres qui pouvaient amener quelqu'un à culpabiliser. N'ayant pas mon expérience, Muddy ne saisit pas immédiatement qu'il devait se montrer coupable et prendre l'air d'un chien battu. Il avait simplement l'air de quelqu'un qui voulait qu'on le laisse tranquille pour pouvoir regarder la télévision.

T.R. augmenta la mise en posant Jesse sur le lit. Jesse cacha ses yeux derrière ses doigts.

— Jesse adore les petits lapins, dit T.R. froidement. Pourquoi voulais-tu tuer un petit lapin quand tu sais que ta fille les adore? Elle a un lapin en peluche juste ici, dans la voiture.

— De toute façon, je l'ai raté, dit Muddy. Et puis quand même, c'est pas la fin du monde. Ce petit lapin est encore en train de courir là-bas, ajouta-t-il pour bien souligner son propos.

Puis il sourit à Jesse et très prudemment souleva un des petits doigts qu'elle avait mis devant ses yeux.

— Bon, attendez dans la salle d'attente, Buddy, dit T.R. Si jamais Earl Dee pointe son nez à la fenêtre, je me mettrai à hurler.

— Parfait, très bien, dit Buddy. Je vais aller avec le petit Bo dans la salle d'attente.

— Qui a eu l'idée d'engager Buddy ? demandai-je. Tu crois qu'Earl Dee est vraiment aussi dangereux que ça ?

— Dans mon esprit, il l'est, dit T.R. Il a promis de me tuer. L.J. a décidé d'employer Buddy en attendant que vous reveniez à la maison, et jusqu'à présent ça a très bien marché. Même s'il n'arrive pas à me protéger d'Earl Dee, au moins il a réussi à calmer Bo. Bo adore Buddy.

J'admis qu'il avait l'air plus calme.

— Dépêche-toi, Muddy, on s'en va. Je suis garée dans un endroit interdit, dit T.R.

— Mais je ne suis pas censé bouger, répliqua Muddy. Je suis malade, moi. Je suis à l'hôpital.

— Tu es juste en train de te la couler douce. Dépêche-toi, dit T.R. J'ai horreur d'attraper des contredanses.

— T'as pas de respect pour rien, T.R., dit Muddy sur un ton sinistre. D'abord tu m'obliges à me tirer de la prison, maintenant tu m'obliges à me tirer de l'hôpital ; j'ai comme l'impression que je ne peux plus rien dire sur quoi que ce soit.

— C'est exactement ça. J'en ai assez de dormir toute seule, dit T.R.

Elle se radoucit brusquement et le regarda d'un air espiègle.

— J'ai bien l'intention de me réconcilier avec toi, dit-elle. Si tu te dépêches de sortir d'ici avant que j'attrape une contravention, je commencerai même cette nuit.

Muddy esquissa un faible sourire avant de s'emparer de Jesse qui semblait folle de joie d'être dans les bras de son père.

— Un malade pourrait bien ne pas être capable de se réconcilier en une fois, dit-il en lançant un clin d'œil à T.R. Il va peut-être falloir étaler cette réconciliation sur deux ou trois nuits.

T.R. me regardait pensivement. Dans cette ambiance

d'hôpital et dans l'état de désarroi où je paraissais avoir sombré, elle me regardait d'un œil neuf. Et, dans l'ensemble, cet œil semblait empreint de sympathie

Elle me regardait, mais elle écoutait Muddy. Jesse éclata de rire et T.R. sourit.

— Ce bonhomme a une langue qui pourrait lui attirer dix fois plus d'ennuis que ne pourrait racheter sa quéquette, dit-elle. Vous pensez que la plupart des hommes sont comme ça, Papa?

— Pas tous, mais beaucoup.

4

Ma Cadillac, vieille d'à peine une semaine, n'avait plus du tout l'air d'une voiture neuve. L'intérieur ressemblait à mes yeux au centre de Beyrouth. Les Marx Brothers auraient pu y tourner la scène finale d'un de leurs films les plus débridés.

T.R. ne me proposa pas de conduire. Elle s'empara du volant comme s'il lui appartenait de droit et, en quelques minutes, nous filions direction nord à cent cinquante à l'heure sur la Stemmons Freeway. Muddy Box était sorti de l'hôpital aussi facilement que de prison. Il sortit, tout simplement, en faisant des guili-guili à Jesse qui était aux anges. A les voir, tout le monde se sentait de bonne humeur. Personne à l'hôpital ne porta la moindre attention au départ de Muddy, mais une infirmière m'interpella.

— Pardonnez-moi, monsieur, mais est-ce que votre médecin vous a donné l'autorisation de sortie?

— Je ne suis pas hospitalisé, lui dis-je.

— Mais, monsieur, avez-vous payé? demanda-t-elle comme si je n'avais pas répondu.

— Je ne suis pas hospitalisé, répétai-je. Je n'ai jamais été hospitalisé ici. J'étais venu rendre visite à quelqu'un.

— Je ne sais pas, mais vous avez l'air de quelqu'un qui devrait être hospitalisé, dit-elle d'une voix cassante.

T.R. trouvait tout cela très drôle.

— Je suppose que les gens qui ont une petite bedaine sont leur cible préférée, dit-elle. Si vous perdiez quelques kilos, les gens penseraient probablement que vous êtes en bonne santé.

La voiture était remplie de nouveaux jouets, la plupart déjà cassés ; des cassettes de différents groupes de rock new-wave et post-new-wave traînaient sur le plancher, au milieu de sachets de Chips et autres amuse-gueule à moitié consommés. Tout le monde semblait avoir changé de tenue au moins deux ou trois fois pendant le trajet et les vêtements étaient éparpillés un peu partout au milieu d'une quantité de couches-culottes.

— On dirait qu'il y a eu la guerre dans cette voiture, observai-je.

— Parce que c'est des gens qui mènent une vraie vie qui s'en sont servis, dit T.R. sentencieusement. Les gens qui vivent vraiment doivent mener une guerre continuelle pour survivre. Au moins, ce n'est pas moi qu'on aurait accusée d'être une malade dans un hôpital.

— Tu seras une malade à la morgue si jamais Earl Dee te retrouve, et moi aussi, dit Muddy. Je ne m'attendais pas à ce que ce salopard sorte de prison. Quand est-ce qu'on va partir pour la France ?

— J'en sais rien. Quand part-on en France, Papa ? demanda T.R. Vous pensez qu'on pourrait prendre un avion ce soir ?

— On pourrait prendre l'avion, mais il y a le problème des passeports et des visas, dis-je. J'ai ce qu'il faut, mais je suppose qu'aucun de vous n'a de passeport. Si nous allons tous au bureau d'émission des passeports, je pense qu'on pourrait les obtenir d'ici une dizaine de jours, peut-être moins si on leur dit que c'est urgent.

— Je suppose que ne pas être assassiné, c'est urgent, dit Muddy, Jesse endormie sur ses genoux.

— Vous savez, madame, vous vous faites tous beaucoup trop de souci à propos de cet Earl Dee, intervint Buddy Modine cérémonieusement. Je ne doute pas que c'est un véritable criminel, mais la plupart du temps les criminels prétendent qu'ils vont faire ceci ou cela, et ce n'est rien que du bluff. J'ai averti tous les shérifs de tous les comtés de la région au sujet de Mr. Dee ; j'ai également veillé à ce que les motards de la gendarmerie soient prévenus, et moi, en tout cas, je suis prévenu. S'il se pointe en se donnant l'air de vouloir jouer les méchants, je pense qu'à nous tous on pourra le coincer avant qu'il puisse faire quoi que ce soit.

Pour toute réponse, T.R. appuya sur le champignon. Manifestement le discours de Buddy ne l'avait pas entièrement rassurée.

— Vous avez déjà coincé combien de criminels ? s'enquit Muddy.

Celui-ci n'appréciait pas tellement Buddy, qui semblait quelque peu outragé qu'on ait pu mettre en doute sa compétence.

— J'ai pas compté, mais c'est pas pour dire, ça fait pas mal. J'ai été shérif en second à Wichita Falls pendant près de huit ans. J'étais dans la brigade antivol. C'est vrai que j'ai pas eu trop souvent affaire à des attaques à main armée, mais pour ce qui est des cambrioleurs, on en a piqué un bon nombre.

Muddy esquissa un petit sourire.

— Ferme-la, Muddy, et vous aussi, Buddy ! dit T.R. Je ne veux plus entendre parler de ça, vous entendez ? On ferait mieux de profiter de ce petit voyage.

— Comment ça va à la maison ? demandai-je.

J'envisageais avec délices de prendre un bon bain et de m'étendre sur mon lit sitôt arrivé. Mes essais infructueux pour me plonger dans Wittgenstein pendant trois jours dans une salle d'attente d'hôpital m'avaient complètement épuisé. Je tentai de prendre la mesure du problème posé par Earl Dee. Si Godwin avait cru bon d'engager un garde du corps, c'est véritablement qu'il y avait problème, et j'aurais dû pouvoir en mesurer l'importance, mais, pour une raison ou pour une autre, je n'y parvenais pas. Earl Dee n'était qu'une ombre dans le passé de T.R. — une terrible menace pour elle, mais pour moi une sorte d'abstraction philosophique, une proposition relevée dans Wittgenstein ou dans l'un ou l'autre des nombreux philosophes que je n'avais pas été capable de lire. Des échéances que tout le monde prenait au sérieux, comme par exemple l'éventualité de tuer des gens à vue, n'étaient rien de plus à mes yeux que de vagues élaborations sur lesquelles, dans mon état de fatigue, je ne pouvais pas me concentrer.

— Eh bien, Dew est repartie pour Houston et Sue Lin aussi, dit T.R. J'ai circulé avec Dew pendant deux grandes journées dans votre région et nous n'avons rien vu que deux ou trois Noirs. Dew a eu un coup de cafard et elle est repartie aussitôt pour Houston. Sue Lin a eu le cafard aussi et elle est repartie avec elle.

Sa voix avait légèrement fléchi à la mention de Houston. Elle avait l'air d'avoir envie de pleurer, et, de fait, deux ou trois larmes jaillirent de ses yeux.

— On peut dire des tas de choses sur Houston, mais au moins, là-bas, il y a des tas d'endroits sensass pour danser, dit-elle. J'y serais bien retournée moi-même s'il n'y avait pas eu cet enculé d'Earl Dee. J'adore les boîtes un peu cradingues où on danse toute la nuit.

— Je suis sûr qu'on peut trouver le même genre de boîtes à Fort Worth, dis-je.

T.R. secoua la tête.

— Déjà cherché, dit-elle. Mince, on est allées avec Dew à Oklahoma City avant-hier, pour voir. On n'a rien trouvé, alors on est allées à Fort Worth, mais il fallait vraiment pas être pressée pour se faire inviter, et de toute façon il n'y avait pas l'embarras du choix, si bien qu'on était déjà rentrées à la maison juste après le petit déjeuner. Ce ne sont pas des villes marrantes. Trop de cow-boys. Et il n'y a rien de moins utile qu'un cow-boy sur une piste de danse.

— Si tu n'aimes pas les cow-boys, pourquoi m'as-tu acheté ces bottes à six cents dollars ? demanda Muddy.

— Parce que c'était ton anniversaire, tête de nœud, dit T.R. en lui donnant un chewing-gum.

— Tu aurais pu m'acheter une moto, fit remarquer Muddy. Même une moto d'occase, j'aurais été très content.

— Je t'ai acheté ce fusil automatique que tu pleurnichais pour avoir, et tout ce que tu as trouvé à faire c'est d'envoyer en l'air pour cinquante mille dollars de pétrole de Papa, dit T.R.

— T'es plus très sympa avec moi, T.R., dit Muddy. J'ai aussi failli sauter, par la même occasion.

— Exactement, et c'est la raison pour laquelle on fait le trajet de l'hôpital à la maison en ce moment, dit T.R Et c'est la raison pour laquelle tu n'auras pas de moto.

— Qu'est-ce que je pourrais bien faire sauter avec une moto ? s'étonna Muddy.

— Ta vilaine cervelle, répliqua T.R. Tu es le père de

Jesse. Tu dois prendre tes responsabilités. Et une de tes responsabilités, c'est de rester vivant.

— Bon, alors on ferait mieux d'aller en France, dit Muddy. (Il eut une pensée soudaine.) Est-ce qu'on a retrouvé mon fusil automatique ? S'il sait qu'on a un fusil automatique, Earl Dee pourrait y réfléchir à deux fois.

T.R. se mit à rire et fit sept ou huit appels de phares à une Corvette qui se traînait sur la voie de gauche.

— Avant qu'Earl Dee puisse réfléchir deux fois, il faudrait d'abord qu'il réfléchisse une fois. Réfléchir, c'est pas exactement son style. Si ça l'était, il n'aurait pas un casier aussi long que cette Cadillac.

La Corvette s'écarta rapidement, et nous la dépassâmes plus rapidement encore.

5

Le vieux Pedro et Mémé Lin s'étaient liés d'amitié. C'était l'événement le plus marquant survenu à Los Dolores pendant mon absence. Elle vivait désormais dans sa petite maison sur la colline. Comme à l'habitude, chacun avait une opinion différente sur le sujet.

— Où est le mystère ? Ils sont follement amoureux l'un de l'autre, claironnait Gladys. Si seulement ça pouvait m'arriver !

— Gladys, vous avez un excellent mari, dis-je (je manquais rarement une occasion de vanter les qualités de Chuck).

— Ouah, vous pensez que Mémé Lin et Pedro s'envoient en l'air ? demanda T.R.

Elle avait dit cela sans réfléchir, mais le fait de l'avoir dit la mit un peu mal à l'aise.

— Bien évidemment, dit Godwin, vivement intéressé par sa réaction.

Depuis mon départ, il avait accentué son côté régisseur de plantation coloniale, et il s'était même fait faire un bridge pour remplacer ses dents de devant. D'une certaine manière il avait meilleure allure qu'à l'époque où il avait fait la connaissance de la mère de T.R. Bien que nous l'ayons attendue longtemps, je pris cette métamorphose pour un signe de mauvais augure. La seule raison pour laquelle il avait repris figure humaine me semblait évidente : il espérait que T.R. tomberait, comme sa mère, sous son charme. Je ne perdrais pas de temps pour l'informer qu'il faudrait d'abord me passer sur le corps.

— Pourquoi est-ce que les vieux seraient privés de sexe ? s'enquit Muddy. Tant qu'on peut, c'est bon à prendre.

— Pas si tu es aussi vieux que ça, dit T.R. scandalisée. Si tu es aussi vieux que ça, c'est ridicule. Regarde Papa. Il est bien plus jeune qu'eux et tout ça ne l'intéresse pas. Je pense que c'est très bien.

Godwin se gargarisait de cette conversation pendant que je ruminais de sombres pensées sur un éventuel renouveau du supplice de la roue. J'essayais de m'imaginer Godwin au fin fond de l'Asie — très loin de T.R., certes, mais à portée de bourreau.

— C'est pas tout ça, mais si ça se termine par un mariage, il me faudra de l'aide, dit Gladys. Je ne me sens pas tellement d'humeur à préparer un mariage. Tout ce que je veux pour le restant de mes jours, c'est m'amuser avec Jesse.

Un autre événement domestique était intervenu à mon retour : Buddy avait entrepris d'initier Bo à l'art paisible de la pêche. Buddy avait une canne et un moulinet d'envergure ; Bo, une toute petite chose. Nous n'étions pas de retour depuis vingt minutes qu'ils partaient ensemble vers la mare la plus proche avec une boîte d'appâts.

— Attrape un poisson pour ta maman et on le mangera, dit T.R.

— Je vais aller voir si je peux retrouver mon fusil automatique, dit Muddy. Je me demande à quoi il va servir, ce garde, s'il est en train de pêcher au moment où Earl Dee arrive.

— Buddy est gentil avec Bo, tu sais, dit T.R.

— Gentil peut-être, et peut-être qu'il l'adoptera quand on sera morts, dit Muddy. Je vais chercher mon fusil. J'espère qu'un des vauriens du coin ne l'aura pas piqué.

Quand j'arrivai à la maison, ma première tâche fut d'apprendre à jouer aux dames selon les règles de Jesse. On jouait dans la cuisine, Jesse confortablement installée dans sa chaise de bébé. Je m'asseyais sur un tabouret de bar. Quand je prenais un de ses pions, Jesse prenait le mien et le lançait par terre. Quand je me contentais d'avancer un pion, sa manœuvre était plus subtile : elle tendait un doigt et repoussait délicatement mon pion deux ou trois cases plus loin.

T.R. remplit, moitié vodka, moitié jus de pamplemousse, un de mes grands verres à thé. Godwin arpentait la pièce nerveusement. En dépit de sa nouvelle mise extrêmement soignée, il n'avait pas l'air à son aise.

— Vous avez fini de vous agiter ? dit T.R. d'un ton sec. Allez dehors si vous avez besoin de trotter.

— Désolé, désolé, désolé, répéta trois fois Godwin.

A l'occasion, il faisait comme moi une montagne d'excuses pour une peccadille s'il avait en face de lui une femme en pétard. Et il ne faisait aucun doute que T.R. était de mauvaise humeur, mais je feignais de me concentrer sur ma partie de dames pour que Godwin plutôt que moi en soit victime.

Puis Mémé Lin et Pedro entrèrent. Ils avaient l'air de ce qu'ils avaient toujours été, c'est-à-dire silencieux et insondables, mais il était évident qu'ils vivaient désormais ensemble. Quand Pedro eut pris ses six boîtes de bière dans le réfrigérateur, il ouvrit la première boîte avec soin et la tendit à Mémé Lin. Puis il en ouvrit une pour lui et ils s'assirent parmi nous pendant quelques minutes, histoire d'être polis, je suppose. Ils sirotaient leurs bières consciencieusement.

— Hé, dit Jesse bruyamment (cette nouvelle exclamation lui servait à toute occasion).

Mais Pedro et Mémé Lin étaient ailleurs, même au-delà du charme de Jesse, ce dont Jesse se rendit rapidement compte. Elle les regarda solennellement pendant une minute ou deux. Pendant qu'elle les examinait, j'avançai précautionneusement un de mes pions. Dès qu'elle fut satisfaite de son examen, elle tendit son petit doigt et repoussa tranquillement mon pion.

T.R. prit sa vodka et sortit de la pièce, traînant derrière elle des vapeurs de mauvaise humeur.

— Elle boit pas mal de vodka, remarqua Godwin.

— Et alors, toi aussi, L.J., dis-je sentencieusement. Tu essaies de la faire passer pour une alcoolique ou quoi ?

— Mais non, pas du tout, elle est merveilleuse, dit

Godwin. Vraiment merveilleuse. Elle fait honneur à sa lignée. Contrairement à sa satanée mère, elle a beaucoup de cœur, et un cerveau bien fait. Chaque fois que je fais quelque allusion à la condition humaine, je m'aperçois qu'elle est bien en avance sur moi. Je suppose qu'auprès d'elle, je me sens un peu creux.

Je trouvais assez émouvant ce qu'il venait de dire, et surtout la façon dont il l'avait dit. Il continuait à arpenter furieusement la pièce.

— Si sa mère était si insupportable, pourquoi as-tu essayé de me la soulever ? demandai-je.

— Qui a essayé de te la soulever ? Pas moi, dit Godwin, outré. Après la première fois que j'ai tiré Sally, je n'ai plus eu qu'une idée : m'enfuir.

— Tiré ? demandai-je. Tiré ? Qu'est-ce que c'est que ce nouveau langage ?

— On ne peut guère continuer à employer les mots habituels devant tes petits-enfants, dit-il. Tu reconnaîtras sans doute que ce n'est guère convenable, non ?

— Je suppose, répondis-je. Mais de tous les gens que je connais, je n'imaginais pas une seconde que ce serait toi qui m'aiderais à parler un langage un peu moins cru. De toute façon le mot « tirer » me fait penser à un western plutôt qu'à l'acte de chair.

— Hé, dit Jesse à nouveau, cette fois-ci sur un ton plus autoritaire.

Dit de cette manière, « hé » signifiait qu'il était temps que je cesse de me préoccuper de gros mots pour en revenir à ma partie de dames.

Je jetai un œil au damier, mais mon esprit était ailleurs. Il avait suivi T.R. hors de la pièce. Il errait quelque part dans le couloir, se demandant ce qui allait se passer maintenant.

Jesse n'appréciait pas du tout — elle jeta vigoureusement par terre un pion, puis un autre, tout en me défiant du regard.

— Si vous avez décidé de jouer avec Jesse, il faudrait vous mettre à jouer, dit Gladys. Un partenaire qui se contente d'être assis en ayant l'air d'être ailleurs, ça ne lui plaît pas.

J'étais ailleurs, pourtant. Godwin avait eu une phrase émouvante à propos de T.R., émouvante mais troublante — il semblait suggérer que j'avais désormais des responsabilités

204

que je ne savais pas comment assumer. Avant que j'aie pu mettre de l'ordre dans mes pensées à propos de T.R., de son penchant pour la vodka et de mes responsabilités, Jesse se mit à jeter tous les pions par terre. C'était une action délibérée, voulue : comment, en tant que grand-père, devais-je réagir ? Devais-je accepter ce caprice avec un sourire, ou lui dire calmement mais fermement que les gentilles petites filles ne jetaient pas tous leurs pions par terre, pour la seule raison que leur grand-père était un peu abattu à ce moment-là ?

Il me sembla que tous les regards — Gladys, Pedro, Mémé Lin et, bien évidemment, Jesse — étaient soudain fixés sur moi. Etait-ce le moment de commencer l'éducation morale de Jesse, ou est-ce que balancer des pions à travers la pièce n'était malgré tout qu'une réaction normale pour une petite fille à peine âgée de deux ans ? Jamais, depuis les jours où, empereur d'*Al et Sal,* je menais chaque jour mes troupes hésitantes vers de nouveaux combats, je n'avais été le point de mire de tant de regards vigilants.

Malheureusement, il me fallait prendre une décision rapide. Après avoir jeté une autre demi-douzaine de pions, Jesse changea de tactique et entreprit de balayer le damier de son petit bras grassouillet. Il n'y aurait bientôt plus un pion et j'aurais manqué la chance qui m'était offerte d'assumer mon rôle de père-la-morale dans la vie de ma petite-fille.

Pour être honnête, cette chance je la manquai. Je pensais qu'il me fallait dire quelque chose ; je savais qu'il était idiot, et de plus, ridicule, de me laisser mener par le bout du nez par une enfant de dix-huit mois, mais c'est pourtant ce qui arriva.

— Je suppose que c'est la fin de la partie de dames, dis-je lamentablement. Je me demande qui a gagné.

Toutes les grandes personnes qui étaient dans la pièce, moi y compris, savaient parfaitement qui avait gagné, comme Jesse d'ailleurs. Elle sourit d'un petit air triomphant et tendit ses bras à Gladys.

— Hé, dit-elle tandis que Gladys la prenait.

6

Ce soir-là, épuisé par mon indécision, mon manque de confiance en moi, la conviction qu'au cours de toute ma vie je n'avais jamais été capable d'agir comme il convenait de le faire aux moments critiques, et même de faire ce qu'il convenait de faire par la suite, je partis me coucher assez tôt ; mais à peine commençais-je à m'assoupir que je sentis une sorte de pulsation inquiétante dans ma tête. La migraine était en train de franchir mes lignes de défense. Parfois, j'imaginais cette migraine sous les traits d'un guerrier comanche, jadis le seigneur de ces plaines où je vivais maintenant — enfin, où j'essayais de vivre, plutôt mal que bien. Cette migraine comanchesque, tapie tranquillement dans les replis de mon indécision et de mes craintes, montait subrepticement à l'assaut quand elle jugeait le moment opportun. Son approche, dans ce cas, était furtive, silencieuse, intermittente, et aurait pu tromper quiconque n'avait pas ma vieille expérience des migraines subreptices.

On ne me la faisait pas, cependant. Même quand cette migraine, en rusé Comanche, se cachait derrière un buisson pendant une demi-heure et retenait sa respiration dans l'espoir que je finirais par sombrer dans un profond sommeil, je n'étais pas dupe. Je savais que, si je ne me tenais pas sur mes gardes, si je m'enfonçais trop profondément dans le sommeil, le Comanche surgirait et repartirait avec mon scalp à la pointe de son couteau.

J'avais beau être fatigué, j'étais quand même suffisamment lucide pour tenter d'empêcher la migraine de venir me poignarder. Après tout, je pouvais moi aussi jouer aux cowboys et aux Indiens. Je décidai de me lever pour voir si je pouvais prendre de court ce mal de crâne, en le circonvenant, pour ainsi dire. Cette tactique s'avérait parfois efficace. Mais parfois seulement. J'avais mis un caftan pour aller au lit, si bien que je n'avais pas à m'habiller ; je me levai donc et me glissai dans le corridor.

Il me semblait entendre un air d'Elvis Presley en provenance de la salle de vidéo, et j'avais raison. Muddy, Buddy et

Gladys étaient en train de regarder *L'Idole d'Acapulco* — Elvis venait de terminer une chanson et flirtait très pudiquement avec Ursula Andress. Je regardai seulement une minute ou deux, mais la vue de ces deux êtres si jeunes et si innocents me donna l'impression d'être vieux et triste. *L'Idole d'Acapulco* me rappelait une époque maintenant bien révolue. J'avais été à Acapulco et j'avais vécu cette époque ; j'avais vu Elvis de temps à autre et Ursula Andress de nombreuses fois. Pour Ursula, ça marchait encore très fort ; mais Elvis n'était plus qu'un souvenir, Elvis était mort, et le Hollywood de l'époque où l'on faisait des films comme *L'Idole d'Acapulco* me semblait encore plus lointain et suranné que le Paris de la Belle Epoque.

— On regardait Elvis, m'informa Gladys.

Il y avait d'ailleurs plusieurs vidéo-cassettes d'Elvis sur la moquette.

— Où est T.R. ? demandai-je.

— Elle est furax, dit Muddy sans autre explication.

— Bon, amusez-vous bien en regardant votre festival, dis-je.

Après avoir cherché dans toute la maison, je finis par trouver T.R. sous le porche. Je m'étais battu pour avoir un petit porche — qui voudrait une maison sans porche ? — au grand dam de mon architecte. J'aimais m'asseoir sous le porche pendant les nuits d'été, notamment les nuits de pleine lune ; les plaines environnantes paraissaient alors intemporelles, et les pâturages étaient inondés de clarté. Les étoiles qui, les nuits sans lune, constellaient le ciel d'un formidable éclat disparaissaient devant cette manifestation de la toute-puissance lunaire ; elles n'étaient plus que de petites taches perdues sur la voûte céleste.

Le porche était tout de suite devenu l'endroit favori des enfants. Il fallut me frayer un chemin parmi les jouets éparpillés par terre pour arriver au divan sur lequel était assise T.R. Elle était toujours en train de boire.

Je crus entendre, venant de la route, cette espèce de crépitement qu'émettent les radios des voitures de police.

— C'est Buddy qui écoute la radio ? demandai-je.

— Non, c'est Gene, répondit T.R. Buddy, c'est le poulaga de jour. Gene, c'est le poulaga de nuit. C'est comme ça que Muddy les appelle. Muddy déteste les flics.

En dépit de toutes mes précautions, je m'assis sur un jouet — une sorte de monstre en plastique dont la tête se détacha.

— J'ai l'impression que j'ai décapité un animal, dis-je.

T.R. se contenta de hausser les épaules.

— Ça te dérange si je m'assieds pour parler un peu? demandai-je.

— Vous ne m'avez pas encore montré ce placard plein de cadeaux, dit-elle. C'était un mensonge?

— Non, dis-je. Je peux te les montrer maintenant si ça te dit.

Elle ne répondit rien. Très loin, de l'autre côté de la vallée, on pouvait voir les feux de position d'un derrick.

— Je me demande s'il y a des foreurs beaux gosses dans le coin, dit T.R. J'ai déjà dansé avec des foreurs, mais je ne suis pas sortie avec un foreur depuis l'époque du lycée, et c'était un de ces foreurs sur une plate-forme off-shore. Johnny, il s'appelait. Je m'en souviens bien. Il était extra.

— Qu'est-ce qu'il est devenu?

— C'est l'Alaska qui l'a eu, dit T.R. Il m'a écrit deux lettres. Pendant tout le temps que ça a duré, c'était vraiment chouette. On avait projeté que j'aille le retrouver, il était prêt à me payer le voyage. Mais c'est un de ces trucs dont on parle et qu'on ne fait jamais.

— Est-ce que Godwin s'est absenté? demandai-je, soudain conscient que je ne l'avais pas vu pendant que je faisais le tour de la maison.

— Ouais, je l'ai envoyé aux pelotes et il est parti, dit T.R. Je ne sais pas où il va aller après ce que je lui ai balancé. Et puis ne l'appelez pas Godwin, ajouta-t-elle. Ça me donne la chair de poule, un nom comme ça. Appelez-le L.J., d'abord c'est plus court, et puis c'est un peu ses initiales, non?

Je promis d'essayer de m'en souvenir.

— J'ai connu des gens comme lui à Houston, dit T.R. (Elle semblait de meilleure humeur.) J'arrive pas à les comprendre. Comment est-ce que quelqu'un peut préférer se taper un trou du cul plutôt qu'une chatte? Ça me dépasse.

Je ris et T.R. eut, elle aussi, un petit rire à l'idée sans doute que son langage n'était pas des plus convenables. J'aimais sa candeur, bien sûr, mais dans le cas présent elle semblait un peu embarrassée par cette candeur.

— Bon, enfin, ça n'a aucun sens! dit-elle d'un ton provocant. Vous pensez que c'est mal de parler de ça?

— Non, ce n'est pas mal de parler de ça, dis-je. D'ailleurs ce n'est pas mal de parler de quoi que ce soit.

— Peut-être avec quelqu'un d'autre, mais avec son papa? dit-elle. Je n'avais jamais imaginé qu'un jour je parlerais de chattes et de trucs comme ça avec mon papa. Je me demande si c'est bien convenable.

— Tu veux devenir une jeune fille convenable, T.R.? demandai-je.

— Ça se pourrait si je savais exactement à quoi ça correspond, répondit-elle. Autrefois, quand j'étais encore une adolescente, je voulais tellement devenir convenable que ça me faisait mal. Je pensais que si je pouvais seulement apprendre à le devenir, la vie serait parfaite.

— C'est aussi ce que je pensais. Pour moi l'idée d'une vie convenable, c'était une belle cuisine avec une gentille petite femme dedans. J'ai connu autrefois une femme très gentille qui passait d'ailleurs la plupart de son temps dans la cuisine. Je pensais que, si je pouvais épouser quelqu'un comme elle et vivre dans une cuisine un peu comme la sienne, ça voudrait dire que je serais enfin devenu convenable. Et la vie serait, en effet, parfaite.

— Comment s'appelait-elle?

— Emma, dis-je.

T.R. me jeta un regard un peu triste. Je pense qu'elle n'approuvait pas le port du caftan, mais elle se retint de le dire.

— Peut-être que vous pouvez essayer à nouveau, dit-elle.

— Je ne peux pas, dis-je. Emma est morte.

T.R. se tut un petit moment, réfléchissant au problème difficile de la bienséance.

— Pour moi, c'était simplement de me faire inviter aux bals du country-club de Tyler, dit-elle. Je voulais tellement me mettre en robe du soir et aller à un de ces bals que j'avais mal rien que d'y penser.

— As-tu fini par y aller?

— Oui, finalement j'y suis allée. Un garçon plein de fric et complètement idiot m'a demandé de l'accompagner, bien que ses parents désapprouvent. Il m'a emmenée, mais une fois là-bas il a eu honte de moi, et il ne m'a pas adressé la parole de toute la soirée. J'ai dansé avec deux ou trois vieux barbons et quelques étudiants de l'université. C'était vraiment ennuyeux, poursuivit T.R. Un vrai four. J'ai même pas voulu embrasser le garçon qui m'avait invitée quand il m'a ramenée à la maison. Il était furax.

» C'était vraiment un four, répéta-t-elle. C'était la seule chose que je voulais vraiment, et quand je l'ai eue je l'ai détestée. Après ça, j'ai quitté l'école et je suis partie de la maison. Je me figurais sans doute que j'apprendrais jamais à devenir convenable. J'ai pensé qu'il valait mieux que j'arrête de rêver et que j'aille vivre avec des loubards.

Elle jeta soudain son verre au-delà du porche, puis la bouteille de vodka, et éclata en sanglots, son visage dans les mains.

J'attendis un moment, puis allai vers elle pour l'entourer de mes bras. Elle n'offrit aucune résistance.

— C'est une des choses compliquées de la vie, dis-je. Souvent, quand on a finalement quelque chose dont on a vraiment eu envie, on s'aperçoit que ça n'en valait pas la peine.

Elle retira les mains de son visage.

— C'est ce que vous pensez à propos de cette cuisine et de cette femme ? demanda-t-elle.

— Non, ça, c'est autre chose, dis-je. Celle-là valait la peine qu'on veuille l'avoir. Le problème c'est que je n'aurais pas pu vivre dans cette cuisine, même si j'avais vraiment essayé. Je n'étais pas fait pour ça. Ce n'est pas la façon dont je voyais la vie.

T.R. me regardait. Elle reniflait encore un peu mais elle ne pleurait pratiquement plus.

— Pourquoi pas ? demanda-t-elle. Si elle vous aimait et qu'elle vous voulait, pourquoi pas ?

— Je ne suis pas sûr de pouvoir te donner la bonne réponse, dis-je. (Il y eut comme une vibration dans ma tête et j'en conclus que la migraine avait gagné quelques mètres.) J'ai pensé à ça pendant plus de vingt ans, et je n'ai jamais réussi à trouver une bonne réponse. Tout ce que je peux dire, c'est que je crois que ça n'aurait pas marché.

» Peut-être suis-je un solitaire, dis-je au bout d'un moment.

T.R. eut un petit rire.

— Si c'est ça, vous êtes mal parti, dit-elle. Parce que, maintenant, c'est fini la solitude. Il va falloir envisager un avenir encombré, à moins que vous ne nous mettiez tous à la porte.

— Je ne vous mettrai pas à la porte, l'assurai-je.

C'est vrai que je n'étais plus seul et c'était très bien comme ça. Mais j'avais des réactions mitigées à propos de la folle envie qu'avait eue T.R. d'être suffisamment convenable pour aller danser au country-club de Tyler. Ça cadrait mal avec ce que j'avais imaginé être son genre de vie pendant des années. Pour moi, la vie de T.R. avait toujours été convenable, et pas seulement parce qu'en tant que père négligent je souhaitais prendre mes désirs pour des réalités. Car, si négligent que j'aie pu être, je n'avais jamais oublié que j'avais un enfant quelque part dans le monde. Des tas de regrets m'ont poursuivi toute ma vie — regrets à propos de femmes que j'avais séduites, perdues ou laissé partir, regrets sur des travaux littéraires bâclés ou jamais entrepris —, mais rien ne m'a autant et aussi souvent hanté que cet enfant-là ; j'avais, il y a bien longtemps, loué les services d'un détective en lui demandant de faire une enquête discrète. Le détective m'avait fait un rapport circonstancié et rassurant ; je l'ai toujours. Ce qui apparaissait à l'évidence dans ce rapport, c'est que T.R. — dans le rapport, son nom est Rosemary — jouissait d'une enfance parfaitement convenable. J'avais des photos d'elle sur une bicyclette quand elle devait avoir neuf ans ; des photos de l'école très comme-il-faut qu'elle fréquentait, de la grande maison où elle habitait ; des photos où elle jouait à chat perché avec d'autres petites filles sur une pelouse impeccable. Je pensais, après avoir lu le rapport, qu'elle vivait dans une communauté aisée dans une petite ville de l'est du Texas. La propriété entourée d'une barrière en bois était pleine de grands arbres. N'importe quelle petite fille vivant dans une telle maison, dans une petite ville du Texas, ne pouvait être que convenable. Elle ne pouvait être que la bienvenue aux bals du country-club, et personne n'aurait pu imaginer qu'elle était au désespoir à l'idée de se sentir exclue de ce modeste temple de la respectabilité.

Mais T.R. avait brûlé du désir d'y être acceptée, brûlé au point de ne pas pouvoir en parler d'une voix assurée. Quelque chose clochait, et cette idée n'allait pas m'aider à fourbir mes défenses contre la migraine que je sentais monter. Je m'apercevais qu'il y avait un fossé gigantesque entre la vie de T.R. telle que je l'avais imaginée et la vie qu'elle avait menée.

Ce fossé, j'avais un besoin urgent de le combler, immédiatement.

— T.R., s'il te plaît, ne te mets pas en colère si je te pose quelques questions, dis-je.

Je la tenais toujours dans mes bras.

— Oui, mais alors il faudra les poser gentiment, dit-elle, fatiguée.

— Pourquoi pensait-on que tu n'étais pas convenable ?

— Pourquoi l'aurais-je été ? dit-elle. J'ai été élevée par Grand-Pa et Grand-Ma.

— Mais je croyais que ton grand-père était concessionnaire d'automobiles et que ça marchait très bien, dis-je. Que ta grand-mère était la secrétaire de la mairie de la ville où vous habitiez, et que ta mère travaillait dans une banque. C'est, en tout cas, ce que je croyais.

— Qu'est-ce qui a pu vous faire croire ça ? demanda T.R., surprise. Maman n'a jamais travaillé dans une banque ; Grand-Pa n'a jamais été concessionnaire d'automobiles, à moins que vous vouliez parler d'autos *volées,* et Grand-Ma n'a jamais été secrétaire de mairie. Elle avait travaillé au tribunal du comté pendant un petit moment, mais c'était uniquement pour pouvoir piquer des vieux documents. Grand-Ma était en prison la moitié du temps. Grand-Pa s'arrangeait toujours pour que Grand-Ma paye les pots cassés, et elle était tellement bête qu'elle se laissait faire. Ils l'ont mise en prison quatre fois pour des trucs que Grand-Pa avait faits.

J'étais complètement sonné.

— C'est impossible, dis-je.

Un vieux schéma que j'entretenais au fond de moi-même était en train de s'écrouler comme une maison mal bâtie à la première secousse d'un tremblement de terre.

La maison mal bâtie, c'était bien évidemment ma conviction que T.R. avait eu une éducation bourgeoise irréprochable, qu'elle avait vécu dans un environnement respectable, avec des grands-parents ayant un métier solide, qu'elle avait fréquenté une école bien sous tous rapports et participé à tous les bals du country-club où elle était, de beaucoup, la jeune fille la plus populaire.

— Qu'est-ce qui vous a fait penser à des trucs pareils ? dit-elle à nouveau.

— Je voulais m'assurer que tu vivais comme j'aurais souhaité que tu vives, dis-je. Alors j'avais engagé un détective pour qu'il te retrouve. Je n'avais pas beaucoup d'argent à cette époque, mais je pensais que c'était quelqu'un de compétent. J'ai toujours le rapport qu'il m'a donné. Il avait pris des photos de ta maison et de ton école. Ça avait l'air très bien.

— Montrez-moi, dit T.R. J'ai l'impression que vous vous êtes fait avoir.

J'allai fouiller dans mes dossiers — ce que j'appelais avec une certaine emphase mon étude était sans doute la pièce la moins fréquentée d'une maison où la plupart des pièces ne servaient pratiquement à rien. Les dossiers qui concernaient ma vie professionnelle — enfin, ce qu'il en était — avaient été empilés dans un énorme meuble de classement presque entièrement bourré de contrats de l'époque *Al et Sal.* Tous les scénarios des cent quatre-vingt-dix-huit épisodes reliés en maroquin se trouvaient sur une étagère près du meuble.

Au fur et à mesure que je déplaçais les contrats d'*Al et Sal,* dont certains avaient l'épaisseur d'un annuaire téléphonique, je me sentais pris de panique. Peut-être après tout n'avais-je *plus* le rapport du détective, auquel cas T.R. penserait que j'avais menti et que je ne m'étais jamais préoccupé de la retrouver.

Finalement, du tiroir du dessous, je finis par extirper quelques bribes de la préhistoire d'avant les années *Al et Sal.* Il y avait les contrats Hanna-Barbera et d'autres contrats concernant deux ou trois romans que je n'avais jamais terminés. Je tombai enfin sur le rapport du bureau de détectives A-A.A.A., le premier nom, comme il se devait, à figurer dans l'annuaire de téléphone de Los Angeles. Je me rappelais bien le détective, un Latino entre deux âges qui paraissait bien sous tous rapports et qui s'appelait José Guerra — sa secrétaire, une femme plus âgée à cheveux blancs et à l'apparence beaucoup moins nette, l'appelait José Cuervo.

José ne ressemblait en rien aux détectives mythiques du

genre Sam Spade, Philip Marlowe ou autres Lew Archer. José avait été comptable dans le cabinet d'un célèbre avocat de Los Angeles spécialisé dans le divorce ; l'avocat, pour autant que je m'en souvienne, s'était occupé d'un des divorces de Nema. C'était lui qui m'avait recommandé José. José, à l'époque, s'habillait sobrement dans le style comptable. Au début, j'avais hésité quelque peu à envoyer un Latino au Texas, mais après l'avoir rencontré deux ou trois fois, j'avais fini par me persuader que l'homme avait fait allégeance à la grande famille des comptables plutôt qu'à la nation mexicaine. C'était le moins qu'on puisse dire à le voir assis à son bureau ; il se confondait si bien avec le décor sans relief qu'il en devenait presque invisible.

Je l'envoyais au Texas, et, un mois plus tard, il rédigea un rapport méticuleux avec photos Polaroïd de la maison, de l'école, de petites filles jouant à chat perché, etc. C'était d'après ces photos, tellement rassurantes dans ce qu'elles avaient de typiquement bourgeois, que je m'étais fait une idée de T.R. Quand je les montrai à T.R., elle hocha la tête.

— C'est vrai, là je jouais à chat perché, dit-elle. Là, c'était pas ma bicyclette et c'était surtout pas notre maison. C'était la maison d'Annie Elgin. On avait été de grandes amies à une époque — son papa était banquier. J'avais été chez elle à des tas de soirées jusqu'au moment où j'ai eu mauvaise réputation et où on ne m'a plus invitée. Les parents d'Annie n'étaient pas méchants. Ils savaient que Grand-Pa et Grand-Ma étaient des escrocs, mais ils avaient accepté qu'Annie m'invite, pendant un bout de temps.

— Tu n'habitais pas cette maison ? demandai-je, bien qu'elle vienne juste de me le dire.

T.R. secoua la tête.

— On était dans le quartier qui jouxte le quartier nègre, dit-elle. On était des Blancs, mais dans ce quartier de Tyler, on était des Blancs presque aussi nègres que ceux d'à côté.

Elle me jeta un œil inquiet pour voir comment je prenais tout ça, et elle se mit à lire le rapport. Elle ne se pressait pas. Je commençais à me sentir mal à l'aise. J'avais envie de lui demander pardon, pardon et encore pardon, mais elle lisait calmement, prenant de temps à autre une gorgée de vodka. Quand elle en eut terminé, elle referma le rapport et me le rendit.

— Il n'y a rien de vrai dans tout ça ? demandai-je.

— Tout est vrai, dit T.R. Seulement c'est pas ma vie qu'on raconte, c'est celle d'Annie Elgin. Grand-Pa n'est pas idiot — c'est pour ça qu'il n'a jamais été en prison alors que c'est un vrai escroc. Il avait toujours pensé que vous essayeriez de me trouver. Il m'a raconté des millions de fois que vous étiez pire que tout, que vous vous droguiez, que vous ne croyiez pas en Jésus. Il connaît tous les flicaillons et toutes les secrétaires des petits tribunaux dans ce coin du Texas. Il file de l'argent aux flics — il répare leur voiture gratuitement pour qu'ils le laissent travailler tranquille dans son garage bidon et qu'ils la ferment. Il fait croire à des vieilles complètement cons qui travaillent au tribunal qu'il est en instance de divorce avec Grand-Ma et qu'il va les épouser. Il savait probablement que le détective était à Tyler avant même que cette pauvre cloche ait trouvé une place pour se garer. Je suis sûr qu'il lui a refilé un chèque avant que l'autre ait pu défaire ses valises.

— On m'aurait dit ça, je ne l'aurais pas cru, avouai-je humblement.

— Bof, dit T.R., quelle importance ça peut bien avoir maintenant ? Grand-Pa s'est débrouillé pour vous faire croire que je vivais comme Annie Elgin. Il a dû réussir à tromper des gens plus intelligents que vous, je suppose.

— J'ai vu cet homme une seule fois, dis-je. Je n'aurais jamais pu imaginer qu'il était si retors.

Nous restâmes silencieux pendant un moment. T.R. ne semblait pas déroutée ni même surprise par le lièvre que je venais de lever. Moi, j'étais effondré.

— Ça fait un bon moment que je n'ai pas pensé à Annie Elgin, dit T.R. C'était vraiment une bonne amie. C'est bien qu'elle ait vécu comme ça. Les photos m'ont rappelé à quel point elle était chouette.

— Qu'est-ce qu'elle est devenue ?

— Elle est morte dans un accident d'auto, l'an dernier, avec ses deux gosses, dit T.R. Un camion les a complètement emboutis — enfin, c'est ce que j'ai cru comprendre. Alors, ne soyez pas si triste à propos de cet imbécile de détective. Annie a eu une enfance heureuse et moi pas, enfin pas particulièrement, mais je suis vivante et mes gosses sont chouettes ; elle, elle est morte et ses gosses sont morts. C'est quand même plus triste que ce qui nous est arrivé.

— Tu as raison, dis-je. Mais j'ai horreur de penser que j'ai été un tel imbécile.

— Montrez-moi les cadeaux, dit T.R. Si vraiment vous avez ces cadeaux, c'est peut-être que vous n'étiez pas un tel imbécile. Peut-être vous ne saviez pas quoi faire d'autre.

C'était sans doute vrai — je n'avais pas su quoi faire d'autre. Au cours des deux années après la naissance de T.R., alors que, de retour à Hollywood, j'avais atteint le fond du gouffre, j'avais souvent appelé Sally dans l'espoir qu'on pourrait au moins se parler. Sans résultat. Sitôt qu'elle entendait ma voix, elle raccrochait. Bientôt elle se fit mettre sur la liste rouge. Les premiers cadeaux que j'avais envoyés à T.R. n'avaient pas dépassé les limites du bureau de poste. Refusés. Je n'aurais sans doute jamais su où elles vivaient toutes les deux si Sally ne s'était pas mis en tête que je devais régler ses dépenses. Elle relevait l'adresse sur les paquets que j'envoyais et, dans les jours qui suivaient, je recevais ses factures, notamment pour des réparations de voiture. J'ai toujours réussi à trouver l'argent nécessaire d'une manière ou d'une autre, parce que c'était le seul moyen de rester en contact avec Sally et mon enfant. Je suppose que je gardais l'espoir qu'un jour Sally me reviendrait avec notre fille. Elle ne revint pas, mais elle continua à m'envoyer ses factures, si bien que je pus les suivre dans leurs divers périples — de Lake Charles à Lufkin, de Lufkin à Sherman, de Sherman à Tyler. José Guerra n'était pas parti sans biscuits : j'avais toujours su où envoyer les cadeaux de T.R.

Je l'amenai devant le placard où je les avais empilés. De temps à autre, j'avais été tenté de les jeter ou de les donner aux enfants de mes amis. Même moi, je finissais par trouver un peu bizarre qu'ils soient tous là, plus de quarante paquets maintenant, encore emballés dans leur papier cadeau. Cette bizarrerie était même devenue pesante, et j'imagine qu'un jour ou l'autre j'aurais fini par dire à Gladys de m'en débarrasser, mais heureusement ça n'était pas arrivé. C'était T.R. qui était arrivée.

Acheter des cadeaux pour ses anniversaires ou à l'occasion de Noël était devenu un rite dont je ne pouvais plus me défaire. C'était la revendication de ma paternité — encore que, bien souvent, je ne sache plus où me mettre quand la vendeuse d'un de ces magasins chic de Beverly Hills me demandait innocemment ce que ma petite fille désirait. Ce qu'il y avait de pire dans ce rite, c'était d'avoir à répondre aux questions de la vendeuse — ça, et bien sûr de voir les cadeaux revenir. Je les avais envoyés plein d'espoir — un jour ou l'autre Sally finirait certainement par en garder un — et, quand ils revenaient, j'étais désespéré. Mais je n'en continuais pas moins de le faire.

Je pense que T.R. ne m'avait jamais vraiment cru, et cela jusqu'au moment où elle ouvrit le placard où les cadeaux étaient entassés. Elle était un peu ivre, mais je ne crois pas que la vodka était responsable du tremblement de ses mains quand elle ouvrit le premier paquet. Mis à part la bicyclette à dix vitesses, tous les cadeaux avaient très exactement le même aspect que le jour où je les avais achetés — certains auraient très bien pu être exposés dans un musée du paquet-cadeau.

Elle me regarda avec une certaine crainte.

— Je n'avais vraiment jamais pensé que ça arriverait, Papa, dit-elle. Je suis là en train de trembler comme une conne. Qu'est-ce que je suis censée faire ?

— Tu es censée ouvrir tes cadeaux, dis-je. Laisse-moi t'apporter une chaise.

J'en apportai deux. Heureusement, c'était un très grand placard, presque un débarras. T.R. s'assit sur une chaise, moi sur une autre, et nous célébrâmes ensemble vingt-deux ans d'anniversaires et de Noël combinés. De même que le fœtus résume toute l'histoire de l'espèce, T.R. et moi résumions en un moment privilégié son histoire et la mienne, une histoire qui venait de naître et qui était restée tapie dans notre inconscient jusqu'à ce moment-là. Nous commençâmes par les animaux en peluche — un raton laveur, un opossum, un koala géant qui prenait à lui tout seul presque la moitié du placard — pour en venir aux poupées Barbie, aux maisons de poupées, aux dînettes, aux mini-téléphones, aux radios, aux trousses de toilette — plus un petit manteau en fourrure de lapin pour une enfant de dix ans. Nous passâmes de la pré-adolescence à l'adolescence et à la post-adolescence, mar-quées du style de leur époque : fourre-tout, baladeurs, blousons de cuir, colliers, bracelets, montres... pour finir avec des vêtements en provenance des boutiques les plus célèbres du monde, du genre de ceux que mes amies donnaient à Gladys.

Au début, le déballage fut un peu solennel et la conversation pratiquement inexistante.

— Regarde, il n'est pas mignon, cet opossum ? dit T.R. sans grande conviction.

Je pense qu'elle avait encore du mal à y croire. Je me sentais également un peu gêné : je n'avais jamais eu une grande confiance dans mon choix de cadeaux ; me retrouver en face d'objets choisis sans conviction quelque vingt ans plus tôt ne contribuait pas à calmer les vibrations dans mon crâne. On se sentait tous les deux intimidés, en fait si intimidés que, pendant un moment, je crus que cette petite cérémonie allait tourner court. On se parlait sur un ton formel ; au lieu de nous rapprocher, ces cadeaux, et toute la tranche de vie dont ils témoignaient, nous donnaient l'impression d'être à tout jamais séparés. Je devins de plus en plus nerveux. T.R. me regardait de moins en moins souvent. Elle dénouait méticuleusement les rubans autour de chaque cadeau.

Et puis, soudain, Jesse arriva en traînant sa vieille poupée de chiffon maculée de taches. A la vue de tous ces jouets et de tous ces animaux en peluche, ses yeux déjà grands s'agrandirent encore. Elle mit son pouce dans sa bouche. Pendant un moment, elle regarda tout émerveillée l'énorme koala, mais décida que c'était quand même trop pour elle. Elle laissa tomber sa poupée pour s'emparer de l'opossum, ce qui fit revenir T.R. à la vie. Brusquement, toute complicité mère-fille oubliée, T.R. se jeta sur Jesse comme une furie !

— Tu remets ça où tu l'as pris et tu t'en vas d'ici, dit-elle d'un ton cassant. Tu as plein de jouets. C'est mon opossum.

J'étais consterné — c'était juste un opossum en peluche, sans doute le moins coûteux de tous ces cadeaux — mais encore moins consterné que Jesse, qui laissa immédiatement tomber l'opossum comme s'il brûlait et se mit à courir pour retrouver Gladys, son rempart.

— C'est juste un opossum, dis-je aussi doucement que possible.

T.R. semblait confuse d'avoir réagi avec une telle violence.

— Je ne sais pas ce que j'ai, je dois être complètement biturée, dit-elle. Jesse doit se demander si je ne suis pas folle. Vous voyez ce que vous avez fait ? C'est tous ces machins ! Tous ces... machins.

Avant que j'aie pu répondre — je ne sais d'ailleurs pas ce que j'aurais répondu —, elle enfouit son visage dans les gigantesques pattes du koala. Quand je lui mis la main sur l'épaule, elle s'écarta et agrippa le koala encore plus fermement. Elle fit tomber son verre de vodka d'un coup de genou et je dus empoigner rapidement le manteau de lapin pour qu'il ne soit pas trempé. C'est alors que Bo apparut, tenant son AK-47. Il eut l'air de penser que toute cette commotion avait été provoquée par le koala et non par moi et se mit à lui tirer dessus avec des balles imaginaires. T.R. n'en cessa pas pour autant de sangloter. Muddy Box, où qu'il ait été, avait dû sentir que quelque chose ne tournait pas rond. Il arriva prudemment et jeta un œil dans le placard.

— J'ai l'impression que tout ce dont vous avez besoin, c'est de serviettes en papier, dit-il calmement en partant vers la cuisine pour s'en procurer.

Je me levai et l'aidai à étaler des serviettes par terre. La vodka fut presque entièrement épongée, à l'exception d'un petit filet qui s'était glissé sous le koala.

— Laisse-moi juste le soulever une minute, T.R., dit Muddy. Il faudrait pas que ce vieil ourson se fasse mouiller les couilles.

T.R. lâcha l'ours et saisit Muddy, l'étreignant en pleurant de plus en plus doucement au fur et à mesure que sa tension se relâchait. Muddy lui murmurait calmement quelque chose dans l'oreille tout en lui caressant la nuque et le dos.

Puis ce fut au tour de Gladys d'apparaître. Elle tenait dans ses bras une Jesse encore toute en pleurs, prête à cacher son visage dans la poitrine de Gladys au cas où sa mère hurlerait à nouveau. Mais sa mère ne hurla pas ; grâce aux soins patients de Muddy, elle se calmait petit à petit. Bo se faufila derrière moi dans le placard pour examiner le butin entassé qui, pour lui, ne présentait guère d'intérêt. Il prit appui sur mon genou pendant son tour d'inspection et me confia même pendant quelques instants son fusil automatique pour saisir le téléphone. Voyant cela, Jesse réussit à s'extraire des bras de Gladys pour aller reprendre possession de l'opossum. Elle voulut même s'emparer du raton laveur, mais Bo, anticipant la manœuvre, s'assit dessus. Jesse, qui gardait un œil sur sa mère, décida de ne pas forcer sa chance. Serrant bien fort l'opossum, elle battit en retraite vers une position plus sûre entre les jambes de Gladys, avant d'examiner méticuleusement la peluche.

— Hé, dit-elle après un petit moment en tendant l'opossum pour que Gladys puisse le voir.

T.R. lui jeta un regard et Jesse se figea.

— Dis-moi, Jesse, qu'est-ce que c'est supposé faire, un opossum ? demanda T.R. d'une voix fatiguée mais sans hargne.

Jesse regarda à nouveau l'opossum et haussa les épaules comme pour dire qu'elle n'avait aucune idée de ce que devait faire un opossum.

— Hé, répéta-t-elle.

— Un opossum se met en boule et fait le mort, de telle sorte qu'il ne prenne pas à T.R. l'envie de lui foutre une raclée, dit Muddy qui se mit en boule sur le plancher pour imiter l'opossum.

— Relève-toi, Muddy, tu vas casser ma dînette, dit T.R.

Mais Muddy, enchanté de sa démonstration, fit le mort jusqu'à ce que T.R. se mette à le chatouiller. Du coup, après s'être tortillé pendant quelques secondes, il finit par s'asseoir.

— Un opossum ne peut pas se permettre d'être aussi chatouilleux que toi, l'informa T.R. Allez, viens, on va aller dans la chambre. Je voudrais essayer ces vêtements bizarres que Papa m'a offerts. Il y en a qui ressemblent à des trucs de garçons. Si tu es gentil, je pourrais même t'en donner quelques-uns.

— Oui, mais je pourrais aussi ne pas être gentil, déclara Muddy sentencieusement.

Bo se leva, prit son fusil automatique et tira à bout portant sur le raton laveur en poussant des cris sauvages.

— Hé, dit Jesse en colère qui ne semblait pas apprécier le geste de son frère.

— Elle a raison, on ne tire pas sur les ratons laveurs, ce sont des animaux très gentils, dit T.R.

Elle se leva, rassembla la plupart des cadeaux les plus récents dont deux n'étaient pas encore ouverts, et s'éloigna du placard en passant par-dessus Muddy et une montagne de papiers d'emballage.

— Venez, Gladys. Muddy ne connaît rien aux vêtements de femmes, dit-elle. Papa, vous feriez mieux d'aller vous coucher, vous n'avez pas l'air en forme.

— Il y a des papiers d'emballage là-dedans qui ont l'air encore plus vieux que moi, commenta Gladys. Pourtant, c'est rare que je voie des choses plus vieilles que moi.

— Je suis plus vieux que vous, lui rappelai-je.

Mais personne ne sembla prêter attention à ce que je disais. Bo se fendit la lèvre en essayant de grimper sur le koala qui bascula immédiatement. Gladys l'empoigna et le mena à la cuisine pour essuyer le sang. Profitant de la blessure de son frère, Jesse sortit en douce non seulement avec l'opossum, mais aussi avec le raton laveur, tandis que T.R. et Muddy se dirigeaient vers leur chambre avec des vêtements plein les bras.

Personne ne prêta plus attention à moi. J'éteignis la lumière du placard et restai assis sur une chaise pendant quelques minutes pour tenter de mettre de l'ordre dans mes idées après les derniers événements. Peut-être que ça n'avait pas été différent — ni plus ni moins délirant ou sinistre — de n'importe quelle soirée d'anniversaire ou matin de Noël. Je n'avais aucun critère de comparaison ; j'étais seulement heureux que nous y ayons tous survécu.

J'allai au lit et je n'étais pas plutôt allongé que la migraine, ce foutu Comanche aux aguets, franchit le pas de ma porte en hurlant.

7

Je dors toujours face à l'est. S'il vous arrive d'avoir un Comanche embusqué dans votre crâne pendant une bonne partie de la nuit, le premier soupçon de lumière prend une très grande importance. Le soleil était une de ces rares puissances qui pouvaient parfois forcer le Comanche à battre en retraite. L'aube rougeoyante qui, à travers ma fenêtre, se levait à l'horizon semblait redonner un certain équilibre à mes cellules.

En revanche, un ciel grisâtre saupoudré de nuages était de mauvais augure en cas de mal de tête. Au lieu de me sentir ragaillardi par la lumière naissante, je me vautrais dans un magma dépressif et morbide. Je me sentais alors comme un de ces hommes de la Baltique souvent profondément tristes, aussi lourd avec ma migraine que si j'avais vécu à Göttingen ou Königsberg, ou tout autre endroit où auraient pu vivre Kant et Hegel — quelque part dans cette partie du nord de l'Europe où la pensée se traîne péniblement sous des cieux constamment grisâtres. Ces jours-là, je parvenais difficilement à sortir de ma léthargie.

Malheureusement pour moi, l'aube se leva sur un de ces jours à la mode balte, avec bourrasques et ciel gris. Je sentis que le Comanche était en train de prendre ses quartiers. Il ne s'était pas trop manifesté pendant la nuit, se contentant simplement d'allumer un feu de camp le long de ma tempe droite, mais il ne donnait aucun signe de vouloir s'en aller.

Je gardai les yeux fermés un petit moment, dans l'espoir d'avoir mal analysé les prémices de l'aube. Peut-être, quand j'ouvrirais à nouveau les yeux, le soleil aurait-il percé quelque part ; peut-être quelques nuages se seraient-ils dissipés et laisseraient-ils filtrer un rayon ou deux.

Les nuages restèrent où ils étaient ; ma migraine aussi. Heureusement T.R. et Jesse étaient déjà sur pied. T.R., tenant Jesse dans ses bras, jeta un œil par la porte.

— Vous êtes malade ? demanda-t-elle.

N'étant pas certain de l'être, je lui fis un geste vague.

— Entre, lui dis-je.

Elle s'assit sur mon lit avec circonspection. Jesse, tenant toujours son opossum et ne me prêtant aucune attention à moi, essayait d'attraper un sein et, à force de tirer dans tous les sens sur la robe de T.R., elle finit par y arriver. T.R. s'était adossée à un oreiller pendant que Jesse suçait gloutonnement en battant l'air avec un pied.

— Doucement, je ne suis pas une pompe à essence ! dit T.R.

Elle n'avait pas l'air en forme — peut-être avait-elle hérité de ma dépendance vis-à-vis du soleil.

— Est-ce que les vêtements allaient plus ou moins? demandai-je.

— Ouais, c'est presque un miracle, dit T.R. Tout d'un coup, voilà que j'hérite d'un tas de nouveaux vêtements bizarres. Merci.

Elle le dit sur un ton suffisamment cassant pour que je me crispe, et T.R. s'en aperçut.

— Je suppose qu'après tout ce n'était pas une si bonne idée de garder tous ces cadeaux, tu ne trouves pas? dis-je.

— Peut-être, mais j'arrive pas à savoir pourquoi, dit T.R. Vous n'avez pas menti. Vous les aviez, ces cadeaux. Ça me met en colère contre Maman. Elle aurait pu au moins me laisser en avoir un ou deux — comme ça, j'aurais su que vous étiez là, quelque part.

— Elle aurait dû te laisser les avoir tous, dis-je. Mais elle ne l'a pas fait, et c'était idiot de ma part de penser que ça pourrait compenser tout le reste. C'est juste des machins, comme tu l'as dit hier soir. Il n'y a rien qui puisse compenser le fait que tu n'as pas eu de père.

Jesse, brusquement, changea de sein, ce qui nécessita certains réarrangements dans la robe de T.R., dans les oreillers, etc. Je regardai Jesse et vis qu'elle aussi me regardait à travers ses paupières mi-closes. T.R. la remit en place d'un geste automatique : elle pensait encore à ses cadeaux d'anniversaire. Elle caressa négligemment les cheveux blonds de Jesse.

— Parfois, j'aimerais être Jesse, dit-elle. Celle-là, elle ne s'en fait pas. Elle ne pense à rien d'autre qu'à mes nichons. Elle ne perd pas une minute à ressasser tous ces vieux trucs déprimants.

— Personne ne peut être Jesse à part Jesse, dis-je. On ne peut pas s'empêcher, ni toi ni moi, de penser à des choses qui nous dépriment. On ne rattrapera jamais le temps perdu, mais d'un autre côté nous ne sommes pas très vieux — même moi je ne suis pas *très* vieux — et on a tout le temps devant nous. Je te parie que notre avenir va être bien meilleur que notre passé.

Jesse s'assit, se replia un peu sur elle-même et eut un renvoi.

— Hé, dit-elle en ramassant son opposum.

— Hé, Jesse, dis-je.

Mes prédictions optimistes n'étaient pas parvenues à remettre T.R. en selle. Elle paraissait jeune, hésitante et misérable. J'avais envie de la prendre dans mes bras, mais elle n'avait pas l'air d'une femme qui avait envie qu'on la prenne dans ses bras.

— Muddy pense que vous êtes l'homme le plus bizarre qu'il ait jamais rencontré, dit-elle. Ça veut dire qu'il ne vous aime pas — il dit seulement qu'il n'avait jamais pensé qu'il rencontrerait un jour quelqu'un d'aussi bizarre que vous. Vous avez encore ce vilain mal de crâne ?

— Eh oui, je l'ai toujours.

— Quand on est riche comme vous l'êtes, il me semble qu'on devrait pouvoir s'acheter des médicaments contre ça.

— J'ai des comprimés, dis-je. C'est seulement que je n'aime pas me battre contre la migraine avec des médicaments. Je le fais de temps en temps, mais ce n'est pas une bonne idée. Si on n'arrive pas à tuer complètement le mal de tête, il fait simplement semblant de partir et il se tapit dans un coin jusqu'au moment où il peut resurgir pour frapper encore plus fort.

T.R. ne prêtait plus guère attention à ce que je disais. Elle semblait fatiguée et nerveuse.

— Muddy n'a pas tort, dis-je. Je suis bizarre. Je pense que c'est la raison pour laquelle je ne suis pas venu te voir plus tôt. Je m'étais persuadé que tu menais une vie heureuse et normale dans une gentille petite ville avec de gentils amis. Quand tu étais petite, je n'avais pas d'amis et j'avais tout raté, et en plus je savais que j'étais bizarre. Je n'avais pas particulièrement peur de ta mère ou de tes grands-parents — j'avais peur de ce que toi tu penserais, si j'apparaissais soudain au milieu de ta vie de petite fille heureuse. Tu aurais pu penser que j'étais un vieux raté dégoûtant ou va donc savoir...

Je m'arrêtai de parler. Elle n'était pas en train de me regarder, mais elle m'écoutait.

— Peut-être est-ce d'ailleurs ce que tu penses, maintenant que tu as vu ma maison et la façon dont je vis, dis-je.

— C'est pas la façon dont vous vivez, c'est la façon dont vous ne vivez pas, dit T.R. Mince alors, moi, ce que j'aime, c'est sortir et faire des trucs. Qu'est-ce que vous faites ici toute la journée avec L.J. ? Je sais que L.J. aime bien se défoncer, mais vous, qu'est-ce que vous faites ?

— Tu sais, je suis en train d'écrire un livre. Quand j'écris un livre, je ne peux pas faire grand-chose d'autre.

— Je voudrais le lire, dit T.R. Il y a tant de bouquins dans cette maison que je ne saurais pas par quoi commencer si je devais me mettre à lire. Je pense que je commencerai avec votre livre. Quand est-ce que je pourrai le lire ?

J'étais flatté par son intérêt, mais il n'était que trop évident que je n'avais rien à montrer. Même la première phrase de mon nouveau livre était en suspens ; depuis que j'avais retrouvé T.R., je n'avais même pas eu le temps de méditer sur les différentes premières phrases évoquées autrefois. La vie avait renvoyé l'expression artistique aux calendes grecques, mais bien évidemment je ne voulais pas l'admettre devant T.R.

— Tu pourras le lire quand j'aurai un peu avancé, dis-je. J'ai eu un livre publié à peu près à l'époque de ta naissance. Tu pourrais commencer avec celui-là.

Elle regardait l'intérieur de ma chambre qui consistait en trois murs remplis de bas en haut d'étagères pleines de livres empilés les uns sur les autres, et d'un quatrième panneau entièrement vitré côté sud, une espèce d'écran panoramique que venait illuminer le soleil. Il y avait devant certains livres les photos de cinq ou six femmes qui avaient vraiment compté dans ma vie. Jeanie était là, un superbe instantané pris par un photographe de rue à Paris, au moment où elle était au mieux de sa forme. Elle était tellement sensible quand il s'agissait d'une photo d'elle qu'elle aurait très bien pu exercer sa censure et la confisquer, si elle était venue me rendre visite et l'avait aperçue. « Je préfère que ce soit ta mémoire qui me voie » m'avait-elle dit un jour d'un ton grave quand le sujet des photos était venu sur le tapis.

Il y avait Marella Miracola et Antonella Napthi, les plus éblouissantes et les plus fidèles de mes divers coups de cœur italiens. Il y avait aussi quelques photos de femmes qui n'avaient jamais été mes compagnes mais qui prenaient une très grande place dans mes souvenirs d'Europe — Pier Angeli, Françoise Dorléac, Romy Schneider ; elles me venaient tout de suite en tête quand je pensais à Paris ou à Rome. Je ne leur étais pas aussi attaché que je l'étais à Jeanie

Vertus, l'amour de toute ma vie, mais elles étaient ou avaient été des jeunes femmes splendides qui illuminaient la trame de mon passé. J'avais gardé leurs photos, et maintenant T.R., ma fille, les contemplait ; il me semblait que son regard était empreint d'une certaine jalousie.

Comment une fille d'une petite ville du Texas cernée de puits de pétrole aurait-elle pu se comparer à ces femmes belles et mondialement célèbres ? C'est, en tout cas, ce que je lisais dans son regard.

— Est-ce que vous baisez certaines de ces femmes ? demanda-t-elle de cette voix monocorde qui semblait indiquer à la fois la colère et la résignation.

— Non, dis-je. Pourquoi est-ce que tu me demandes ça ?

— Je voulais seulement savoir si un jour ou l'autre une star de cinéma n'allait pas débarquer ici pour vivre avec nous, et se mettre à me faire des réflexions, dit-elle.

— Il n'y a qu'une femme que je souhaitais voir débarquer, et elle est déjà ici.

— Je ne suis pas une star, dit T.R. Je ne suis même pas grand-chose du tout.

Elle semblait glisser dans ce puits de désarroi dans lequel la plupart des femmes, sinon toutes, tombent parfois — même ces femmes qui ont l'air solides comme un roc tombent dans ce puits de temps à autre.

— T.R., ce que je vais te dire va te paraître banal puisque c'est ce que disent toujours les parents à leurs enfants, mais je vais te le dire quand même puisque c'est ma première occasion de le faire, dis-je. Tu commences juste ta vie d'adulte. Tu as vingt-deux ans et tu es en pleine forme. Tu peux être aussi belle que n'importe laquelle de ces femmes, et aussi cultivée, ou même aussi célèbre si c'est ce que tu veux. Ne crois surtout pas que tu n'es rien, d'autant que tu peux devenir ce que tu veux être. Tu peux aller à l'université, tu peux prendre des cours d'art dramatique, tu peux étudier ce que tu veux, on peut voyager pendant un an ou deux pour te faire connaître le monde. Je n'ai vraiment rien d'autre à faire qu'à compenser tout le temps perdu.

T.R. ne semblait pas vouloir saisir la balle que je venais de lui lancer. Elle continuait à examiner les photos.

— Qui c'est, celle-là ? demanda-t-elle en montrant une petite photo un peu triste de Jill Peel.

Jill était seule, assise à l'arrière d'une gondole à Venise — son fils avait pris la photo quelque temps avant qu'il ne se suicide. Je les avais emmenés à Venise pour leur changer les idées. Ça avait été un très agréable voyage et ça leur avait, de fait, changé les idées. Jill levait les yeux vers l'appareil photo et nous regardait avec cette sorte de sang-froid que certains condamnés parviennent à afficher face au peloton d'exécution. Elle avait le visage de la femme qui savait que c'était cuit, avait accepté l'échéance, mais était néanmoins heureuse d'être à Venise. D'une certaine manière, je détestais cette photo, et j'avais été plus d'une fois sur le point de la retirer de mes rayons. Mais c'était Jill qui me l'avait donnée. La retirer eût été en quelque sorte la confirmation de la lâcheté dont elle m'avait souvent accusé. Donc, elle était restée là, sur l'étagère, devant *Le Rameau d'or,* à m'obséder comme Jill continuait de le faire quand mes yeux tombaient sur cette photo.

— C'est Jill Peel, dis-je. Elle est morte. C'est une histoire triste.

— Chaque fois que j'entends parler de mort, je me demande où est Earl Dee, dit T.R. en se rapprochant de moi.

— T.R., cesse de te faire du souci, dis-je. On va aller en Europe pendant quelques mois. Il sera sans doute de nouveau en prison quand nous reviendrons. Ou il aura oublié qu'il avait promis de te tuer.

— Earl Dee n'oubliera pas, dit-elle. Earl Dee tient ses promesses. C'est une des rares choses dont je suis sûre.

— Je prendrai d'autres gardes du corps jusqu'à ce que nous ayons nos passeports, dis-je. Je vais en placer un au croisement de l'autoroute avec un émetteur radio vingt-quatre heures sur vingt-quatre. Earl Dee ne te tuera pas. Alors, cesse de t'inquiéter

— Raconte-moi ce qui s'est passé avec cette femme, demanda T.R.

— Tu sais, ce n'est pas le genre d'histoire à te raconter si tu ne te sens pas très bien, dis-je, regrettant de n'avoir pas retiré la photo.

— Je veux savoir, dit T.R. Elle ressemble à la façon dont je me sens. Alors, on commence ?

— Bon, d'accord, dis-je, tandis qu'elle se blottissait contre moi.

8

Jill Peel, c'était presque la préhistoire. Ça remontait à ma première visite à Hollywood, juste après que mon premier roman eut été publié. Un producteur de cinéma en avait acheté les droits et j'étais allé à Hollywood pour discuter du scénario. J'avais vu Jill dans un couloir des vieux studios Columbia, sur Gower Street. Son petit ami venait juste de la quitter après lui avoir flanqué une gifle magistrale et elle était là, debout dans le couloir, en train de pleurer.

A l'époque, je vivais à San Francisco. Sally, enceinte de T.R. depuis quelques semaines, m'avait quitté pour retourner chez ses parents au Texas. On était tombés follement amoureux, Jill et moi, et elle était venue me rejoindre à San Francisco. Ça ne dura pas longtemps. Elle réalisait alors des dessins animés, et était assez célèbre après avoir décroché un Oscar pour un documentaire intitulé *Mr. Molécule*. C'était une femme de goût dans tous les domaines — arts, cuisine, vêtements, décoration, mobilier. Ses connaissances étaient tellement supérieures aux miennes que je me suis souvent demandé comment j'aurais pu devenir une personne à peu près civilisée si Jill n'avait pas jugé bon de me consacrer quelques mois de sa vie bien remplie.

— Si elle était tellement bien, pourquoi ça n'a pas marché ? demanda T.R. après ce préambule.

— Je n'ai pas dit qu'elle était parfaite. Elle était même loin d'être parfaite, dis-je. Elle avait avec son fils des relations terriblement tendues. Mais c'est vrai que c'était une femme de goût comme on en voit rarement.

— De la merde, dit T.R. en colère.

— Quoi ?

— J'ai dit : de la merde. Les femmes qui ont un goût irréprochable me donnent envie de dégueuler, dit T.R. Tout le monde s'en fout sauf les gens riches. J'aime pas les gens qui ont du goût. Ça me donne des boutons.

— Si tu te mets à la détester parce que je te raconte des choses sur elle, pourquoi les raconterais-je ? dis-je. D'ailleurs, pourquoi serais-tu jalouse d'elle ? Elle est morte.

— C'est moi qui sais avec qui je dois me mesurer, pas vous, dit T.R. La seule chose au monde que vous connaissiez, c'est la migraine.

Je n'avais pas besoin de beaucoup de perspicacité pour m'apercevoir que ma fille était en colère contre moi. Je sentais son corps contre le mien, aussi raide qu'un morceau de bois. Je n'étais pas cuirassé contre les colères féminines, et pourtant Dieu sait que j'en avais essuyé au cours de ma vie. Je respecte autant ces colères qu'un chasseur de grands fauves respecte — du moins le dit-on — la lionne blessée. (J'avais toute une collection de Mémoires de chasseurs de grands fauves ; je les avais étudiés à fond en vue d'un film qui n'avait jamais été tourné : si je me souvenais d'une chose sur ces chasseurs, c'était leur respect pour la lionne blessée.)

Je cessai de parler — j'attendais que quelque chose se passât, quoi que ce fût. Cette tactique ne fit qu'accroître la colère de T.R.

— Alors, on va rester comme ça, allongés ? demanda-t-elle. Qu'est-ce qui s'est passé après que vous vous êtes séparés ?

— J'ai disparu pendant quelques années, dis-je. Je suis venu au Texas pour voir si ta mère me reprendrait, mais elle n'a pas voulu.

— Je ne peux pas la blâmer, dit T.R. Pourquoi elle vous aurait repris après que vous aviez baisé avec quelqu'un qui avait un goût irréprochable ?

— Oh là là, tu es en colère contre moi ! dis-je. Tu es vraiment en colère contre moi.

Mon commentaire sembla l'amuser. Je vis que son visage se détendait et je crus même percevoir un petit sourire.

— Si vous croyez que c'est ça, être vraiment en colère, alors vous allez avoir une fameuse surprise quand vous me verrez vraiment en colère, dit-elle. C'est pas parce que cette femme avait bon goût qu'il faut que je l'aime.

— Tu as raison, admis-je. Mais il faut que tu décides si tu veux ou non écouter le reste de l'histoire.

Elle haussa les épaules sans grande conviction.

— Je suppose que oui, finit-elle par dire, je voudrais savoir si elle a eu ce qu'elle méritait.

Je lui parlai du film que Jill avait fait. *Womanly Ways,* tel en était le titre, était un film à petit budget, superbement joué et dirigé de main de maître, qui avait été réalisé dans les années 60. Le sujet traitait de la montée du mouvement féministe à cette époque-là. Jill avait alors obtenu son deuxième Oscar, cette fois comme metteur en scène. Pendant les mois qui suivirent, elle fut vraiment la coqueluche d'Hollywood. Son avenir semblait assuré. Le film avait également marché en Europe, et pendant quelque temps Jill eut une place de choix dans le *Who's Who* des grands du cinéma, au même titre que Truffaut ou Bertolucci.

Son goût irréprochable lui faisait cependant défaut quand il s'agissait de choisir ses amants ; elle dissipa une bonne partie de son énergie dans des affaires de cœur avec des hommes au mieux ennuyeux, au pire détestables, qui n'avaient rien en commun sinon le fait qu'ils étaient tous jaloux de sa gloire. Et puis les années passèrent et ce qui restait de sa folle énergie commença à s'étioler, comme c'est généralement le cas. Les scénarios suivirent les scénarios, mais aucun film ne se fit. Jill avait ses critères et ne répugnait pas à les défendre — elle avait quand même deux Oscars. Mais elle n'était pas très diplomate et peu encline à faire des concessions. Elle finit par se mettre à dos la plupart des studios d'Hollywood. Et même si les directeurs desdits studios valsaient à un rythme hollywoodien, Jill ne s'entendait guère mieux avec leurs remplaçants. Au fur et à mesure que le temps passait, ce n'était même plus avec les directeurs de studios que Jill se querellait. *Womanly Ways* datait déjà de sept ou huit ans, une ère géologique dans l'histoire d'Hollywood. Les directeurs avec qui Jill pouvait obtenir des rendez-vous étaient de plus en plus jeunes et de plus en plus éloignés du pouvoir.

En fin de compte, aucun de ses projets ne se réalisa et elle commença à manquer d'argent. On lui demandait bien d'écrire des scénarios, de faire des coproductions, de participer à la production d'un film, elle refusait tout. Tous ceux qui s'intéressaient à elle commencèrent à lui tourner le dos. Elle avait la réputation d'être une emmerdeuse. Elle était finie.

Pendant toute la période où elle était au faîte de sa gloire, je ne fis rien pour la revoir. Los Angeles est une grande ville où, si l'on veut éviter de rencontrer quelqu'un, on peut le faire sans rester confiné chez soi. A l'époque où elle caracolait avec Bernardo et François, j'étais la personne la moins évidente à Hanna-Barbera. Je n'aurais pas voulu l'embarrasser en insistant pour lui dire bonjour et lui rappeler l'époque où nous vivions ensemble, au cas où nous nous serions retrouvés dans le même restaurant. De toute façon, je n'avais pas les moyens de fréquenter les mêmes restaurants qu'elle. J'habitais ce qu'on appelle la « Valley ». Et les gens de Beverly Hills parlent de la Valley comme s'il vous fallait un passeport pour y aller. De mon deux-pièces du Toluca Cabana, je pouvais voir les collines d'Hollywood où vivait Jill. Je savais très exactement dans quelle rue elle habitait, mais je ne m'y aventurais jamais. Sa maison, sa rue, sa colline, son monde, je ne voulais surtout pas m'en mêler. J'habitais la Valley ; et Hollywood, je ne le découvrais que dans les journaux spécialisés.

Au fur et à mesure que les années passèrent, le nom de Jill disparut peu à peu des journaux. Je ne pouvais d'ailleurs pas toujours me permettre de les acheter. Une ou deux fois par an, je prétendais que tout n'allait pas si mal et je me faisais une petite folie en allant prendre mon breakfast, journaux compris, au *Sportsmen's Lounge*. Mais à cette époque je dérivais de plus en plus vers les quartiers minables de la Valley ; et puis, je quittai la Valley et partis vers le sud pour finir par m'exiler à Blythe. Je ne remis plus les pieds à Los Angeles jusqu'à ce que le montage d'*Al et Sal* soit en bonne voie et que je ne sois plus qu'à deux doigts de la gloire. Un jour où j'étais en train de prendre un bol de chili dans le « commissariat » de la Warner, je remarquai une femme à la table d'à côté. C'était Jill Peel. Elle ne pleurait pas mais elle donnait l'impression qu'elle se sentirait mieux si elle se laissait aller à pleurer.

— Qu'est-ce que c'est que ce commissariat ? demanda T.R.

— Le restaurant d'entreprise, dis-je. C'est là que les studios nourrissent leurs esclaves.

— Qu'était-il donc arrivé à son goût irréprochable ? demanda T.R.

Je laissai passer la question et poursuivis mon histoire.

Bien évidemment, ayant aperçu Jill, je commençai par faire comme si je ne la voyais pas. Je ne me sentais pas d'attaque à réapparaître dans sa vie. D'ailleurs il n'y avait aucune raison de penser qu'elle aurait souhaité me voir réapparaître ; mais l'idée qu'elle aurait pu le souhaiter était suffisante pour me couper l'appétit, et pour abandonner le chili pourtant réputé excellent de Warner Brothers.

Etais-je victime du syndrome du berger ? De la même manière que le berger se sent inférieur au cow-boy, le scénariste de télévision développe un complexe d'infériorité vis-à-vis du metteur en scène de cinéma. Jill n'avait peut-être rien fait au cours des dix dernières années, mais elle avait quand même été un grand metteur en scène. Je n'étais qu'un scénariste de télévision.

Mais quand la servante apporta à Jill l'addition qu'elle signa, je fus pris de panique. J'avais peut-être peur d'elle, mais je ne pouvais pas non plus la voir partir sans même lui avoir dit un mot. Elle avait été ma meilleure amie à un moment de ma vie.

Je faillis renverser ma table en me levant pour lui dire quelque chose avant qu'elle ne parte.

— Salut ! dis-je.

— Félicitations, répondit Jill. Je pensais que tu n'aurais pas le courage de me dire bonjour.

— Je suis surpris de l'avoir eu, admis-je.

— Allons prendre un dessert.

— Pourquoi cet air si triste ? demandai-je.

Je n'avais probablement jamais été aussi direct avec une femme depuis que nous nous étions quittés. Dans mes rapports avec le sexe opposé, pour le peu qu'il y en ait eu, je m'exprimais si précautionneusement qu'on aurait dit du Henry James. En général, je ne voulais surtout pas que quiconque, et notamment les femmes, réalise trop vite ce que j'avais voulu dire, si toutefois j'avais voulu dire quelque chose.

Ce genre de facéties ne marchait pas avec Jill, pas plus que ça n'aurait marché avec T.R. Il se trouvait que de temps en temps j'aie dans ma vie une femme qui n'aimait pas qu'on mâche ses mots.

— J'ai l'air triste parce que Joe Percy est mort, dit Jill.

— Mon Dieu, dis-je. C'est arrivé quand ?

— Il y a à peu près un mois. C'est moi qui l'avais lancé.

Joe Percy avait été son plus vieil ami. Il écrivait comme moi des scénarios pour la télévision. Je ne l'avais rencontré qu'une ou deux fois, mais je savais qu'il adorait Jill, qu'il la vénérait, qu'il l'aimait profondément. Je m'exprime probablement mal : il aimait la femme, et il vénérait son talent. On voit souvent ça à Hollywood : des gens sans talent, ou, au mieux, avec un petit talent, qui tombent amoureux de personnes qui, elles, maîtrisent parfaitement leur métier. D'aussi loin que je me souvenais de Joe Percy, je l'avais toujours vu avec Jill. Pendant les années où je n'avais vu d'elle que des photos dans les journaux prises au cours de différents galas ou soirées, Joe, un homme assez corpulent, lui servait généralement d'escorte. Leur amitié, d'après ce que j'avais pu comprendre, ne s'était jamais transformée en passion, mais Jill avait suscité une dévotion assez rare dans ce milieu. On imaginait mal Jill sans son dévoué Joe Percy à ses côtés, mais aujourd'hui elle était seule, assise à une table.

— Il est mort dans son fauteuil, dit Jill. J'étais rentrée d'Europe la nuit précédente et j'étais trop fatiguée pour aller le voir. Maintenant, je regrette de ne pas l'avoir fait.

La veille, quelqu'un du studio m'avait dit qu'il pensait que Jill était allée en Europe pour diriger un film — j'en avais déduit, du coup, que Jill s'était remise au travail.

— Tu as fait un film ? demandai-je.

— J'ai fait un gâchis.

Nous avions commandé une tarte, et nous étions là à piquer dedans tout en nous regardant avec circonspection. Je suppose que nous en étions à nous demander si les braises de notre vieille amitié pourraient encore se réchauffer, malgré les cendres de dix années et demie. Jill, comme moi, n'était pas facile en amitié.

— Si ça n'avait pas marché une première fois, pourquoi est-ce que ça aurait marché une seconde ? demanda T.R.

Avant que je puisse répondre, Jesse et Bo étaient arrivés sur le seuil et nous regardaient. Ils nous contemplèrent un petit moment, sentirent les ondes négatives émises par T.R., et s'en allèrent sans demander leur compte.

— La première fois, il était question de passion, rappelai-je à ma fille. Cette fois-ci, il n'était plus question que de déjeuner et de bavarder de temps à autre.

— Et moi, je pense que vous songiez toujours à la baiser, dit T.R. On ne reste pas assis avec une femme qu'on a aimée pour manger simplement de la tarte.

— J'aimerais bien que tu ne sois pas aussi en colère contre moi, dis-je.

— Je pense que vous mentez tout le temps, dit-elle. Tout ce que vous dites sonne faux, alors étonnez-vous après que je sois furieuse. Je suppose que c'est votre affaire si vous voulez passer votre vie à manger de la tarte avec des connes, mais ça me met foutrement en colère.

— Pourquoi ? lui demandai-je.

— C'est comme ça, dit T.R. en haussant les épaules. Je n'ai pas un goût irréprochable comme la plupart de vos amies. Je n'ai pas un cerveau irréprochable non plus. Je n'ai même jamais eu un boulot correct.

Je laissai tomber. Je me sentais comme coincé entre deux maux, le mal d'avoir à penser à Jill et le mal d'avoir à subir la colère de T.R. Il est probable que je les méritais, mais ça ne les rendait pas plus supportables pour autant.

— Bon, continuez, dit T.R. Moi je renonce.

— Tu renonces ? demandai-je. Mais tu renonces à quoi ? Je suis juste en train de te raconter ce qui est arrivé à une vieille amie. Pourquoi devrais-tu renoncer à quoi que ce soit ?

Elle haussa à nouveau les épaules.

— Tout ce que vous faites, c'est parler aux femmes, dit-elle. Vous devriez comprendre pourquoi je renonce.

— Peut-être, mais il n'en reste pas moins que je ne comprends pas. Tu as vingt-deux ans. Tu as deux enfants superbes. Et tu as même un père maintenant.

— Ouais, quelque chose comme un père, dit-elle en haussant encore les épaules, comme font les jeunes quand ils veulent vous faire savoir qu'ils ne croient plus à rien.

— Non, pas « quelque chose comme un père », protestai-je. Je t'aime et j'ai bien l'intention de tout faire pour t'aider.

— Je n'ai pas l'impression d'être votre fille, dit-elle, catégorique. Je me sens juste comme une de vos nombreuses amies.

— T.R., tu n'es pas juste une de mes nombreuses amies — qui ne sont pas si nombreuses que ça, d'ailleurs. On se connaît depuis seulement quelques jours. Je ne peux pas en

234

quelques jours rattraper tout le temps perdu. Mais je suis bien résolu à le faire. Peut-être que d'ici un an tu comprendras ce que je veux dire. Peut-être qu'alors tu te sentiras vraiment ma fille.

Moi aussi, je commençais à me sentir désespéré. Elle semblait plus résolue que je ne l'étais. J'aperçus Muddy dans l'entrebâillement de la porte. Il avait l'air d'être venu, comme les enfants, pour sentir l'ambiance. Et, comme eux, il sentit tout de suite qu'elle n'était pas exactement conviviale.

— Fous le camp, tête de nœud, hurla T.R. Tu vois pas que je suis en train de parler à Papa?

— Oh là là, s'exclama lugubrement Muddy qui partit sans demander son reste.

— Finissez votre histoire, dit T.R. Vous vous êtes remis à la baiser ou non?

— Non, dis-je. Nous n'étions d'ailleurs pas de très bons amants même quand nous étions amants. Mais je ne vois pas pourquoi ça te préoccupe à ce point.

Encore un haussement d'épaules, ce qui commençait à m'énerver. Penser à Jill n'était pas très facile, encore que je ne veuille pas l'expliquer à T.R. Les rouleaux de l'âge mûr nous avaient submergés, Jill et moi — ou, en tout cas, ils nous avaient jetés dans des directions différentes. Notre effort pour renouer notre amitié tomba à l'eau. D'abord, *Al et Sal* démarrait. En six mois, j'étais devenu la nouvelle coqueluche de la télévision. Les journalistes se précipitaient sur moi. J'étais au sommet de la liste de ceux qu'on se devait d'inviter pour une soirée alors que Jill était tellement en queue qu'elle ne comptait pratiquement plus. La ville l'avait oubliée. Elle faisait désormais partie de ces gens pleins de talent à demi célèbres, ou qui ont été célèbres, et qui ne font plus que vivoter à Hollywood. Cinq ans sans travailler ou presque, ça paraît un siècle dans cette ville — le nom de Jill Peel, qui avait brillé en lettres d'or dans les milieux du cinéma, était devenu aussi exotique que celui de Theda Bara ou de Francis X. Bushman.

Il était normal que Jill éprouve quelque amertume à se sentir délaissée, et quelque rancœur à me voir hissé au pinacle. Elle savait ce que j'avais toujours voulu être — pas un scénariste de télévision, en tout cas. J'avais fixé la barre beaucoup plus haut; d'ailleurs, elle m'avait aidé à le faire, et elle savait bien que je n'étais pas parvenu au niveau que je m'étais fixé. Malgré tout, j'étais dans le coup ; je n'écrirais jamais *La Montagne magique,* mais mon énergie ne m'avait pas trahi. J'avais *quand même* écrit ces cent quatre-vingt-dix-huit épisodes célèbres dans le monde entier.

Je l'invitais à dîner de temps en temps. Nous étions polis l'un envers l'autre, mais il y avait ce sentiment de gâchis entre nous. La seule chose vraiment vive, c'était la rancœur de Jill envers moi — parfois elle l'exprimait par bribes et m'envoyait une vanne, mais la plupart du temps c'étaient des amis communs qui me le rapportaient. Jill a dit ceci à propos de toi, Jill a dit cela. Les petits commentaires qu'elle avait faits ou qu'elle était censée avoir faits me revenaient de cette manière.

C'était triste. Je ne pouvais pas voir Jill sans réaliser que j'étais profondément attaché à elle, mais je ne savais pas comment exprimer cet attachement. En outre, j'étais très occupé. Entre faire une série télévisée et vivre, il faut choisir. Les deux sont incompatibles. Pendant l'année ou les deux années suivantes, nous nous retrouvâmes épisodiquement. J'avais bien le sentiment qu'elle éprouvait une certaine tristesse à propos de nous deux, oui, elle était probablement plus triste que fâchée, mais je ne savais pas comment m'y prendre.

Et puis, un jour, à ma grande surprise, elle m'appela pour me demander un service.

— J'ai trouvé un scénario que j'aimerais réaliser, dit-elle. C'est très bon, Danny, c'est le seul scénario vraiment bon sur lequel j'aie pu mettre la main depuis dix ans. Je voudrais que tu m'aides à le réaliser.

— Formidable, dis-je immédiatement. Tu veux que je vienne chez toi pour le prendre ?

— Oh non, non, ce n'est pas la peine, dit-elle avec un soupçon de panique dans la voix. (L'idée de m'avoir chez elle semblait de toute évidence l'affoler.) Je te l'envoie.

— C'est ça, envoie-le, dis-je. Je le lirai ce soir.

— Je souhaiterais que tu le produises, dit-elle. L'histoire est un peu macabre. Mais tu es devenu l'empereur de la télévision, maintenant. Si tu dis que ça doit se faire, il se pourrait que ça se fasse.

— Si c'est aussi bon que tu le dis, pas de problème.

Avant même d'avoir raccroché, je réalisai que j'avais dit trois mots de trop. « Pas de problème », c'est quelque chose qu'on ne doit jamais dire ni même penser à Hollywood. Au milieu de ces collines, il n'y a que des problèmes.

Je reçus le scénario qui, de fait, était très bon, encore qu'un peu macabre. C'était à propos du suicide d'un adolescent et ça se passait en Angleterre. Le fait que ça se passe en Angleterre poserait des problèmes pour le tournage, mais ça pouvait être un atout : l'Amérique supporterait mal de voir se suicider un jeune Américain ; en revanche, elle accueillerait avec une meilleure volonté le suicide d'un adolescent anglais. J'eus quelques réponses favorables aux divers coups de téléphone que je donnai, et, dans l'euphorie qu'un « oui » conditionnel peut vous procurer à Hollywood, nous retrouvâmes presque, Jill et moi, notre vieille amitié. On se mit à travailler sur le scénario qui présentait quelques problèmes, mais ça marchait bien. Le cerveau de Jill fonctionnait toujours aussi rapidement — elle avait l'art de piquer ici et là dans la trame du scénario pour que tout s'enchaîne admirablement. Ça ne me surprenait pas. Ce qui me surprenait, en revanche, c'était que mon cerveau ne fonctionnait pas mal non plus.

— Il n'est pas mort, commentait Jill en y faisant allusion. Il était simplement en hibernation.

Pendant trois semaines, on se serait presque cru dix ans en arrière ; on se retrouvait en fin d'après-midi pour dîner légèrement et travailler sur le scénario pendant une heure ou deux. On arrivait même à piquer des fous rires. On sélectionnait et re-sélectionnait les acteurs de notre prochain film, et au fur et à mesure Jill retrouvait toute son énergie. Elle avait également retrouvé son éclat ; les hommes la regardaient à nouveau dans les restaurants et son nom commença à réapparaître dans les journaux. Jill alla en Angleterre pour repérer les lieux de tournage et faire des essais avec des acteurs anglais. J'étais censé la rejoindre dès qu'*Al et Sal* se terminerait, faute de souffle.

J'avais confiance, et Jill aussi. On s'appelait constamment au téléphone ; la production commençait à se structurer. Le jour arriva où il ne manqua plus que le feu vert du studio et, à ma consternation, ce fut un feu rouge. On aurait pu le prévoir. On aurait *dû* le prévoir, si j'avais seulement réfléchi cinq minutes sur toute l'affaire à tête reposée. C'est évidemment ce que j'avais omis de faire. Ivre du succès qu'*Al et Sal* m'avait procuré pendant des années, je n'avais pas imaginé une seule minute qu'ils pourraient refuser un de mes projets.

Pourtant, ils refusèrent.

Hollywood est chaque jour plein de projets prêts à démarrer et, pour une raison ou pour une autre, l'arbitre refuse de donner le coup d'envoi. Je le savais parfaitement, et Jill aussi d'ailleurs ; nous en avions été témoins des centaines de fois, et pourtant nous nous étions persuadés que j'étais assez puissant pour que ça ne nous arrive pas. J'avais péché par orgueil. J'avais évidemment donné le projet au studio qui avait tourné *Al et Sal ;* la série leur avait rapporté des centaines de millions et, même à cette époque où *Al et Sal* tirait sur sa fin, ça rapportait encore pas mal. Il était raisonnable d'imaginer qu'ils accorderaient à quelqu'un qui leur avait rapporté des centaines de millions de dollars les moyens de réaliser un film dont le budget ne dépassait pas douze millions.

Raisonnable, mais faux. Ils dirent non. Au début, je me montrai poli. J'essayai de convaincre le directeur du studio ; puis je passai par-dessus sa tête pour aller voir le président de la multinationale qui contrôlait le studio. Ils furent tous très polis. Mais la réponse restait la même : non. Le film de Jill ne se réaliserait pas. Ou, en tout cas, il ne se réaliserait pas grâce à ces gens.

— Le roi de la télévision est nu, dit Jill quand je lui appris la nouvelle. Que fait-on maintenant, Sire ? Je rentre à la maison ?

— Ne fais surtout pas ça, dis-je. Prends des vacances. Va en France pour quelques jours. Va en Italie. Ce n'est pas le seul studio à Hollywood. J'arriverai bien à trouver quelque chose.

Jill suivit mon conseil et partit pour la France. Pendant ce temps, je frappais aux portes de Paramount, Fox, MGM-UA, Columbia, bref, tous les gros bonnets. Et tous dirent non. Je ne pouvais même pas mettre sur pied un échange : le film de Jill contre un téléfilm que j'aurais pu produire, diriger ou écrire. Il y avait un surplus de téléfilms disponibles, et personne ne voulait du film de Jill. Finalement, je dus lui dire de rentrer.

Ce fiasco eut raison de la vieille amitié que nous avions ravivée. Ce n'était pas ma faute si le film ne s'était pas réalisé ; j'avais fait tout mon possible et continuai à le faire longtemps après que Jill eut fait une croix dessus. Mais personne n'en voulait, et nos deux vies, celle de Jill et la mienne, divergèrent à nouveau. Ce n'est pas qu'elle me rendait responsable du fiasco — elle avait toujours joué franc-jeu et ne fit jamais aucun commentaire critique sur la façon dont j'avais mené l'affaire.

Mais, en plus de tous ces contretemps, j'en vins à traîner un autre boulet, et non des moindres. Quand il fut évident que notre projet allait tomber à l'eau, nous réalisâmes que c'était aussi la fin de notre relation. Finis les joyeux dîners. Quand il m'arrivait de tomber sur Jill, je me sentais nerveux, déprimé, coupable. Son énergie, son éclat déclinaient. Jill semblait être ailleurs. Quand je l'appelais parce que je me faisais du souci, je m'apercevais que je n'avais plus grand-chose à lui dire. Quand je lui demandai ce qu'elle faisait, elle me dit qu'elle s'était remise au dessin. Jill avait un vrai talent de dessinatrice, elle s'était d'ailleurs destinée à cela avant de se lancer dans le cinéma.

— Invite-moi, un jour, dis-je. J'aimerais beaucoup voir ce que tu fais.

— D'accord, peut-être, répondit-elle.

— Je pense qu'elle se rendait compte que vous vouliez toujours la baiser et ça ne l'intéressait pas, dit T.R. Si elle disait « peut-être », ça voulait dire « non ».

— Tu ne l'as pas connue et il se pourrait que tu aies tort, dis-je patiemment. Peut-être que Jill voulait simplement dire qu'elle y penserait. Si elle avait voulu dire non, elle aurait dit non.

— Après tout, croyez ce que vous voulez bien croire, dit T.R.

— Tu es trop sévère, dis-je, en me demandant si les jeunes jugeaient toujours plus sévèrement les autres que les personnes âgées. Quoi qu'il en soit, ce furent les derniers mots que j'entendis d'elle. Elle fut assassinée trois jours plus tard.

— Oh, s'exclama T.R., effrayée tout d'un coup.

— Elle fut tuée dans sa maison, saignée à mort, apparemment par un voleur qu'elle avait surpris. L'assassin ne prit rien d'autre que le peu d'argent qu'elle avait dans son sac. Il n'a jamais été retrouvé, ou, en tout cas, il ne l'a pas encore été.

Nous restâmes silencieux pendant un moment. Je me rappelais le choc que j'avais eu quand j'avais ouvert le *Los Angeles Times* et avais lu qu'elle était morte. Pendant que je lisais, des amis appelaient pour me prévenir. Je n'écoutais pas. Et bientôt le choc fit place à la colère. L'article se trouvait au bas de la première page, dans un recoin perdu. C'était monstrueux. Jill Peel en avait fait autant pour l'industrie cinématographique que n'importe qui dans cette ville : *Womanly Ways* était un des rares films américains qui avaient marqué les années 60. Pourquoi n'aurait-elle pas mérité d'être à la une, tout en haut ?

Je n'avais jamais parlé de la mort avec Jill — même après le grand drame de sa vie, le suicide de son fils, nous n'en avions pas parlé.

Le lendemain de son enterrement — son cameraman était là, ainsi que ses parents bouleversés, un vieux chauffeur qui avait conduit sa limousine au temps de sa gloire, un ou deux metteurs en scène, la vieille script-girl qui avait été, je suppose, sa meilleure amie, et quelques autres qui auraient pu avoir été accessoiristes, maquilleurs, chefs d'équipe, preneurs de son, qui sait ? —, son avocat m'appela pour m'annoncer qu'elle m'avait désigné comme exécuteur testamentaire.

Mon propre avocat pourrait sans doute s'occuper de tous les actes légaux de la succession, mais il n'en restait pas moins que je devrais, à un moment ou à un autre, aller chez elle et décider de ce qu'il convenait de faire avec ses affaires personnelles.

Je retardai cette échéance pendant un bon mois, puis, un jour où je me sentais particulièrement solide, je pris la petite route au milieu des collines sombres, cette même route que j'avais toujours évité de prendre pendant ses années de gloire qui avaient été, pour moi, des années de dèche. Je pris la clé que son avocat m'avait confiée et entrai dans la maison. Je tremblais et dus m'asseoir sur une chaise. Tout l'amour que je portais encore à Jill, tout cet amour qui n'avait jamais été ce qu'il aurait dû être, remonta à la surface au point de m'estourbir. Il me fallut un bon moment avant de pouvoir faire le tour de la maison, tout tremblant. S'il y avait eu un objet sur lequel trébucher, j'aurais trébuché, mais Jill était femme à ne s'entourer que du plus strict minimum ; vue de l'intérieur, sa maison était aussi nette que, vue de l'extérieur, sa vie semblait l'avoir été. Je fis l'inventaire : un lit, quelques chaises, une table de travail, un petit bureau très bien éclairé, quelques tableaux sur les murs, un placard plein de tableaux qui n'avaient pas leur place sur les murs, quelques plats, une théière, une petite piscine, quelques vêtements et deux Oscars.

Je trouvai dans sa chambre des tas d'esquisses datant des différentes périodes de sa vie. En les regardant, j'avais l'impression d'être un voyeur. Jill avait toujours été très réservée — même quand nous étions intimes, elle ne me disait que ce qu'elle voulait bien me dire — et elle était encore plus réservée quand il s'agissait de ses dessins. Pourtant, si triste que cela fût, il fallait bien que je dispose de toutes ces esquisses, et pour cela que je les examine. Il y en avait des milliers. J'avais l'impression de fouiller sous le lit d'Emily Dickinson à la recherche des fameux deux mille poèmes.

Jill n'avait pas atteint la stature d'Emily Dickinson, mais, à mes yeux, elle en était très proche. Plus je restais dans ce bureau, contemplant les esquisses de Jill tiroir après tiroir, plus je m'apercevais que je n'avais rien compris à sa vie. Elle avait consacré beaucoup d'énergie au cinéma, mais il me semblait qu'elle en avait consacré encore plus au dessin — c'était un art solitaire comme l'avait été celui de Kafka, un art dont personne ou presque n'était au courant.

Dans un des grands tiroirs, au milieu d'un tas d'ébauches, je trouvai un petit carton à dessin — il y en avait plusieurs dans lesquels Jill avait rassemblé les esquisses selon leurs affinités. Celui-ci, cependant, portait un titre écrit en lettres capitales : *Que l'étranger soit juge.* Je l'ouvris. Sur un petit morceau de papier qui cachait partiellement le premier dessin, je lus : *Pour Danny* — rien d'autre. Il y avait vingt-quatre esquisses, toutes des autoportraits. Jill s'était croquée devant la glace de sa salle de bains ; elle portait parfois une serviette ou tenait une brosse à la main. Sur d'autres, elle était en robe de chambre, et sur d'autres encore elle posait nue. Sur toutes ces esquisses, elle était très proche du miroir et le regardait bien en face. En examinant ces portraits j'avais l'impression de la voir, moi aussi, yeux dans les yeux : ma vieille amie, mon vieil amour, une femme dont je n'avais jamais pu, même au temps où nous étions épris l'un de l'autre, percer le mystère comme, sans doute, elle l'aurait souhaité. Les derniers portraits n'étaient vraiment que des ébauches, on y voyait une partie du visage ou du corps, mais jamais le tout. C'était étrange ; on aurait dit qu'elle disparaissait à ses propres yeux.

Je fis ce que j'avais à faire en tant qu'exécuteur testamentaire ; je vendis la maison et les tableaux. Ce qu'on put en tirer alla en partie à la maison de retraite des acteurs, en partie aux parents de Jill. Parents et maison de retraite disparurent dans les deux années qui suivirent. Je donnai les esquisses de Jill à l'université de Californie de Los Angeles où elle avait fait ses études. La seule chose que je gardai fut *Que l'étranger soit juge*. Je pense qu'elle l'avait préparé pour moi.

Une ou deux fois par an, je feuilletais l'album, espérant qu'à un moment ou à un autre je comprendrais son message. Etait-ce le fait que je lui sois resté étranger ou était-ce elle que je devais juger ? Elle devait avoir dans les quarante-cinq ans quand elle fit ces autoportraits ; elle ne s'était pas flattée, mais elle n'avait pas cherché à gommer son charme — sa clarté, sa sincérité, sa gentillesse. Je n'ai jamais réussi à feuilleter de *a* à *z* cet album qui m'était destiné ; après deux ou trois pages, je me sentais en manque d'elle. Mais je me reportais souvent aux derniers dessins, où Jill consignait sa défaite, sa disparition.

Au bout d'un certain temps, je commençai à m'interroger sur Jill. Quand nous tentions de renouer notre amitié, je ne lui avais jamais posé de questions sur sa vie amoureuse, et elle ne m'en avait jamais posé sur la mienne. A l'époque, je n'en avais pas, et je doute que Jill en ait eu une. Je connaissais la plupart de ses amis, et aucun n'avait fait allusion à un amant possible. Mais peut-être y en avait-il un. Ou peut-être souhaitait-elle qu'il y en eût un. Elle était mystérieuse, mais pas très prudente ; serait-elle, par hasard, tombée sur le mauvais numéro ?

Elle était morte ; ça n'avait plus réellement d'importance, mais je commençais à être démangé par l'envie qu'ont les vieux amants de savoir. Je finis par appeler le détective qui avait enquêté sur sa mort ; ça n'avait pas l'air de l'intéresser, mais c'était un fan d'*Al et Sal,* et quand il découvrit qui j'étais il se mit tout de suite à fouiller dans ses archives.

— Elle était à la porte de sa maison quand elle a été tuée, dit-il. Ses clés étaient encore dans la serrure. Elle est probablement tombée sur un camé en manque.

Je me sentais gêné d'avoir demandé. Pourquoi avais-je eu l'idée que sa mort avait à voir avec une histoire d'amour qui avait mal tourné ? Le meurtre par amour aurait-il été plus acceptable que le meurtre par accident ? Je n'ai jamais pu répondre à cette question, mais je regrettais d'avoir appelé le détective.

Je terminai mon histoire sur ce regret. T.R. soupira. Elle ne montrait plus aucune hostilité. Elle avait l'air très jeune et très triste.

— Vous connaissez le gouverneur de l'État ? me demanda-t-elle à ma grande surprise.

— Oui, enfin, je l'ai rencontré. Je ne peux pas dire que je le connais. Pourquoi ?

— J'ai lu des articles sur vous, dans des journaux, dit T.R. Vous savez, des petits trucs où on apprenait que vous étiez à une soirée avec le gouverneur.

— C'est vrai que j'ai été à deux ou trois soirées où il se trouvait, dis-je.

— Oui, mais vous êtes célèbre, vous pourriez l'avoir au bout du fil, non ? dit-elle. Vous pourriez l'appeler et lui demander quelque chose si vous le vouliez vraiment ?

— Sans doute, dis-je.

— Alors, appelez-le, dit T.R. Demandez-lui si Earl Dee est sorti de prison. Je veux savoir. J'ai deux bébés à élever. Je ne veux pas finir comme votre amie. Papa, s'il vous plaît, appelez le gouverneur. Appelez-le maintenant.

Elle tremblait quand je mis mes bras sur ses épaules.

— Je l'appelle tout de suite, dis-je.

Pour la première fois, je commençais à avoir des inquiétudes au sujet de ce sinistre personnage, Earl Dee.

J'appelai le gouverneur qui me donna le numéro direct du directeur des prisons, qui me brancha sur le directeur du pénitencier de Huntsville, qui commença par se gratter le crâne en déclarant qu'il lui fallait appeler le service des registres pour savoir où se trouvait Earl Dee.

Heureusement, le directeur était aussi un mordu d'*Al et Sal ;* il contacta rapidement son service des registres et, dans la demi-heure qui suivit, une jeune femme m'appelait pour me donner une bonne nouvelle : Earl Dee était toujours en prison.

— Ben, oui, il s'est battu et il a flanqué une porte de cellule sur la tête de quelqu'un, dit la jeune femme avec un fort accent texan. On ne pourra pas le relâcher avant deux mois.

— Merci, dis-je. Je me sens mieux.

Je n'avais pas plutôt raccroché que j'entendis un hurlement terrible de T.R. en provenance de la piscine. Le hurlement était tel que tous mes poils se hérissèrent — j'en conclus instinctivement que la jeune personne du service des registres m'avait menti : Earl Dee *était* en liberté, il nous avait trouvés et il s'apprêtait à assassiner T.R. J'étais dans un état second, mais je réussis quand même à me précipiter dehors. Un simple coup d'œil à la piscine me suffit. Les hurlements de T.R. avaient été provoqués par Godwin Lloyd-Jons qui flottait sur le ventre à la surface de l'eau. Les enfants contemplaient le corps avec une certaine curiosité, mais sans inquiétude.

— Il est mort, il s'est noyé ! dit T.R. d'une voix tremblante. Sortez-le de là, Papa, peut-être qu'on peut lui faire du bouche à bouche.

Je l'assurai qu'il n'était pas mort, priant pour que la poussée d'adrénaline que je sentais monter après avoir entendu le hurlement de T.R. reprenne immédiatement le chemin des tuyaux ou des glandes d'où elle avait giclé.

— Sortez-le, Papa. Je ne peux pas toucher à des choses mortes, autrement je l'aurais fait moi-même.

— Il est juste en train de faire ses exercices de contrôle respiratoire, c'est une sorte de discipline orientale dont il est friand, dis-je. Ça consiste à flotter le nez dans l'eau et à donner aux gens la peur de leur vie.

T.R. se rapprocha du bord de la piscine. Godwin semblait être totalement nu, comme il l'était souvent quand il décidait de faire ses exercices de contrôle respiratoire.

— Je ne sais pas, Papa, dit-elle. Mais il a vraiment l'air mort.

De fait, il avait l'air mort. J'aurais pensé la même chose si je ne l'avais pas trouvé si souvent flottant à la surface de la piscine, pour le voir ensuite jaillir de l'eau comme un marsouin, respirer deux ou trois bons coups, se mettre à nager et redevenir l'insupportable personnage qu'il avait toujours été.

Muddy sortit en courant de la maison, son AK-47 en position de tir, et courut s'accroupir derrière le plongeoir.

— Où il est ? demanda-t-il, parlant sans doute d'Earl Dee.

— Il est toujours à Huntsville, dis-je. J'ai eu la bonne nouvelle tout à l'heure.

Godwin jaillit alors de l'eau. Jusqu'à ce moment-là, T.R. doutait qu'il fût encore en vie.

— Tu vois, je te l'avais dit, fis-je. Il adore flotter sur le ventre, nez dans l'eau.

Quand Godwin, après quelques battements paresseux, parvint au bord de la piscine, T.R. l'attendait.

— Quelle sorte de monstre êtes-vous pour faire des trucs qui donnent la trouille aux gens ? demanda-t-elle.

Godwin était à moitié sourd, même quand il n'avait pas d'eau dans les oreilles.

— Ma chère, apparemment, j'ai oublié mon maillot de bain, dit-il. J'espère que vous me pardonnerez. Je ne voulais surtout pas vous froisser.

— Est-ce que l'eau est bonne ? lui demanda T.R. J'ai horreur de plonger dans l'eau froide.

— Excusez-moi, je crains de ne pas vous avoir entendue, admit enfin Godwin.

T.R. se pencha pour lui toucher le bras, qui lui parut assez chaud pour calmer ses craintes à propos de la température de l'eau.

— Nager va me sembler bien meilleur maintenant que je

sais qu'Earl Dee est toujours en prison, dit-elle. Combien de temps ont-ils dit qu'ils allaient le garder ?

— Au moins deux mois, dis-je.

— Chouette, on va pouvoir profiter de l'été, dit-elle avant de plonger dans la piscine.

Muddy Box paraissait un peu désappointé qu'il n'y eût pas à l'horizon un Earl Dee sur lequel tirer.

— Je suppose que, s'il était venu, il se serait rendu compte qu'on n'est pas du gibier sans défense, dit-il.

Cette journée, qui avait démarré si mal avec ma migraine, la colère de T.R., la triste histoire de Jill Peel, se poursuivit de la façon la plus agréable que notre petit groupe ait jamais connue. Godwin emprunta la serviette de Jesse pour être présentable. Cela fait, il nous concocta une bonne quantité de Singapore Sling. Gladys apporta un peu de guacamole et décida d'aller elle-même nager. Sa brasse archaïque fascinait tellement Jesse que T.R. et Muddy durent chacun à leur tour la balader autour de la piscine pour qu'elle puisse observer Gladys.

— Ne me regarde pas comme ça, Jesse, les cuisinières aussi ont le droit de nager, dit Gladys.

Buddy s'avança d'un pas lourd pour emmener Bo à sa petite partie de pêche quotidienne. Il prit avec philosophie la nouvelle qu'Earl Dee était toujours incarcéré.

— Un de ces jours, quelqu'un va lui fendre le crâne, dit-il. On a beau être fort et méchant, on finit toujours par trouver plus fort et plus méchant que soi.

Anticipant qu'à la suite de cette nouvelle il allait être remercié, Buddy but une bonne quantité de Singapore Sling, plus quelques verres d'autre chose, et fut complètement rond au bout d'une heure ou deux. Je l'informai que je n'avais pas du tout l'intention de me passer de ses services ; je voulais qu'il veille sur la maison pendant que nous serions en Europe.

— Qu'est-ce qu'il y a comme pays en Europe ? demanda T.R. J'étais nulle en géographie — j'arrivais pas à m'intéresser à autre chose qu'à Tyler.

— Je me doute de ce qui t'intéressait, dit Muddy.

Il semblait indifférent à l'euphorie générale. S'être précipité avec son fusil automatique pour ne trouver personne sur qui tirer l'avait, semble-t-il, déçu.

— Qu'est-ce que tu en sais, tête de piaf ? Tu as passé toute ta jeunesse en Louisiane, dit T.R. tendrement. Tu n'avais jamais entendu parler de moi jusqu'à ce que je vienne à Houston.

Godwin avait du mal à détourner ses yeux de T.R. qui portait un mini-maillot de bain. Pour l'impressionner, il nomma rapidement tous les pays d'Europe, partant de l'Islande pour s'éloigner vers l'est jusqu'à la Grèce.

— Et l'Australie ? demanda T.R. Vous ne l'avez pas citée. Je croyais que l'Australie était quelque part en Europe. J'ai toujours voulu voir un kangourou.

De temps à autre, quand il était surexcité, Godwin retrouvait l'emphase de ses années de magistère. Il était alors enclin à débiter des torrents d'érudition, la plupart du temps sans rapport avec la question posée, et sans intérêt pour une personne normalement constituée. En cette circonstance, il nous donna une longue péroraison sur Ptolémée et Strabon. Il ne nous resta bientôt guère d'autre choix que d'admettre que nous avions affaire à un homme remarquablement érudit. Ces bouffées d'érudition me rendaient morose, endormaient T.R. et n'affectaient en rien Muddy. Pendant qu'il déblatérait, Pedro et Mémé Lin arrivèrent et pénétrèrent dans la maison à la recherche d'un pack de bière.

— Tu as commencé quand tu avais treize ans, dit soudain Muddy. C'est toi qui me l'as dit le jour où on a été se baigner dans la mer.

— Et alors ? dit T.R. Qu'est-ce que ça peut te faire, l'âge auquel j'ai commencé ? Je ne te connaissais même pas, à l'époque.

— Treize ans, c'est un peu tôt pour commencer, dit Muddy d'un air rancunier. Moi, j'ai pas commencé avant d'avoir quinze ans, et pourtant je suis un homme.

— Y a pas de loi qui défend aux filles de démarrer plus tôt que les garçons, fit observer T.R.

Je pressentais que nous allions avoir une petite scène familiale. Godwin continuait à débiter des sornettes sur Strabon et Ptolémée, sans même s'être aperçu que personne ne lui prêtait plus aucune attention.

— Et puis, il y a Euclide, dit-il. Un esprit étonnant, celui-là.

— Muddy aussi a un cerveau étonnant, dit T.R. avec

enthousiasme. Il est dans sa bite. J'ai connu deux ou trois mecs dans le même cas.

— Je suppose en effet que tu en as connu quelques-uns si tu as commencé à treize ans, dit Muddy, l'air mauvais.

— J'avais aucune raison d'attendre, dit T.R. en le regardant droit dans les yeux. Si tu attends, tout ce qui arrive, c'est que tu deviens plus vieux. Je suis déjà plus vieille, mais au moins je me suis amusée pendant tout ce temps-là. J'ai pris deux ans d'avance sur toi.

— Parfois je me demande si je n'aurais pas mieux fait de rester en prison, dit Muddy.

Dix minutes plus tard, ils se câlinaient sur le plongeoir. Puis ils disparurent pendant un moment. Jesse apporta un petit seau rempli de pions, le renversa dans la piscine, et regarda les pions flotter. Bo avait appris à nager sous l'eau et il nageait autour de la piscine à la manière d'une grenouille — dans son rôle de petit-fils, il était beaucoup plus charmant sous l'eau. Gladys faisait une sieste, étalée sur une serviette, pendant que Godwin poursuivait sa péroraison sur Euclide.

— Godwin, je suis le seul à t'écouter, lui fis-je remarquer. S'il te plaît, ne me parle plus d'Euclide. Et ne me parle pas non plus de Strabon, de Ptolémée, ou de Pline, d'Hérodote, de Martial, de Catulle, d'Euripide ou de qui que ce soit. Ça fait redémarrer ma migraine.

— T.R. est vraiment très belle, dit Godwin. Une année me suffirait pour faire son éducation, peut-être moins, s'il n'y avait pas l'obstacle que constitue Muddy.

— S'il n'y avait pas l'obstacle que constitue Muddy, tu serais complètement dépassé par les événements, dis-je.

— Ridicule. Je suis convaincu que nous pourrions être très heureux, T.R. et moi. Ne serait-ce point d'une délicieuse ironie si je devenais ton gendre ?

— Godwin, si tu essaies de la baiser, je te tue, dis-je calmement.

Je savais très bien qu'il essaierait de le faire s'il croyait percevoir le moindre signe d'encouragement ; je savais aussi que je ne le tuerais pas — au pire, je le chasserais de Los Dolores, une sanction que l'on pourrait qualifier d'insignifiante. Mais je n'arrivais pas à savoir si ça avait vraiment une importance quelconque, ou de quel droit je me permettais d'exprimer autre chose qu'une simple opinion sur le choix des partenaires sexuels de T.R. Après tout, c'était une adulte, et je n'avais rien fait pour son éducation à l'époque où elle avait besoin d'être éduquée. Pour ce que j'en savais, elle se serait peut-être mise en colère si j'avais suggéré qu'elle fasse l'impasse sur Godwin ou sur qui que ce soit. Il ne faisait aucun doute que toutes mes amies m'en auraient voulu si j'avais tenté de les persuader de rayer quelqu'un de leurs listes. Elles auraient pris cette démarche pour une violation du pacte tacite qui nous interdisait d'interférer d'une manière quelconque dans ce domaine. Peut-être T.R. avait-elle eu raison, ce matin même, quand elle m'avait dit qu'elle avait l'impression d'être une de mes amies plutôt que ma fille. Qu'est-ce qui faisait que l'on se sentait père, ou fille ? Je n'en savais rien, et j'éprouvais une certaine mélancolie à l'idée que je ne le saurais peut-être jamais — ou que ma fille n'éprouverait jamais rien d'autre qu'un sentiment amical à mon égard. Je sentais bien qu'elle était déjà pour moi plus qu'une amie, et pourtant il m'était difficile de situer exactement la différence.

Je me sentis tout d'un coup abattu, et Godwin s'en aperçut.

— Oh merde, dit-il. Tu es encore déprimé. Ta fille est absolument formidable. Pourquoi te sens-tu déprimé ?

— Ouais, pourquoi ? surenchérit Gladys en s'asseyant.

Gladys avait la capacité surprenante de sortir instantanément d'un profond sommeil et de retrouver tous ses esprits — et parfois toute sa hargne — en moins de temps qu'il n'en faut pour le dire. Un instant, on l'entendait ronfler. Et l'instant d'après elle était en train de vous chercher querelle.

— Parce que c'est difficile de savoir ce que tout cela veut dire, répondis-je. J'aime bien que mes pensées correspondent plus ou moins à mes sentiments. Mais ni l'un ni l'autre d'entre vous ne peut comprendre cela, parce que vous ne vous donnez pas la peine de penser.

— C'est parce que vous êtes riche et que nous ne le sommes pas, dit Gladys. Vous avez tellement de fric que vous pouvez vous permettre de penser tout ce que vous voulez. Moi, il faut que je trime. Si je me contentais de m'asseoir pour penser, rien ne se ferait ici.

— C'est exactement mon avis, dit Godwin d'un air suffisant.

— Ton avis ? dis-je. Mais qu'est-ce que c'est, ton avis ? Tu ne fais jamais rien. Tu es un invité choyé, dorloté. Tu ne fais que te reposer. Qu'est-ce qui te fait dire que tu n'as pas le temps de penser ?

Au lieu de répondre, Godwin roula dans la piscine et se mit à flotter le nez dans l'eau. C'était souvent son recours quand on lui prouvait sa mauvaise foi. Cette habitude avait le don de m'exaspérer. Je me pris à penser que j'aimerais bien que ses exercices respiratoires tournent court et qu'il se retrouve noyé — enfin, peut-être pas noyé, mais suffisamment sonné pour qu'il vomisse au moins pendant quelques minutes.

J'aperçus Pedro et Mémé Lin qui traversaient la colline en direction de leur hutte. Ils portaient un pack de six bouteilles à eux deux, chacun tenant une des boucles du ruban de plastique qui ficelle le pack. Vus de loin et avec l'aide d'un soleil couchant splendide, ils avaient l'air parfaitement heureux. La vue de leur bonheur me donna un sentiment de solitude et de tristesse. Je m'apitoyais déjà suffisamment sur moi-même à l'idée de ne pas bien comprendre ce qu'impliquait la paternité, et voilà que la vue de ces deux vieilles personnes qui reflétaient l'image du bonheur augmentait cet apitoiement. Est-ce qu'un jour je tiendrais quelqu'un par le bras en descendant une colline par un beau soleil couchant ? Ou bien me sentirais-je toujours solitaire, cafardeux et misérable, comme souvent au moment où le soleil descend à l'horizon ?

— Ils ont l'air heureux, fis-je remarquer à Gladys.

— Ces deux-là, ils se battent comme des tigres, dit-elle. (Elle donna un coup de pied dans le ballon de Bo en direction de la piscine, espérant toucher Godwin, mais elle le loupa.) J'ai horreur des varices, dit-elle. Chaque fois que je regarde mes jambes, je souhaiterais n'être jamais née.

Sur ce commentaire affligeant, elle partit en direction de la maison, me laissant flotter dans mon apitoiement pendant que Godwin flottait dans la piscine. Pedro et Mémé Lin se battaient comme des tigres ? Quand pouvaient-ils bien se battre ? Et qu'est-ce qu'elle en savait ? Et à propos de quoi se battaient-ils ? Il était évident que Gladys l'avait imaginé, comme elle imaginait des centaines et des centaines de choses. Peut-être ce couple de vieillards ne s'était-il jamais battu. Peut-être Gladys reportait-elle sur eux les bagarres qu'elle avait avec Chuck. Ces deux-là, il est vrai, se disputaient souvent, mais plus comme des humains que comme des tigres.

Je n'ai jamais aimé la bagarre. Les bénéfices émotionnels qu'elle est censée apporter aux couples équilibrés m'ont toujours semblé excessifs — à tout le moins dans la mesure où j'aie jamais été partie prenante d'un couple équilibré. Les disputes dans lesquelles je fus impliqué — et il y en eut quelques-unes — étaient toujours le signal de la rupture et chacun le savait.

Et voilà que maintenant je prenais cette quasi-absence de disputes dans ma vie comme un autre signe de mon extrême indifférence. J'étais là, âgé de cinquante et un ans, c'est-à-dire ayant théoriquement vécu la moitié de ma vie, et je n'avais jamais été suffisamment proche de quelqu'un pour me disputer avec, à l'exception bien sûr de Gladys et de Godwin, avec lesquels j'entrais sérieusement en conflit pratiquement chaque jour de ma vie. Sous cet angle, peut-être la nature belliqueuse de T.R. me serait-elle tout bénéfice ; elle seule serait peut-être capable de me remorquer là où il se passe quelque chose, là où l'on se dispute, où l'on s'aime, où l'on vit.

Tandis que j'évoquais cette éventualité, Muddy et T.R. traversèrent le patio à toute allure et foncèrent vers le plongeoir pour se précipiter dans la piscine. Ils étaient tous les deux nus. L'onde de choc de leurs plongeons sonna Godwin si fort qu'il dut renoncer à ses exercices de contrôle respiratoire. Sur le coup, il se sentit un peu égaré, mais quand il s'aperçut que T.R. et Muddy étaient nus, son œil s'alluma. Il sortit immédiatement de la piscine et retira son maillot de bain.

— Eh, arrêtez, qu'est-ce que vous êtes en train de faire ? demanda T.R.

Elle avait l'air toute fraîche et toute contente.

— Vous vous êtes bien mis nus tous les deux, je suppose que je peux faire pareil, dit Godwin.

— N'y pensez plus, s'il y a une chose que je ne veux pas voir, c'est la bite d'un vieux, l'informa T.R. sur un ton joyeux.

— Ma chère, voilà un commentaire plutôt rude, répliqua Godwin.

— De sa part, ça serait plutôt un compliment, dit Muddy.

T.R. virevolta, prit Muddy dans ses bras et l'enfonça sous l'eau. Ils disparurent bientôt tous les deux dans les profondeurs.

— Elle est remarquablement belle, dit Godwin.

10

— Quand part-on pour l'Europe ? demanda T.R. le lendemain matin.

Elle était en train de prendre son petit déjeuner avec Gladys et Godwin dans le patio. Jesse avait également déjeuné, mais elle s'était endormie dans sa chaise de bébé au milieu de ses céréales renversées un peu partout. Bo était parti avec Buddy pour voir si quelques poissons étaient accrochés aux lignes qu'ils avaient tendues le soir précédent.

— Il faut qu'on fasse une demande de passeport, dis-je. On pourrait aller à Fort Worth aujourd'hui pour prendre les formulaires. Une fois remplis, on les enverra au sénateur que je connais. Il pourra nous les faire avoir en deux ou trois jours. En fait, on pourrait tous partir la semaine prochaine.

— Toute une semaine, c'est long, à rester assis sur cette colline en se demandant quoi faire, dit T.R., l'air renfrogné. Il y a des jours où le *Mr. Burger* me manque. Au moins, il y avait des gens avec qui parler, là-bas. Et il y avait plein d'endroits pour danser le soir.

En fait elle était partie pour danser la veille au soir avec Muddy et Godwin. Ils étaient allés jusqu'à Dallas, mais ils n'avaient pas trouvé de boîte répondant aux critères de T.R. Ils étaient revenus à la maison et avaient regardé des films de Fassbinder toute la nuit. Muddy était encore devant *Berlin Alexanderplatz*. De l'opinion générale — c'est-à-dire celle de T.R. et de Godwin —, il était complètement emballé.

— Maintenant, il dit qu'il veut aller à Berlin, dit T.R. Quand je pense que ce petit couillon n'avait jamais entendu parler de Berlin avant la nuit dernière !

— C'est bien, dis-je. Ça veut dire qu'il est curieux.

J'étais resté éveillé une bonne partie de la nuit, ballotté par les vagues d'une migraine. Au petit matin, ça s'était calmé, encore que je sentisse de temps en temps une vaguelette. T.R. ne faisait pas vraiment la tête, mais elle était nerveuse.

— S'il ne s'agit que de prendre les formulaires pour les passeports à Fort Worth, ce n'est vraiment pas la peine que nous y allions tous, dit Godwin.

Il portait un de ses costumes en crépon. Après tant d'années où je l'avais vu prendre son petit déjeuner nu, ça devenait agaçant de le voir déguisé en administrateur colonial. Ses desseins à peine voilés à propos de ma fille accentuaient mon irritation.

— T.R. et moi pourrions très bien le faire, dit Godwin. Il n'y a aucune raison de déranger tout le monde.

— Si c'est juste une question de prendre les formulaires et si tu te portes volontaire pour le faire, alors j'accepte bien évidemment ta proposition. Tu peux très bien le faire tout seul. Pourquoi T.R. aurait-elle besoin d'y aller ?

— Bof, ça serait l'occasion de voir des gens, dit T.R., indifférente au fait que je ne voulais pas qu'elle se retrouve seule avec Godwin. Je ne suis pas faite pour la campagne, dit-elle sans hostilité. Houston commence à me manquer. Ça me serait même égal de me trouver coincée dans un embouteillage — au moins il y aurait d'autres gens à regarder.

— Une petite balade à Fort Worth serait mieux que rien, dit Godwin. D'ailleurs, ce n'est pas nécessaire d'emmener les enfants.

— Peut-être devrais-je appeler mon ami le sénateur, dis-je. Les sénateurs ont beaucoup de pouvoir. Ses assistants pourraient sans doute accélérer la procédure. Nous pourrions être en France ce week-end.

— En tout cas, allons quelque part où il y aura vraiment du monde, dit T.R. Je commence à avoir des démangeaisons à force de rester assise sur cette colline déserte.

— Il y a de très belles plages sur la Côte d'Azur, dit Godwin. On peut même parfois s'y baigner nu.

— On s'en fout, dit T.R. S'il y a quelque chose que je veux pas voir, c'est bien une ribambelle de bites pendouillantes. Je vous l'ai déjà dit cinquante fois, alors cessez d'en parler. Jesse pourrait vous entendre.

— Cette petite chérie, dit Gladys. Elle va tellement me manquer que je vais probablement rester assise dans un fauteuil à pleurer toute la journée, tout le temps que vous serez parti.

— Non, vous ne pleurerez pas, parce que vous venez avec nous, dit T.R. Je vais pas trimbaler mes mômes dans tout un tas de pays étrangers sans avoir un peu d'aide.

Je n'avais jamais envisagé d'emmener Gladys en Europe. Godwin et Gladys n'y avaient pas pensé non plus. Cette éventualité était si nouvelle que nous en restâmes tous les trois ahuris pendant un moment.

— Elle vient, Papa, tu es d'accord ? dit T.R. d'un ton ferme.

— Bien sûr, elle peut venir si elle en a envie, répondis-je, me demandant bien ce que Gladys et la France allaient faire l'une de l'autre.

— Je pourrais évidemment y aller, dit Gladys d'une voix hésitante. D'un autre côté, qu'est-ce que je vais faire avec Chuck ? Si je pars pour l'Europe, il va foncer tout droit chez cette salope à Amarillo, et ça va me miner pendant tout le temps que je serai là-bas. Et puis, quand on reviendra, la première chose qu'il fera, ça sera de demander le divorce. Ça sera la fin de tout et les gosses m'en voudront sûrement d'être partie en Europe et d'avoir laissé Chuck se débrouiller tout seul. C'est pas qu'il soit pas capable de se débrouiller. D'ailleurs, il est probablement en train de se débrouiller à l'heure qu'il est.

Elle se mit alors à pleurer et cacha son visage dans ses mains. Gladys pleurait de bon cœur. Godwin et moi, accoutumés à ce genre de débordement, continuions calmement notre petit déjeuner.

— Ça n'a pas l'air de vous toucher beaucoup, tous les deux, dit T.R.

Elle paraissait quelque peu impressionnée par les sanglots de Gladys.

— Vous pouvez le dire, renchérit Gladys. Ils continuent de manger pendant que je suis assise, là, le cœur brisé.

— Si on arrêtait de manger chaque fois que vous pleurez, on finirait par mourir de faim, dit Godwin. Avez-vous jamais envisagé que vous pourriez être plus heureuse si vous divorciez? Après tout, Chuck n'est pas exactement Errol Flynn.

L'idée que la vie de Gladys s'améliore si elle épousait Errol Flynn me parut tellement cocasse que je ne pus m'empêcher de rire. T.R., qui n'avait problablement jamais entendu parler d'Errol Flynn, pensait que ce n'était pas convenable. Elle tapa du poing sur la table.

— Fermez-la, tous les deux! intima-t-elle. Vous êtes juste une paire de vieux schnocks sans cœur. Gladys pense à son divorce, et tout ce que vous trouvez à faire c'est de rire.

— C'est vrai, je n'aurais jamais dû mentionner Errol Flynn, dit Godwin. Je suis vraiment désolé, désolé, désolé.

— Une seule excuse suffirait, Godwin, dis-je.

— L.J.! Je déteste ce nom de Godwin, cria T.R. (Son humeur ne s'améliorait pas.) Combien de fois vous ai-je dit de l'appeler L.J.? Chaque fois que j'entends le nom de Godwin, ça me donne envie de dégueuler.

— Désolé, je ferai de mon mieux, dis-je. Je l'ai appelé Godwin pendant tant d'années qu'il m'est difficile de changer en deux jours.

— Ça ne serait pas difficile si vous faisiez un peu attention, insista T.R. Lui, la seule chose à laquelle il fait attention, c'est le cul, et vous, tout ce que vous faites, c'est vous moquer de Gladys. Maintenant que je sais qu'Earl Dee est encore en prison, je commence à regretter de n'être pas restée à Houston. Si je ne risque pas d'être assassinée, j'aimerais mieux me trouver quelque part où ça bouge un peu de temps en temps.

— Bien évidemment, il faut avoir des photos pour le passeport, dis-je en un effort désespéré pour faire diversion et calmer l'impatience de T.R.

Les photos pour le passeport furent la ficelle à laquelle je m'accrochai. J'avais l'impression que T.R. ne savait pas contrôler ses impulsions. Si sa mauvaise humeur s'accentuait, elle était bien capable de partir, et je refusais tout simplement de l'envisager. Je m'étais tellement pris d'amour pour elle que l'idée qu'elle pourrait s'en aller m'était tout simplement intolérable. Si nous allions à Fort Worth, on pourrait au moins faire une tournée des magasins, ce qui l'amuserait pendant un jour ou deux, le temps d'obtenir nos passeports avant de partir aussitôt pour la France.

Une heure plus tard, nous étions tous entassés dans la Cadillac, direction Cité-des-Vaches comme on appelait Fort Worth autrefois. Il y avait tellement de vie, de bruit, de fumée, de cassettes, de jouets, de gens, qu'on se demandait comment tout cela pouvait bien tenir à l'intérieur de la voiture. Muddy et Godwin avaient l'air sombre et se querellaient — Muddy parce qu'il n'avait pas eu envie de venir, et Godwin parce qu'un autre de ses stratagèmes pour se retrouver seul avec T.R. et tenter de la séduire n'avait rien donné. Je connaissais le talent de Godwin pour profiter de l'impatience féminine et j'étais bien résolu à ne lui laisser aucune chance de ce côté-là.

— Hé, hé, hé, répétait Jesse.

Elle était à côté de moi, tout excitée à l'idée du voyage. Bo avait pris Muddy en grippe ; après avoir essayé de lui cogner le visage avec un petit camion, il lui mordit le poignet. Muddy l'attrapa et le secoua assez durement, ce qui eut pour résultat de le faire hurler.

— Cesse de maltraiter cet enfant, espèce de connard ! hurla T.R. en se retournant.

Elle avait d'énormes lunettes de soleil jaunes et écoutait une vieille cassette des Rolling Stones empruntée à Godwin. Gladys fumait cigarette sur cigarette, les nerfs à vif à l'idée des photos pour le passeport, de la France, du divorce, de la brouille avec ses enfants et de ses varices devenues sa nouvelle idée fixe. Elles revenaient à peu près dans toutes ses conversations.

— C'est vraiment la chose qui va me poser des problèmes sur ces plages nudistes, disait-elle. Est-ce que les Françaises ont des varices ?

— Gladys, les plages nudistes ne sont pas faites pour les personnes âgées, dit Godwin.

— Est-ce que vous êtes en train d'essayer de dire que je suis vieille ? demanda-t-elle. Si je suis vieille, qu'est-ce que vous êtes, vous ?

— On ne pourrait pas aller un peu plus vite ? demanda Godwin, évitant de répondre à cette question. On se traîne sur cette route.

Bo se pencha par-dessus le siège et fit une prise à Jesse

comme pour l'étrangler. Il essayait de la faire basculer à l'arrière pour pouvoir lui serrer le cou à sa guise. Jesse couinait comme quelqu'un qu'on étrangle. T.R., impavide derrière ses lunettes de soleil, paraissait indifférente au supplice infligé à sa fille ; personne d'autre, d'ailleurs, ne paraissait concerné. Je savais qu'il est absolument nécessaire d'irriguer le cerveau en oxygène à tout moment et je commençai à paniquer à l'idée que cette circulation pourrait être coupée. J'essayai de faire lâcher prise à Bo avec ma main libre et faillis rentrer dans un camion de graviers. T.R., moins indifférente à ce qui se passait qu'elle n'en avait l'air, hurla.

— On va tous se tuer, et j'espère bien qu'on y restera, dit Muddy. Je voulais rester à la maison pour regarder le programme de films continu. Si je me fais faire une photo, c'est encore ce qu'il y a de mieux pour qu'on me retrouve et qu'on me remette en prison. Ils pourraient bien me piquer, et ils pourraient bien te piquer toi aussi.

— Buddy, vous voulez bien vous asseoir sur Bo ? demanda T.R.

Buddy était complètement paniqué à l'idée de voyager à l'étranger — Fort Worth, pour lui, c'était déjà l'étranger —, mais j'avais insisté pour qu'il vienne, pensant qu'il pourrait éventuellement faire office de nurse masculine.

— Bof, il veut juste s'amuser, dit Buddy qui dégagea prudemment Jesse pendant que Bo hurlait.

Jesse se jeta immédiatement sur le plancher et alla se réfugier sous les jambes de sa mère. Elle pleurnicha pendant un petit moment.

J'avais déjà fait plusieurs kilomètres lorsque je réalisai ce que Muddy venait de dire. Il risquait de se faire arrêter, soit, mais pourquoi T.R. ?

— Pourquoi arrêteraient-ils T.R. ? demandai-je alors que les modestes immeubles de Fort Worth commençaient à se dessiner à l'horizon.

— Parce que c'est une grande criminelle, répondit Muddy. Tu n'as jamais parlé de tes crimes à ton papa, T.R. ?

T.R. restait impénétrable derrière ses lunettes.

— Criminelle ? Vraiment ? dit Godwin.

L'idée que T.R. pouvait être une criminelle l'avait sorti de sa bouderie. Les criminels l'avaient toujours stimulé.

— T.R., qu'est-ce qu'il veut dire ? demandai-je.

J'avais sans doute tort de poser cette question devant tout le monde, mais je me sentais soudain soucieux. J'avais été plutôt content de moi, jusqu'alors, pour avoir accepté avec une certaine équanimité le chaos régnant dans la voiture — il me semblait que ma faculté de vivre à proximité d'autres humains s'était considérablement améliorée. Mais à cet instant, malgré la présence de plusieurs personnes, je me sentais trop anxieux pour pouvoir cacher cette anxiété. Je voulais savoir ce qu'avait voulu dire Muddy.

— Oh, T.R. est une bien plus grande criminelle que moi, dit Muddy méchamment.

Il prenait sa petite revanche parce qu'on ne l'avait pas laissé regarder ses films.

J'attendis. Je ne voulais pas demander une fois encore à T.R. ce que Muddy pouvait bien vouloir dire. Je m'étais senti tout à fait bien jusqu'ici. Je n'avais pas la migraine, et j'étais plutôt calme en dépit de la présence de deux enfants et de six adultes, moi compris, dans la voiture. Le désordre et le bruit n'avaient pas provoqué de tension intolérable. Et voici qu'après le pétard lancé par Muddy je sentais le stress arriver au grand galop. Mon sang afflua dans mes tempes qui se mirent à battre frénétiquement. Le désordre et le bruit me parurent tout d'un coup intolérables. Je croyais être au milieu d'une émeute plutôt que dans une voiture ; j'aurais voulu pouvoir arrêter et demander à tout le monde de descendre, à l'exception de T.R. et de Jesse. Celle-ci, qui avait pris un air de réfugiée résignée à son sort, se faisait les dents sur une carte routière de l'Arkansas. La partie couvrant Little Rock-Hot Springs avait déjà été sévèrement endommagée.

— Elle est en train de manger l'Arkansas, dis-je, surtout pour entendre ma voix.

T.R. se baissa et empoigna Jesse. Elle me fixa pendant un moment mais sans ôter ses lunettes.

— J'ai eu des petits ennuis une ou deux fois, dit-elle.

— Petits ennuis, ricana Muddy. Petits ennuis. Tu appelles ça des petits ennuis ?

T.R. se mit à chanter une berceuse à Jesse et ne fit aucun commentaire.

Il ne fallut guère plus de deux minutes pour obtenir les formulaires pour les passeports, mais se faire prendre en photo faillit nous rendre tous cinglés. L'idée de se faire photographier — ne serait-ce que par un photographe spécialisé dans les photos d'identité — provoqua chez Gladys et Buddy une crise de vanité. Buddy décida soudain qu'il voulait avoir belle apparence et alla s'acheter une cravate. Quant à Gladys, elle imagina que son rimmel n'était pas adéquat et partit à la recherche de quelque chose de plus seyant.

— Mais c'est juste une photo d'identité, plaidai-je.

— J'ai horreur de la photo sur mon permis de conduire, dit Gladys. Au moins, sur le passeport, je pourrais être plus présentable.

Ils partirent tous les deux, et tous les deux se perdirent. Fort Worth, une ville à peine éloignée de cent cinquante kilomètres de l'endroit où ils avaient toujours vécu, leur était aussi étrangère que São Paulo. Une heure passa sans qu'aucun des deux ne donne signe de vie. T.R., Muddy et les gosses avaient été photographiés depuis un bon moment. Le photographe avait dû négocier avec T.R. pour qu'elle consente à retirer ses lunettes de soleil.

— Ils voudront voir vos yeux, se tuait-il à lui dire.

— Je ne vois pas pourquoi, répondait T.R. Je suppose que c'est moi qui décide qui doit voir mes yeux et qui ne doit pas les voir.

— Ben non, mam'selle, pas si vous avez décidé d'aller à l'étranger, plaidait le photographe.

— Allez, retire ces lunettes à la noix, dit Muddy.

— Va te faire foutre, dit T.R. Et je vais te dire autre chose, Muddy : tu vas plus jamais rien voir d'autre, compris ?

— Et pourquoi ? demanda Muddy, à moitié convaincu — mais très perturbé — par cette menace.

— Parce que tu ne peux jamais fermer ta grande gueule, dit T.R.

Elle finit par retirer les lunettes mais trouva quand même

le moyen de ressembler sur la photo à une terroriste recherchée par toutes les polices du monde, l'air aussi renfrogné et mauvais que les femmes de la bande à Baader.

Sur ces entrefaites, Bo eut un accès de fièvre qui, en quelques minutes, atteignit des sommets. T.R., après avoir mis la main sur son front, décida qu'il devait avoir au moins quarante. Bo se tortillait, pleurnichait et se mit finalement à vomir un bon nombre de biscuits qui semblaient n'avoir été que très modestement digérés.

Il n'avait pas fallu beaucoup de temps à Jesse pour conquérir le photographe, un grand maigrichon un peu hirsute qui lui dit avoir une petite fille qui avait juste son âge. Il commit l'erreur de la laisser un moment sur sa chaise, le temps d'installer la famille d'un missionnaire prête à partir pour le Lesotho. Jesse, en essayant d'attraper un obturateur, tomba de la chaise et se fendit le front. Godwin, qui s'était précipité le premier, eut les mains pleines de sang ; dès qu'il aperçut le sang, ses yeux se révulsèrent. Il s'adossa au mur et s'évanouit.

— L.J. vient de mourir ou quoi ? demanda T.R. pendant que Jesse hurlait et saignait tandis que Bo continuait à vomir ses biscuits par hoquets intermittents.

— Il est juste du genre à s'évanouir dès qu'il voit du sang, dis-je tout en l'éventant avec un numéro de *Newsweek* dont je m'étais emparé.

La famille du missionnaire semblait prête à partir au plus vite pour le Lesotho, ne serait-ce que pour ne pas rester une minute de plus avec nous.

Je réussis finalement à mettre tout le monde dans la voiture, Jesse saignant, Bo vomissant, et Godwin faiblissant, et me précipitai vers le premier dispensaire.

T.R. nous fit mesurer son autorité naturelle en se plaçant en tête de la douzaine de personnes en attente de soins qui semblaient confinées dans un tel état léthargique que personne, semble-t-il, ne remarqua la manœuvre.

— Si un de mes enfants meurt, je vous fais un procès pour des millions, dit T.R. à un médecin tout à fait charmant qui, surpris par cette véhémence, se contenta de lever les sourcils.

Jesse braillait tellement quand le médecin se mit à recoudre la plaie que Muddy, un peu secoué, se dirigea vers la salle d'attente pour regarder la télévision pendant que j'essayais de la maintenir avec T.R. Le médecin, enthousiaste à l'idée de démontrer son talent, décida de pomper l'estomac de Bo au cas où il aurait bouffé des matières plus assassines que les biscuits. Bo se débattait tellement que je me sentis un peu faible moi aussi, mais T.R., mâchant stoïquement du chewing-gum, le tenait fermement et me décochait même de temps à autre un sourire.

— Alors, Papa, vous tenez le coup ? demanda-t-elle. La vraie vie, c'est quand même plus marrant que d'écrire des trucs pour la télé, non ?

— Bien sûr, dis-je prudemment pour ne pas me laisser emporter par l'enthousiasme.

Quelques minutes plus tard, ayant épuisé ces quelques moments de notre vie, on se retrouva en plein soleil dans le parking. Godwin se sentait floué : il n'avait eu droit à aucun médicament, ce qui, manifestement, lui travaillait la bile.

— C'est ce putain de pays puritain, grognait-il. Si j'avais été à Rangoon, il m'aurait donné de l'opium.

— Il n'y a que toi pour penser à des trucs pareils, dis-je. Fort Worth n'est pas exactement Rangoon.

— Oui, et c'est bien ce qui me navre, dit Godwin.

T.R. lui donna un joint dès que nous fûmes dans la voiture, mais ce geste ne sembla pas lui remonter beaucoup le moral. T.R. était d'humeur joyeuse, voire exubérante, mais personne d'autre dans la voiture n'était au diapason. Bo était amorphe ; on aurait dit qu'en lui pompant l'estomac on avait également pompé toute son agressivité. Jesse, le front bandé, avait l'air d'un minuscule blessé de guerre ; sitôt dans la voiture, elle avait repris sa place sur le plancher, la tête dans les nuages. Je savais qu'elle n'avait qu'une blessure légère ; mais à la voir comme ça, les yeux dans le vague, si petite et si misérable, j'avais envie de pleurer. Pendant ce temps, Muddy était en train de nous couver une crise, ce qui nous valut un autre couplet sur le fait qu'il aurait dû rester en prison. Un de trop.

T.R. qui était au volant se retourna et lui fit un bras d'honneur. Puis elle se précipita dans une station-service, sortit à toute allure de la voiture pour demander où se trouvait la prison et en prit la direction. Elle freina bruyamment en arrivant devant la porte, ce qui eut pour effet de faire sursauter deux flics qui bavardaient, appuyés sur leurs voitures.

— O.K., Muddy, tu as ce que tu voulais, dit T.R. Maintenant débarrasse-nous le plancher et rends-toi aux autorités. Je suppose qu'ils te renverront à Houston d'ici un jour ou deux.

— Allons, T.R., je disais ça comme ça, dit Muddy. C'est juste que je me sens un peu déprimé en ce moment.

T.R. se retourna et scruta minutieusement Muddy pendant un moment. Son regard était implacable et je crois que Muddy s'en rendait compte. Il allait sans doute obéir quand T.R. braqua ses yeux sur les deux flics qui rentrèrent immédiatement dans leurs voitures respectives.

T.R. me fit un clin d'œil.

— Remets-toi, Muddy, mais garde en tête que ton temps est compté, dit-elle. Vous tous, d'ailleurs, bande de déprimés, votre temps est compté. Vous ne voyez pas qu'il fait beau, que pour une fois on est en ville et que personne n'est encore mort?

— Oui, mais on n'a pas beaucoup de dope, fit remarquer Godwin.

— Fermez-la, L.J., dit T.R. Je vous fais une proposition. Si vous voulez bien vous décider à avoir l'air un peu plus vivants, alors on va à la recherche de Buddy et de Gladys, et puis au parc nautique où on était allés pendant que Papa était malade. Et si vous n'êtes pas fichu d'être de bonne humeur, je vous laisse tous tomber.

— Tu nous laisses tomber? demanda Muddy, soudain angoissé. Et qu'est-ce que tu feras quand tu nous laisseras tomber?

— Je me ferai sauter si j'en trouve l'occasion, dit T.R. joyeusement, et si je n'arrive pas à tomber sur le bon numéro, j'irai danser ou boire de la tequila, ou en tout cas me remuer. Mais ce que je ne veux surtout pas, c'est cafarder toute la journée simplement pour être avec vous.

— Nage, dit Jesse distinctement à notre grande surprise. Elle n'avait jamais dit « nage » auparavant.

— Qu'est-ce que j'entends? demanda T.R. à sa fille.

Une question aussi directe, c'était un peu trop pour Jesse. Elle se cacha le visage dans ses mains.

— Bon, si Jesse peut apprendre un nouveau mot, vous pouvez apprendre à être de bonne humeur, dit T.R.

Emportés par son exubérance contagieuse, nous nous mîmes au diapason. On retrouva bientôt Buddy et Gladys assis sous un abri d'autobus. Buddy portait une cravate toute neuve et Gladys s'était tellement tartinée de rimmel qu'elle ressemblait à une pocharde. Ils avaient, comme Jesse, un regard de réfugiés ; ils étaient tellement persuadés qu'on les avait laissé tomber qu'il leur fallut un bon moment pour se remettre de leurs émotions.

Peu après, nous étions tous dans le parc d'attractions nautique d'Arlington, la ville des culs-de-sac. Tout le monde se mit à l'eau pour jouer les dauphins, à l'exception de Jesse qui dut se contenter du petit bain. J'avais pour consigne de ne pas lui laisser mouiller son pansement — je barbotais avec elle.

— Nage, nage, nage ! criait-elle, toute fière de son nouveau mot.

T.R. et Muddy plongèrent de chaque plongeoir et glissèrent sur tous les toboggans, ne s'arrêtant çà et là que pour une petite séance de dispute ou de pelotage. La bonne humeur de Muddy était remontée à la vitesse d'un ascenseur, et Buddy et Gladys ne s'en tiraient pas mal non plus. Ils s'amusaient à se faire propulser dans des tubes géants jusque dans des caissons au fond de la piscine où ils pouvaient parler tranquillement.

Godwin les regardait, l'air lugubre.

Il vint nous rejoindre au bord du petit bain.

— Daniel, va faire sortir ces deux-là avant qu'ils ne tombent amoureux l'un de l'autre, dit-il.

Il continuait à bouder parce que Fort Worth était si différent de Rangoon.

Il se pouvait que Buddy et Gladys soient en train de tomber amoureux, mais je n'avais aucune intention d'y mettre le holà. De toute façon j'avais déjà un travail à plein temps : essayer de garder le pansement de Jesse au sec.

— Godwin, laisse-les tranquille, dis-je. Pourquoi ne tomberaient-ils pas amoureux ? Peut-être que ça leur apporterait un peu de bonheur.

— Je ne supporte pas ton optimisme béat, dit-il. Il est plus probable qu'ils connaîtront le désespoir, comme je l'ai connu. Et de plus je ne supporte pas l'idée qu'ils pourraient s'enfiler. Ferme les yeux et essaie d'imaginer ces deux-là à poil en pleine fornication.

— Godwin, dis-je patiemment. A poil, ils sont tout à fait normaux, pas pire que toi ou moi. D'ailleurs je ne crois pas que tu aies connu le désespoir. Je crois même que tu t'es diablement amusé.

— J'ai découvert la vraie désolation, dit-il.

Puis il aperçut T.R. qui sortait de la piscine, toute dégoulinante d'eau, et ses yeux s'allumèrent. Elle rayonnait d'un tel éclat que tous ceux qui la voyaient se sentaient réconfortés. Les couples qui étaient allongés près de la piscine, certains sur leurs serviettes, d'autres sur des chaises longues, tous, maigres ou grassouillets, blancs ou brûlés par le soleil, tous regardèrent T.R. et sourirent, mais T.R. ne paraissait pas se rendre compte du rayonnement de sa beauté. Elle attendait négligemment que Muddy vienne la rejoindre. Quand ce fut fait, ils allèrent tranquillement s'acheter un hot-dog.

— Nage, nage, continuait Jesse.

— Quelle magnifique jeune fille, dit Godwin. Mon Aphrodite. J'ai l'intention de faire ma proposition dans les plus brefs délais.

— Ta proposition de quoi? m'inquiétai-je. Je te signale que tu ferais bien de te méfier de ce que tu vas proposer à ma fille.

— Le mariage, bien sûr, dit Godwin. Parfois, des propositions subites déclenchent une réponse affirmative. De toute façon, je n'ai rien à perdre.

J'avais acheté à Jesse un canard en plastique. Pendant que j'essayais de savoir si Godwin était sérieux ou non, un petit garçon s'approcha de Jesse et tenta de lui prendre son canard. Jesse se mit à courir, trébucha et fit un plouf. Avant que j'aie pu intervenir, le petit garçon lui sauta dessus et tenta de lui arracher le canard. Jesse lança son terrible cri. La mère du petit garçon lui reprit le canard et le redonna à Jesse, mais le mal était fait : le pansement de Jesse était trempé.

— Maintenant ça va barder, soupira Godwin. Je vais sans doute devoir retarder ma demande en mariage d'un mois ou deux simplement à cause de ton incompétence en tant que grand-père.

J'étais moi-même un peu soucieux à l'idée de ce qu'allait dire T.R. mais elle ne parut pas surprise et n'émit aucune critique.

— Evidemment, quand on met une petite fille dans une piscine, on ne peut guère espérer que son pansement restera au sec, dit-elle. Donnez-moi quelques-uns de ces billets de cent dollars dont vous êtes si prodigue et on fera une croix sur cet incident. On voudrait aller avec Muddy acheter tout ce qu'on va pouvoir trouver.

Tout ce qu'ils purent trouver fut une collection hétérogène d'animaux en plastique pour notre piscine. La *pièce de résistance* (1) était un hippopotame, mais il y avait aussi plusieurs poissons, un serpent de mer et un matelas pneumatique.

— Qu'est-ce que tu crois qu'on va faire sur ce matelas dès qu'on sera à la maison, Muddy? demanda T.R. alors qu'on fonçait vers Jacksboro à cent cinquante à l'heure.

Elle était au volant avec, sur le nez, une des nombreuses paires de lunettes de soleil qu'elle s'était achetées. Aucun d'entre nous n'avait pris la peine de se rhabiller. La combinaison de maillots mouillés et de gens entassés dégageait une telle odeur qu'on se serait cru à l'intérieur d'une machine à laver.

— Je donne ma langue au chat, dit Muddy.

— D'accord, mais on va le faire, même si tu n'es pas capable de deviner, dit T.R. J'ai une sacrée envie d'essayer ce matelas. Mais que je ne prenne personne à regarder, ajouta-t-elle en balayant des yeux l'intérieur de la voiture derrière ses lunettes.

— Oh, T.R.! dit Muddy tout penaud.

— On aurait dû s'acheter un de ces caissons pour aller sous l'eau, Gladys, dit Buddy. C'est un bon truc pour se relaxer.

Il lui envoya un petit regard complice.

— Ils seraient trop grands pour la piscine, dit Gladys. On pourrait à la rigueur en mettre un, mais il faudrait qu'on se mette tous les deux dedans.

(1) En français dans le texte.

Puis, à la pensée de ce qu'elle venait de laisser entendre — tous les deux dans le même caisson —, Gladys rougit jusqu'aux oreilles et se mit à babiller en langage de bébé au bénéfice de Jesse qui n'avait pas l'air particulièrement intéressée.

Pas plus que Godwin, d'ailleurs.

— On aurait dû emporter un peu plus de dope, dit-il.

12

Cette nuit-là, Muddy voulut voir la fin de *Berlin Alexanderplatz*. Nous avions décidé, T.R. et moi, de regarder le film avec lui. Mais les deux jeunes gens avaient passé une bonne partie de l'après-midi sur le nouveau matelas pneumatique dans une totale intimité, et quoi qu'ils aient fait sur ce matelas, cela avait tellement épuisé Muddy que même sa nouvelle idole, Fassbinder, ne put le garder éveillé. Sitôt que nous nous aperçûmes qu'il était plongé dans un profond sommeil, T.R. éteignit la télévision.

— Je suppose que je l'ai crevé, dit T.R. en lui caressant les cheveux. Muddy est un chouette garçon quand tout a été dit et fait — surtout fait.

— Je continue à me faire du souci à propos des ennuis que tu as eus, dis-je.

Elle avait l'air toute joyeuse, et j'avais attendu qu'elle soit de bonne humeur pour lui poser à nouveau la question. Je la posai tout de même d'une façon que j'espérais anodine, aussi gentiment que possible.

— Quels ennuis ? demanda-t-elle.

— Les petits ennuis que tu as eus une ou deux fois.

— Ah ça, dit-elle. Je me suis fait prendre avec cinquante kilos de marijuana dans le coffre de ma voiture. Je les transportais pour Grand-Pa.

— Ton grand-père était un dealer ? demandai-je, complètement sidéré. Je croyais qu'il avait été plus ou moins pasteur avant de devenir vendeur d'automobiles.

— Il pouvait prêcher aussi facilement que d'autres s'agenouillent, dit T.R. Mais au bout d'un moment les portes des églises se fermèrent. Chaque fois qu'il prêchait il parvenait à engrosser une de ses ouailles.

— Quand même, je n'aurais jamais imaginé qu'il pût être un dealer, dis-je.

T.R. me donna un petit coup de coude dans les côtes, comme pour se moquer gentiment de ma crédulité.

— Vous ne devriez pas prendre pour argent comptant tout ce que les détectives latinos vous racontent, dit-elle. Grand-Pa n'a pas toujours été un dealer. Il l'est devenu en vieillissant parce qu'il ne pouvait plus joindre les deux bouts en volant des voitures. Grand-Pa était un génie pour voler des voitures — du moins à une époque. Je parierais qu'il a revendu une bonne moitié des voitures volées à Dallas. C'est comme ça que j'ai rencontré Earl Dee, mais je vous l'ai peut-être déjà raconté.

— Non, tu ne m'as pas beaucoup parlé de ce Mr. Dee, dis-je.

— C'est à cause de Muddy, chuchota T.R. Muddy est aussi jaloux qu'on peut l'être, et il devient méchant dès qu'on mentionne E.D. Même si je le vois en train de ronfler comme un sonneur, je me sens obligée de chuchoter quand je mentionne ce nom-là.

— Est-ce qu'E.D. était aussi un voleur de voitures?

— Non, E.D. n'aurait pour rien au monde volé une voiture, dit T.R. Pas assez dangereux pour lui. Earl Dee n'est jamais aussi heureux que quand il pointe un revolver sur quelqu'un. Mais il conduisait de temps à autre des voitures pour Grand-Pa. Si Grand-Pa avait volé une Cadillac qu'il devait livrer à Houston ou San Antonio, on pouvait parfois convaincre Earl Dee de la conduire.

— Avec de l'argent?

— Non, Grand-Pa lui refilait de la dope, dit-elle en regardant Muddy de près pour voir s'il était toujours bien endormi. Quand j'ai commencé à devenir une jeune fille, Grand-Pa a eu l'idée de me refiler à Earl Dee en échange de ses bons services.

J'essayai d'être impassible mais je ne pus m'empêcher de sursauter.

— Bof, j'étais pas malheureuse de servir d'appât, dit T.R., les yeux brillants.

Muddy se mit à s'agiter et se retourna sur le côté. T.R. le

regarda nerveusement. Elle se pencha pour chuchoter dans mon oreille — son haleine sentait le chewing-gum.

— Sortons d'ici, dit-elle. Je deviens aussi nerveuse qu'un chat en chaleur quand je parle de ça avec Muddy dans les parages.

Nous allâmes jusqu'à la cuisine pour nous préparer un pichet de Margarita. Buddy et Gladys bavardaient en regardant la télévision. Ils se turent quand ils nous virent arriver avec notre pichet et reprirent leur conversation une fois que nous fûmes sortis.

Dehors, il y avait une pleine lune toute blanche. Je sirotai un verre de Margarita, mais T.R. but presque toute la cruche. Elle descendait les Margarita comme d'autres la limonade, et elle mâchait même l'écorce des citrons verts.

— Quel âge avais-tu quand tu t'es fait prendre ? demandai-je.

— Oh, seize ans la première fois, dit T.R., tout à fait désinvolte. Mais c'était pas de la marijuana cette fois-là, c'était des pilules.

— Des pilules un peu spéciales ?

— De la méthamphétamine, à peu près quatre mille pilules, dit-elle tout en mâchouillant un citron. Tous les camionneurs et les pétroliers d'East Texas avaient besoin d'amphétamines, ou ils se seraient endormis au boulot et auraient eu des accidents ou d'autres trucs. Grand-Ma travaillait dans une pharmacie à l'époque et elle les volait par milliers, et Grand-Pa s'en servait pour acheter les gens qui transportaient ses voitures. Earl Dee était un gros consommateur, autrement on ne se serait sans doute jamais rencontrés.

Elle se tut et me regarda pensivement.

— Vous êtes sûr de vouloir entendre tout ça ? demanda-t-elle. Peut-être que vous ne devriez pas vous en soucier. C'est fini maintenant. Si ça doit vous faire flipper d'apprendre que votre fille était une criminelle, je préfère ne rien vous dire.

— Je t'en prie, dis-moi. Il y a trop de blancs pour moi dans ta vie. Je pense que tu es une fille merveilleuse, quoi que tu aies pu faire. S'il te plaît, remplis les blancs.

T.R. se mit à rire.

— Ce n'était pas tout blanc de mon côté, dit-elle. Ils m'ont laissée filer pour les pilules. Je n'étais pas encore majeure et je n'avais pas de casier judiciaire. J'ai pris un an avec sursis. En fait, c'était Earl Dee qui vendait les pilules, mais j'étais tellement amoureuse de lui que j'aurais passé ma vie en prison s'il me l'avait demandé.

— Compréhensible, dis-je.

Mais c'était pour dire quelque chose. Je ne me rappelais pas avoir été suffisamment amoureux pour envisager de passer le restant de mes jours en prison.

— Ouais, c'était l'amour vache à ce moment-là, Earl Dee et moi, dit T.R. Chaque minute où nous étions séparés, je pensais à lui. Pour moi c'était dix fois plus excitant de partager la vie d'un dingue comme Earl Dee que de sortir avec ces gosses de riches qui n'arrêtaient pas de me courir après. C'est pas pour dire, mais je me serais vraiment cassé les pieds avec un gosse de riches. Avec Earl Dee, je ne m'ennuyais pas une minute. Tout ce à quoi je pouvais penser, c'était de l'aider à faire n'importe quoi, même des trucs dégueulasses. Il était censé transporter ces cinquante kilos de marijuana, mais on avait passé deux ou trois jours à baiser dans notre petite caravane, et il avait décidé de s'y reposer en regardant la télévision. Je n'étais pas encore sortie de la ville que je me faisais arrêter par au moins cinquante flics. Earl Dee l'apprit et demanda à un camionneur de l'emmener à El Paso. Je ne l'ai plus jamais revu avant de sortir de prison.

— Ce n'était pas très galant de sa part, dis-je.

T.R. haussa les épaules.

— Earl Dee ne saurait pas ce que le mot veut dire, dit-elle. Je me suis fait prendre et pas lui. Tous les gens comme lui sont comme ça.

— Qu'est-ce qui s'est passé cette fois-là avec la justice ? demandai-je.

— Cette fois-là, c'était pas drôle, convint T.R. J'aurais pu prendre cinq ou dix ans parce que je ne voulais rien dire. Tout ce à quoi je pouvais penser, c'est que j'allais devenir dingue si je passais cinq ans sans pouvoir aller au plume avec Earl Dee. Mais Grand-Pa a graissé la patte au procureur adjoint et je n'en ai pris que pour trois ans. J'ai fait juste huit mois, mais c'était sacrément long, toute seule.

T.R. s'arrêta, manifestement déprimée à force de ressasser son passé.

— Quand je suis sortie, Earl Dee avait pris tellement de coke qu'il ne pouvait même plus bander, dit-elle. Ç'a été une sacrée déception. C'est à peu près à cette époque que j'ai rencontré Muddy. On avait le même juge d'application des peines.

— C'est une chance que tu l'aies rencontré, dis-je. J'aime bien Muddy.

T.R., elle, n'avait pas l'air de penser qu'elle avait beaucoup de chance.

— On s'ennuie ici à la campagne, dit-elle. J'irais bien faire une connerie quelconque en ce moment s'il ne fallait pas aller si loin pour en faire une. Comment vous n'êtes pas devenu fou à rester assis ici, avec L.J. et Gladys ? Il n'y a rien d'autre à faire ici que baiser et vous n'avez même pas d'amie. En tout cas, vous n'en avez pas une, là, sous la main, que je pourrais voir, dit-elle, soudain embarrassée.

Elle craignait sans doute de m'avoir blessé.

— Non, c'est vrai, je n'ai personne sous la main.

Je sentis qu'elle me regardait attentivement, et ça me rendait nerveux. Elle était ma fille ; je voulais être franc avec elle, mais en même temps j'avais un peu peur qu'elle me questionne sur ma vie sentimentale — ou mon manque de vie sentimentale.

— Allez, dites-moi, Papa. Je vous ai tout raconté sur les bêtises que j'ai pu faire. Ça ne va pas vous tuer de me parler de vos petites amies. Je vois leurs photos sur les murs, et je vous entends parler avec elles au téléphone, mais elles n'ont pas l'air de venir trop souvent vous voir à Los Dolores.

— Elles sont comme toi, dis-je. Elles aiment trop les villes. Elles mourraient d'ennui, ici.

— D'accord, dit T.R. un peu nerveusement, mais vous n'êtes pas enfermé ici, bon Dieu ! Si elles ne viennent pas vous voir, vous pourriez, vous, aller les voir de temps en temps.

— Je vais les voir de temps en temps, dis-je.

— Je croyais vous avoir entendu dire que vous n'aviez pas fait démarrer votre voiture depuis six mois avant de venir me chercher, me rappela T.R. Si vous n'avez pas pris votre

270

voiture pendant six mois, je doute que vous voyiez vos amies très souvent.

— C'est vrai, admis-je prudemment.

T.R. s'approcha et mit ses bras autour de mes épaules.

— Je deviens triste rien que de penser ce que je pense, dit-elle.

— Et qu'est-ce que tu penses?

— Que vous n'avez pas de petite amie, dit-elle.

— Tu es très maline, dis-je.

— Pourquoi vous n'en avez pas?

— J'en sais fichtrement rien.

— C'est parce que vous ne faites rien pour en avoir. Bien sûr, ça ne vous ferait pas de mal de perdre quelques kilos, mais vous êtes riche et célèbre. Vous ne devriez pas avoir beaucoup de mal à vous trouver une petite amie. Et puis, en plus, vous êtes gentil, dit-elle en m'embrassant.

Elle se mit alors à pleurer doucement.

— Ne pleure pas, ma chérie, dis-je. Le fait que je n'aie pas de petite amie n'est pas une tragédie mondiale.

— Qu'est-ce qui n'est pas quoi? dit-elle en essayant de refouler ses larmes.

— Le fait que je n'aie pas d'amie, dis-je. Parfois, les hommes de mon âge se font à l'idée qu'ils n'en ont plus besoin.

— De la merde! dit T.R., soudain en colère. Tout ce que vous faites, c'est de rester planté là, sur cette colline de merde, à parler toute la journée dans ce téléphone de merde. C'est pas étonnant que rien ne vous arrive. Merde, alors, c'est encore plus amusant d'amener ses gosses chez le dentiste que de vivre comme vous vivez. Au moins, là, vous entendez quelqu'un brailler. Tiens, en ce moment, j'ai envie de brailler, moi aussi.

— Tu peux, tu sais, dis-je, désolé d'avoir pu la mettre en colère.

— Non, je ne peux pas crier, Jesse fait des cauchemars quand je crie. Il faut que j'apprenne à ne plus crier, dit-elle.

— J'ai eu pas mal de petites amies dans ma vie, l'assurai-je. Le fait que je n'en ai pas une en ce moment n'a rien de désastreux.

— Partons demain pour la France, dit-elle. Mon seul espoir c'est de vous forcer à bouger.

— Mais ma chérie, je n'ai même pas encore envoyé les formulaires pour les passeports, dis-je.

— Je suis allée deux fois au Mexique sans passeport, dit T.R. Je suis sûre que la France nous laisserait entrer si on débarquait tous à Paris. Jesse et moi on peut faire notre numéro de charme. Ça marche à tous les coups.

Elle s'assit à nouveau près de moi et me serra contre elle encore plus fort. Je la sentais trembler. Je la serrai à mon tour aussi fort que je pouvais ; elle se mit à pleurer à nouveau, de longs sanglots déchirants.

— Je savais que j'aurais dû vous appeler plus tôt, dit-elle. Je savais que je n'aurais jamais dû attendre. J'aurais dû vous appeler l'an dernier. J'ai laissé ce con de Muddy me persuader de ne pas le faire.

— Et pourquoi Muddy t'en a-t-il persuadée ? demandai-je.

— Parce que c'est un connard, répondit-elle. Il était tellement amoureux de moi qu'il ne voulait pas me partager avec mon propre papa. J'ai attendu trop longtemps, et maintenant vous êtes tout triste. Je ne sais pas quoi faire.

Elle s'accrochait à moi, tremblante, l'air profondément malheureuse. Je la serrai contre moi et murmurai : « Tout va bien, c'est O.K. », mais je fus pris, moi aussi, de l'envie de pleurer, peut-être parce que je ne savais plus très bien où j'en étais, peut-être aussi parce que je me sentais un peu en position d'accusé. Je commençai à dire « Ne sois pas triste, je voudrais tant faire quelque chose », mais même dans ce moment de confusion mentale je réalisais que le fait de vouloir faire quelque chose et de ne pas savoir que faire était précisément ce qui la rendait triste.

— J'en ai marre, marre, marre, dit T.R. J'ai fini par retrouver mon papa, et maintenant je m'aperçois que c'est trop tard. Toute ma vie, tout est toujours venu trop tard.

— Mais non, ce n'est pas trop tard, dis-je. Pourquoi serait-il trop tard ? On aura les passeports dans quelques jours et on partira pour la France. Et je te promets que je prendrai une petite amie sitôt débarqué. J'en prendrai peut-être même cinq ou six.

T.R. se contenta de hocher la tête et de hausser les épaules, comme s'il n'y avait plus aucun espoir de quoi que ce soit.

— Ça se fera jamais, dit-elle. Je suis en liberté conditionnelle et Muddy s'est évadé d'une prison. Ils vont taper sur leurs putains d'ordinateurs et ils vont s'en apercevoir. Ils vont nous piquer et nous passer les menottes dès qu'on sera à l'aéroport. Ils retrouvent des tas de gens dans les aéroports. C'est pour ça que j'aimerais mieux qu'on aille quelque part en voiture.

J'avais envisagé cette éventualité. Je ne l'avais pas évoquée devant T.R. parce que je ne voulais pas qu'elle se sente encore plus découragée qu'elle ne l'était.

— C'est vrai qu'on n'est pas obligés d'aller en France, dis-je. On pourrait aussi bien se rendre au Mexique ou au Canada. On pourrait tous s'empiler dans la voiture et partir n'importe où. Ça pourrait être le Colorado ou le Minnesota, ou bien New York ou La Nouvelle-Orléans.

— O.K., dit-elle de la voix morne et soumise que prennent les gosses quand ils finissent par se résigner. O.K., Papa.

— T.R., ne dis pas ça comme ça, plaidai-je.

Je me sentais complètement désemparé — j'avais l'impression de lui avoir pompé toute son énergie.

— Pourquoi pas ? demanda-t-elle. Vous aussi vous parlez comme ça. Alors pourquoi pas moi ? Peut-être est-ce la seule façon pour moi de rester avec vous.

Je commençai à éprouver un sentiment de *déjà vu* (1). Quelque part, au cours de ma vie, j'avais déjà eu une conversation semblable, et même identique. Une amie que j'avais déçue avait décidé qu'il valait mieux, malgré tout, rester avec moi, même s'il fallait pour cela baisser la flamme. Il se pourrait que ç'ait été Jeanie, je n'en étais pas sûr. Mais ce sentiment de déjà vu me mettait mal à l'aise. J'avais une boule dans la gorge, comme si un grand élan d'amour, coincé quelque part, revenait à la surface. J'avais du mal à respirer et je pensais que tout ce que j'allais dire serait sans doute mal pris. Mais il fallait que je dise quelque chose. Je subodorais, me remémorant vaguement mes bagarres d'autrefois, que tout ce que je trouverais à dire serait *précisément* la chose à ne pas dire, et que la femme à qui je m'adressais finirait par se mettre en colère et peut-être par me mépriser.

(1) En français dans le texte.

— Je n'arrive même pas à comprendre pourquoi tu voudrais rester avec moi, dis-je.

T.R. eut l'air abasourdie pendant une seconde, puis me donna un grand coup de coude dans les côtes, de toutes ses forces — un mois plus tard, on s'aperçut que j'avais une côte fêlée.

— Oh, allez vous faire foutre, dit-elle en bondissant en l'air. C'est pas étonnant que vous n'ayez pas d'amie si vous dites de telles conneries. Tout ce que je veux, c'est vous aimer. Vous allez quand même me laisser vous aimer, non ?

— Mais oui, oh, mais oui. Je ne voulais pas que tu le prennes comme ça, dis-je.

Et tout en disant cela, j'entendais ces mêmes mots remonter des abîmes du passé... Je ne voulais pas que tu le prennes comme ça, Jill, je ne voulais pas que tu le prennes comme ça, Jeanie. Dieu sait que je n'avais jamais voulu qu'une femme se sente blessée par quelques mots que j'aurais dit ; mais c'est pourtant, très exactement, ce qui était toujours arrivé.

— Faites quand même attention, dit T.R. avec un regard sévère. Je n'ai pas un goût irréprochable, vous vous souvenez ? Je ne vais pas supporter tout et n'importe quoi. Vous feriez mieux de vous mettre dans la peau de mon papa aussi vite que vous le pourrez, sinon je prends les gosses et je file — et j'attendrai même pas d'avoir un passeport.

Sans me laisser le temps de dire quoi que ce soit — et l'aurais-je dit, c'eût été, je le savais, la chose à ne pas dire —, elle prit le pichet de Margarita et partit en direction de la maison.

13

Je passai la nuit à m'interroger sur les raisons pour lesquelles je n'avais jamais réussi en cinquante ans à trouver les mots les plus élémentaires qu'il convenait d'employer — ou de ne pas employer — quand on s'adressait à une femme. Ce qui m'avait cependant le plus frappé, c'est que T.R. avait menacé de partir, et je finis par me convaincre qu'elle *allait* partir. Cette pensée me déprima tellement qu'elle en balaya la migraine que je sentais monter insidieusement. Apparemment, le mal de tête avait tout de suite réalisé qu'il ne pourrait pas se battre à armes égales avec ma déprime, et il avait battu en retraite. Je n'avais donc pas la moindre trace de migraine, mais en revanche j'avais une déprime hors classe.

Dès l'aube — à l'heure de New York —, j'appelai Jeanie qui avait des habitudes matinales. Je lui avais déjà raconté pas mal de choses sur T.R. Elle les avait écoutées avec beaucoup d'attention et parfois d'une oreille critique. Invariablement elle me demandait de décrire ce que T.R. portait à telle ou telle occasion. Puis elle m'interrogeait minutieusement sur nos rapports père-fille : ce que T.R. avait dit, comment elle l'avait dit, ce qu'elle ressentait et comment je réagissais. Jeanie n'était pas tout à fait impartiale : il était clair, dès le début, qu'elle était du côté de T.R. ; et s'il y avait doute sur telle ou telle ligne de conduite, c'était T.R. et non moi qui en aurait le bénéfice.

Je sentis immédiatement que mon coup de téléphone ne l'avait pas réveillée, mais qu'elle avait du vague à l'âme. Elle était assise avec une tasse de café, en train de regarder Central Park. D'après sa voix, quand elle dit « allô », je sus immédiatement que je n'arrivais pas au meilleur moment. Pourtant, quand elle m'entendit, elle sortit de ses nuages et déploya son antenne. Je sentis tout de suite que l'antenne était déployée, et ça me rendit nerveux. Ses récepteurs — son cerveau et son intuition — balayaient toutes les ondes, même quand elle ne prenait pas la peine de chercher particulièrement la bonne fréquence. Parfois, elle n'avait même pas l'air de faire attention, et pourtant elle enregistrait beaucoup plus de choses que je n'avais l'intention de lui en communiquer. Elle sentait le vent et savait ce qui se passait, au-delà de ce que je pouvais dire.

C'était une des raisons pour lesquelles j'aimais tellement Jeanie ; elle comprenait, mais elle pardonnait. Il y avait parfois quelques interruptions ou quelques raclements de gorge dans le cours de ces conversations avant qu'elle en vienne à me donner son absolution, mais je savais qu'elle finirait par le faire.

— Je me suis terriblement disputé avec T.R., dis-je sans essayer de tourner autour du pot.

— Qu'est-ce que tu lui as fait ?

— Rien. Je ne lui ai rien fait, c'est simplement que nous n'étions pas d'accord sur un truc. Pourquoi imaginais-tu que je lui avais fait quelque chose ?

— Parce que je sens que tu as honte de toi, dit Jeanie. (Manifestement ses récepteurs fonctionnaient très bien.) Si tu as honte de toi, c'est que tu as fait quelque chose à ta fille.

— Bon, je l'ai un peu peinée, mais ce n'était pas du tout dans mes intentions.

— Comment est-ce que ça a commencé ? demanda Jeanie.

— Je suppose que ça a commencé parce que je n'ai pas vraiment de petite amie en ce moment, répondis-je.

Jeanie ne répliqua pas. Et le petit silence devint bientôt un grand silence. Rien ne me rendait plus nerveux que les silences de Jeanie au téléphone.

— J'aimerais bien que tu parles, finis-je par dire. C'est un crime de ne pas avoir de petite amie ?

— Ça dépend des raisons pour lesquelles tu n'en as pas, et ce que tu comptes faire à ce sujet, dit Jeanie.

Il y eut un nouveau silence. Je commençais à me sentir mentalement confus et un peu affolé.

— Dans certaines circonstances, le fait de ne pas avoir d'amie pourrait être le pire des crimes, dit Jeanie. Enfin, pas tout à fait le pire, mais pas loin.

— Je ne vois vraiment pas de quelles circonstances tu veux parler dans ce cas précis, dis-je.

— Eh bien disons, par exemple, si tu rencontrais une femme charmante, vraiment bien, qui serait disponible et que tu ne faisais aucun pas dans sa direction. Ça te va comme circonstances ? demanda Jeanie.

— C'est d'une précision bouleversante, admis-je. Et maintenant que je suis bouleversé, qu'est-ce que je fais ensuite ?

— Normalement, il n'y aurait pas d'ensuite, mais nous savons bien que nous sommes tous les deux du genre pourquoi-faire-simple-quand-on-peut-faire-compliqué, donc passons à la suite, dit-elle. Oublie pour un moment ma précision bouleversante et raconte-moi tout ce qui s'est passé quand tu t'es disputé avec T.R.

— Bon, attends...

J'essayais de me rappeler à quel moment de la conversation j'avais réalisé que j'avais fait de la peine à T.R.

— Et surtout, ne commence pas à inventer des choses, dit Jeanie. Pas de faux-fuyants. La vérité, et toute la vérité, c'est à peu près le seul moyen de te faire pardonner. Qu'est-ce que tu as dit, et qu'est-ce qu'elle a dit ?

» Je saurai immédiatement si tu mens, ajouta-t-elle. Je le saurai. Alors, cette fois-ci, tu ferais mieux de ne pas mentir.

Je réalisai, d'après le ton qu'elle avait pris, qu'elle était particulièrement vigilante et qu'il valait mieux ne pas tenter de mentir. Parfois, quand Jeanie était un peu somnolente ou distraite, elle baissait la garde et je parvenais à glisser quelques affabulations dans mes conversations. Mais bien souvent, son intuition les enregistrait et les mettait en mémoire dans l'ordinateur qu'était son cerveau. Un ou deux jours plus tard, ça lui revenait à l'esprit, elle examinait la chose minutieusement et m'appelait pour me dire sur quel point précis je lui avais menti.

Cette fois-ci, je brossai un tableau de notre journée aussi précis que possible. Quand j'en vins à la soirée près de la piscine, je lui racontai fidèlement mot à mot la conversation que j'avais eue avec T.R.

Tenter de retracer le film des événements me bouleversa une fois encore. Je revoyais le visage de T.R., malheureux, crispé. J'avais la gorge nouée en repensant à la peine que j'avais faite à ma fille. J'avais la voix cassée. Je reniflai une ou deux fois, et puis je me tus. Je me mis soudain à pleurer. C'était vraiment trop idiot. Pourquoi ne savais-je pas maîtriser mes émotions ?

Jeanie attendit que ça passe, mais cette fois son silence n'était chargé d'aucune menace.

— Je veux voir cette fille, dit-elle comme si ça allait de soi, mais, à ma grande surprise, elle le dit d'une voix mal assurée.

— Tu peux la voir quand tu veux, bien sûr, quand tu veux, dis-je. J'aimerais tellement que tu la rencontres. Je suis tellement fier d'elle.

— Je suis heureux de te l'entendre dire, Danny. Tu as raison d'être fier d'elle. Elle a fini par faire craquer le mur. J'avais l'impression que je ne vivrais jamais assez longtemps pour voir le mur craquer.

— De quoi tu parles ? Quel mur ?

— Le mur que tu as construit autour de toi, répondit Jeanie. Ne me dis pas qu'il n'était pas là. Il était là. J'ai essayé de le faire craquer, mais je n'avais pas suffisamment la foi, tu comprends ? En fait, ce qui est arrivé, c'est que c'est moi qui ai craqué, mais je suis en train de replâtrer tout ça assez bien. Toi, tu étais en train de mourir derrière ce mur et tu as vraiment de la chance d'avoir trouvé une fille qui ait assez de cran pour le foutre par terre. J'espère qu'elle va le défoncer, le piétiner, l'enterrer jusqu'à ce qu'il ne ressemble plus à rien et que vous n'ayez plus un seul jour de tranquillité dans toute votre foutue vie, Mr. Deck.

Et clac, elle raccrocha.

J'avais la chair de poule. Qu'est-ce que j'avais fait encore ? Je pensais qu'il valait mieux attendre cinq minutes et la rappeler, mais c'est elle qui rappela au bout de deux minutes.

— Je te demande pardon de m'être mise en rogne, dit-elle, encore que je ne décelasse aucune trace de remords dans sa voix.

— Je ne sais pas si c'était seulement de la rogne, dis-je.

— Tu as raison, ce n'était qu'un avant-propos. Je garde la suite en stock, au cas où tu recommencerais à me pousser à bout. Mais alors là, tu auras droit à tout le reste, et crois-moi, ça ne va pas te plaire.

— Je pense en effet que ça ne me plaira pas beaucoup, mais je suis certain que ce sera mérité, dis-je.

— Oh, va te faire foutre, dit Jeanie. Quand est-ce que tu vas cesser de plaider coupable ? Tes misérables plaidoyers me mettent encore plus en rogne. Personne n'a jamais eu aucun doute sur le fait que tu sois coupable, alors, je t'en prie, n'en rajoute pas.

— Et si c'est tout ce que je peux faire ?

— Eh bien, fais-le devant quelqu'un d'autre, dit-elle d'une voix ferme. Parce que moi, ça ne me fait ni chaud ni froid. Les gens idiots qui plaident toujours coupable, ce n'est pas particulièrement ma tasse de thé.

— Je suppose que T.R. pense comme toi, dis-je.

— Evidemment elle pense comme moi, répliqua Jeanie. Elle a l'air de me ressembler un peu, mais en plus coriace.

— J'espère qu'elle n'est pas plus coriace, dis-je. J'espère

que personne n'est plus coriace. Mais si elle l'est vraiment, comment vais-je faire pour rattraper le coup?

— En tout cas, pas en parlant, dit Jeanie. Il faut que de temps en temps tu prennes une initiative. Les femmes finissent par se fatiguer d'avoir à prendre toutes les décisions, tu sais. Tu dis qu'elle aime danser. As-tu jamais songé à l'emmener danser?

— Jeanie, il est six heures du matin, lui rappelai-je. Ça paraîtrait un peu bizarre de vouloir aller danser à six heures du matin, et, de toute façon, je ne sais pas vraiment danser.

— D'accord, oublie ma suggestion, dit Jeanie. Mais sache quand même que je serais follement heureuse si quelqu'un m'appelait *maintenant* et me proposait d'aller danser *maintenant,* même s'il est encore un peu tôt. Il faudrait être fou pour préférer converser au téléphone avec des types nuls, tout en regardant ce qui se passe par la fenêtre chaque matin que Dieu fait, plutôt qu'aller danser.

Il y eut un très long silence.

— Allez, ne sois pas triste, dis-je.

Jeanie ne répondit pas.

— Je pense que tu es une femme superbe et extraordinaire, ajoutai-je. Je pense que tu m'as dicté très exactement la conduite que je devrais avoir. Je pense que je vais aller voir ma fille et l'emmener danser.

— Très bien, ça sera un fameux progrès, dit Jeanie, mais je sentais bien qu'il y avait un fond de tristesse dans sa voix.

— J'aimerais bien qu'on termine cette conversation sur une note un peu gaie, dis-je. Tu m'as beaucoup aidé. Tu m'as toujours beaucoup aidé.

— Salut, Danny, dit Jeanie.

14

T.R. était assise dans la cuisine en train de regarder avec Gladys les programmes du petit matin sur la minuscule télévision posée sur la table. Toutes deux étaient en train de fumer. Jesse, assise par terre, jouait avec un batteur à œufs. J'étais surpris de voir ce batteur. Toute la cuisine était pleine de gadgets pour mixer, presser, émincer, mélanger, et je ne voyais pas bien l'utilité d'un batteur.

— Où avez-vous trouvé ce batteur ? demandais-je. Je n'en ai pas vu depuis des lustres.

Personne ne répondit, ou n'eut même l'air d'entendre ce que je venais de dire. La provenance du batteur ne soulevait pas la moindre parcelle d'intérêt, bien que Jesse ait déjà appris à s'en servir et fasse tourner l'engin.

Je pouvais voir par la fenêtre de derrière Buddy et Bo qui vidaient des poissons.

— Hé, ils ont attrapé des poissons, dis-je. Est-ce qu'on va avoir du poisson pour le petit déjeuner ?

— Nage, dit immédiatement Jesse.

Son cerveau avait tout de suite fait la liaison entre poisson-eau-nage. Elle laissa tomber le batteur et commença à retirer sa robe.

— Nage, dit-elle à nouveau.

— Non, on ne va pas nager, garde ta robe, Jesse, dit T.R. d'une voix monotone.

— Nage, insistait Jesse.

On sentait, à la manière dont elle venait de le dire, peser la menace de son terrible cri de guerre. Elle continua à se déshabiller. T.R. se baissa et lui donna deux ou trois tapes sur le derrière. Jesse avait l'air outragée.

— Je t'avais dit de garder ta robe, dit T.R.

Jesse, pendant un moment, retint ses larmes, mais l'injustice de la vie était plus qu'elle ne pouvait supporter ; son visage se décomposa et elle se réfugia en sanglotant sur les genoux de Gladys.

— Il faut écouter ta maman, ma chérie, dit Gladys en la prenant dans ses bras.

Personne ne m'avait encore prêté la moindre attention.

— Est-ce que quelqu'un aimerait aller danser ? demandai-je en me sentant complètement idiot.

L'ambiance qui régnait dans la cuisine n'incitait guère à la danse.

T.R. finit par me regarder.

— Vous voulez bien répéter ? dit-elle.

— Je demandais si, par hasard, l'une ou l'autre d'entre vous aimerait aller danser, dis-je.

Je me sentis encore deux fois plus sot que la première fois

d'avoir posé à nouveau la question. Pourquoi Jeanie m'avait-elle fourré dans une situation aussi ridicule ? Aller danser à six heures du matin ! En plus, je n'étais pas particulièrement réputé pour être bon danseur.

Mais le visage de T.R. s'éclaira immédiatement comme si j'avais appuyé sur un interrupteur. Elle se leva d'un bond.

— Formidable ! Je vais juste mettre mes chaussures de danse, dit-elle. Je serai prête dans une minute.

— Je ne suis pas sûr de pouvoir trouver un endroit pour danser à cette heure matinale, dis-je, inquiet de l'enthousiasme suscité par ma proposition.

— Il y a toujours *Aunt Jimmie's,* me rappela Gladys.

— Nage, dit Jesse une fois de plus en essayant de refouler ses larmes.

Je suppose qu'elle voulait simplement réaffirmer que son envie n'avait rien d'extravagant, mais la situation lui parut tout d'un coup si désespérée qu'elle éclata à nouveau en sanglots.

— Ne sois pas triste comme ça, ma chérie, ce n'est que partie remise, dit Gladys.

Elle regardait, par la porte de la cuisine, Buddy et Bo en train de vider leurs poissons dehors. Manifestement Buddy l'intéressait.

Avant que je puisse réfléchir aux conséquences que pourrait avoir, sur l'organisation de la maison, cet intérêt nouveau manifesté par Gladys, T.R. était de retour. Son potentiel énergétique avait tant monté pendant qu'elle s'habillait que ma grande cuisine paraissait soudain trop petite pour elle. Ses yeux étaient déjà en train de danser ; elle irradiait la jeunesse, la santé, l'espièglerie, le sex-appeal. Elle avait mis une jupe et un corsage, tous les deux rouges, et elle avançait en dansant à travers la cuisine.

— J'adore danser, dit-elle.

A la vue de sa maman si belle en train de danser, Jesse oublia ses malheurs. Elle jeta à sa mère un regard émerveillé qui signifiait qu'elle lui avait pardonné.

Sur la route menant à l'autoroute, on vit au loin un petit nuage de poussière précédé d'une vieille Volkswagen bleue. C'était Godwin, bien sûr, rentrant de sa chasse nocturne aux auto-stoppeurs des comtés voisins. Je me rangeai sur le bas-côté, coupai le moteur et attendis.

— Bonne idée, dit T.R. Prenons L.J. C'est pas qu'il soit un grand danseur, mais au moins il essaye.

Godwin, ce matin-là, n'avait pas son look d'administrateur colonial. Il avait plutôt l'air de sortir directement d'un égout dans lequel il aurait barboté toute la nuit. Il semblait à moitié aveugle et nous scruta un bon moment avec ses mains en visière sur son front, comme s'il n'était pas sûr de qui nous étions.

— On va danser, lui dis-je. Tu es invité si le cœur t'en dit.

Godwin réfléchit à cette proposition en clignant des yeux. Ça ne dura pas longtemps, mais suffisamment cependant pour T.R. qui n'était pas d'humeur à attendre. Elle appuya sur le klaxon pendant une bonne vingtaine de secondes. Godwin, qui avait sans doute une bonne gueule de bois, mit les mains sur ses oreilles et se contorsionna comme s'il subissait la torture.

— Sautez dans la voiture si vous voulez venir, dit T.R. quand elle eut lâché le klaxon. Et si vous ne voulez pas venir, vous feriez aussi bien de vous jeter avec cette petite voiture bleue du haut d'une falaise, parce que c'est la dernière fois que je vous aurai adressé la parole.

Godwin abandonna immédiatement sa Volkswagen pour venir nous rejoindre.

— Désolé, désolé, désolé, dit-il. C'est mes yeux, vous voyez.

— Qu'est-ce que vous avez mis dedans, mon bon ami ? dit T.R. d'un ton joyeux en lui offrant un chewing-gum.

— J'ai pris plein de gaz lacrymogène, dit Godwin d'un ton lugubre. Je devrais vraiment ne plus jamais franchir la frontière de l'Oklahoma. Ils ont tous une bombe lacrymogène dans leur poche.

— Qui t'a balancé le gaz, et pourquoi ? demandai-je.

— C'était un pompiste, et je n'y ai rien compris, dit Godwin. Je ne faisais que bavarder avec lui, et c'était vraiment un jeune homme très mignon. Il est arrivé avec un aérosol, et je croyais que c'était pour nettoyer la vitre. J'étais prêt à lui donner un excellent pourboire, et qu'est-ce qu'il fait ? Il m'expédie sauvagement ce truc dans les yeux.

» Chère, vous êtes ravissante, dit-il à T.R. alors que nous allions cahotant vers l'autoroute. Vous êtes aussi belle qu'Hélène.

— Hélène qui ? demanda T.R. C'est une des soi-disant amies de Papa ?

— Non, non. Je parlais d'Hélène de Troie, dit Godwin qui enchaîna aussitôt pour tenter d'expliquer la guerre de Troie.

T.R., qui s'en souciait comme d'une guigne, poussa la stéréo au maximum sur une musique rap.

— Par la seule beauté de son visage, elle a poussé des milliers de navires à courir les mers pour s'affronter, hurlait Godwin par-dessus la musique.

— Je veux pas en entendre parler, je suis malade en bateau, dit T.R.

Il ne nous fallut pas longtemps pour arriver à *Aunt Jimmie's Lounge,* une sorte de boui-boui au croisement de deux nationales, équipé d'un énorme juke-box et d'une petite piste de danse. Il y avait en outre quelques tables où l'on pouvait manger si on le désirait, ou simplement s'asseoir, boire quelques bières, et broyer du noir en silence, si l'envie vous venait d'en broyer — ce qui était souvent le cas parmi les foreurs, cow-boys, camionneurs, mécaniciens, ouvriers agricoles ou chasseurs de coyotes qui fréquentaient ce coin perdu. La route qui menait à l'établissement était entourée de prairies aussi mornes que l'intérieur du bistrot. On percevait, sitôt entré, que personne n'avait jamais pris la peine de donner le moindre coup de peinture depuis la construction de la baraque. Et cette construction remontait aux années 30.

Aunt Jimmie, la tenancière, n'avait jamais été ravalée non plus ; elle restait toute la journée assise derrière la caisse enregistreuse, fumant, lisant quelques journaux ou regardant des feuilletons et autres émissions aussi stimulantes sur une petite télévision noir et blanc aux images floues. Les gens qui avaient connu Aunt Jimmie toute leur vie ne se rappelaient pas l'avoir jamais entendue dire quoi que ce soit. Le service était vraiment réduit au minimum. Les cuisinières — généralement des matrones sur la quarantaine toujours entre deux mariages — ne restaient jamais bien longtemps. Mais, dans ce coin du Texas, on ne manquait pas de matrones quadragénaires en attente de se remarier. Il était donc rare qu'Aunt Jimmie soit à court de cuisinières. En général, elle avait toujours comme plongeur, homme à tout faire et compagnon, un cow-boy sur le retour ou un foreur à la retraite. On disait d'eux « Ah, tiens, c'est le nouveau copain d'Aunt Jimmie », mais Godwin insistait pour qu'on les appelle ses concubins. Tous les efforts pour le convaincre d'expliquer la différence n'avaient donné aucun résultat. Il se peut cependant qu'il eût su quelque chose que le reste d'entre nous ignorait, car Aunt Jimmie semblait l'apprécier et le laissait même à l'occasion se laver dans sa salle de bains quand il arrivait tout crotté en titubant.

T.R. entra d'un pas ferme, échangea à la caisse quelques dollars contre un rouleau de pièces de vingt-cinq cents dont elle nourrit le juke-box et programma sa sélection de disques aussi rapidement que s'il s'était agi d'un ordinateur.

Je pensais que j'allais pouvoir m'asseoir à une table, boire quelques tasses de café et la regarder danser pendant un petit moment. Mais T.R. ne voulait pas en entendre parler. Elle m'attrapa par la main et m'emmena immédiatement sur la piste de danse. Je savais que le juke-box d'Aunt Jimmie ne renfermait pas les derniers tubes du hit-parade, mais quand même je me sentais un peu benêt de danser à cette heure matinale au son de la « Tennessee Waltz » chantée par Tennessee Ernie Ford. J'étais au mieux un valseur hésitant, mais T.R. m'avait empoigné de telle manière que je ne pouvais que suivre. Elle avait mis sa tête contre ma poitrine, ce que j'avais à peine remarqué jusqu'au moment où je sentis un peu d'humidité sur ma chemise et réalisai qu'elle était en train de pleurer.

— Qu'est-ce qui se passe ? demandai-je, tout de suite inquiet.

J'essayai de lui soulever le menton, mais elle plongea sa tête encore plus bas contre ma poitrine et continua à danser.

On était, bien évidemment, les seuls à danser. Godwin était allé dans la salle de bains d'Aunt Jimmie pour faire une petite toilette. Aunt Jimmie regardait les informations du matin. Il y avait trois foreurs à une table, deux fermiers à une autre, et un vieux cow-boy assis dans un coin, en train de fumer et de contempler la terre grisâtre au-dehors. Personne ne semblait trouver bizarre que je sois en train de danser à six heures et demie du matin avec ma ravissante fille qui pleurait en se serrant très fort contre ma poitrine. Il y avait dans ce bistrot une atmosphère d'indifférence que je qualifierais presque de balkanique des uns vis-à-vis des autres. Les foreurs avaient un air fermé, les fermiers un air frustré, et le cow-boy paraissait vieux, triste et grisonnant. Ce que T.R. et moi pouvions penser ne les touchait en aucune manière ; c'étaient des types rudes dans un endroit rude qui n'en avaient rien à faire que je danse aussi mal. A voir leur manque d'intérêt total à notre égard, *Aunt Jimmie's Lounge* aurait aussi bien pu se trouver dans un trou montagneux et perdu quelque part en Albanie ou en Grèce.

— J'aimerais savoir pourquoi tu pleures, chuchotai-je à l'oreille de T.R.

Elle se contenta de me serrer un peu plus fort en reniflant.

La rengaine suivante, « Toutes mes anciennes vivent au Texas », chantée par George Strait, était quand même moins mélancolique.

— Je suis heureuse de ne plus entendre cette valse si triste, dit enfin T.R., essuyant sa dernière larme au coin de l'œil tout en se mettant dans le rythme.

Le rythme devint d'ailleurs de plus en plus endiablé au fur et à mesure que passaient les disques présélectionnés par T.R. Je dansai encore sur cinq ou six chansons jusqu'à ce que Godwin, sapé à nouveau façon coloniale, vienne prendre la relève. Après quoi, nous allâmes tous nous asseoir pour un solide petit déjeuner. Ensuite T.R. voulut à nouveau danser avec moi. Le café s'était vidé, tous les clients étaient partis travailler. Godwin s'assit dans un coin pour lire le journal d'Aunt Jimmie pendant que nous dansions.

— C'est drôle quand les rêves se réalisent, n'est-ce pas ? dit T.R. Pendant tout le temps que j'étais au lycée, je voyais d'autres filles qui dansaient avec leur papa, et je rêvais de pouvoir danser un jour avec le mien.

— Et bien voilà, c'est fait, dis-je.

T.R. me regarda un bon moment dans les yeux. Elle dansait avec légèreté, mais ses yeux étaient lourds de tristesse.

— Oui, c'est fait, dit-elle. Ne dites rien, Papa, surtout ne dites rien.

Elle n'avait pas vraiment besoin de me mettre en garde. Une des rares choses que j'aie apprises au cours de mon étrange vie, c'est de ne pas essayer de soulager un être cher chaque fois qu'il manifeste une certaine détresse. Les nombreuses fois où j'ai tenté de le faire, je n'ai réussi qu'à empirer les choses.

Il me coûta cependant d'obéir à ma fille et de rester silencieux. T.R. posa à nouveau son visage contre ma poitrine — elle dansa et pleura, pleura et dansa, le temps d'épuiser un autre rouleau de pièces dans le juke-box du café complètement désert. Godwin finit son journal, se leva, s'approcha de nous pour danser avec T.R., évalua rapidement la situation, jugea qu'il valait mieux ne pas nous interrompre et se dirigea vers la voiture pour faire un petit somme. Aunt Jimmie, assise derrière son comptoir, fumait en se limant les ongles. Le vieux Walter Wafer, son actuel plongeur et compagnon, profitait de la pause matinale pour lessiver le plancher. Il passa sa serpillière autour de nous avec beaucoup de tact pour ne pas nous déranger pendant que nous dansions. Walter avait à peine terminé que les premiers clients commencèrent à s'installer pour déjeuner de cheeseburgers et de poulet frit arrosés de bière. Un petit foreur aux cheveux ébouriffés, qui ne s'était pas encore imprégné de la discipline balkanique des lieux, jeta un œil joyeux en direction de T.R. Elle s'en aperçut et alla directement à sa table. Elle semblait être dans d'excellentes dispositions.

— Hé, combien mesurez-vous ? lui demanda-t-elle.

Le garçon, un peu interloqué et qui paraissait timide, murmura une vague réponse.

— Ça va comme taille. Allez, levez-vous et venez danser. Mon pauvre papa est complètement éreinté d'avoir dansé avec moi.

J'allai aux toilettes. Quand je revins, je vis que tout allait pour le mieux. Le rythme de la musique s'était accéléré, la jupe de T.R. tourbillonnait, ses longues jambes irradiaient, et même les fermiers les plus flegmatiques avaient du mal à garder les yeux sur leur assiette.

15

T.R., toute joyeuse, dansa avec le jeune foreur jusqu'au moment où ses copains durent l'arracher de la piste de danse pour retourner au travail — il dut se contenter de manger à toute allure un cheeseburger froid. T.R., flirtant gentiment avec le jeune homme, suivit tout le groupe jusqu'au pick-up où ils s'entassèrent.

— Qu'est-ce que tu en penses, Papa ? Il est plus mignon que Muddy ou non ? demanda-t-elle.

— Allons, T.R., j'ai horreur d'avoir l'air d'un père rabat-joie, mais j'espère que tu ne penses pas sérieusement à laisser tomber Muddy.

— Vous n'êtes pas un papa rabat-joie et je pense sérieuse-ment à laisser tomber Muddy chaque fois que je vois quelqu'un de plus mignon, dit T.R. Hé, debout, L.J. ! Vous roupillez pendant que la vie vous file entre les doigts.

— Hein, quoi ? demanda Godwin complètement hébété.

Il lui arrivait souvent d'être un peu dans les nuages quand il sortait d'un petit somme.

T.R. se contenta de rire et nous reconduisit à Los Dolores. Muddy, tout hérissé d'accessoires militaires, faisait les cent pas devant la maison. Quelques virées au magasin de surplus de l'armée de Wichita Falls avaient transformé le jeune homme en Rambo miniature. Il avait désormais des jumel-les, des grenades et un fusil à lunette de tireur d'élite.

— Earl Dee est sorti, nous informa-t-il dès que nous fûmes arrivés.

— Oh, non, dit T.R. On ferait mieux de se barrer tout de suite. Il est dans les parages ?

— Ce que je voulais dire, c'est qu'il est sorti de Huntsville, expliqua Muddy. Pour le moment, il est dans une prison quelque part entre Huntsville et ici. Il a tiré deux ou trois coups de feu dans une laverie automatique.

— Une laverie automatique ? demanda T.R. Pourquoi est-ce qu'il aurait tiré dans une laverie ?

— J'en sais rien, dit Muddy. Peut-être qu'une machine à laver déconnait.

— Peut-être aussi que tout ça n'est pas vrai, dis-je.

T.R. était devenue pâle. Elle regardait la voiture comme si elle voulait repartir.

— On m'a dit hier qu'il était encore à Huntsville, leur rappelai-je.

— Ouais, mais ils se gourent tout le temps dans les prisons, dit T.R. La moitié du temps, ils sont pas foutus de savoir qui est dedans et qui est dehors. Moi, je suis d'avis de partir tout de suite.

— Vous avez un tas de messages, m'informa Muddy. Le shérif qui l'a coincé à la laverie a appelé plusieurs fois.

Toute la maison était en effervescence. Bo, à cheval sur Jesse, lui tapait dessus allègrement. Jesse, la lèvre fendue, hurlait comme un diable. T.R. attrapa Bo et lui donna une fessée qui eut pour résultat de le faire hurler à son tour. Gladys et Buddy avaient disparu. Au moment où j'attrapais le téléphone pour appeler Huntsville, je les vis sortir sur la pointe des pieds d'une des chambres. Godwin, T.R. et Muddy se roulèrent un joint. Godwin s'était emparé d'un de mes pistolets et jouait avec le chien tout en pointant l'arme en direction du réfrigérateur pendant que je parlais au téléphone.

— Godwin, ne fais pas un carton sur le réfrigérateur, dis-je.

Il ne me fallut pas longtemps pour savoir que l'administration de la prison s'était en effet trompée ; c'était un Earl Dean qui avait cassé la tête d'un autre détenu avec une porte de cellule et non un Earl Dee. J'appelai alors le shérif du comté de Palo Pinto qui m'entreprit pendant au moins dix minutes pour me dire combien sa famille et lui-même avaient aimé *Al et Sal.*

— Cette émission nous manque, Mr. Deck, je ne peux pas vous dire à quel point cette émission nous manque, insistait-il.

Quand il finit par réaliser que j'étais tracassé à propos d'un certain Earl Dee, il parut surpris.

— Ah, Mr. Deck, surtout ne vous faites pas de souci, dit le shérif. Vous pouvez vous rassurer tout de suite. Ça fait à peine trois jours qu'il a été relâché en liberté surveillée, et non seulement il n'a pas donné de ses nouvelles mais il a agressé une machine à laver avec une arme à feu. Je peux vous dire qu'il va en reprendre pour au moins un an. D'abord, il n'a pas le droit de posséder une arme à feu, et la vieille dame qui était propriétaire de la machine à laver va porter plainte. Alors, vous voyez, vous et votre famille, vous pouvez être tranquilles, parce que ce Mr. Dee a tout fait pour se faire coffrer à nouveau.

— Mais vous êtes sûr qu'il ne peut pas s'évader ? demandai-je. Il a menacé ma fille à plusieurs reprises et elle se fait beaucoup de souci.

Suggérer qu'un prisonnier pouvait s'échapper de sa prison eut l'air de surprendre considérablement le shérif.

— Alors là, vous en faites pas, dit-il. J'ai l'oiseau sous bonne garde. J'ai été shérif ici pendant seize ans, presque dix-sept, et il n'y a jamais eu une seule évasion. La seule affaire que je puisse me rappeler, c'est le jour où on avait attrapé un petit voleur qui piquait des outils sur les derricks. On l'a attrapé et pendant qu'on le ramenait dans la voiture de police, il a réussi à se jeter dehors en ouvrant la portière, ce qui n'était pas une très bonne idée parce qu'il s'est fendu le crâne sur l'asphalte, et ça nous est retombé dessus. Il a fallu qu'on paye sa note d'hôpital pendant six semaines parce que mon adjoint avait oublié de vérifier que la porte de la voiture était bien fermée. Vu comment sont les tribunaux, j'ai fini par en conclure qu'il valait mieux tirer sur les gens qui essayent de s'échapper, parce que, s'ils sont morts, au moins le comté n'a pas à payer la note pour les frais d'hôpital.

Le shérif poursuivit en m'assurant qu'au niveau de la sécurité, la prison du comté de Palo Pinto pouvait soutenir favorablement la comparaison avec Alcatraz. Il se lança alors dans une discussion sur les épisodes d'*Al et Sal* que lui et sa famille avaient appréciés le plus. Je l'écoutai poliment. Je tenais à ce qu'il soit tout dévoué à notre cause et à ce qu'il fasse de son mieux. Pendant ce temps, c'était la panique autour de moi. Jesse continuait à sangloter par intermittence et Bo, dans un accès de rage, se cognait la tête sur le plancher. T.R., Muddy, Godwin, Gladys et Buddy buvaient des Margarita. Tous, à l'exception de T.R. et de Gladys, étaient armés. T.R. était assise, un pied sur mes genoux, suçotant une écorce de citron vert tout en essayant de suivre la conversation que j'avais avec le shérif volubile. Je lui frottais le pied, ce qui semblait avoir pour effet de la décontracter. Quand elle décida qu'un pied avait été suffisamment frotté, elle le retira et me présenta l'autre, que je me mis à frotter à son tour.

— Bon, il est en prison sous bonne garde, dis-je quand je parvins à raccrocher. Je ne pense pas que nous devrions nous faire trop de souci. Ils vont le ramener à Huntsville dès que les formalités seront accomplies.

T.R. paraissait plus calme, mais pensive.

— C'est loin, cette prison où il est en ce moment? demanda-t-elle.

— Une centaine de kilomètres, répondis-je en essayant de me rappeler exactement où se trouvait le comté de Palo Pinto.

— Trop près, dit T.R. Je ne vais pas pouvoir dormir si je sais qu'Earl Dee est à cent kilomètres d'ici. Ça m'est égal ce que raconte le shérif. Vous avez toujours dit qu'on pourrait aller où on voulait dès qu'on serait décidés.

— On peut, bien sûr, mis à part les pays où il faut un passeport, lui dis-je.

— Qu'ils aillent se faire foutre, ces pays-là, dit T.R. Moi je suis pour aller quelque part où on a que besoin d'argent, et je suis pour partir tout de suite.

— Moi, je peux partir immédiatement, m'assura Godwin.

— On est trop nombreux pour une seule voiture, lui fis-je remarquer. Peut-être pourrions-nous aller à Wichita acheter un minibus.

— Bonne idée, dit T.R. On pourra y mettre toutes nos armes et filer immédiatement. Appelez le garage tout de suite, Papa, s'il vous plaît.

J'appelai immédiatement le plus connu des garages de la région et laissai la magie de mon nom et de ma célèbre fortune faire le reste. On me promit que le meilleur minibus qu'on pouvait trouver sur le marché serait à ma disposition dans les trente minutes. Je filai avec Godwin pour en prendre possession pendant que les autres étudiaient diverses cartes routières.

— Je peux partir tout de suite, répéta Godwin à plusieurs reprises.

Je pense qu'il s'inquiétait à l'idée qu'on puisse l'abandonner et qu'il dût se prendre en main, éventualité qui ne lui avait plus effleuré le cerveau depuis déjà pas mal d'années.

— Godwin, on part tous, immédiatement, dis-je. Ferme-la, tu me rends nerveux.

— Je me demande comment T.R. a rencontré ce type, Earl Dee, dit Godwin. Il doit avoir une personnalité plutôt magnétique. Je me suis aperçu que c'était souvent le cas chez les grands criminels.

J'avais eu envie à plusieurs reprises de demander à T.R. comment elle avait pu être attirée par un homme capable de la menacer de mort, mais, au moment de lui poser la question, je m'étais toujours retenu de le faire. L'attirance est inexplicable, elle n'a rien à voir avec la raison. Pourquoi avais-je été attiré toute ma vie par des femmes si éclatantes et si volcaniques que quand on les prenait à rebrousse-poil elles entraient en éruption ? Etait-ce leur éclat, les éruptions, le mélange des deux ? Impossible de le savoir. Et si je ne pouvais même pas répondre à cette question, comment espérer que T.R. pourrait expliquer ce qu'elle avait vu en Earl Dee ?

— *De gustibus...*, dis-je à Godwin alors que nous foncions vers Wichita Falls.

— Je déteste quand tu te crois obligé d'en venir à des citations aussi banales, dit Godwin.

Le minibus était prêt, comme convenu ; Godwin insista pour le conduire. Je lui confiai donc le volant et le suivis avec la Cadillac.

De retour à Los Dolores, je constatai que le vent de panique était tombé, grâce, sans doute, à quelques pichets de Margarita. Toute la bande, armée jusqu'aux dents, était assise autour de la table de cuisine, discutant sur les cartes routières. T.R. et Muddy se jetaient des regards venimeux, chacun ayant une idée différente de la destination à prendre. T.R. voulait qu'on aille à Disneyland, mais Muddy s'était mis en tête qu'il fallait aller à Lake Louise et ne voulait pas en démordre.

— J'ai vu ce truc-là dans une revue touristique qu'ils nous avaient passée à la prison, dit-il. On dit que c'est le plus beau coin du monde. Buddy et Bo pourraient se payer de fameuses parties de pêche.

— Arrête ton char, Muddy, répliquait T.R. Qu'ils aillent pêcher dans un caniveau, si ça leur dit. Moi, je veux aller à Disneyland et ensuite à Hollywood. Peut-être que je deviendrai une star. Earl Dee n'oserait pas me tuer si je devenais une star.

— Mais Lake Louise, c'est bien mieux pour se cacher en attendant qu'ils le ramènent à Huntsville, expliquait Muddy. Il ne pensera jamais une seconde qu'on est allés à Lake Louise.

— De la merde, oui, dit T.R. Personne à part Earl Dee ne sait ce qui peut traverser le cerveau d'Earl Dee. Un type qui vide son revolver sur une machine à laver ne peut pas penser comme tout le monde.

— On m'a dit que le Colorado était très joli, suggéra Gladys.

— On pourrait tous aller se planquer dans le Yucatan, dit Godwin.

— J'ai une tante à Saint-Louis, dit Buddy. Elle pourrait peut-être nous héberger pendant un petit moment.

— S'il vous plaît, dit Godwin, surtout pas le Middle West. J'ai rarement vu là-bas un cul qui présente quelque intérêt.

T.R. se faisait les ongles pendant que nous discutions. Elle s'arrêta un moment pour se consacrer à sa discussion avec Muddy et laissa la bouteille de rouge à ongles au bord de la table. Jesse s'en empara immédiatement, s'assit près du réfrigérateur et tenta sans grand succès de peindre ses propres ongles. Mécontente du résultat, elle versa tranquillement le reste du flacon sur le plancher et étala le liquide tout autour d'elle. Nous nous en aperçûmes, T.R. et moi, au même moment, et T.R. hurla.

— Oh non, Jesse, qu'est-ce que tu as encore fait ? dit-elle.

Jesse sursauta et leva ses mains toutes rouges. Appréhendant la suite, elle décida de mettre le paquet pour faire oublier sa faute et en obtenir le pardon.

— Nage. dit-elle en nous envoyant son plus ravissant sourire.

— Bon, ça veut dire qu'il faut que j'aille en racheter, dit T.R., à peine en colère. Je ne vais quand même pas arriver à Hollywood avec une main faite et l'autre pas. On n'a qu'à établir une liste de tout ce qu'il faudra pour le voyage et on fera un saut en ville, Muddy et moi.

— Vas-y toute seule, dit Muddy. Moi, je suis pas du tout d'accord pour aller à Hollywood. T'es un tyran, T.R.

— Dans toutes les familles, il faut qu'il y ait un chef, et dans cette famille-là c'est moi le chef, l'informa T.R.

Elle lui donna un gros baiser sur le cou pour bien montrer qu'elle ne lui en voulait pas. Mais Muddy, lui, lui en voulait. On finit par faire une liste des quelques douzaines d'articles dont on aurait peut-être besoin pour le voyage jusqu'en Californie.

— Je parie que la moitié des trucs qu'on va acheter finira à la poubelle, dit T.R., mais on va les acheter quand même.

Elle s'était trouvé un chapeau de cow-boy dans un quelconque magasin et elle le mit joyeusement sur sa tête pour aller faire ses emplettes. Avant de sortir, elle m'empoigna pour esquisser quelques pas de danse sur sa version de la « Tennessee Waltz ».

— Quand on sera à Los Angeles, il va falloir qu'on vous prenne en main pour la danse, dit-elle en me donnant un petit coup dans l'estomac. Danser, ça vous fera perdre un peu de votre gidouille.

— Pourquoi ne prenez-vous pas la Cadillac pour aller faire les courses ? leur dis-je. Comme ça, on pourrait commencer à charger le minibus et on pourra partir plus vite.

— Ces pieds-là ont été faits pour la danse, Muddy, dit T.R. en dansant autour de lui d'une manière provocante dans l'espoir de le tirer de sa bouderie. Si tu ne fais pas gaffe, ils vont finir par danser sur toi.

— On ne pourrait pas passer par Lake Louise en allant en Californie ? dit Muddy qui ne voulait pas en démordre.

— Laisse tomber, dit T.R. en s'approchant suffisamment pour lui donner un gros baiser humide.

— On peut jamais gagner avec toi, dit Muddy en se laissant entraîner à faire quelques pas de danse.

— Ecoute, j'ai autre chose qui est fait pour autre chose, dit T.R. Tu n'es quand même pas assez idiot pour vouloir échanger Lake Louise contre cette autre chose, non ?

— Et même si je voulais, tu ne me laisserais pas faire, dit Muddy en cessant de danser. Je vais aller faire une petite sieste avant de partir avec vous pour ce voyage idiot à Los Angeles.

— Vous venez, L.J. ? Il y a un million de trucs sur cette liste, il faut que vous m'aidiez, dit T.R. en claquant ses doigts vers moi.

Ça voulait dire qu'elle avait besoin d'argent et je lui donnai une liasse de billets de cent dollars. Au dernier moment, Buddy et Bo décidèrent de les accompagner pour vérifier qu'ils avaient bien tout le nécessaire pour la pêche. Godwin les suivit tout en cochant la liste pour voir si on n'avait rien oublié d'essentiel.

J'étais bien résolu à commencer immédiatement à charger le minibus, mais tout ce remue-ménage m'avait un peu fatigué et je me laissai entraîner par Jesse à jouer aux dames avec elle pendant que Gladys grattait le rouge à ongles sur le carrelage. Jesse était d'excellente humeur ; elle avait inventé une nouvelle stratégie qui lui plaisait encore plus que celle qui consistait à jeter mes pions par terre. Chaque fois que je m'apprêtais à lui prendre un pion, elle posait simplement son petit doigt sur mon pion et le gardait rivé au damier. Je prétendais que son doigt était celui de Superwoman ; quel que soit l'effort que je fasse, rien ne pouvait faire bouger un pion tant que son doigt était dessus.

Cette nouvelle tactique amusait tellement Jesse qu'elle se contorsionnait de rire. Chaque fois que j'essayais de lui prendre un pion, elle posait son petit doigt sur le mien et se mettait à hurler de bonheur.

— Cette petite fille, j'adore quand elle rit, dit Gladys qui avait l'air aussi très en train (euphorie post-coïtale, supposai-je).

Pendant que nous jouions et que Jesse continuait à avoir ses crises de fou rire, le téléphone de la cuisine se mit à sonner. Je décrochai.

— Mr. Deck, Mr. Deck, venez vite, fit une voix jeune qui ne m'était pas familière.

Jesse avait posé son doigt sur un pion ; elle commençait à s'impatienter de voir que le jeu était interrompu et essaya de ramener ma main libre sur le damier.

— Venir où, qui êtes-vous ? demandai-je.

Je fus saisi d'une peur panique. J'avais la gorge nouée.

— Je suis Jim, à la station d'essence. Venez vite, Mr. Deck, il les a tous tués, dit le garçon. Il est arrivé à la pompe, il a sorti un fusil et il les a tous tués.

Je poussai comme un automate le pion que Jesse essayait de retenir, ce qui la fit à nouveau hurler de rire. Mais Gladys, près de l'évier, avait vu ma tête et était devenue toute pâle. Elle dut s'appuyer sur l'évier pour ne pas tomber.

— Mr. Deck, venez vite, dit encore le garçon.

— Oui, oui, j'arrive, dis-je en raccrochant.

— Qu'est-ce qui se passe ? Qu'est-ce qui se passe ? demanda Gladys.

— Le gosse à la station d'essence vient de me dire qu'il les avait tous tués, dis-je d'une voix qui semblait venir d'ailleurs.

— Oh non, et Buddy était avec eux ! dit Gladys en me jetant un regard éperdu. Buddy était avec eux ! Et nous venions juste de tomber amoureux, et c'était ma dernière chance. Maintenant, je n'aurai plus jamais une chance, aussi longtemps que je vivrai. Oh, non !

Jesse, déconcertée par la versatilité des grandes personnes, cessa de rire et mit son poing dans sa bouche.

16

Il ne fallait guère que sept minutes pour se rendre à Thalia. Muddy, assis à côté de moi, remarqua le premier la foule assemblée autour de la station d'essence bien avant que nous y arrivions. Des camions de foin, des bétaillères et toutes sortes de poids-lourds étaient garés le long de la route, jusqu'à la limite de la ville où il leur était interdit de stationner. Excepté le shérif adjoint, tout pâle et terrifié à l'idée des responsabilités qui venaient de lui tomber sur les épaules, il n'y avait sur les lieux de l'accident que des camionneurs, des cow-boys, des foreurs, quelques gérants de magasin et une femme ou deux, l'air abasourdi.

Duane Moore, un petit propriétaire de champ de pétrole que je connaissais un peu, semblait être la seule personne à agir avec quelque efficacité. Mis à part Jim, l'employé de la station-service, Duane avait apparemment été la première personne sur les lieux, et le peu qu'il pouvait faire — appeler des ambulances, par exemple —, il l'avait déjà fait.

Dès que nous sortîmes du minibus, Duane vint vers nous pour nous préparer avec tact à ce que nous allions voir. Il nous dit que T.R. et Godwin étaient encore en vie, mais on lisait sur son visage qu'ils étaient à un doigt de la mort.

— Je ne suis pas médecin, mais ça paraît très sérieux, Mr. Deck, dit-il. Votre ami anglais est percé de partout et votre fille a reçu une balle dans la tête.

— J'aurais dû venir, j'aurais dû venir, disait Muddy.

Il pouvait à peine parler. Il commençait à sombrer dans cet océan de détresse dont il n'émergerait que des années plus tard.

T.R. était couchée sur le siège avant — c'était elle qui conduisait. Earl Dee lui avait tiré dans la tête à bout portant. Ses yeux étaient clos et elle me paraissait bien plus petite et bien plus jeune qu'elle ne m'avait paru à peine vingt minutes plus tôt. Je ne pouvais pas voir sa blessure, mais je voyais du sang sur son front et sur le siège. J'aurais voulu pouvoir pleurer, mais j'avais la gorge complètement nouée. Bien qu'elle respirât encore faiblement, T.R. semblait déjà ailleurs : un oiseau mort, brisé en plein vol, tombé à terre, frêle et inerte.

Buddy gisait entre deux pompes, mort. Godwin était allongé sur le ciment huileux derrière la voiture — bien qu'il ait reçu trois balles, il avait réussi à prendre le pistolet de Buddy et avait tiré plusieurs balles en direction d'Earl Dee avant de s'écrouler. Il était conscient.

— J'aurais voulu tuer ce tas de merde, dit-il faiblement alors que je m'agenouillais près de lui. J'ai tiré un peu vite, mais peut-être que j'ai réussi quand même à le blesser.

— Godwin, ne parle pas, dis-je. L'ambulance arrive.

— Mais je suis en train de mourir, dit Godwin, récupérant quelques forces. Je veux parler. Pourquoi est-ce qu'un mourant n'aurait pas le droit de parler ? C'est juste une convention de merde de la littérature. Tu trouves un homme en train de mourir dans n'importe quel roman, et la première chose que fait ce connard d'auteur c'est de mettre quelqu'un près de lui pour lui dire de ne surtout pas parler. C'est complètement absurde, non ? Je ne vais même pas être enterré près de mon campus préféré, ajouta-t-il d'un ton las, comme si cette arrière-pensée avait quelque importance.

— Godwin, parle, je suis désolé, dis-je. (Je ne savais pas ce que je disais.) C'est juste que si tu te tais et que tu essaies de conserver tes forces, on pourra peut-être te sauver.

— Où est Bo ? demanda Muddy, se rappelant soudain que Bo était avec eux. Où est Bo ?

Personne ne semblait le savoir, mais en tout cas il n'était ni dans la voiture ni parmi la foule. On pouvait en conclure logiquement qu'Earl Dee avait emmené Bo avec lui, encore que personne ne l'ait vu.

Je quittai Godwin et allai m'agenouiller près de la portière ouverte de la voiture, aussi proche que je pouvais l'être de T.R. Elle n'avait pas changé. Je fixai son visage dans l'espoir, l'espoir imbécile, l'espoir fou, qu'elle allait ouvrir les yeux et me regarder. Muddy se glissa sur le siège arrière, se pencha vers elle et prit sa main inerte. Je suis sûr qu'il espérait la même chose que moi.

— Elle va peut-être reprendre conscience, elle va peut-être reprendre conscience, répétait-il.

On entendit au loin le vrombissement d'un hélicoptère.

— J'ai appelé le service des hélicos-ambulances, dit Duane. Je pensais que, comme c'était sérieux, vous préféreriez qu'on les emmène à Dallas.

— Merci, dis-je.

Quelqu'un couvrit le corps de Buddy. Je pensais à la pauvre Gladys, terrifiée et désespérée, là-bas avec Jesse. Le corps de sa dernière chance était étalé entre ceux qui allaient continuer à vivre et ceux qui allaient mourir.

L'hélicoptère atterrit sur la chaussée, projetant sur tout le monde un nuage de poussière. J'essayai, comme Muddy, de protéger T.R. Puis nous dûmes nous écarter pour laisser les jeunes ambulanciers la sortir de la voiture et l'attacher sur un brancard. Cela prit quelque temps. La foule autour de nous avait grossi, mais c'était une foule silencieuse. Les seules personnes qui parlaient étaient les ambulanciers. Et Godwin faisait, avec panache, un dernier effort pour que cette atroce tragédie tourne au théâtre. Il bavardait d'une façon très urbaine avec les ambulanciers, avec moi, avec Duane Moore, dans la meilleure tradition des films de mousquetaires, pendant tout le temps qu'on l'attachait sur son brancard et qu'on le menait à l'hélicoptère. Je fus sur le point de lui dire plusieurs fois de se taire, bien que je ne l'aie jamais autant admiré.

Quand ils furent tous les deux dans l'hélicoptère, Muddy et

moi nous apprêtâmes à monter à bord, mais un des jeunes gens nous arrêta.

— Désolé, mais nous n'avons de la place que pour une personne, dit-il poliment.

Nous ne savions que faire, ni que dire. Ce fut Muddy qui parla le premier. Il avait cet air désespéré de ceux qui n'attendent plus rien de la vie.

— Vous y allez, vous êtes son papa. Il faut de toute façon que je m'occupe de Jesse.

Je m'installai, mais je n'étais pas sûr du tout que c'était moi qui aurais dû y aller. T.R. et Muddy étaient très amoureux; il était gentil avec elle. Peut-être serait-il plus efficace que moi pour tenter de la ramener à la vie. Il me semblait que c'était surtout affaire de persuasion. Quand elle ouvrirait les yeux, l'un de nous devrait essayer de la persuader. Est-ce que j'y parviendrais mieux que Muddy? Je n'en savais vraiment rien, et la vue de Muddy, debout sur cette route poussiéreuse, jetant un regard désespéré sur l'hélicoptère qui allait emporter l'amour de sa vie, était presque trop pour moi. Je sentais qu'il fallait que je sorte et que je le laisse monter, mais j'attendis trop longtemps pour me décider et le jeune homme boucla la porte tandis que l'hélicoptère s'élevait. J'étais assis, glacé, regardant sous moi les visages tournés vers nous. Bientôt ils se brouillèrent comme les images dans un rêve; et puis je ne les vis plus du tout.

Les deux infirmiers s'occupaient de T.R. et de Godwin. Ils leur faisaient des transfusions, attachaient des moniteurs de contrôle — je ne sais pas. Je me sentais malade, en partie à cause du choc que je venais de subir, et en partie parce que j'étais convaincu d'avoir fait une erreur en acceptant la place dans l'hélicoptère. Muddy était presque son mari; Muddy aurait été sans doute d'un plus grand secours; Muddy avait plus de droits que moi.

Je restai assis, abasourdi, pendant un petit moment, abasourdi et malade. Il me fallu faire un effort pour effacer le visage de Muddy de ma mémoire et revenir à T.R.

— Oh, oh, fit un des infirmiers.

Il me regarda d'un air curieux mais n'en dit pas plus. Je me sentais de plus en plus mal à l'aise.

— Qu'est-ce qu'il y a ? demandai-je. Il nous faut combien de temps pour arriver à Dallas ?

— On y sera bientôt, répondit le jeune homme d'une voix très douce. A temps peut-être pour sauver la vie du monsieur anglais, si seulement il pouvait s'arrêter de parler, mais la mauvaise nouvelle, monsieur, c'est qu'on ne peut rien faire pour votre fille. Votre fille est morte.

— Non, dis-je, non, ce n'est pas vrai, dépêchez-vous.

Le jeune homme soupira, s'assit sur le siège à côté de moi et mit son bras légèrement autour de mon épaule.

— Je me souviens de vous, dit-il. Vous étiez déjà venu avec nous le jour où on emmenait le petit jeune homme qui avait fait sauter les réservoirs de pétrole. C'était lui à la station d'essence, non ?

— C'était lui, dis-je.

Je pouvais voir les pieds de T.R. Ils étaient immobiles. Une de ses sandales était tombée et elle avait un pied nu.

— S'il vous plaît, vérifiez le moniteur, s'il vous plaît, faites-le. Il pourrait être en panne.

Le jeune homme ne bougea pas, son bras toujours autour de moi. J'aurais voulu sauter de l'hélicoptère. Ça m'aurait soulagé de plonger vers cette terre brunâtre, en bas. J'attendrais T.R. dans cette terre où elle viendrait me rejoindre. Ça me semblait la seule chose loyale à faire vis-à-vis d'elle.

— Daniel, tu as l'air complètement éperdu, dit Godwin.

— Godwin, tu ne devrais pas parler.

— Moi aussi, je suis éperdu.

17

Le jeune homme ne s'était pas trompé. Pour T.R., l'heure était venue. C'est en tout cas ce que je pensai quand ils cessèrent de s'activer dans la salle des urgences pour me répéter ce que le jeune homme m'avait dit dans l'hélicoptère. Je n'arrivais pas à prononcer le mot juste, pas au téléphone avec un Muddy complètement désemparé et une Gladys rongée par l'angoisse. J'aurais voulu que quelque chose soit venu vers ma fille — les ans, ou le vent, ou la pluie, ou la terre, ou le ciel, ou même le temps —, que quelque chose soit venu vers T.R. et que cette chose l'ait emportée.

Cette chose emporta également Godwin, mais pas tout de suite. Les médecins des urgences ne comprenaient pas comment il pouvait être encore en vie, et pourtant il continua à bavarder pendant une bonne demi-heure, bien que plusieurs organes vitaux aient été touchés. Les infirmières tentaient de le faire taire, mais le jeune médecin de service était tout à fait de l'avis de Godwin sur les droits des mourants à la parole.

— Laissez-le donc parler, dit-il. Pourquoi devrait-il se taire ?

Une partie de sa conversation tournait autour des regrets qu'il éprouvait de ne pas avoir pu tuer Earl Dee. Pendant un petit moment il délira, puis ses pensées s'éclaircirent à nouveau. Il me regarda très lucidement et dit quelque chose qui me sembla être du grec.

— Godwin, je suis désolé, mais je ne connais pas un seul mot de grec, dis-je.

— L'*Iliade*, livre six, dit Godwin. J'ai toujours pensé que le style était un peu ampoulé. Curieux que ça me vienne à l'esprit maintenant.

— Je crains d'avoir oublié le passage, dis-je, bien que je n'aie jamais véritablement lu *L'Iliade*.

— Daniel, pourrais-tu mettre mon livre en forme ? demanda-t-il. J'ai bien peur que ce ne soit guère, pour le moment, qu'un assemblage de notes, mais certaines de ces notes sont assez pertinentes, et je serais désolé qu'elles soient perdues.

— Bien sûr, je mettrai ton bouquin en ordre, dis-je. En tout cas, j'essaierai.

— Je suis sûr que tu pourrais employer un brillant jeune homme de Harvard pour les passages en grec, dit-il. La seule chose, c'est que je ne voudrais pas que tu laisses Gladys le mettre à la poubelle. Ça fait des années qu'elle menace de le faire, tu sais.

— Ne crains rien, dis-je. Je ne la laisserai pas le jeter.

— Pauvre vieille chose, elle avait bon cœur pourtant, dit Godwin. T.R., elle est vraiment morte ?

— Oui, elle est vraiment morte.

— Quelle fille magnifique, dit-il tristement. Et je ne l'ai jamais baisée.

Je commençai à pleurer, mais Godwin, dont la pensée était rarement au diapason de la mienne — elle avait toujours un pas d'avance ou un pas de retard —, semblait avoir recouvré toute sa lucidité.

— Elle t'a amené les enfants juste à temps, n'est-ce pas? dit-il. Quelle chose admirable. Parfois tu es lent à te rendre compte de ce qui se passe, Daniel. J'espère que tu reconnais qu'elle t'a fait un superbe cadeau.

Je ne répondis pas — je ne pouvais pas répondre. A ce moment-là, je ne reconnaissais rien du tout. Godwin me pressa la main et dit encore quelques mots en grec.

— C'est quand même bizarre, dit-il. J'ai passé des années avec Euripide, et maintenant tout ce qui me vient à l'esprit, c'est Homère. Quelqu'un est en train de prendre une petite revanche, non?

— Oui, je suppose, dis-je.

Il lâcha ma main. Une ou deux minutes plus tard, le jeune médecin entra et m'emmena dehors. C'est seulement quand je fus dans le hall qu'il me vint à l'esprit que Godwin était mort.

Aux environs de minuit, alors que j'attendais à Dallas qu'on me restitue les corps de ma fille et de Godwin Lloyd-Jons, Earl Dee tira sur un policier qui l'avait arrêté pour un contrôle routier près de Bartlesville, Oklahoma. Un peu plus tard, il se laissa arrêter sans broncher près d'un magasin de Pawhuska. Bo était avec lui. Le policier n'était que légèrement blessé.

QUATRIÈME PARTIE

1

Je n'ai jamais vu Earl Dee — je ne voulais pas le voir. Je ne voulais surtout pas commencer à imaginer qu'il y avait en lui quelque chose d'humain; je préférais continuer à le percevoir comme un de ces instruments du mal issu du quart-monde sudiste, quelqu'un qui aurait pu ressembler à Steve Cochran tel qu'il apparaît dans *Storm Warning;* une brute sexy, satisfaite d'elle-même. Au cours du procès, j'eus l'occasion de voir sa photo. Il avait en effet l'air suffisant. Il prit trois condamnations à vie.

Quand Bo eut dix ans, il commença à demander de voir son père. Après avoir réfléchi, j'acceptai et je l'envoyai au Texas avec Hilton, chauffeur et homme à tout faire qui avait pris la place de Buddy dans l'affection de Bo — mais pas dans celle de Gladys. Nous vivions alors en Californie. Bo voulait voir son père et je ne le lui refusai pas. Bo ne m'a jamais parlé de ces visites; mais Bo ne parlait jamais de rien. Ce que son père et lui avaient pu se dire, ils étaient les seuls à le savoir. Earl Dee fut tué par un autre détenu quand Bo avait quatorze ans. A la suite de quoi Bo disparut pendant sept mois. Ce fut la première de ses nombreuses fugues.

Les premières années furent terribles pour nous tous. Je tentai pendant trois longues années, comme Muddy Box d'ailleurs, de remonter le temps, de me retrouver à l'époque où T.R. dansait dans la maison juste avant de partir vers la mort. Des centaines de fois, seuls ou ensemble, nous essayâmes de reconstituer la demi-heure qui avait précédé son départ de Los Dolores, avec, chaque fois, un scénario différent, prétendant qu'elle n'était pas partie, et par conséquent qu'elle n'était pas morte. Muddy n'avait pas pu manger pendant un mois ; il avait rétréci jusqu'à n'être plus qu'une ombre. Il ne pouvait pas se remettre du fait que son envie idiote d'aller à Lake Louise l'avait poussé à se séparer de T.R. à ce moment-là.

— Mais nous ignorions tout de ce qui allait arriver, lui répétais-je inlassablement. On ne savait pas. Personne ne pouvait savoir. Elle n'était pas en colère contre vous. Elle vous a donné un gros baiser juste avant de partir.

Rien n'y fit.

— Je savais qu'il n'était plus à Huntsville, ressassait Muddy. Je savais qu'il n'y était plus. Je n'aurais pas dû me disputer avec elle. J'aurais fait tout ce qu'elle aurait voulu qu'on fasse, parce que maintenant j'aurai jamais plus la chance de pouvoir le faire.

Moi aussi, j'avais un remords qui me torturait — amplement justifié par les événements qui avaient suivi. Je m'étais laissé endormir dans une fausse sécurité par les affirmations du shérif de Palo Pinto, comme quoi Earl Dee était sous bonne garde et ne pouvait absolument pas s'échapper. Comment avais-je pu être si ignorant des problèmes de sécurité que posent les prisons des petites villes ? Mon ignorance était encore plus inexcusable que les idées fixes de Muddy sur Lake Louise.

En fait, Earl Dee s'était déjà évadé au moment où j'avais parlé avec le shérif — tout simplement le shérif ne le savait pas. La « garde renforcée » était représentée par un shérif adjoint totalement inexpérimenté qui, au moment de l'évasion, était en train de copuler avec une jeune voleuse grassouillette dans la cellule adjacente à celle d'Earl Dee. La rumeur voulait qu'Earl Dee ait réussi à persuader la fille de l'aider en échange d'une promesse de la faire évader avec lui — promesse dont il ne tint aucun compte. Qui avait eu l'idée de cet accouplement ? La fille ? Le shérif adjoint ? Earl Dee ? La chose n'a jamais été élucidée. Reste que le shérif adjoint était en train de faire l'amour dans la cellule de la fille, et que celle-ci en profita pour faire passer à Earl Dee le pistolet et les clés du gardien. En quittant la prison, Earl Dee prit aussi le chapeau du shérif adjoint et partit avec sa voiture ; il abandonna le chapeau et la voiture dans une petite ville située à une soixantaine de kilomètres plus au nord, et vola une Buick garée derrière un cabinet dentaire.

Je me disais qu'en tant qu'écrivain et observateur des comportements humains, j'aurais pu imaginer un tel enchaînement des faits ; mais quand même ! Qui, réellement, aurait pu prévoir qu'une petite voleuse grassouillette serait arrêtée juste à temps pour se laisser séduire par un shérif adjoint, si toutefois, c'était lui qui l'avait séduite. Lui prétendait que ce n'était pas le cas. Elle prétendait le contraire. Elle s'était laissé faire en échange de la promesse qu'il lui rapporterait un milk-shake du *Dairy Queen* situé de l'autre côté de la rue. Et ceci au bon moment pour qu'Earl Dee puisse s'échapper !

Balzac lui-même n'aurait pu imaginer un tel concours de circonstances.

Plus tard, les journaux locaux demandèrent des comptes, insistant pour que j'entame une procédure contre Huntsville, contre le gardien de prison, le système pénitenciaire, le juge d'application des peines, le shérif du comté de Palo Pinto, son adjoint et même la jeune voleuse. En fait, c'est sur ses frêles épaules que tomba la vindicte populaire. C'était seulement la deuxième fois qu'on l'arrêtait pour vol à l'étalage, mais le fait que tous les médias aient claironné qu'elle s'était fait sauter par le shérif adjoint, et cela pour un milk-shake, la fit passer, aux yeux de la population locale, dans la catégorie des âmes irrémédiablement perdues.

Pas à mes yeux, cependant. Le jour où je vis leur photo dans le journal — le pauvre adjoint maigrichon, l'air totalement dérouté, et la jeune fille grassouillette, le visage décomposé —, je finis par me rappeler qu'il y avait des gens encore moins bien lotis que moi. Plutôt que de leur faire un procès, je leur trouvai des avocats, de bons avocats qui parvinrent à réduire les charges qui pesaient contre eux. Il m'arriva peu à peu de me sentir plus touché par Melinda que par n'importe qui d'autre dans cette sinistre affaire. C'est cette histoire de milk-shake qui ne cadrait pas avec le reste — Melinda m'avait d'ailleurs dit qu'il s'agissait d'un banana-split. Et elle m'avait confié qu'elle avait toujours été amoureuse du shérif adjoint et qu'elle se réjouissait presque d'aller en prison si cela signifiait qu'elle allait pouvoir être près de lui. Elle avait fait cela par amour, après tout, et pas pour un banana-split. Le jeune homme s'appelait Dan.

Je proposai à Melinda de lui payer des études universitaires. Elle suivit les cours pendant un semestre et trouva un travail de comptable dans le drugstore où elle s'était fait prendre en train de piquer des articles de toilette. Deux années plus tard, alors que les habitants du coin les poursuivaient toujours de leur rancœur pour avoir terni l'image de la ville, Melinda et Dan se marièrent. Les journaux locaux rapportèrent l'événement. J'assistai à la triste petite cérémonie et leur offris une lune de miel à Lake Tahoe. Je pleurai sans discontinuer sur le chemin du retour. Je pense qu'ils ne se sont jamais remis de savoir que leur petite peccadille avait joué un rôle si important dans la mort de ma fille. Après le mariage, je n'eus plus envie de rester en contact avec Melinda et Dan. Je n'y arrivais plus — c'était trop triste.

Le shérif de Palo Pinto ne fut pas réélu aux élections suivantes. Une année plus tard, il tua sa femme et l'amant de celle-ci — qui n'était autre que le nouveau shérif. Puis il essaya de se suicider, se manqua, et se retrouva lui-même à Huntsville.

Au cours des quelques mois qui suivirent la tragédie, je ne portai qu'une attention distraite à ces divers procès. Chaque jour, c'était un nouvel océan qu'il fallait traverser. Chaque jour, Muddy et moi, nous jouions au jeu désespéré de la machine à remonter le temps. On n'arrêtait pas de se remettre en tête cette dernière journée, ce dernier après-midi, pour échafauder un scénario différent. Même quand l'image de T.R. cessa d'être aussi nette qu'elle le fut pendant des années, même après que nos cauchemars et notre ré-écriture désespérée des événements nous eurent rendus à moitié fous, on en arrivait toujours à discuter pendant des heures de l'obstination de Muddy à vouloir partir pour Lake Louise et de mon innocence à prendre pour argent comptant ce que m'avait dit le shérif de Palo Pinto.

Et puis, à ma stupéfaction, presque à mon désarroi, Muddy finit par se remettre. Il se sortit peu à peu de son chagrin, me laissant encore plus profondément ancré dans le mien. Même aux jours les plus sombres, il s'était montré toujours extrêmement bon, extrêmement patient avec Bo et

Jesse. Il jouait avec eux pendant des heures, les emmenait camper ou visiter des parcs d'attractions. Quand il se mit à recouvrer son équilibre, il se mit aussi à lire. Les quelque dix mille bouquins de ma bibliothèque, qui jusque-là avaient pour lui fait partie du mobilier, commencèrent à l'intéresser. Quand je vaquais à droite et à gauche, tard dans la nuit, je le trouvais en train de lire Engels, Karen Blixen, ou quelque écrivain globe-trotter du dix-neuvième siècle.

Un jour, je demandai à Muddy s'il aimerait suivre des cours à l'université, et il dit oui. Il termina un premier semestre à Wichita Falls au moment où Jesse s'apprêtait à entrer en maternelle. Il était fasciné par les caméras, les micros et tout ce qui touchait à la communication. Il pensait qu'il pourrait peut-être poursuivre ses études dans cette direction. On venait juste de s'installer à Los Angeles. Muddy n'était pas très partisan de ce déménagement, mais il finit par venir avec nous et suivit à la rentrée des cours à l'université de Californie. Il se révéla être un excellent étudiant et, de plus, très populaire. A la fin de sa deuxième année d'études, une station de télévision de Houston lui proposa un job de présentateur de la météo. Il le fit bien, et ce n'était qu'un début. Un jour que le journaliste chargé de la circulation autour de Houston — poste très important dans un coin où les embouteillages sont fréquents — tomba malade, Muddy grimpa dans l'hélicoptère de surveillance et devint immédiatement une célébrité. Toute la journée il surveillait du ciel les autoroutes encombrées autour de Houston, à l'affût du moindre bouchon. On s'aperçut très vite que Muddy avait un génie pour anticiper les problèmes de circulation et qu'il parvenait à y trouver des palliatifs. Au cours des deux années où il fut en charge de la circulation, il économisa des millions d'heures à des millions de Texans en leur faisant prendre des déviations pour éviter des embouteillages imminents. Ses directives attiraient aux heures de pointe quatre-vingt pour cent d'écoute, un score jamais égalé qui lui valut des propositions de tous les coins des Etats-Unis. Il aurait pu aller n'importe où — Manhattan, Chicago, Los Angeles — mais Muddy resta loyal à Houston.

Peut-être n'était-ce pas seulement à Houston qu'il était loyal, mais aussi à T.R. Bien qu'il eût acquis une certaine aisance et qu'il semblât s'être remis, la blessure était toujours là. Il prit un appartement dans le quartier de Lawndale, pas loin de l'endroit où il avait vécu avec T.R. Quand Jesse allait le voir — et elle y allait souvent —, il l'entraînait sur les mêmes pistes de danse où sa mère l'avait, lui, entraîné. Y avait-il des femmes dans sa vie ? En tout cas, ça ne devait pas être le grand amour. Ni Jesse ni moi n'en sûmes jamais rien.

Un soir vers minuit, en plein mois de novembre, Muddy Box dit à un ami qu'il allait à Lake Charles pour quelques heures. Lake Charles était en Louisiane. Il creva en cours de route sur le pont de la Oldand Lost River. Pendant qu'il changeait de roue, une caravane se déporta sur le bas-côté et le tua net. Son enterrement à Houston fut suivi par au moins trois mille personnes qui se rassemblèrent sous la pluie pour rendre un dernier hommage à celui qui leur avait économisé tant de temps dans les embouteillages. On l'enterra sur une colline proche de Los Dolores, à côté de T.R. et de Godwin. Je fus, pendant quelques mois, paniqué à l'idée de ce qu'allait ressentir Jesse, car la petite fille était en adoration devant son papa.

2

Dès qu'elle apprit la tragédie qui m'avait enlevé T.R., Jeanie vint au Texas. Elle eut un choc en me voyant, mais n'en laissa rien paraître. Mes cheveux étaient devenus tout blancs, et je n'avais plus aucune raison de porter des caftans pour dissimuler mon ventre : j'avais comme fondu et le petit homme que j'avais été autrefois avait encore rétréci. Pendant très longtemps je me suis senti fragile et incertain.

Jeanie s'aperçut tout de suite qu'elle ne pouvait rien faire pour les trois adultes figés dans leur détresse. Elle se consacra presque entièrement pendant trois semaines aux deux enfants qui paraissaient traumatisés. Courses, excursions, pique-niques, tout lui était bon. Parfois, elle les emmenait simplement faire une petite virée en voiture pour les distraire en écoutant la radio, pour les sortir de cette ambiance de tragédie. Elle acheta des albums de coloriages pour Jesse, elle offrit des kilos de pâte à modeler à Bo et l'aida à fabriquer une armée de monstres grotesques. Tout l'amour dont elle était capable et qu'elle n'avait jamais réussi à donner, elle le déversa pendant trois semaines sur ces deux enfants. Elle leur chantait des chansons, leur racontait des histoires, et leur apprenait des jeux auxquels elle n'avait jamais joué. Toute son énergie, toutes ses trouvailles, toute son intelligence s'employaient à dégager ces deux enfants de la chape de plomb qui recouvrait toute la maisonnée.

A ce moment-là, je ne m'en rendais même pas compte ; je ne faisais pas attention à ce que Jeanie pouvait bien faire avec les gosses. J'étais heureux qu'elle soit là, mais trop brisé pour m'apercevoir de quoi que ce soit. Plus tard, quand je réalisai que les enfants étaient comme les autres enfants, même s'ils avaient à vivre avec trois grandes personnes éperdues de tristesse, je finis par comprendre qu'ils le devaient à Jeanie. Peut-être ne suis-je pas entièrement impartial, mais je suis à peu près certain de cela, encore que Jeanie ne l'eût jamais admis. Si brillante qu'elle soit, elle a ses faiblesses : elle ne sait pas comme il est facile de détruire un enfant.

Au bout de trois semaines, pourtant, je m'aperçus qu'elle n'était pas entièrement à l'aise — quelque chose comme un conflit dans ses émotions. Je la trouvai un matin en train de pleurer dans le patio.

— Qu'est-ce qui se passe ? demandai-je.

— Si je dois partir, il faut que je parte maintenant, dit-elle.

— Bien sûr, il est clair que tu dois partir, répondis-je.

— Oh, Danny, ne dis pas que c'est clair, dit-elle en essuyant ses larmes. Ce n'est pas si clair que ça.

— Pour moi, c'est clair. Nous n'avons pas besoin de martyrs ici.

Jeanie se mit à sangloter. J'avais parlé durement, j'avais blessé la seule véritable amie que j'avais. Les autres — Nema, Viveca, Marella —, paniquées à l'idée que j'étais plongé dans une telle tragédie, s'étaient peu à peu éloignées de moi. Le chagrin n'était pas leur tasse de thé.

— Je pensais surtout à toi, dis-je à Jeanie qui haussa les épaules et continua à sangloter.

A la fin de la semaine, j'insistai pour qu'elle parte, mais le départ fut laborieux. Jesse s'accrocha à Jeanie et poussa des hurlements comme on n'en avait jamais entendu dans toute l'histoire de l'humanité. Jeanie pleura, je pleurai, Gladys pleura. Muddy s'enferma dans sa chambre. Bo se cogna la tête contre le plancher. On aurait cru la fin du monde. A l'aéroport, pendant l'interminable attente pour le départ, notre détresse était tellement lisible sur nos visages que les gens s'écartaient de nous, comme si nous étions des lépreux ; toute la partie de la salle d'embarquement réservée aux non-fumeurs se vida ; nous restions Jeanie et moi tout seuls, silencieux.

Pourtant, en dépit de cette détresse provoquée par le départ — détresse, à mes yeux, nécessaire —, ce ne fut pas la fin du monde. Pendant que je traînais à Los Dolores, terrassé par le chagrin, Jeanie fit trois bides consécutifs, ce qui, pour une actrice déjà un peu âgée, aurait dû signifier la fin de sa carrière. On se demandait si elle n'allait pas finir, et encore avec quelque chance, par faire des spots publicitaires pour une lessive quelconque. En désespoir de cause, elle accepta le seul rôle qu'on lui proposait, dans un film anglais à petit budget, celui d'une célibataire qui passe son temps dans le zoo de Londres à tenter de réconforter les animaux ; puis, elle rencontre le prince de Galles au cours d'une quelconque inauguration, et voilà qu'ils tombent tendrement amoureux l'un de l'autre jusqu'à en faire vaciller le trône. Le scénario était tellement improbable que personne n'imaginait que le film marcherait ; et pourtant, on trouve dans le monde de l'art quantité de succès inattendus. Le petit film — *L'Amour dans la maison des singes* — fit un tabac. Il fut couronné « Meilleur Film de l'année » dans plusieurs pays dont les Etats-Unis, et Jeanie obtint un nouvel Oscar. Elle emmena Jesse à la cérémonie. Ce triomphe lui valut dix autres années de travail intense, plusieurs rôles intéressants, et une autre nomination.

Notre amitié avait quelque peu souffert des trois semaines si pénibles qu'elle avait passées à Los Dolores. Peut-être n'avais-je plus suffisamment d'énergie pour entretenir la flamme — je ne suis pas sûr. En tout cas, ce que je perdis, Jesse le gagna. Jeanie appelait souvent Los Dolores. Nous bavardions un peu, mais je ne fus pas long à m'apercevoir qu'en fait elle appelait Jesse. Quand Jesse eut trois ans, Jeanie lui offrit un abonnement pour qu'elle ait sa propre ligne téléphonique. Jesse devint sans doute la plus jeune abonnée au monde à recevoir des notes aussi salées pour les appels interurbains. Dès qu'elle fut assez âgée pour être confiée à une hôtesse de l'air, je commençai à l'envoyer à New York ou Los Angeles ou toute autre ville où Jeanie se trouvait : elle emmenait Jesse dans les grands magasins, au théâtre, au zoo, lui faisait respirer l'air de la ville. Jesse et Jeanie devinrent très proches l'une de l'autre, et le restèrent. Ce fut Jeanie qui m'incita à revenir à Los Angeles pour que les enfants puissent faire leurs études dans de bonnes écoles.

— Danny, il faut te secouer maintenant, me dit-elle. Tu ne peux pas laisser ces enfants emprisonnés à Los Dolores. Il faut quand même que tu leur donnes une chance.

Quand elle avait quelque chose en tête, Jeanie pouvait vous harceler jusqu'à ce qu'on finisse par céder. D'une certaine manière, je me sentais comme un animal vivant au fond des mers, avec des masses d'eau au-dessus de moi. Atteindre la surface en remontant à travers des couches et des couches d'inertie n'était pas chose facile, mais Jeanie continuait à me harceler, et je finis par remonter lentement. Nous déménageâmes à Los Angeles. Cela fit peu de différence pour Bo et moi, mais beaucoup pour Jesse et Jeanie — qui devinrent comme deux sœurs. Jeanie habilla Jesse, Jeanie lui forma le goût, Jeanie commença à voyager avec elle : Paris, l'Egypte, la Chine. Nous restions, Bo et moi, à la maison. On se regardait en chiens de faïence.

3

Nous avions passé quatre ans à Los Dolores avant de nous installer à Los Angeles, et pendant ces quatre années sinistres ce fut Gladys qui fit tourner la maison. Elle avait vu juste en nous disant, lors de la mort de Buddy, qu'il était sa dernière chance : ce fut sa dernière chance. Triste à en mourir, elle finit par confesser à Chuck, par inadvertance, qu'elle avait couché avec Buddy. Après l'avoir solidement battue, celui-ci saisit l'occasion pour divorcer et se remarier avec la serveuse d'Amarillo.

Trois des cinq filles de Gladys divorcèrent cette année-là. A tour de rôle, elles vinrent passer quelque temps à Los Dolores pour aider Gladys dans ses travaux ménagers. C'était une succession de pauvres filles paumées qui passaient leur temps à fumer en regardant des cassettes vidéo, abandonnant aux soins de Gladys leurs bébés mâles et toujours mouillés qui n'étaient guère plus qu'un tas de pisse et de larmes.

Malgré tout, ça mettait un peu de vie dans la maison ; Bo avait d'autres enfants que Jesse sur qui exercer ses talents de boxeur, et Jesse pouvait commander une armée de bambins en adoration devant elle.

La pauvre Gladys, elle aussi, se sentait pleine de remords ; elle essayait comme nous de réécrire dans sa tête ce jour tragique. Ses références à ce qui s'était passé ce jour-là entre elle et Buddy étaient assez énigmatiques au début, et toujours interrompues par des accès de larmes, si bien qu'il me fallut un bon moment pour comprendre les raisons de sa culpabilité.

— Toute ma vie j'aurai le regret de ne pas l'avoir laissé faire, dit-elle un jour pendant une pause-sanglot.

— Mais Gladys, je croyais que vous l'aviez laissé faire, dis-je. Je pensais que c'était la raison pour laquelle vous vous étiez isolés dans la chambre.

— Oui, mais il voulait recommencer, dit Gladys sombrement. Il voulait le faire encore une fois et je ne l'ai pas laissé — je pensais que ce serait aller un peu trop vite en besogne.

— Oh, mon Dieu, dis-je.

— Eh oui, dit Gladys qui ouvrit à nouveau le robinet des larmes.

Quelques jours plus tard, elle confessa qu'elle pouvait à peine se rappeler Buddy — ils ne s'étaient connus que pendant deux semaines. Mais ça ne contribuait en rien à dissiper ses remords — elle vécut le reste de son existence persuadée que son peu d'empressement à pousser les choses plus loin avait coûté la vie de Buddy. Malheureusement, elle n'avait pas tort ; l'eût-elle gardé dans la chambre dix minutes de plus, personne n'aurait songé à l'emmener dans cette randonnée mortelle.

Un jour le vieux Pedro entra tout seul dans la maison pour chercher sa bière quotidienne. Gladys lui demanda pourquoi

Mémé Lin n'était pas avec lui — elle était devenue assez proche de Mémé Lin.

— Elle a oublié de se réveiller ce matin, dit le vieux Pedro en ouvrant sa bouteille.

Quelques mois plus tard, lui aussi oublia de se réveiller.

4

Gladys tomba malade. Un cancer des ovaires commençait à la ronger. Je l'emmenai à Houston, à l'hôpital spécialisé dans le traitement des cancers, mais Gladys détestait l'hôpital et de toute façon la progression du cancer ne pouvait pas être ralentie.

En désespoir de cause, je finis par dénicher Elena dont toute la famille — trois sœurs, une mère et six gosses en tout — s'établit à Los Dolores pour nous aider.

Gladys resta assise dans le patio ensoleillé, jouant aux cartes avec Jesse, pendant le dernier mois de sa vie.

— Vous devriez emmener ces petits chéris ailleurs, dit-elle un jour.

C'était exactement ce dont Jeanie Vertus tentait de me convaincre.

— Peut-être, dis-je, sans grande conviction.

— Toute cette colline est en train de devenir un cimetière, dit-elle.

— C'est une des raisons pour lesquelles je reste, admis-je. J'aime être près d'eux.

— Si vous êtes aussi égoïste que ça, je regrette d'avoir gâché ma vie à travailler pour vous, dit Gladys. Les petits enfants n'ont nul besoin de jouer sur des tombes. Les petits enfants ont besoin de vie autour d'eux.

— Vous avez raison, je renonce, je vais partir.

— C'est vraiment moche d'être en train de mourir, dit Gladys. J'aimerais encore mieux laver du linge, et pourtant je déteste laver le linge.

J'essayais vaguement de tenir la promesse que j'avais faite à Godwin à propos de son livre. J'avais plusieurs chemises remplies de notes sur la table devant moi.

— Je n'aurais jamais imaginé que je me retrouverais enterrée à côté de L.J., dit-elle. C'est plutôt une surprise.

— Gladys, vous n'avez pas à l'être, dis-je. On peut faire d'autres arrangements.

— Non, mettez-moi là, dit Gladys. De toute façon, j'étais amoureuse de lui, c'est simplement qu'il ne s'en est jamais rendu compte. Je suppose que j'étais trop bizarre pour lui.

Quelques jours plus tard, Jesse — habituée maintenant à la mort — arriva en trébuchant dans la cuisine, traînant derrière elle une énorme tortue en peluche. Elle me regarda solennellement pendant un moment.

— Je pense que Gladys a l'air d'être morte, dit-elle.

5

La première chose que je fis, de retour à Los Angeles, fut de trouver une jeune diplômée de lettres pour m'aider à classer les citations en grec dans les notes de Godwin. Clarissa — c'était son nom — m'aida non seulement à référencer les citations, mais elle apprit aussi le français à Jesse. Jeanie envisageait, pour Jesse et elle-même, de nombreux voyages en Europe et pensait que Jesse devrait apprendre une ou deux langues étrangères.

— Comme ça, je n'aurai pas à faire toute la conversation, se réjouissait-elle.

Fort heureusement Elena et toute sa famille vinrent à Los Angeles avec nous. Les trois sœurs finirent par épouser de jeunes Latinos et nous quittèrent. Elena, qui avait déjà deux enfants turbulents, repoussa les avances de plusieurs prétendants. Elle semblait heureuse d'être avec nous.

Je fis éditer à compte d'auteur — c'est-à-dire à mon compte — le livre de Godwin, *Notes sur les éléments euripidiens dans la musique des Rolling Stones*. Le supplément littéraire du *Times* en rendit compte sur trois paragraphes.

Cette même année, je donnai deux millions de dollars pour créer un centre, au nom de T.R., avec un numéro d'appel spécial, pour offrir de l'aide à toutes les femmes menacées de sévices par des maris ou amants en prison qui leur promettaient le pire dès qu'ils en sortiraient. Au cours de la première année, il y eut vingt-trois mille appels. Malgré nos efforts, quatre femmes furent tuées, mais je suis certain que beaucoup furent sauvées, du moins temporairement.

6

Quand la modeste tâche qui consistait à mettre en ordre les notes de Godwin fut accomplie, je me retrouvai sans rien à faire. Jour après jour, je contemplais la mer, assis sur la terrasse au dernier étage de notre maison de Santa Monica. J'aurais préféré avoir pour horizon les prairies, mais la mer était en elle-même une sorte de prairie. Je m'en contentai.

Je n'avais aucune intention d'écrire à nouveau, mais au bout de deux ou trois ans mon cerveau se remit à faire des phrases. Elles circulaient dans ma tête et butaient l'une contre l'autre. Ces phrases avaient pour seul sujet une fille ressemblant à T.R. La fille menait une curieuse vie dans une petite ville du Texas, où ses grands-parents étaient des voleurs et ses petits amis des bandits. Je n'arrivais pas à écrire ces phrases, mais dans ma tête elles ressemblaient à quelque chose qui aurait pu devenir un roman.

Après bien des tâtonnements, et après avoir ressassé l'idée pendant plus d'un an, je commençai à écrire *Que l'étranger soit juge,* paraphrasant le titre qu'avait inscrit Jill Peel sur le carton à dessins qu'elle m'avait légué. Je pensais qu'à partir du moment où elle me l'avait légué, ce n'était pas porter atteinte à sa mémoire que d'en utiliser le titre.

J'avais quitté, il y a bien longtemps déjà, le monde de l'écriture, et il était difficile d'en repasser la frontière. Mon passeport — les phrases — n'était pas au point. Ces phrases qui me venaient à l'esprit manquaient d'équilibre ou de punch, ou me semblaient vieillottes. Je renonçai à plusieurs reprises et tentai de me résigner à une vie loin de l'écriture, mais sans succès. Je voulais écrire un livre, mais je ne savais pas par où commencer. J'étais un exilé involontaire du monde de la littérature.

Pendant un moment, mon ébauche de bouquin n'eut qu'un personnage, une fille qui ressemblait à T.R. Mais voici qu'un autre personnage, un vieux criminel brandissant la Bible à tout moment, commença à émerger de l'ombre. C'était le grand-père de la fille, celui que T.R. appelait Grand-Pa.

Environ un mois après que T.R. fut assassinée, j'avais reçu une lettre de Grand-Pa. Je recevais à l'époque un tas de lettres d'un tas de gens, mais aucune ne m'avait vraiment touchée ; je ne me rappelais même plus si j'avais lu toutes ces lettres, mais je me souvenais quand même en avoir reçu une de Grand-Pa, encore que pour la retrouver, il me fallût faire un saut à Los Dolores. Il y avait là-bas une vieille malle, une malle de la Wells Fargo que j'avais achetée à Houston, dans laquelle j'avais empilé des milliers de lettres, la plupart écrites par des fans pendant mes années de gloire. Rongé par le chagrin et indifférent à tout, il me semblait avoir, à l'époque, jeté la lettre de Grand-Pa dans cette malle. Cinq années avaient passé et voilà que j'étais pris de l'envie de lire cette lettre.

La lettre était bien là, écrite sur une feuille de bloc, et expédiée de Lufkin, Texas. Elle était courte.

Cher monsieur Deck,

Aux informations de la télévision, le présentateur a annoncé aujourd'hui qu'un monstre avait tué notre Tyler Rose qui avait été chérie aussi bien par moi que par feu mon épouse — j'aurais dû prendre un piquet bien solide et tuer ce chien enragé le jour où je l'ai rencontré, ce n'était de toute façon qu'un assassin. Je remercie Notre Seigneur d'avoir rappelé à Lui ma pauvre femme l'an dernier, car elle n'aurait pas pu supporter cette tragédie qui lui aurait brisé le cœur. Je perds la vue, maintenant, et il m'est difficile de regarder la télévision, mais j'ai toujours une bonne oreille, et jamais je n'aurais pensé devoir entendre à la télévision quelque chose d'aussi terrible — celui qui l'a tuée peut être sûr qu'il finira par griller dans les vapeurs de soufre pour la vie éternelle, et même plus encore ! Mais ce n'est pas cela qui va nous ramener notre Tyler Rose.

Llyod Bynum

Lloyd Bynum était l'homme qui m'avait agressé et chassé, avec l'aide de sa femme, Grand-Ma, le jour où T.R. était née. Il m'avait privé de mon enfant et je l'avais haï pendant des années, bien que ce fût ma faute, et non la sienne, si j'avais accepté cette privation.

Lufkin n'était pas très loin. Sans même y réfléchir à deux fois, je décidai d'aller voir si le vieil homme était encore en vie.

Non seulement il était en vie, mais l'adresse indiquée sur la lettre était toujours la bonne. Sa maison était située dans un quartier pauvre de Lufkin. Quand je frappai à la porte, un jeune Noire très aimable vint s'informer de ce que je voulais.

— Je me demandais si Mr. Bynum habitait toujours ici, dis-je. Je m'appelle Deck.

— Deck ? dit-elle, surprise, son visage s'éclairant. Vous êtes celui qui a fait l'émission à la télévision ?

— Oui, c'est moi, dis-je.

— Mr. Bynum est ici, dit-elle en retirant la chaîne de sûreté de la porte. Il est toujours ici, sauf quand je l'emmène faire un petit tour. Il parle de vous tout le temps.

— De moi ?

J'étais franchement surpris.

— De vous, enfin si vous êtes celui de l'émission de télévision, dit-elle. Il dit que vous faisiez partie de sa famille. Il n'a pas grand-chose dont il peut être fier ces temps-ci, mais il est très fier de vous.

A une époque, l'ironie de cette remarque m'aurait immédiatement fait tourner les talons, mais j'étais plus vieux et sans doute plus blindé. Je suivis la jeune fille vers un petit porche derrière la maison où j'aperçus, assis sur un canapé hors d'âge, un vieil homme décharné en T-shirt et pantalons kaki. Il tenait une tapette à mouches dans une main.

— Eh, donnez-moi cette tapette, dit la fille. Qu'est-ce que vous croyez que vous allez faire ? Vous n'y voyez pas assez pour taper sur une mouche.

— Oh, laisse-moi essayer. Peut-être que par hasard je fnirai par en avoir une, dit le vieil homme. J'ai besoin de faire quelque chose avec mes mains.

— Vous avez de la visite, dit la fille.

— J'espère que c'est une visite féminine. J'aimerais bien qu'une jeune femme vienne me rendre visite, dit-il avec un sourire coquin et totalement édenté.

Son dentier était posé sur une petite table à côté du canapé.

— C'est l'homme qui a fait l'émission de télé — vous savez, votre gendre, dit la fille.

— Danny Deck, Mr. Bynum, dis-je.

— Ah ben ça alors ! dit le vieil homme en tentant de se lever.

Il parvint à se tenir debout, mais commença à osciller si dangereusement qu'il dut se rasseoir aussitôt, et il s'assit si brusquement qu'il fit tomber son dentier de la table. Il était évident qu'il ne pouvait pas me voir, mais il me tendait sa vieille main pour que je l'attrape et je finis par la prendre et la lui serrer.

— C'est pas pour dire, Dan, mais je suis bien content que vous soyez venu, dit-il sans ambages. Je suis pas trop bien, mais au moins j'ai pas le truc Alzheimer. Vous voulez entendre ce que je pense qui ferait une bonne histoire pour la télé ?

Ce n'était pas les débuts que j'avais espérés — encore que pourquoi pas ? Tous les gens ou presque ont une histoire qui ferait, prétendent-ils, une excellente émission de télévision.

— Vous voyez, je les connaissais tous, dit le vieil homme. Je pourrais vous raconter des choses sur eux qu'on n'a jamais dites dans les journaux. Je pourrais vous raconter, et vous pourriez écrire, et ça ferait une émission qui durerait et durerait.

Je n'avais aucune idée de ce dont il parlait.

— Qui connaissiez-vous donc, Mr. Bynum ? Je ne sais pas ce que vous voulez dire.

— Qui ? Mais les magnats du pétrole, dit-il. Les requins. Je connaissais Hunt. Je connaissais Getty. Je connaissais Dad Joiner. Hunt me doit encore de l'argent aujourd'hui, mais ça, je ne le reverrai jamais. J'avais ramassé les mises au cours d'une partie de poker, et ça avait rendu Getty jaloux, parce que Getty perdait tout le temps avec Hunt.

— Mon Dieu, dis-je pour dire quelque chose, je parie que vous en connaissez, des histoires !

— Dad Joiner, c'était encore le meilleur, dit le vieil homme. Hunt était un sacré malin et le premier truc malin qu'il ait fait, ç'a a été de s'accrocher à Dad Joiner et de se coller à lui comme une tique. Hunt avait trouvé Dad Joiner, mais c'est Dad Joiner qui trouvait les puits.

La jeune Noire nous apporta très aimablement deux verres remplis de citronnade. Le vieil homme n'en fit que deux gorgées, tout à son histoire de la grande époque des puits de pétrole de l'est du Texas, quand Hunt et Getty créaient une légende qui ferait le tour du monde. Il était tout à fait aimable et parfaitement égoïste. Tout ce qu'il voulait, c'était voir ses histoires de pétrole sur un écran de télévision et réaliser une petite fortune avec ça — rien que de très commun en somme.

Au fur et à mesure qu'il parlait, je me sentais de plus en plus triste. Ainsi, c'était l'homme auprès de qui ma fille avait grandi — pas un monstre, mais un vieux bonhomme égoïste, un enfant de la ruée sur le pétrole qui avait raté le coche et qui était devenu un petit voleur minable. Il avait connu les grands, mais n'en était jamais devenu un. J'avais espéré, je suppose, l'entendre me parler de T.R., pour essayer de comprendre ce qu'avait été son enfance. Mais il ne mentionna jamais T.R. Il l'avait élevée, elle était partie, et il l'avait oubliée. Elle ne hantait pas ses souvenirs comme elle hantait les miens. Je n'arrivais pas à le détester. Il n'avait rien dit qui puisse m'intéresser. Le voyage avait été inutile.

Tout d'un coup, je le vis fatigué.

— Dieu, c'est tuant de ne rien voir, dit-il. Je ne peux même pas voir cette noiraude. Je ne sais même pas si elle est jolie ou pas.

— Elle est jolie et elle est aussi très gentille, l'assurai-je.

— Dan, je pense que je vais faire une petite sieste, dit-il en étendant ses longues jambes sur le canapé. Mais je vais garder la tapette. Tenez-moi au courant pour l'émission.

— Vous devriez l'entendre ronfler, dit la jeune Noire alors que je m'en allais. Pour un ronfleur, c'est un sacré ronfleur

Il m'a fallu trois ans pour écrire le livre. Je croyais que le sujet en serait ma fille, T.R. Peut-être avais-je pensé que le fait de l'écrire me permettrait de découvrir des choses que j'ignorais sur elle ; peut-être avais-je pensé que le livre me ferait retrouver quelque chose d'elle. En imaginant sa vie, peut-être finirais-je par savoir qui était véritablement ma fille.

Je travaillai dur et je parvins, de temps à autre, à recouvrer en partie mon ancien savoir-faire, mais je ne parvenais pas à maîtriser entièrement l'histoire. Je suivais les méandres de ma pensée et ces méandres me menaient vers le vieil homme plutôt que vers T.R. Finalement, le sujet du bouquin fut un vieux prédicateur, voleur et lubrique, qui parvenait à séduire une bonne moitié de ses paroissiennes et dont le presbytère servait de relais pour écouler de la drogue. La fille, sa petite-fille, n'avait qu'une toute petite place dans le livre. Lloyd Bynum m'avait une fois encore mis sur le mauvais rail.

Le bouquin eut un succès modeste.

De temps à autre, Lloyd Bynum appelait pour voir où son projet en était, et pour vaticiner sur Hunt, Getty et Dad Joiner. Je lui fis parvenir une ou deux fois un peu d'argent. La jeune femme noire que j'avais trouvée si gentille m'appela le lendemain de sa mort pour savoir si je ne pourrais pas l'aider à trouver du travail. J'avais besoin de quelqu'un pour s'occuper de Los Dolores et je lui proposai de le faire. Elle y est toujours. Comme moi.

Son mari, Otis, allait et venait, mais Amy éleva une très gentille petite famille. Je l'aidai à envoyer tous ses enfants à l'université. Son aîné, Robert, fut l'une des rares personnes pour lesquelles Bo eût éprouvé quelque sympathie.

J'avais essayé avec Bo, Gladys avait essayé, Muddy avait essayé, Elena avait essayé, Amy avait essayé et Hilton essaya aussi, mais il faut bien reconnaître qu'à l'exception de sa mère, de sa sœur et de Buddy, personne n'a jamais réussi à l'aimer. Avec Bo, on vivait en permanence dans un climat d'anxiété, ne sachant jamais ce qu'il allait bien pouvoir faire. Quand il eut cinq ou six ans, je débarrassai la maison de toutes les armes à feu parce qu'il avait réussi à charger un fusil de chasse et à tuer le chat d'Elena.

— J'aime pas les vieux chats, dit-il sans remords quand on lui demanda des comptes.

Bo parvint à casser des milliers d'objets : plats, verres, jouets, tondeuses à gazon, cannes à pêche. Au fur et à mesure qu'il grandissait, les choses qu'il cassait devenaient de plus en plus grosses, de plus en plus chères, et cela simplement parce qu'il avait envie de détruire. Un jour, alors que nous étions en ville, il jeta dans la piscine six cents cassettes vidéo, apparemment pour le seul plaisir de les voir flotter. Quand il fut assez grand pour tondre la pelouse, il balança la poupée préférée de Jesse sur le gazon et la réduisit en charpie avec la tondeuse.

Je pensai que Buddy avait peut-être eu une bonne idée en essayant de l'intéresser à la pêche, et je l'emmenai pêcher de temps en temps. Malheureusement, j'étais un pêcheur du dimanche et je ne parvenais guère qu'à attraper des tortues.

— Vous n'attrapez rien que des tortues, dit un jour Bo, l'air dégoûté.

Il repartit vers la maison. Il ne m'a jamais, depuis, pris au sérieux.

Si Bo avait un bon côté, Jesse était la seule à s'en apercevoir. Elle connaissait bien ses mauvais côtés — pendant toute leur enfance il n'arrêta pas de la cogner, de s'asseoir sur elle, de lui rentrer dedans avec des tricycles ou des vélos, de lui faire boire la tasse dans la piscine, de lui casser la plupart de ses jouets favoris, et de semer la terreur quand elle recevait des amis pour son anniversaire. Jesse avait toujours plus ou moins un œil au beurre noir. Elle pleurait, hurlait, recollait dans le plus profond désespoir ses poupées décapitées ou ses animaux en peluche écartelés. Mais Jesse était une bonne nature. De temps à autre, elle parvenait à convaincre son frère de jouer avec elle pendant quelques heures : ils coloriaient ensemble, trouvaient des caches secrètes ou — quand ils grandirent — écoutaient des disques. Quand on le renvoyait d'une école — ce qui fut souvent le cas —, Jesse demandait immédiatement à en partir aussi et parvenait parfois à lui obtenir un sursis. Quand il fut pris en flagrant délit à Pacific Palisades en train de voler un autoradio dans une voiture, et arrêté, ce fut Jesse qui alla plaider auprès de son juge d'application des peines pour qu'il fasse une croix sur ses nombreux délits et qu'il lui donne encore une chance. Au cours de ses fugues, c'était Jesse qu'il appelait quand il avait besoin d'argent. Quand il réapparaissait, c'était chez elle, dans les divers appartements proches des campus qu'elle habita, qu'il choisissait de se rendre. Il vola deux fois de suite les voitures des amis de Jesse, dont une fut complètement démolie. Jesse persuada ses amis de ne pas porter plainte.

Quand il eut seize ans, je trouvai enfin quelque chose qui semblait lui convenir — des leçons de pilotage. Ce n'était pas entièrement désintéressé. Vivant de plus en plus comme un ermite, je pris en grippe les aéroports, le bruit, l'attente, la foule. La seule pensée d'un aéroport me donnait des vapeurs et j'étais révulsé à l'idée de me trouver plongé dans la foule. Plusieurs jours avant de partir en voyage, j'attrapais des maux de tête encore plus sévères qu'à l'habitude. Une ou deux fois, pour de petits voyages, je dépensai des sommes folles à louer un avion, rien que pour éviter les grands aéroports.

Il me sembla que, si Bo pouvait décrocher un brevet de pilote, je pourrais acheter un petit avion avec lequel il m'emmènerait chez moi, au Texas. Les leçons de pilotage furent à peu près la seule chose que j'aie jamais suggérée qui provoqua un peu d'enthousiasme chez Bo. Il devint très rapidement bon pilote. Je lui achetai un joli Cessna et il m'emmena au Texas une fois. Ce fut la seule. Il partit ensuite avec le Cessna et ne revint pratiquement plus. Jesse me dit qu'il travaillait dans une école de pilotage quelque part au

Mexique. Je n'entendis plus parler de lui pendant deux années ; un jour, il appela pour me demander l'argent nécessaire à la réparation de son avion. Je lui envoyai l'argent. Ce fut la dernière fois qu'il m'en demanda. Ce fut aussi la dernière fois que j'entendis parler de lui. Il était toujours censé travailler dans cette mystérieuse école au Mexique. Parfois, il se rendait dans la ville où se trouvait Jesse à ce moment-là, et restait quelques jours avec sa sœur. Je supposais qu'il était mêlé à un trafic de drogue, mais je ne fis rien pour tenter de le savoir. Quand j'interrogeais Jesse au sujet de son frère, elle restait dans le vague.

Je ne pense plus souvent à Bo, mais quand j'y pense je me sens coupable. Avant même qu'il eût trois ans, T.R. avait émis le souhait qu'il ne devienne pas un criminel. Je l'avais élevé, et il était devenu un criminel. C'était une défaite. J'aurais souhaité, pour l'amour de T.R., avoir su mieux l'éduquer.

9

Six ans après la mort de T.R., Jeanie Vertus se maria. Son mari, Eric Roth, était un metteur en scène plein d'entrain, de gentillesse et de talent, qui avait quelques années de moins que Jeanie. Le mariage fut un succès. Quand on voyait ces deux-là ensemble, on se demandait comment ils avaient bien pu vivre séparés.

Je n'entendis plus que rarement une note de tragédie dans la voix de Jeanie — cette note qui fut si longtemps dominante dans sa vie de femme et sa carrière d'actrice qu'on aurait pu penser qu'elle était un des facteurs de sa réussite. Mais ce n'était pas le cas. Elle travaillait aussi bien quand elle était heureuse que quand elle était malheureuse. Et même parfois mieux.

Au fur et à mesure que les années passaient, les appels de Jeanie se firent de plus en plus rares. Au début, quand enfin elle me téléphonait, elle se sentait coupable de n'avoir pas appelé depuis un ou deux mois, ou plus. Heureusement, je trouvais toujours le moyen, par une plaisanterie quelconque, d'excuser son silence avec équanimité, et même de m'en amuser. Je lui jouais une petite comédie sur les mésaventures qui m'étaient arrivées pendant ces périodes de silence ; et ces comédies étaient si convaincantes que Jeanie raccrochait toujours rassérénée, assurée que je tenais bon le cap avec ou sans ses interventions.

C'était à la fois vrai et faux. Jeanie me manquait beaucoup, mais j'étais heureux de la savoir heureuse, et je ne m'attendais pas à ce qu'elle m'appelle souvent. Les lois du bonheur sont aussi strictes que celles du malheur, parfois même plus strictes. Les deux facettes ont une densité différente, ai-je fini par penser. La vie des gens heureux est dense par l'activité qu'elle implique, les gens qu'on fréquente, les réceptions qu'on donne. Urbaine, en quelque sorte.

Les gens malheureux, en revanche, sont des nomades, errant sur d'immenses plaines sans frontières et sans repères ; le malheur a de vastes horizons et ne requiert que peu d'activité. Nous n'étions pas devenus, Jeanie et moi, des étrangers. Simplement elle vivait dans la ville, et moi dans la plaine.

10

Quand Jesse fut en âge d'aller à l'université — elle avait poussé si rapidement, me semblait-il —, je quittai Los Angeles et revint au Texas. Je me réinstallai à Los Dolores, remplaçant l'océan par la plaine. Je faisais des listes de livres à lire pour les enfants très brillants d'Amy ; je me servais de mon influence encore considérable pour les faire accepter dans les meilleures écoles. De temps à autre, j'allais à Houston pour une cérémonie quelconque ou pour voir le musée.

Quand j'étais à Houston, je ne pouvais m'empêcher de traîner dans le quartier de Lawndale où s'était concentrée une population d'origine asiatique. Le *Mr. Burger* avait fait place à un petit restaurant chinois qui avait bonne allure.

Parfois, j'allais rendre visite à Sue Lin ; elle et son mari étaient propriétaires d'un petit magasin d'électronique dans lequel ils employaient surtout leurs propres enfants.

J'essayai de retrouver Dew, mais personne ne savait exactement où Dew était partie.

Mis à part l'expansion de ce quartier asiatique, Houston n'avait pas beaucoup changé. Les boîtes le long de Telephone Road ou près du canal étaient aussi miteuses qu'elles l'avaient été à l'époque de T.R. ou à mon époque. La ville avait toujours ses bizarreries, ses odeurs, ses superbes nuages. Parfois je marchais sans but dans d'autres quartiers — Heights, Third Ward. Et je pensais toujours à ma si formidable fille qui avait tant aimé danser dans des endroits comme ça. J'étais encore accablé au souvenir des années perdues. J'y revenais sans cesse. C'était une obsession.

En ruminant ces choses, je me rappelai le nom de cette gentille petite fille, amie d'école de T.R., qui avait été tuée dans un accident d'automobile — Annie Elgin. Elle était morte, mais sa mère était vivante J'allai une fois encore dans l'est du Texas, et je trouvai Mrs. Elgin qui vivait toujours dans la charmante maison que le détective avait photographiée. C'était une femme courtoise et distinguée, mais elle avait l'air si embarrassée par mon aspect — je suppose que je commençais à paraître un peu bizarre à cette époque — que je m'excusai au bout d'un quart d'heure, pour ne plus jamais revenir. J'en appris auprès d'elle aussi peu sur T.R. que je n'en avais appris de Lloyd Bynum. J'en pris bonne note et je ne me rendis plus jamais dans l'est du Texas.

La dernière personne qui aurait pu me renseigner sur la jeunesse de T.R. était son assassin, Earl Dee. Plusieurs fois, avant qu'il ne soit tué, je fus sur le point d'aller le voir en prison. Mais après avoir constaté que Lloyd Bynum et la mère d'Annie Elgin ne semblaient pas intéressés par la question, que pouvais-je espérer d'Earl Dee ? Après tout T.R. n'était plus pour lui qu'une ancienne maîtresse et, qui plus est, une maîtresse qui l'avait trahi. Il l'avait probablement oubliée un mois après l'avoir tuée. Lui rendre visite n'aurait peut-être fait qu'empirer les choses ; en fin de compte, je fis une croix sur lui et sur tout espoir d'en apprendre un peu plus sur ce qu'avait été la jeunesse de T.R.

Je restai obsédé, mais mes obsessions ne servaient à rien. Je n'ai jamais pu savoir les choses que je désirais savoir.

C'était comme si T.R. était brusquement sortie d'un sombre océan, avait fait quelques pas avec moi sur la plage, et était repartie vers la haute mer pour l'éternité. Mais cette capacité qu'ont les hommes à considérer comme perdu ce qui est perdu, à accepter pour mort ce qui est mort, semblait me faire défaut. Encore aujourd'hui, je passe de longs moments à ma fenêtre, fixant l'horizon, espérant y voir une fille qui ne sera jamais là.

11

C'est sur les décombres de cette vie brisée que vint Jesse. Jamais aussi belle que sa mère, jamais aussi fougueuse, jamais aussi éclatante, elle avait pourtant hérité de T.R. son intrépidité et sa détermination. Elle n'avait que vingt mois quand sa mère fut tuée, et elle l'oublia rapidement, essayant de faire au mieux avec ce qu'elle avait — dans son cas, un frère brutal et trois adultes brisés.

Aux jours les plus sombres, quand tout ce que je pouvais faire était m'asseoir sur mon lit et regarder l'horizon, Jesse venait s'asseoir près de moi. Elle poussait une chaise contre le lit et s'en servait comme marchepied. Pendant une heure ou deux, elle allait et venait, grimpait et descendait, rassemblant ses familles de poupées, ses animaux en peluche, ses albums de coureur, ses ciseaux. Quand elle avait bien tout ce qu'il lui fallait, elle restait des heures avec moi sur le lit. coloriant, découpant, discutant de choses profondes avec ses poupées, grondant ses animaux. Quand je faisais un somme, Jesse faisait un somme ; quand je me murais dans mon silence, Jesse parlait.

Elle parlait, et parlait, et parlait : à moi, à Gladys, à son père. Elle allait et venait dans la maison, toujours de bonne humeur ; elle ne nous laissait jamais tranquilles. Changer les meubles de place était devenu une passion depuis qu'elle avait trois ans — nous lui prédisions tous une grande carrière dans la décoration. Tous les meubles, pourvu qu'ils soient assez légers pour qu'elle puisse les transporter, allaient de pièce en pièce et jamais pour très longtemps. Jesse prenait rapidement ses décisions et changeait aussi rapidement d'avis.

Elle avait six ans quand nous déménageâmes à Santa Monica et elle eut toute une nouvelle maison à meubler. Jeanie vint y passer une semaine. Elle disparaissait parfois avec Jesse ; un jour ou deux plus tard, on voyait arriver des camions pleins de meubles.

La décoration n'était pas la seule passion de Jesse. Au fur et à mesure qu'elle grandissait, il se passait rarement un mois sans qu'elle ne se découvre un nouveau hobby : architecture, cinéma, couture, surf, danse, deltaplane, photographie, nouvelles amies, nouveaux amis, anthropologie, le Mexique, le monde. Dirigée par d'excellents professeurs dans d'excellentes écoles, souvent accompagnée de Jeanie au cours de ses voyages, Jesse était partout, faisait tout et n'importe quoi. Je lui fis la leçon sur la nécessité de se fixer un but et de se discipliner ; je l'avertis solennellement des dangers qu'elle courait à trop vouloir en faire.

Jesse ignora mes admonestations et continua à faire tout et n'importe quoi, mais quand elle eut seize ans et entra à l'université de Los Angeles elle se concentra de plus en plus sur deux disciplines : l'anthropologie et l'art cinématographique. Au cours d'un été, elle participa avec quelques amis à l'élaboration d'un film publicitaire. Elle partit ensuite avec un ami au Népal pour tourner un film sur les chasseurs de miel — ces hommes qui vont récolter le miel dans des ruches à flanc de montagne. Le film — *Miel céleste* — reçut un très bon accueil de la part des anthropologues.

Je voyais avec plaisir, mais aussi avec stupeur, mûrir le cerveau de ma petite-fille.

Six mois après être rentrée du Népal, alors qu'elle n'avait pas encore dix-huit ans, elle décida qu'il lui fallait acquérir d'autres connaissances. Une université succéda à une autre : Los Angeles, puis Berkeley, puis Chicago, puis Columbia, puis la Sorbonne.

J'allais la voir de temps en temps, admirant la façon dont elle prenait ce qu'elle voulait dans ces hauts lieux de la connaissance. Pour Jesse, les grandes universités étaient des entrepôts de mobilier intellectuel. Elle s'y précipitait, fouillait dans tous les recoins, les yeux grands ouverts, prenait ce qui lui semblait bon, et partait vers l'entrepôt suivant.

Après avoir vu Jesse, après l'avoir entendue, d'éminents professeurs se mettaient à sa disposition pour lui enseigner ce qu'elle souhaitait savoir.

Elle eut bientôt des amis de tous les âges, et, semble-t-il, dans tous les endroits. Quand les gens voyaient arriver Jesse, ils se sentaient réconfortés. Elle était jolie, elle était souriante, et elle était ravie de voir des choses intéressantes et de connaître des gens intéressants. Mais surtout Jesse était accueillante. Elle se partageait sans problème entre ses nombreux amis et elle avait ce rare talent de partir sans laisser d'amertume à ceux qu'elle quittait. Jesse partait, mais les hommes lui restaient loyaux — remarquablement loyaux, pour des hommes — et il m'apparut à un moment que toute l'Amérique du Nord était pleine d'amis de Jesse, passés, présents et futurs.

— Je commence à les trouver un peu lourds, me disait-elle avec un petit sourire complice (ce sourire qui me rappelait chaque fois les lèvres continuellement fendues par Bo quand elle était petite).

Nous étions au Texas, en train de boire de la bière dans le patio. Jesse venait juste d'acheter son billet pour la France.

— Peut-être que la chose la plus gentille à faire serait de quitter les Etats-Unis. Qu'en pensez-vous, Grand-Père ?

— Pourquoi pas, ma chérie, dis-je ? Fais un petit voyage.

— Oui, dit-elle. Je crois que je vais laisser une cassette longue durée sur mon répondeur et que je vais partir.

Jesse s'arrangeait toujours pour faire la chose la plus gentille. Le matin suivant, elle m'embrassa avec une certaine émotion et quitta le pays. Il y eut tant de messages sur son répondeur qu'au bout de deux jours la cassette longue durée fut saturée.

J'appris bien vite que Jesse avait un petit ami hongrois et qu'elle était à Budapest. Puis elle eut un petit ami italien et vécut à Positano. Il lui fallut six mois avant de s'installer à Paris, mais elle finit par s'y installer, pour apprendre les choses que pouvaient lui enseigner les gens qui avaient eux-mêmes appris auprès de Sartre, de Jakobson, de Lacan, de Lévi-Strauss, de Leroy-Ladurie, de Barthes ou de Foucault.

Bientôt elle travailla avec un de ses professeurs sur un petit film sur Mme Riccoboni. Il se trouvait que je connaissais un peu l'histoire des Riccoboni — je l'avais découverte quelque quarante ans plus tôt en écrivant un scénario sur la duchesse de Dino. Je pus lui venir quelque peu en aide.

Jesse appelait souvent, parfois deux ou trois fois par semaine, pour me parler du dernier bouquin, du dernier film, du dernier professeur, de la dernière visite de Jeanie et Eric, ou de son dernier ami. Elle me téléphonait la plupart du temps de son petit appartement de Montparnasse, mais Jesse aimait voyager et elle n'avait aucun scrupule vis-à-vis de l'argent. Elle partageait ma prédilection pour les hôtels de grand luxe, et, avec son petit ami du moment, pouvait descendre aussi bien à la *Villa Hassler* qu'au *Gritti Palace* ou à l'*Hôtel du Cap d'Antibes*. Une de ses ambitions était de me voir perfectionner mon français hésitant, de sorte que, quand je viendrais la voir outre-Atlantique et que nous visiterions la Dordogne, la Camargue ou la vallée de la Loire, elle n'aurait pas à servir continuellement d'interprète.

Je suppose qu'elle ne voulait pas voir son célèbre grand-père dans une situation embarrassante, mais je savais très bien que ce serait pourtant le cas quand je me déciderais à partir pour la France, car la langue française et moi avions toujours entretenu de très mauvaises relations. Une des raisons pour lesquelles, quand j'étais en Europe, je restais proche de la Méditerranée tenait au fait que les règles de la conversation paraissaient moins sévères là-bas que dans le Nord, plus collet monté.

Jesse appela et appela ; elle appela et appela, parlant et parlant dans son français rapide et argotique, que j'écoutais assis devant ma fenêtre, contemplant les plaines du Texas. Je voyais les éperviers gracieux s'élever au-dessus de la colline au sud de Los Dolores ; je voyais les couleurs de l'aurore monter de l'est où se trouvait Jesse, et les couleurs du couchant tombant à l'ouest. Jesse appela et appela ; elle appela et appela ; elle n'allait pas laisser son grand-père s'enterrer lui-même.

Parfois, quand elle appelait le matin alors que j'émergeais tout juste du sommeil ou d'une migraine, je restais un peu hébété, incapable de saisir l'importance d'un nouveau disciple de Godard ou d'un sémioticien post-structuraliste. De plus en plus souvent, je ne prêtais plus beaucoup d'attention au sens de ses paroles et je me laissais emporter par la brise de la voix de Jesse, un peu comme les éperviers sur ma colline planant sur le vent du sud.

Elle n'était pas seulement ma brise, elle était — pour emprunter la phrase immortelle du gouverneur Jimmy Davis — mon lever de soleil. Et l'amour qu'elle me portait était le seul rayon susceptible de percer les nuages de la vieillesse et de la confusion qui s'accumulaient en moi.

Jesse appela et appela, elle appela et appela. Je pouvais suivre de moins en moins ce qu'elle me racontait — son séjour en France lui avait appris à être précise, alors que l'âge me rendait de plus en plus confus. Et, au fur et à mesure que son français très élégant se déversait dans mes oreilles, je remontais très loin dans ma vie. J'entendais, en écho à la voix de ma petite-fille, les voix de toutes ces merveilleuses filles d'Europe, stars ou starlettes, avec qui j'avais passé, bien longtemps auparavant, de si merveilleux moments — Pier, Senta, Françoise, la glorieuse Romy. Des voix, comme celle de Jesse maintenant, porteuses d'amour, de jeunesse, de beauté, des voix comme celles que nous avons tous eues, des voix que nous avons perdues.

imprimerie gagné ltée

IMPRIMÉ AU CANADA